PICKWICK

CLAUDIA CASTIELLO

DOCTOR DREAM

TRA SOGNO E INCUBO

Sperling & Kupfer

Questa è un'opera di fantasia. Nomi, personaggi, luoghi e avvenimenti sono frutto dell'immaginazione dell'autrice o sono usati in chiave fittizia. Qualsiasi rassomiglianza con fatti o località reali o con persone realmente esistenti o esistite è puramente casuale.

La citazione di William Shakespeare è tratta da *Romeo e Giulietta*, in Le tragedie, collana I Meridiani, Arnoldo Mondadori Editore Milano 1976.

www.pickwicklibri.it
www.sperling.it

Doctor Dream
Volume 1: Tra sogno e incubo
di Claudia Castiello

ISBN 978-88-5544-219-0

I edizione Pickwick giugno 2023

Anno 2023-2024-2025 - Edizione 1 2 3 4 5 6 7 8 9 10

«È fidato il vostro servo? Non avete mai sentito dire che due persone possono serbare un segreto se soltanto una sola lo conosce?»

William Shakespeare,
Romeo e Giulietta

Prologo

L'UOMO spalancò la porta della sua villa e si bloccò sulla soglia, per respirare a pieni polmoni l'aria di casa. Era stato via da Roma per svariate settimane e, in quel momento, desiderava solo sedersi sulla sua costosa poltrona e sorseggiare un buon whiskey.

Un gatto saettò tra le sue gambe e lui alzò gli occhi al cielo.

«Fabio, non avevo forse chiesto a Elisabetta di far sparire questo dannato portatore di pulci?» domandò alla persona alle sue spalle che, con fatica, stava trasportando le valigie all'interno della lussuosa abitazione.

«Sì, signore», affermò il diretto interessato. «Ma sa com'è fatta Elisabetta.»

L'uomo si passò una mano tra i capelli biondi e fece alcuni passi avanti, guardandosi intorno. Le ampie vetrate della sala centrale si affacciavano sul giardino curato che circondava la casa, delimitato da alti e imponenti cipressi che celavano nella loro ombra alcuni uomini, perlopiù sentinelle che avevano il compito di impedire l'accesso agli estranei non autorizzati. Incombevano grosse nuvole scure che preannunciavano un temporale; l'inverno non era ancora pronto a lasciare spazio al tepore primaverile.

Dopo aver posato sul parquet l'ultima valigia, Fabio chiuse la porta.

«Signore!» esclamò una voce che proveniva dalla cima delle scale.

L'uomo sollevò oziosamente lo sguardo. «Sì, Luca?»

Luca si affrettò a raggiungerlo, mantenendo una postura dritta e severa. La fondina, di solito ancorata alla cintura dei pantaloni, era assente. Probabilmente aveva lasciato la pistola da qualche parte, come spesso faceva quando era nella villa.

«Venga con me. Dobbiamo parlare», disse a bassa voce. «Da soli», aggiunse.

«Signore», si intromise Fabio, «la attendono a Sorrento.»

«Mi aspetteranno», lo liquidò l'uomo.

Luca iniziò ad avanzare lungo il corridoio, fino a fermarsi davanti a una robusta porta in legno di ciliegio, decorata da ghirigori d'oro. La aprì e si spostò, permettendo all'uomo di entrare prima di lui.

Non appena si richiuse la porta alle spalle, indicò una sedia occupata da una terza persona.

«Cleo», disse l'uomo, poi si sfilò la giacca che Luca afferrò per riporla sull'attaccapanni di ferro battuto.

La giovane donna si voltò e sul suo viso apparve un sorriso.

«Sorpreso?» chiese lei, allargando le braccia magre.

«Molto. Perché sei qui?»

Cleo dedicò una breve occhiata a Luca, che se ne stava in silenzio nell'angolo più remoto della stanza. Era abituata alla sua presenza costante, sebbene non apprezzasse particolarmente il viavai continuo di persone in quella casa.

«Ti devo parlare», rispose lei.

L'uomo annuì e fece il giro della scrivania per accomodarsi sulla poltrona.

«Prego, cara. Dimmi tutto», acconsentì, con un tono decisamente più morbido rispetto a quello che aveva utilizzato con Luca e Fabio.

«Come sai, sono a Boston da un po'...»

«Sì, tuo fratello mi ha informato. Come procede? Ti trovi bene?»

«Sì, è un bel posto.»

L'uomo sorrise. «Ne sono felice. Hai abbastanza denaro?»

«Certo», confermò lei, dopo essersi lasciata sfuggire un piccolo sbuffo. «Non sono qui per chiederti soldi, papà.»

«E allora per quale motivo? Sai che potrebbe essere pericoloso. La copertura potrebbe saltare, Cleo.»

«Non salterà. A ogni modo, potrei avere un'informazione interessante», cantilenò, spostando una ciocca di capelli corvini dietro l'orecchio.

«Ovvero?» domandò il padre, inarcando un sopracciglio.

Gli occhi di Cleo, dello stesso colore di quelli dell'uomo, si spostarono su Luca, che si era avvicinato e la stava osservando, curioso.

Dopo che ebbe abbozzato un sorriso pieno di soddisfazione, l'attenzione della donna dirottò nuovamente sul padre, che attendeva una sua spiegazione.

«Potrei aver visto qualcuno, a Boston», disse lei.

«Sappiamo già che Daniel...» provò a intromettersi Luca, ma venne zittito da un cenno della mano dell'uomo.

«Non parlo di Daniel. Parlo di... lui», lo rimbeccò Cleo.

«Lui chi?» domandò ancora Luca, con la fronte corrugata per la confusione.

«Quel bastardo.»

A differenza di Luca, l'uomo non aveva bisogno di ulteriori informazioni.

«Sei sicura?» chiese.

«Sì.» Un lampo di preoccupazione attraversò le iridi del padre e si affrettò ad aggiungere: «No, non mi ha vista, puoi dormire tranquillo».

«E ne sei certa, giusto?»

«Sì, non sono così stupida», borbottò lei, indispettita dalla diffidenza del padre. Non amava essere sottovalutata.

«Era solo di passaggio?»

«No, vive lì. L'ho seguito un paio di volte e sono riuscita a scovare perfino la sua abitazione.»

L'uomo osservò la figlia con circospezione, valutando le ipotesi che vorticavano nella sua mente.

«Presumo che anche *lei* sia lì», proseguì Cleo. «Insomma, è la risposta più ovvia e sensata.»

Luca, che aveva passato il tempo a riflettere, si schiarì la voce per attirare l'attenzione del suo capo. Tuttavia, l'uomo non lo degnò di un solo sguardo e si alzò in piedi, dando le spalle ai presenti per avvicinarsi alla finestra.

«Signore», lo richiamò comunque Luca, «non starà pensando che la ragazza...»

«Sì, lo sto pensando», lo anticipò lui. «Cleo ha ragione. Potrebbe avere senso.»

Luca non ne era così convinto e decise di dare voce ai suoi

pensieri. Aveva una certa confidenza con l'uomo, che più volte si era ritrovato a chiedere un suo parere.

«Signore, a questo mondo le città sono tantissime. Tenerla vicino sarebbe un azzardo perfino per lui», disse infatti.

«Un azzardo? Sì. Prevedibile? Forse», rifletté l'uomo. «Proprio perché è troppo prevedibile ci si aspetta che non sia così. Le azioni prevedibili vengono scartate per prime, quando si gioca a carte coperte.»

«Nella stessa città del ragazzo? Andiamo, è un'assurdità», continuò Luca, ancora non convinto.

«E perché no? Faciliterebbe il lavoro», si intromise Cleo.

«Tenerne d'occhio due in un solo posto», mormorò l'uomo.

«Esatto!» esclamò la figlia, battendo le mani. Guardò con la coda dell'occhio Luca e sorrise soddisfatta. D'altronde, se la sua intuizione si fosse rivelata giusta, sarebbe stato tutto merito suo e il padre avrebbe dovuto riconoscerlo. Era stufa di essere considerata meno abile dei fratelli.

Un religioso silenzio calò nella stanza. Cleo e Luca attendevano il verdetto dell'uomo; la prima in trepidazione, il secondo incredulo.

L'uomo continuò a soppesare le opzioni, mentre cercava di trovare una soluzione all'enigma che sentiva aleggiare intorno a sé. La possibilità sembrava remota, ma non poteva escluderla.

«Voglio informazioni», esordì all'improvviso, voltandosi di scatto verso gli altri due. «Cleo, segui quel figlio di puttana. Se lei si trova a Boston, la terrà d'occhio. E tu, Luca, indaga. Voglio la lista completa di tutti gli italiani presenti a Boston. Anzi, espandi la ricerca a tutto il Massachusetts.»

«Sarà come cercare un ago in un pagliaio», protestò Luca.

«Non mi interessa. Voglio informazioni. Voglio sapere tutti i nomi delle persone che si sono trasferite lì negli ultimi quarant'anni», ribatté perentorio.

Cleo si alzò in piedi per infilarsi il cappotto grigio che aveva adagiato in precedenza sullo schienale della sedia. Luca, invece, rimase a fissare il suo capo per qualche istante. Alla fine, annuì.

«Oh!» esclamò l'uomo, reclamando la loro attenzione. «E quando dico informazioni… intendo *informazioni vere*. Scavate.»

1

«TESORO, hai preso tutto?» chiede mia madre, mentre cammina a passo svelto.

«Sì, ho tutto.» Scatta il verde per i pedoni e le faccio cenno di proseguire.

Lei sembra più nervosa di me. Ha insistito tanto per accompagnarmi il mio primo giorno di lavoro e, anche se un po' riluttante, ho dovuto accettare. Non mi dispiace averla al mio fianco, ma sapevo già dal principio che mi avrebbe trasmesso la sua agitazione. Così, mentre ci dirigiamo verso l'ospedale, inizio a mordicchiarmi le unghie. Sono tesa come una corda di violino e mi infastidiscono perfino i rumori delle auto che sfrecciano per le strade di Boston.

Forse, se non avessi bevuto due tazze di caffè, ora sarei meno agitata.

«Il telefono? Lo hai preso?»

«Sì, mamma.» Mi blocco subito dopo. «No, maledizione, l'ho dimenticato a casa.»

Mi sono svegliata in ritardo a causa della mia coinquilina – nonché migliore amica – Cindy che, ieri sera, ha avuto la brillante idea di rincasare ubriaca, obbligandomi a passare buona parte della notte a tenerle i capelli mentre vomitava tutto ciò che aveva ingurgitato. Ho dormito circa tre ore e, di conseguenza, non ho sentito la sveglia. Mia madre è piombata nel mio appartamento e mi ha messo fretta, perciò ho dimenticato di prendere alcune cose. Per fortuna, ho almeno le chiavi.

«E come ti contatto?» domanda, puntando le mani sui fianchi stretti.

Mi fermo e la guardo. I suoi occhi scuri, molto simili ai miei, mi stanno fulminando. Ha i capelli raccolti in uno chignon elegante; una cosa più unica che rara, dato che li tiene quasi sempre sciolti.

«Mamma, stai calma. Non potrò comunque usare il telefono, lo sai», le ricordo. «Ti chiamerò quando tornerò a casa.»

«Sai già a che ora finisci?» chiede, poi riprende a camminare.

«Verso le tre del pomeriggio.»

Guardo l'orologio che porto al polso e mi accorgo che mancano solo dieci minuti all'inizio del turno. Devo darmi una mossa.

«Più veloce, mamma», la incito, allungando il passo.

«Charlotte, tu hai venticinque anni. Io ne ho più del doppio. Non mi chiedere di correre!»

Faccio per ribattere, ma la mia attenzione viene catturata dall'edificio che si staglia imponente davanti a me. Il Massachusetts General Hospital. Sorrido.

«Eccolo», dico in un sospiro.

Non riesco ancora a credere che il mio sogno si sia avverato. Ho sempre desiderato lavorare in ospedale, ma le posizioni aperte scarseggiano. Così, subito dopo la laurea, sono stata assunta in una clinica privata. Due settimane fa, invece, la fortuna ha girato a mio favore e sono riuscita a ottenere un posto nel miglior ospedale dello Stato. Uno dei più antichi degli Stati Uniti, oltretutto.

«Sono nervosa per te», sussurra mia madre. «Vuoi che ti accompagni dentro?»

Scuoto la testa. «No, mamma. Posso farcela da sola. Grazie lo stesso», rispondo, abbozzando un sorriso.

Allunga le mani per sistemarmi i capelli. «Sono così orgogliosa di te», dice. Noto un luccichio nei suoi occhi e mi mordo il labbro inferiore. «Tesoro, avresti dovuto coprire le occhiaie.»

Mi scanso di scatto dalla sua presa e sbuffo. «Devo lavorare. Non devo partecipare a una sfilata di moda.»

Apre la bocca per ribattere, ma sono più veloce di lei: le stampo un bacio sulla guancia e le sorrido. Se le concedessi di continuare a parlare, mi soffocherebbe con le sue domande e le sue constatazioni non richieste.

«Ti chiamo più tardi, quando sarò a casa. Ti voglio bene», la rassicuro, prima di darle le spalle e avanzare verso l'entrata dell'ospedale.

Mi passo le mani tra i capelli più e più volte e mi ripeto mentalmente che devo stare calma. Insomma, non sarà così difficile, no? Ho già affrontato un primo giorno di lavoro. Non in un ospedale così importante, certo, ma devo evitare di farmi assalire dall'agitazione.

«Respira, Charlotte. Non è niente», mormoro a voce bassa per cercare di infondermi coraggio.

Quando arrivo alla porta principale, esito un attimo. Poi, prendo un profondo respiro e varco la soglia.

C'è un viavai confuso di persone: medici, infermieri, pazienti e presumo anche famigliari di questi ultimi. Individuo una guardia dietro un bancone e, titubante, mi avvicino. È una donna di circa quarant'anni, con i capelli biondi raccolti in una coda di cavallo e l'espressione annoiata.

Mi schiarisco la voce per catturare la sua attenzione e mi sforzo di sorridere quando alza lo sguardo dalle sue scartoffie.

«Desidera?» chiede asciutta.

Le allungo il foglio che mi è stato dato qualche giorno fa. Lo prende e se lo rigira tra le mani, senza battere ciglio.

«Mi chiamo Charlotte Cooper. Sono...»

«Infermiera», mi interrompe. «Percorra questo corridoio fino alla fine. Troverà l'ascensore. Si rechi al quarto piano e cerchi la coordinatrice. Se non c'è, chieda a qualcun altro», spiega, restituendomi il foglio.

«Grazie mille!» esclamo. «Buona giornata.»

Lei si limita a scrollare le spalle e distoglie lo sguardo.

Mi incammino per il corridoio e mi guardo intorno. L'agitazione inizia a farsi sentire e mi sudano già le mani.

Entro nell'ascensore e rilascio un lungo sospiro. Il mio tirocinio si è svolto proprio in quest'ospedale ed è emozionante tornare qui.

Prima che le porte si chiudano, una donna si affretta a entrare. È una spanna più bassa di me e indossa una divisa da infermiera.

Mi lancia una breve occhiata e decido di chiederle informazioni.

«Mi scusi...» inizio.

«Dammi del tu», mi interrompe.

«Okay. Be', sono nuova e mi è stato detto dalla guardia di cercare la coordinatrice che si occupa dei neoassunti», spiego.

«A quale piano sei diretta?»

«Al quarto.»

Il suo sorriso si allarga. «Anche io. Si riferiva a Daisy, ma non è ancora arrivata. Meglio così, fidati di me. Non è per niente simpatica e ti farebbe solo venire voglia di scappare a gambe levate. Ti porto dal dottor Doyle, sa cosa fare quando lei non è presente.»

La sua descrizione della coordinatrice non è incoraggiante. Non male come inizio.

«Grazie.» Le porgo la mano. «Io sono Charlotte.»

«Lydia», risponde, stringendola. «Scusa se te lo chiedo, ma quanti anni hai? Sembri una ragazzina.»

«Venticinque.»

Lydia appare sorpresa, ma continua a sorridere. «Abbiamo quasi la stessa età, è fantastico! Sono stufa di tirocinanti troppo giovani e infermieri troppo vecchi», borbotta.

Le porte dell'ascensore si aprono e il mio cuore fa una capriola. Il reparto è enorme e l'odore di disinfettante penetra nelle mie narici. Il lungo corridoio dalle pareti bianche e celesti si affaccia su una serie di stanze e, poco più avanti, dietro un bancone color panna, intravedo alcune persone parlare fitto fitto tra loro. Il rumore dei macchinari funge da sottofondo e, stranamente, seguirne il ritmo mi aiuta a rilassare i nervi tesi.

Lydia mi affianca. «Vieni, Charlotte. Ti porto da Sam», dice, prendendomi per il polso.

«Da chi?» domando, mentre mi lascio trascinare.

«Sam. Il dottor Doyle.» È minuta, ma ha una presa ferrea. «È il mio fidanzato», aggiunge. «So che sembra un cliché. Medico e infermiera… una cosa super scontata, ma lavorando a stretto contatto credo sia normale. Sai, è difficile trovare una persona fuori dall'ambiente ospedaliero che riesca ad adeguarsi ai nostri ritmi.»

So di cosa parla: Johnny e io ci siamo lasciati tre mesi fa per lo stesso motivo. Due lavori con orari incompatibili che non ci hanno permesso di vivere appieno la nostra storia.

«Già», mi limito a rispondere.

«Tu hai un ragazzo?» mi chiede, imboccando un corridoio appena più stretto sulla destra. Corrugo la fronte, senza capire il motivo di questa sua domanda.

«No. Nessun ragazzo. Non più», ammetto.

«Perché?»
«Ho chiuso una relazione poco tempo fa.»
«E perché?» continua imperterrita.

Non ho il vizio di raccontare le mie cose private alla prima persona che mi capita a tiro, ma lei pare così a suo agio che non riesco a sentirmi in imbarazzo.

«Non ci vedevamo mai. Quando lui lavorava di giorno, io avevo i turni di notte o viceversa. Alla fine, ci siamo lasciati di comune accordo.»

In realtà, se avessimo davvero voluto, saremmo riusciti a tenere in piedi la nostra storia, ma i problemi erano diventati troppi e l'amore era scemato da tempo. Non mi sono mai sentita totalmente trasportata da Johnny e, nonostante lasciarlo sia stato doloroso a causa del bene che gli volevo e che gli voglio ancora oggi, non ho sofferto come pensavo.

«È stata dura?» chiede lei, bloccandosi davanti a una porta bianca.

«Un po'.»

«Mi dispiace. Comunque, se ti può interessare, qui ci sono un sacco di persone single.»

Sgrano gli occhi, presa in contropiede dalla sua affermazione. Se non fosse così seria, penserei a una battuta di dubbio gusto. Scoppio a ridere, incapace di trattenermi.

«Non sono alla ricerca di relazioni, almeno per il momento.»

Lydia solleva un sopracciglio e bussa. «Se cambi idea, ti consiglio di guardarti intorno», replica, per poi strizzare l'occhio, divertita.

Stringo le labbra per smettere di ridere e in quel momento Lydia apre la porta. Mi trascina dentro una stanza che deve essere la sala riservata al personale. È grande e luminosa, e ci sono alcuni tavoli disposti in modo disordinato.

Dentro c'è solo un uomo con i capelli scuri e leggermente scompigliati, seduto su una sedia, che fissa concentrato lo schermo del suo cellulare. Solleva gli occhi castani su di noi e sorride.

«Sam, lei è Charlotte, quella nuova», annuncia Lydia, indicandomi con un cenno della testa.

Lui si alza in piedi e ci viene incontro. «Ciao, Charlotte. Io sono Sam. È un piacere conoscerti.»

«Il piacere è mio», rispondo, stringendo la mano che mi porge.

«Sapevamo già del tuo arrivo. Siamo stati informati qualche

giorno fa. Sfortunatamente, la signora Lee non è qui, ma arriverà a momenti.»

«Non c'è problema, davvero», gli dico.

Veniamo interrotti da delle voci alterate e due persone fanno il loro ingresso nella sala. Mi volto e vedo una giovane donna, con dei lunghi capelli neri raccolti in una treccia, camminare spedita tra uno sbuffo e l'altro. Dietro di lei, un uomo sulla trentina.

«No, Jackson, il paziente ha appena vomitato vicino alle mie scarpe. Se non mi fossi spostata, mi avrebbe fatto la doccia!» esclama lei.

L'uomo, Jackson, trattiene una risata. «Dai, Zoey. Quante storie. Sono cose che capitano», ribatte.

«La dottoressa Wood e il dottor Turner», bisbiglia Lydia al mio orecchio.

«E lei chi è?» chiede la dottoressa a Lydia, indicandomi con un cenno. Anche il dottor Turner posa i suoi occhi chiari su di me e solleva un sopracciglio. Mi fissa in un modo strano, addirittura guardingo, e non capisco il motivo.

«La nuova infermiera», cinguetta Lydia, con un sorriso. Nonostante la conosca da appena dieci minuti, mi viene spontaneo domandarmi come diamine faccia a sorridere così tanto.

L'altra mi guarda incuriosita e si avvicina, facendo svolazzare il camice bianco che indossa. Mi squadra sfacciatamente dalla testa ai piedi.

«Oh, bene. Carne fresca da sacrificare», commenta. «Io sono Zoey.»

Deve essere una tirocinante, è troppo giovane. E infatti, quando abbasso lo sguardo per sbirciare il suo cartellino identificativo, ne ho la conferma.

«Charlotte Cooper», dico.

Il dottor Turner si avvicina a sua volta. «Io sono Jackson. Benvenuta.»

«Charlotte, è un piacere conoscerla», rispondo, sforzandomi di sorridere nonostante mi senta in imbarazzo per il suo sguardo insistente. Pensavo che la sorpresa per la nuova arrivata si fermasse ai tempi delle scuole, ma evidentemente non è così. Non in questo specifico reparto.

«Dammi del tu», taglia corto. Si volta verso Sam. «Il signor Foster rifiuta la terapia. Di nuovo.»

Sam si massaggia le tempie e sospira. «Non capisce che più ci mette i bastoni tra le ruote, meno possibilità ha di essere dimesso in tempi brevi?» chiede più a se stesso che a Jackson.

«Non credo», ribatte l'altro, con una scrollata di spalle.

Sam si lascia sfuggire un sospiro e si piega per dare un bacio fugace sulla guancia destra di Lydia.

«Ci vediamo dopo», le dice, poi si volta e mi sorride. «Lydia e Zoey ti faranno visitare la struttura. È stato un piacere, Charlotte. Benvenuta nella nostra squadra.»

«Grazie, anche per me è stato un piacere.»

Sam e Jackson escono dalla sala, lasciandoci da sole.

«Andiamo a fare un giro», esordisce Zoey. «Sai, Charlotte, credevo che il personale fosse al completo. Nessuno di noi si aspettava un'altra assunzione.»

«In realtà, il signor Weber è andato in pensione, perciò era ovvio», la corregge Lydia, mentre ci incamminiamo verso il corridoio.

«Alyssa ha chiesto il trasferimento qui. È strano che non abbiano preso lei.»

Seguo a malapena il discorso che intavolano le due, troppo presa a guardarmi intorno. I miei occhi saettano da una parte all'altra, e cerco di memorizzare la disposizione delle stanze. In fondo, sulla sinistra, ci sono alcuni distributori automatici di bevande.

«Quei due sono il dottor Richardson e la dottoressa Bennett. Erano sposati, ma hanno divorziato lo scorso anno.» I racconti di Lydia si mescolano ai rumori delle macchine ospedaliere e perdo il filo più volte.

«Vicino a quella stanza, invece, ci sono Robert Stewart ed Eleanor Gomez. Lui è molto simpatico, ma stai alla larga da lei perché è scorbutica come poche altre.»

Continuo a fissare inebetita il soffitto, camminando dietro le due. D'un tratto, incespico nei miei stessi piedi e riporto l'attenzione su Lydia.

«Hai capito?» mi incalza, bloccandosi.

Ha detto qualcosa che ovviamente non ho sentito, ma annuisco lo stesso. Non mi interessa conoscere la vita privata del personale, preferisco farmi i fatti miei, e ignoro anche l'ennesimo pettegolezzo che Zoey sussurra a me e a Lydia.

«Wood e Nelson, dove state andando?» Una voce alle nostre spalle interrompe le loro chiacchiere.

«Daisy...» mormora Lydia, con un sorriso di circostanza.

Mi volto anche io. Nel mezzo del corridoio, una donna alta molto più di noi ci fissa con un sopracciglio inarcato. Si avvicina e Zoey mi lancia un'occhiata allarmata.

«Daisy, lei è Charlotte Cooper. La nuova infermiera», spiega Lydia, che indietreggia dopo avermi indicata.

Daisy Lee, la coordinatrice di cui mi hanno parlato, si ferma proprio davanti a me. Due occhi neri, incastonati in un viso tondo, mi trafiggono da parte a parte e mi fissano come se fossi una cavia da laboratorio. Questo basta a farmi venire la pelle d'oca.

«Charlotte Ginevra Cooper», dice lentamente.

Proprio come Jackson Turner, mi trasmette una strana quanto incomprensibile sensazione.

«Sì, sono io», confermo, cercando di mantenere un tono fermo.

All'improvviso, lei sembra riemergere da chissà quale pensiero e si schiarisce la voce. «Bene», commenta, poi guarda le due dietro di me. «Deve cambiarsi, pensateci voi.»

Senza aggiungere nient'altro, fa dietrofront e si allontana.

«Inquietante, eh?» dice Zoey. «È una stronza, non farci caso. Ti abituerai.»

Incapace di proferire parola, persa tra tutte le domande che mi frullano nella testa, mi limito ad annuire e seguo le mie nuove colleghe fino allo spogliatoio.

«Quello è tuo», annuncia Zoey, indicando un armadietto. C'è il mio nome affisso sopra e, all'interno, trovo tre divise.

Zoey e Lydia mi lasciano sola il tempo necessario per cambiarmi e, una volta finito, ritorniamo nella sala riservata al personale. Ci accomodiamo intorno a uno dei tavolini e mi soffermo ad ammirare il panorama oltre la finestra.

«Quell'uomo ci farà uscire fuori di testa», borbotta Lydia.

«Chi?» chiedo.

«Il signor Foster. Ne stavamo parlando proprio adesso.»

«Ero distratta, scusa», ammetto e abbozzo un sorriso. «Perché?»

«Si strappa la flebo di continuo, rifiuta la terapia e non c'è modo di convincerlo a collaborare», spiega Zoey, portandosi una mano sotto il mento.

Sto per ribattere, ma mi blocco per osservare una donna che fa il suo ingresso trionfale nella sala. Ha dei lucenti capelli castani legati in un'ordinata coda di cavallo e sta parlando al telefono. Mantiene la testa china e non riesco a vedere bene il suo volto, ma sembra essere bellissima e il camice le regala ancora più fascino.

«Ecco la strega», sussurra Lydia.

La donna non la sente e continua a camminare. Prende posto lontano da noi e ci dà le spalle.

«Strega?» domando a bassa voce.

Zoey annuisce e si avvicina al mio orecchio. «Sì, è una stronza di prima categoria», bisbiglia.

Lancio un'altra occhiata alla donna e faccio spallucce.

La mia attenzione viene poi catturata da Jackson che rientra nella sala, ma non è lui a colpirmi. Dietro, infatti, c'è un altro uomo, sicuramente più giovane rispetto a tutti gli altri. Ha i capelli castani un po' scompigliati e lo sguardo concentrato sul collega che sta dicendo qualcosa. I lineamenti del suo volto sono duri e decisi, pressoché perfetti. Mantiene l'espressione seria e le labbra serrate, mentre ascolta Jackson che è più basso di lui di almeno dieci o quindici centimetri. I suoi passi sono misurati e aggraziati. Si volta appena e punta gli occhi su di me; sono grandi e chiari, di una straordinaria tonalità di verde. Il momento dura solo una manciata di secondi, poi si gira di nuovo verso Jackson ed entrambi raggiungono la «strega».

Cerco di ricompormi e smetto di guardarlo.

«Lui chi è?» chiedo a Lydia, attenta a non alzare la voce per non farmi sentire dai presenti.

Lei e Zoey sorridono.

«Lui è dottor Dream», sussurra Zoey.

2

«È TARDI! È tardi! È tardi!» urlo, correndo da una parte all'altra del mio appartamento.

Ho perso il ritmo di svegliarmi presto da un po', ma non mi posso permettere il lusso di arrivare in ritardo il secondo giorno di lavoro. Questa mattina non ho di nuovo sentito la sveglia, o forse l'ho spenta mentre ancora dormivo, e ho aperto gli occhi pochi minuti prima delle sette.

Per fortuna, mi sono già vestita. Decido di saltare la colazione e mi fiondo in bagno, lasciando la porta aperta. Mi lavo e applico giusto un po' di correttore sulle occhiaie scure.

Guardo il mio riflesso allo specchio e non posso far a meno di storcere il naso, perché i miei capelli sembrano un nido di uccelli. Li pettino con forza e li lego in una treccia laterale.

«Char, sei già sveglia?» domanda la mia migliore amica, con la voce ancora impastata.

«Sì, e sono in ritardo», ribatto. Prendo la borsa e ci infilo dentro le chiavi di casa e il cellulare. Non aspetto neanche che Cindy si alzi dal letto per salutarmi ed esco dal nostro appartamento, richiudendomi la porta alle spalle.

L'ospedale non è molto lontano da casa mia, ma sto pensando di acquistare un'auto perché mi faciliterebbe gli spostamenti da una parte all'altra della città, anziché fare affidamento sui mezzi pubblici e sulle mie gambe, che non sono poi neanche così atletiche. Non ho mai praticato sport nella mia vita e, qualche volta, me ne pento. Quando avrei avuto il tempo di farlo, ovvero durante le superiori, ero troppo pigra o troppo impegnata a passare pomeriggi interi rinchiusa nella mia camera a studiare o leggere; ora che vorrei farlo, invece, non ho più il tempo materiale.

Corro giù per le scale, incespico più volte, e mi fiondo fuori dal palazzo. La temperatura esterna è piacevole, ma so già che, tra qualche ora, mi pentirò amaramente di averlo pensato.

Controllo di nuovo l'orario: sono le sette e nove minuti.

Scatto in avanti, con la borsa stretta sotto il braccio. Sorpasso tutte le persone che stanno camminando sul marciapiede, ma il fiato inizia a mancarmi non appena imbocco una delle vie principali.

Prendo un grosso respiro e rallento, optando per una camminata svelta. Le strade della città sono già popolate da individui che corrono, macchine che sfrecciano veloci, taxi e autobus. Amo Boston, ma il caos cittadino non mi è mai piaciuto in modo particolare. Preferirei di gran lunga vivere in campagna, immersa nel verde, ma non mi posso ancora permettere di acquistare una casa tutta mia. Dovrei mettere da parte un po' di soldi prima di fare un passo del genere e, soprattutto, dovrei imparare a stare da sola. Non mi piace la completa solitudine e vivere con Cindy non è poi così male.

Vedo una caffetteria e mi viene voglia di entrare, ma la mia mente mi ricorda quanto sia tardi e scuoto la testa; prenderò un caffè alle macchinette dell'ospedale. Non è esattamente buono, ma sempre meglio di niente.

Ieri non ho fatto un granché: Zoey e Lydia si sono limitate a farmi visitare quasi l'intera struttura, che già conoscevo, e mi hanno presentata ai colleghi. L'unico che non mi ha rivolto la parola è stato il dottor Dream, che è sparito nel nulla poco dopo il mio arrivo. Perfino Zoey è sembrata sorpresa, ma ho evitato di fare domande inutili.

Sento il telefono squillare e lo sfilo dalla borsa. Come previsto, è mia madre. Mi viene spontaneo alzare gli occhi al cielo, dato che ho passato almeno un'ora a parlare con lei, ieri sera. Decido di non rispondere e, appena la suoneria si interrompe, le invio un messaggio per rassicurarla. Per fortuna, sono già davanti all'ospedale. Mi affretto a raggiungere l'entrata principale e controllo per l'ennesima volta l'orario: sono le sette e ventitré minuti. Sono arrivata in tempo.

Rilasso le spalle e prendo un profondo respiro prima di entrare.

Anche questa mattina c'è il solito viavai di persone quando passo davanti al bancone.

«Buongiorno!» saluto sorridente la guardia che ho incontrato ieri.

La donna solleva gli occhi dal computer e fa solo un cenno con la mano.

Accelero il passo e mi infilo dentro il primo ascensore che mi capita a tiro. Ce ne sono cinque: due per il personale, due per tutti gli altri e un montacarichi.

Da quello che sono riuscita a capire ieri, dovrei avere gli stessi turni di Lydia e Zoey, per questa settimana. Mi sono sembrate simpatiche e possiedono entrambe una bella parlantina, una cosa che compensa il mio essere taciturna in generale con chi non conosco bene.

Le porte dell'ascensore si aprono davanti ai miei occhi e intravedo qualche medico e qualche infermiere camminare lungo i corridoi. Mi fiondo verso lo spogliatoio, consapevole di non poter perdere altro tempo. In pochi minuti riesco a cambiarmi e lascio la stanza alle sette e trenta spaccate. Mi guardo intorno e noto, alla fine del corridoio sulla mia destra, la figura distinta del dottor Doyle. È concentrato a leggere una cartella clinica che tiene tra le mani. Faccio un passo in quella direzione, ma cambio subito idea. Magari non vuole essere disturbato ed è meglio non rischiare.

Mi dondolo sui talloni, indecisa su cosa fare, ma un rumore forte attira la mia attenzione. Mi volto di scatto verso l'altra parte e vedo Zoey uscire da una stanza. A giudicare dalla sua espressione, non deve essere contenta.

Mi avvicino. «Ciao, Zoey», la saluto. «Cos'è successo?»

«Lydia non è ancora arrivata, perciò ho pensato di occuparmi del signor Foster», risponde, indicando con la testa il numero inciso sulla porta. «Ho provato a parlargli per convincerlo a collaborare, ma mi ha mandata via in malo modo. Anzi, mi ha proprio inveito contro.»

Sam Doyle ci raggiunge e si piazza al mio fianco. «Rifiuta di nuovo la terapia endovenosa, vero?» domanda.

«Sì, Sam, si è strappato via la cannula. Mi ha anche apostrofata con alcuni epiteti che non voglio ripetere», spiega lei, mentre si sistema i capelli scuri. «Non so più come fare, è irremovibile.»

Prima che il dottor Doyle possa replicare, mi schiarisco la voce. «Posso provare?» chiedo, e allungo la mano verso Zoey.

«Ne sei sicura?»
Annuisco. «Non assicuro niente, ma posso tentare.»
«Va bene», acconsente, poi mi passa il materiale. «È tutto pronto, devi solo convincerlo a collaborare. Buona fortuna.»
Non sono neanche consapevole di quello che sto per fare, ma non voglio rimanere con le mani in mano. Così, apro la porta e la richiudo subito alle mie spalle, attenta a non fare troppo rumore. La stanza è una doppia, ma solo il letto vicino alla finestra è occupato. L'uomo è sdraiato, con la testa rivolta dall'altra parte. Credo abbia più o meno settant'anni.
«Ho già detto che non voglio rotture di coglioni», grida, facendomi sussultare.
«Salve, signore. Mi chiamo Charlotte», dico, mentre avanzo verso di lui.
«Non me ne frega un cazzo. Levati dai coglioni.»
Bene. Almeno mi ha rivolto la parola. È un passo avanti.
«La mia collega…»
«Ti ho detto di andare via!» urla.
Butto fuori un breve sospiro. «Signore, sarebbe meglio se…»
Sbuffa e stringe i pugni, interrompendo il mio fiacco tentativo di rabbonirlo. Mi guardo intorno e noto una fotografia incorniciata poggiata sul comodino. Mi avvicino cauta e la osservo: è una bambina dai capelli biondi e gli occhi scuri, che sorride verso l'obiettivo.
«Questa è sua nipote?» azzardo, rivolgendo il mio sguardo verso l'uomo che continua lo stesso a non guardarmi. «È davvero graziosa.» Poso il materiale vicino alla foto. «Posso sapere come si chiama?»
«Amelia», sussurra.
Forse ho trovato un modo per farlo parlare. «Proprio un bel nome», commento e faccio un altro passo verso il letto. «Quanti anni ha?»
Rimane in silenzio per qualche istante, poi si volta verso di me. È pallido come il lenzuolo che gli copre le gambe, ma ha dei bellissimi occhi grigio-azzurri.
«Sei», risponde, osservando teneramente la foto della nipote. «Non la vedo da quando mi hanno ricoverato in questo posto di merda», aggiunge sprezzante.
Mi accomodo sulla sedia e poso le mani sul mio grembo. Credo che non restare in piedi a fissarlo dall'alto sia una buona mossa.

«Non ha voglia di rivederla?» chiedo.

Lui sgrana gli occhi. «Certo che voglio rivederla! È la mia unica nipote e Dio solo sa quanto mi manca!»

Sorrido. «Be', se collaborasse, verrebbe dimesso prima e potrebbe andare da sua nipote.»

«Non voglio dei fottuti aghi nelle vene», ribatte, con gli occhi ridotti a due fessure. Senza lasciarmi il tempo di rispondere, si volta di nuovo verso la finestra.

Non posso perdermi d'animo, non se ho trovato un tasto su cui premere. «Mio nonno è morto quando avevo quattro anni e mezzo. Era malato. Durante il suo ricovero, mi impedirono di vederlo. Ero piccola, non capivo il motivo per cui non potessi parlare con lui, ed è una cosa che mi è rimasta impressa nella mente. Ricordo che insistevo tanto con i miei genitori per andare da lui, ma nessuno sembrava volermi accontentare. Mio nonno era una parte importante della mia infanzia e, quando morì, piansi ininterrottamente per giorni. Mia madre cercò di spiegarmi che era diventato un angelo e che mi proteggeva, nonostante non riuscissi a vederlo. Così, ogni notte, portavo in camera mia un pacco dei suoi biscotti preferiti e speravo con tutta me stessa di risvegliarmi la mattina e trovarlo vuoto, perché sarebbe stato un segno del suo passaggio. È una cosa stupida, lo so, ma ero piccola e desideravo avere la prova che lui fosse realmente lì. I nonni dovrebbero essere eterni», ammetto. «E Amelia sente tanto la sua mancanza, signore. Ne sono sicura.»

Rimango un attimo in silenzio e sento un pesante sospiro. «A nessun paziente piace stare in un letto con medici e infermieri che gli ronzano costantemente intorno. Non so cosa abbia, non ho visto la sua cartella clinica, ma ho sentito dire che, se decidesse di collaborare, verrebbe dimesso nel più breve tempo possibile. Si fidi di me: si goda sua nipote. Non ha senso continuare a stare qui.»

Mi zittisco e non aggiungo altro. Il signor Foster non accenna a voltarsi. Forse ci vorrà più lavoro del previsto, ma non ha senso insistere perché potrei farlo arrabbiare. Proverò più tardi. Magari ha solo bisogno di riflettere in solitudine, l'ho già snervato troppo per ora.

Faccio per alzarmi dalla sedia, ma lui si gira. Ha la fronte corrugata e sembra un po' a disagio. Lentamente, sotto il mio sguardo attento, sfila il braccio sinistro da sotto le coperte.

«Fai quello che devi», mormora, poi riporta l'attenzione verso la finestra.

Senza esitare, prendo un batuffolo di ovatta. Il signor Foster strizza gli occhi e gli rivolgo un sorriso.

«Cercherò di essere delicata, stia tranquillo», lo rassicuro. Strappo l'involucro che avvolge l'ago cannula e tasto leggermente la pelle dell'uomo con le dita.

«Ha delle belle vene. Non sarà difficile e durerà soltanto un attimo.»

Lo sento trattenere il respiro, perciò faccio attenzione a ogni mio movimento durante tutta la procedura per evitare di innervosirlo.

«Ecco, ho finito», lo informo. Sistemo il deflussore e faccio un passo indietro.

«Grazie», sussurra.

«Prego, signor Foster.»

«Chiamami George, per favore», dice, sollevando i suoi occhi chiari su di me.

«Bene, George. Per ora abbiamo finito. Tornerò più tardi. Si senta comunque libero di chiamarmi per qualsiasi cosa.»

Abbozza un sorriso poco convinto e faccio un cenno con la testa a mo' di saluto, prima di uscire dalla sua stanza con aria trionfante. Di fronte a me trovo Lydia, Zoey, Sam e Jackson. Vicino a quest'ultimo, c'è il dottor Dream. È un cognome abbastanza bizzarro, ora che ci penso. I suoi occhi scivolano su di me e mi sento subito a disagio. Non si è ancora presentato ufficialmente, ma non ho il coraggio di farlo io per prima.

«Com'è andata?» chiede Zoey.

«Bene. L'ho convinto, credo.»

Lei sgrana gli occhi, seguita da Lydia. I tre uomini non ci stanno prestando attenzione, occupati a parlare tra loro. Cerco di aguzzare l'udito per intercettare la voce del dottor Dream, ma con scarsi risultati.

«Ci sei riuscita?» domanda Lydia, con la fronte aggrottata.

«Sì, perché?»

«Posso sapere come diamine hai fatto? Sono giorni che proviamo a convincerlo.»

«Non lo so. Gli ho parlato della nipote e basta.»

«Nipote?» ripete.

«Sì, ha una sua foto sul comodino. Gli ho semplicemente detto che dovrebbe godersi la bambina, anziché rimanere qui», spiego.

«Oh, bene. Occupatene tu, allora. Non voglio beccarmi altri insulti», afferma.

«Okay, va bene», rispondo.

«Andiamo a prendere un caffè», propone Zoey, poi mi tira per un polso e mi trascina via. Lydia si precipita al nostro fianco.

Purtroppo, non posso far a meno di voltarmi un'altra volta verso il dottor Dream e mi accorgo che mi sta guardando di rimando. Non mi ha ancora rivolto la parola, ma non ne faccio un problema.

«Smetti di fissarlo», ghigna Lydia a bassa voce.

«Io... io non...» boccheggio imbarazzata.

«È normale guardarlo. È così figo!» esclama Zoey con fin troppa enfasi.

«E non si fila nessuna, giusto a titolo informativo», replica l'altra, continuando a camminare.

«In che senso?» chiedo.

Zoey sospira. «Nel senso che nessuna di noi pare essere degna delle sue attenzioni. È single, ne sono sicura, ma non socializza con nessuno, a differenza degli altri. Anzi, non l'ho mai visto con una donna.»

«Magari perché prende il suo lavoro seriamente e non è qui alla ricerca di una ragazza?» tento, cercando di mascherare il mio disappunto. L'ospedale non è un club di incontri, ma a Zoey e Lydia sembra non interessare.

«Da quello che so, stava con qualcuna. Sam non è entrato nei particolari e non credo sappia molto altro», replica Lydia. «Perfino lui sa poco della sua vita privata, nonostante siano colleghi.»

«Secondo me, non è vero», ribatte convinta Zoey.

Lydia sbuffa. «Ti sto dicendo la verità. Stava con qualcuna.»

«E perché Sam non ti ha detto il nome? È strano», borbotta Zoey.

«Perché non lo sa. L'hai visto anche tu, il dottor Dream non dà confidenza. Vorrà tenere le sue cose private per sé.»

Ci fermiamo davanti ai distributori automatici e Zoey tira fuori una chiavetta.

«Cosa volete?» chiede.

«Caffè», risponde Lydia, appoggiando le spalle alla parete.

«Anche per me, grazie», dico.

Le due rimangono in silenzio per un po' e decido di prendere la parola. So che non dovrei fare domande, ma quell'uomo mi incuriosisce troppo. Non sembra essere particolarmente loquace, ma ha qualcosa che mi attrae, e non solo a livello fisico.

«Quanti anni ha?» chiedo, quando Zoey mi porge un bicchiere.

«Chi?»

Cerco di sembrare indifferente, come se dovessi domandare la data di oggi anziché cose più importanti.

«Il dottor Dream.»

Lydia scoppia a ridere e mi volto verso di lei, con un cipiglio confuso.

«Perché ridi?» le domando.

«Oh, ma non...»

La sua frase viene interrotta da Sam che si avvicina a noi.

«Charlotte, il dottor King ti vuole nel suo studio», annuncia.

«Chi?» chiedo. Non l'ho mai sentito nominare.

«Il dottor King», ripete. «Il suo studio si trova al penultimo piano.»

Vedo Zoey sgranare gli occhi; Lydia, invece, sfodera un sorrisetto ammiccante. «Su, Charlotte. Vai dal dottor King», cinguetta.

«Okay», acconsento.

Senza dire nient'altro, mi incammino verso l'ala opposta del corridoio, continuando a sorseggiare il mio caffè. Trovo l'ascensore libero e mi fiondo dentro.

Non ho mai sentito nominare il dottor King e non so neanche perché mi voglia nel suo studio, ma potrebbe essere un responsabile o qualcosa del genere.

Il sesto – e penultimo – piano è meno caotico del quarto, forse perché è occupato solo da studi e uffici. Cammino titubante e osservo tutte le targhette affisse fuori dalle varie porte. Alcuni nomi sono raggruppati, altri sono singoli, intervallati da quelli che credo siano semplici sgabuzzini o stanze vuote.

«Dottor Sam Doyle, dottor Michael Russo, dottor Jackson Turner...» leggo a voce bassa. «Dottor Nicholas Hill.» È sicuramente il dottore di cui ha parlato Lydia ieri, ma ancora non l'ho conosciuto perché lavora in un reparto diverso dal nostro.

Avanzo di qualche altra porta e mi fermo quando noto la scritta: DOTTOR HAYDEN KING.

Ho ancora il bicchiere del caffè in mano, però non mi pare di vedere alcun cestino in cui buttarlo via. Busso e attendo, ma non ricevo risposta. Busso di nuovo, questa volta più forte. Niente, solo un silenzio tombale.

Forse il dottor King è distratto da qualcosa e non mi sente. O, più semplicemente, è vecchio e ha problemi d'udito.

Così, decido di entrare lo stesso. Apro la porta con cautela e compio una manciata di passi avanti, guardandomi intorno. È il classico studio di un medico: davanti a me ci sono una grande scrivania, una poltrona nera per il dottore e due sedie bianche per gli ospiti. Alla mia destra, una spaziosa libreria colma di testi universitari: anatomia umana, microbiologia, fisiologia, patologia generale, tossicologia e una farmacopea.

Mi domando perché mi abbia fatta venire qui per poi non presentarsi. Odio perdere tempo.

«Proprio educato questo dottor King», borbotto indispettita.

«Come, prego?» domanda una voce roca alle mie spalle, facendomi sobbalzare.

Dannazione, perché non riesco mai a tenere la bocca chiusa?

Mi lascio sfuggire un gemito strozzato e prendo un profondo respiro, pronta a sfoderare il mio repertorio di scuse. Mi volto e, con mia sorpresa, gli occhi verdi del dottor Dream sono puntati su di me.

3

Il dottor Dream mi guarda con un certo disinteresse, ma un lampo di quella che credo sia curiosità gli attraversa lo sguardo nel momento stesso in cui faccio un passo indietro. Rimango ferma, immobile, a fissarlo inebetita, senza sapere cosa dire per stemperare l'atmosfera imbarazzante che percepisco.

Non credo di aver mai visto un uomo così bello. La sua chioma scarmigliata gli regala un'aria sbarazzina che smorza l'espressione dura e impassibile che mantiene dipinta in volto; i lineamenti affilati e stranamente delicati danno vita a un connubio di severità ed eleganza.

Mi accorgo di risultare ridicola per il modo in cui lo sto osservando e cerco di riappropriarmi delle mie capacità mentali. Mi schiarisco la voce, nonostante la gola ormai riarsa.

«Oh…» inizio, grattandomi la nuca con crescente imbarazzo. «Stavo cercando… il dottor King», mi sforzo di spiegare, con la voce ridotta a un sussurro.

Gli angoli delle labbra carnose del dottor Dream si piegano verso l'alto, accennando un sorriso, e i miei occhi guizzano sulla fossetta che si forma sulla sua guancia destra.

Si volta e chiude la porta, così faccio un altro passo indietro. Sono chiusa in una stanza del piano più deserto dell'ospedale in compagnia dell'uomo più affascinante che io abbia mai visto in vita mia e il nervosismo si aggrappa al mio stomaco.

Diamine, perché questo tizio ha un così forte ascendente sul mio corpo e sulla mia mente? Forse dovrei fuggire e cercare il dottor King.

«Prego, Charlotte. Si sieda», dice con tono cordiale e mi indica una delle sedie per gli ospiti. La sua voce si addice al suo aspetto fisico: roca e baritonale, un po' graffiante, ma indubbiamente melodiosa.

Conosce il mio nome e non dovrei esserne sorpresa, ma faccio fatica ad allontanare l'entusiasmo.

Metto a tacere ogni mio strano pensiero e mi accomodo sulla prima sedia che mi capita a tiro. Sento i suoi passi farsi più vicini e lo osservo di nascosto fare il giro della scrivania per sedersi dritto davanti a me. Incrocio i suoi occhi per appena una frazione di secondo e abbasso subito la testa.

Non è la sua bellezza a rendermi così agitata, ma il modo in cui mi guarda.

«Bene», afferma, spezzando il silenzio. «Innanzitutto, benvenuta.»

«Grazie.»

Afferra un fascicolo e stringo gli occhi per mettere a fuoco la targhetta sulla prima pagina. Sembra quasi…

«Charlotte Ginevra Cooper, vedo che si è laureata con il massimo dei voti. Ha anche lavorato in una clinica privata per un paio di mesi. Dico bene?»

Sta leggendo le informazioni presenti nel mio dannato fascicolo personale, ma non dovrebbe averne libero accesso.

«Sì, esatto», confermo. «Ma come fa ad averlo?»

«Nata e cresciuta a Boston, venticinque anni…» prosegue, ignorando la mia domanda.

«Sì, ma…»

Abbassa la cartella e appoggia i gomiti sulla scrivania, così mi interrompo. Diminuisce lo spazio che ci divide, sporgendosi verso di me. Non mi piace il modo in cui mi fissa, sembra addirittura che mi stia studiando, e una fastidiosa fila di brividi serpeggia lungo la mia spina dorsale.

«Perché ha scelto questo mestiere?»

La sua domanda mi lascia interdetta e corrugo la fronte, mentre esamino la sua espressione neutra che non trasmette alcun tipo di emozione.

«Mi piace aiutare le persone», rispondo con una timida alzata di spalle.

Eppure, il dottor Dream non pare convinto. «E basta?»

«Be', no. Ci sono tanti motivi.»

«Tipo?»

«È rilevante?» ribatto, con una punta di irritazione. Odio quando mi vengono poste troppe domande.

La sua bocca è colta da un leggero tremolio, forse si sta sforzando di non ridere. «Se non vuole rispondere, va bene lo stesso.»

«Non è questo. È solo che non saprei come spiegarlo. Amo il mio lavoro e credo sia una motivazione sufficiente, dottore.»

«Bene», ripete. «Le hanno già fatto visitare la struttura, giusto?»

«Sì. Zoey e Lydia, proprio ieri.»

Lui lancia un'altra occhiata curiosa alla mia cartella e ne approfitto per studiare il suo viso. È troppo bello per essere reale, non riesco a trovargli un solo difetto ed è snervante. Deve pur averne qualcuno, come tutti gli esseri umani.

«Signorina Cooper», mi richiama. «È mai stata in questo ospedale?»

«Sì, anni fa, durante l'università.»

«In quali reparti?»

«Sono elencati proprio lì», rispondo, indicando il foglio che ha davanti.

«Ho già letto.»

«E perché l'ha chiesto?»

«Perché molti curriculum riportano informazioni false. Volevo solo assicurarmi che le sue fossero veritiere.»

«Quale persona con un minimo di sale in zucca scriverebbe cose false? Bisogna affrontare un colloquio e la documentazione è comunque presente negli archivi dell'ospedale che ospita i tirocinanti», gli faccio notare.

Stavolta appare sorpreso dalla mia risposta, ma è una reazione che svanisce talmente in fretta che non ne ho la certezza. Ritorna serio, impassibile.

«Sa come muoversi e come gestire tutto?»

«Credo di sì.»

«Perfetto.» Si appoggia allo schienale della sua poltrona, ripristinando così una distanza accettabile tra di noi, e mi lascio sfuggire un sospiro di sollievo.

«Può seguire me, durante il primo periodo», propone.

Sussulto impercettibilmente e mi muovo a disagio sulla sedia. Cosa significa? Perché mai dovrei seguirlo?

«Ehm… perché?» domando in evidente soggezione.

«È nuova e credo sia giusto darle una mano ad ambientarsi. Con questo non intendo mettere in dubbio le sue capacità, non mi fraintenda, voglio solo facilitarle il lavoro iniziale. Chiederò alla coordinatrice di far combaciare i nostri turni», spiega con noncuranza.

Il mio improvviso mutismo non deve passargli inosservato e, infatti, inarca un sopracciglio davanti alla mia espressione confusa.

«Le sta bene?» domanda. «Sarà solo per un breve periodo.»

Mi piacerebbe davvero declinare la sua cordiale richiesta, ma mi costringo ad acconsentire e annuisco.

Lui accenna un altro sorriso e io non riesco proprio a smettere di fissarlo. Non credo sia molto più grande di me, potremmo addirittura essere coetanei. Prima di rendermene realmente conto, piego la testa di lato e mi lascio sfuggire la domanda che mi frulla nella mente.

«Quanti anni ha, dottore?»

Si incupisce e il sorriso svanisce in un battito di ciglia. Mi guarda all'improvviso come se avessi appena bestemmiato.

«Questo non è rilevante», risponde, dopo essersi schiarito la voce.

«No, ma…»

«Abbiamo finito.»

La sua reazione mi destabilizza e batto le palpebre. Non credo di aver chiesto niente di troppo personale, considerando che lui ha ben pensato di sbirciare le informazioni che mi riguardano. Lo studio e lui inarca il sopracciglio destro, guardandomi di rimando. Mi accorgo così di essermi di nuovo imbambolata e scatto maldestramente in piedi, come se una molla invisibile mi avesse dato una spinta vigorosa.

«Allora io…» farfuglio. «Be', arrivederci, dottore. È stato un piacere.»

Senza aspettare una sua risposta, gli do le spalle e avanzo verso la porta. Tuttavia, mi ricordo di un piccolo particolare e mi volto. Me lo ritrovo davanti e vado quasi a sbattere contro il suo torace, ma la fortuna gira dalla mia parte e mi blocco in tempo.

«Mi dispiace per quello che ho detto sul dottor King», butto fuori tutto d'un fiato. «Davvero. Non avrei voluto neanche dirlo ad alta voce.»

La sua espressione cambia in modo repentino; rilassa le spalle e una nota di divertimento spazza via la serietà dal suo volto.

I miei occhi scivolano d'istinto sul cartellino che porta appeso alla tasca del camice e vorrei morire. Lui tende una mano e la stringo con poca enfasi, ormai rossa in viso per la vergogna.

Voglio scavarmi una fossa qui, in questo studio, e seppellirmi.

«Io sono il dottor King. Non ci siamo presentati ufficialmente, Charlotte Ginevra.»

Mi mancava solo una bella figuraccia al mio secondo giorno di lavoro.

«Solo Charlotte, grazie», sussurro, senza più il coraggio di guardarlo.

Non appena lascia andare la mia mano, esco dal suo studio senza neanche salutarlo. L'ultima cosa che sento è il suono di una risata, ma faccio finta di niente e continuo a camminare.

«Grazie per non avermi detto il vero nome del dottor Dream», annuncio dopo uno sbuffo, quando raggiungo Lydia e Zoey al distributore di bevande.

La prima arriccia le labbra, ma la seconda scoppia a ridere senza contegno, guadagnandosi un'occhiataccia da parte mia, che non trovo niente di divertente in ciò che mi è appena accaduto.

«Credevi che il suo nome fosse davvero quello?» sghignazza Zoey.

«Sì, è ovvio», affermo.

Lydia posa una mano sulla mia spalla e cerca di soffocare una risata.

«Dottor Dream è il soprannome che gli abbiamo dato noi. Hayden King è il suo vero nome», spiega.

«Avresti potuto dirmelo prima», controbatto e incrocio le braccia al petto. «Gli ho dato involontariamente del maleducato.»

«Mi dispiace, ma non è questa la cosa importante», puntualizza.

«Cosa ti ha detto?» interviene Zoey.

Mi arrendo alla loro curiosità. «Mi ha detto che mi aiuterà ad ambientarmi. Non ne ho bisogno, in realtà, ma rifiutare sarebbe stato poco educato e ho accettato la sua offerta.»

Lydia spalanca gli occhi scuri e Zoey smette di ridacchiare. Aggrotto la fronte, aspettando un loro commento che non arriva.

«Perché quelle facce?» borbotto.

«Oh, cazzo», mormora Lydia, poi si copre la bocca con le mani.

Non capisco il motivo di tanta sorpresa. Non mi ha proposto un appuntamento galante – che comunque sarebbe fuori discussione – ma un semplice aiuto.

Zoey allarga le braccia in modo teatrale. «Okay, sono ufficialmente gelosa! Perché non l'ha chiesto a me? Che ingiustizia, vorrei davvero trotterellare al suo fianco tutto il tempo e invece mi saluta a malapena.»

Rido alla vista della sua espressione indispettita. «È lavoro», dico infine, con una scrollata spalle.

«No, piccola e ingenua Charlotte. Tu non conosci il dottor Dream!» s'intromette Lydia. Sto per chiederle di smettere di chiamarlo così, ma mi fa cenno di stare zitta. «Non vuole mai nessuno tra i piedi, a parte Jackson e Sam. È un lupo solitario.»

«Un lupo solitario super sexy», aggiunge Zoey, prendendosi il mento tra l'indice e il pollice.

«Hayden King è uno dei medici migliori di questo ospedale. Si è laureato in anticipo e non so come abbia fatto perché è davvero molto difficile. E, te lo ripeto, sta sempre solo. Quindi sì, è strano», spiega Lydia, ignorando il commento dell'altra.

È estremamente seria, ma non riesco a trattenere una risata perché sembra stia parlando di qualche essere ultraterreno fuori dalla portata di chiunque.

«E quindi?» ribatto. «Vuole solo aiutarmi. Che male c'è?»

«Ti prego, chiudilo in qualche sgabuzzino e spoglialo. Fallo per tutte noi, confido in te», dice Zoey.

«Zoey!» esclamo contrariata.

«Ti ha detto altro?» chiede.

«Sì, ha detto che farà combaciare i nostri turni per il primo periodo.»

«Sento aria di futuri gossip, qui», cantilena.

Lydia annuisce, dandole manforte. «Anche io.»

Questa discussione inizia a stufarmi e loro sembrano due esaltate.

«Si può sapere che problemi avete? È un medico e questo è un ospedale. Non mi ha chiesto di andare a letto con lui», sbotto.

«No, ti prego, Charlotte», replica Zoey. «Smetti di parlare, sul serio. Sei nuova, non capisci e *non apprezzi*, perciò possiamo fare uno scambio: ti do Jackson per Hayden», conclude.

«Non sono figurine che puoi scambiare quando e come vuoi», la rimbecca Lydia. «E Hayden ha chiesto a Charlotte, non a te.»

«Ma voglio lui, non Jackson», protesta. «Tutta la fortuna alla nuova arrivata. Che vita ingiusta.»

Seguo il battibecco tra loro, a disagio e irritata.

«Zoey, quando hai finito di parlare di Hayden King come se fosse un dio, avvisami», borbotto.

«Ma lui è un dio», si affretta a ribattere. «L'hai visto, almeno?»

«L'ho visto, sì, ma è una persona normale. Niente di più.»

«Niente di più?» ripete, storcendo il naso. «Niente di più?»

«Zoey, smettila. Stai esagerando come tuo solito», la redarguisce Lydia.

«Ehi, ragazzine!» ci richiama una voce severa. Ci voltiamo tutte di scatto: davanti a noi, con le braccia conserte e gli occhi ridotti a due fessure infuocate, c'è Daisy Lee. «Siete qui per lavorare e siamo in un ospedale, non in un pollaio.»

Apro la bocca, senza sapere esattamente cosa dire, ma Lydia mi precede. «Rilassati, Daisy. Stavamo solo…»

«Adesso! Muovete le vostre gambe giovani e tornate a lavorare!» ci rimprovera.

Lydia emette un grugnito basso, ma Zoey la afferra per un braccio e la strattona.

«Andiamo», dico, prima di dare loro le spalle e incamminarmi verso la sala riservata al personale. Devo ancora sistemare alcune cose e non voglio dare una brutta impressione durante i primi giorni di lavoro, soprattutto con una come la signora Lee nei paraggi.

4

SONO nervosa. Mi sto torturando le mani e le mie unghie versano in una condizione pietosa, dato che continuo a mangiucchiarle senza sosta.

La signora Lee mi ha informata che il dottor King arriverà in ritardo perché è rimasto bloccato nel traffico a causa di un incidente sulla strada che gli ha fatto perdere tempo, e che dovrò fare il giro delle visite con lui. Non so se temere il suo arrivo o esserne contenta.

Guardo l'orologio per l'ennesima volta: sono quasi le tre. Tra poco lo incontrerò e l'agitazione aumenta solo al pensiero. Ho paura di combinare qualche pasticcio o di fare una delle mie solite figuracce, perché il dottor King scatena in me un nervosismo soffocante; forse è a causa dei suoi modi severi e formali, ma non riesco a guardarlo negli occhi per più di tre secondi.

Oggi non ho visto Lydia, mentre Zoey si è volatilizzata circa dieci minuti fa e sono rimasta da sola, ad aspettare il dottor King. La dottoressa che le due chiamano semplicemente «Strega» – e che in realtà si chiama Amy Adlon – sta chiacchierando con altre due donne, poco distante da me.

«Signorina Cooper», mi chiama il dottor King, apparso alle mie spalle. «Mi scusi per il ritardo.»

Non capisco se emanino più fascino il suo aspetto fisico, la sua voce o le sue movenze. Tutti questi elementi confluiscono insieme regalandogli una bellezza quasi surreale.

«Non si preoccupi, dottore», rispondo.

Lancio un'occhiata in direzione delle presenti perché il loro silenzio improvviso cattura la mia attenzione: la dottoressa Adlon sta fissando il dottor King con un sopracciglio inarcato. Le altre due, invece, guardano lei.

«Dobbiamo sbrigarci. Se non sbaglio, il suo turno finisce tra circa un'ora», annuncia lui d'un tratto, incamminandosi verso il corridoio. Così, senza dire una parola, prendo un profondo respiro e lo seguo.

«La signora della stanza ventidue deve essere trasferita», mi informa, con lo sguardo fisso su una delle cartelle che ha in mano. Una ciocca riccioluta color cioccolato gli ombreggia la fronte e lui la rispedisce indietro con un movimento veloce.

«Dove?»

«Oncologia.»

«Oncologia?» ripeto a bassa voce. «Significa…»

«Esattamente», conferma, con tono monocorde.

Il dottor King si ferma davanti a una porta, la numero ventidue per l'appunto, e poggia la mano sinistra sulla maniglia.

«Vuole entrare con me?» domanda, poi punta i suoi occhi verdi nei miei.

Rimango in silenzio per qualche istante e scruto il suo viso serio. Ho la sensazione che la mia presenza non sia necessaria, ma evito di esporre il mio pensiero.

«Sì, va bene», acconsento.

Mi porge una cartella clinica, in silenzio. La prendo e leggo velocemente quello che c'è scritto all'interno.

«Ha sessantadue anni», mormoro.

«Sì.»

Sollevo lo sguardo verso di lui e deglutisco. Ci vuole tutta la forza di volontà che possiedo per entrare dentro la stanza. Un letto è vuoto, mentre l'altro è occupato da una signora che, con la fronte corrugata e gli occhiali da vista spessi poggiati sul naso adunco, sta leggendo un libro. I capelli chiari e corti formano un'aureola dorata sul cuscino. Sembra tranquilla e l'ultima cosa che voglio fare in questo momento è ascoltare il dottor King darle una notizia terribile.

Richiudo la porta alle mie spalle e lei si accorge di noi. Ha gli occhi chiarissimi, quasi dello stesso colore del cielo durante una giornata particolarmente soleggiata.

«Salve», esordisco, cercando di sorridere.

«Signora Bevan, come sta?» domanda il dottor King, mentre sposta la sedia vicino al letto.

La donna chiude il libro e raddrizza la schiena.

«Buon pomeriggio», dice cordialmente. Guarda prima me e poi lui. «Ci sono novità?»

Il dottor King si siede vicino a lei e appoggia la cartella sulle gambe.

«Sono arrivati gli esiti delle ultime analisi. È necessario trasferirla in un altro reparto per ulteriori accertamenti», risponde con estrema cautela, come se stesse misurando ogni singola parola. «La visita di ieri…»

«Ho capito», lo interrompe lei. Il suo sorriso si spegne.

Rimango inerme in un angolo della stanza, con le mani strette dietro la schiena. Non la conosco, non ho idea di chi sia questa gentile signora, ma sono una persona particolarmente sensibile e mi si spezza il cuore al solo pensiero di quello che dovrà affrontare. Forse ha ragione mia madre: mi lascio troppo trasportare dalle sofferenze delle altre persone.

«Quale reparto?» chiede lei, senza smettere di fissare il dottor King.

«Oncologia.»

«Dov'è?» chiede.

«Al piano…»

«No», lo blocca. Non sembra sorpresa, bensì rassegnata. Pare quasi che si aspettasse una notizia del genere. «Quello che ho, intendo. Dov'è?»

Anziché parlare, il dottor King sfila un foglio dalla cartella clinica e glielo porge, ma lei lo ignora.

«È molto grave?» domanda invece.

«La dottoressa Flinch saprà darle informazioni più specifiche», afferma. «Ma non…»

«Vorrei rimanere da sola», lo interrompe di nuovo. Prende il libro che stava leggendo poco prima del nostro ingresso e lo apre, distendendosi sul letto. È un modo educato di liquidarci e il dottor King, dopo aver sospirato, si alza in piedi e mi fa cenno di seguirlo fuori.

«A dopo, signora Bevan», dice, poi apre la porta.

Non sono sicura di riuscire più a parlare, perché sento un groppo all'altezza della gola e so che, se dicessi qualcosa, inizierei a piangere.

Lavorare in questo ambiente mi ha sempre affascinata, ma devo ammettere a me stessa che alcune cose non sono per niente piacevoli. Ho scelto di fare l'infermiera perché mi piace l'idea di poter aiutare le persone però, in certi casi, non posso fare un granché. Così, dopo aver sussurrato un saluto, esco dalla stanza e mi concedo di respirare a fondo.

«Sta bene?» chiede il dottor King, fermo davanti a me.

«Sì, più o meno», ammetto.

Lui inarca un sopracciglio e mi scruta in viso, mettendomi in soggezione per l'ennesima volta.

«Non ha neanche parlato, signorina Cooper. Si rilassi», commenta, e si infila le altre cartelle sotto il braccio.

«Lo so, ma per me è quasi tutto nuovo.»

«Si abitui», ribatte lapidario.

Stavolta sono costretta a mordermi la lingua per non rispondergli a tono, e lo seguo quando s'incammina verso la stanza successiva.

«Signor Brown, come sta?» esordisce, dopo aver spalancato la porta.

L'unico uomo presente, immobile davanti alla finestra, scrolla le spalle.

«Come sempre, dottor King. Ancora non sono morto.»

«Smetta di parlare di morte.»

Il signor Brown scoppia a ridere. «Hayden, ormai sono vecchio.»

«Non dica così», risponde l'interessato. Tra i due l'atmosfera è amichevole, perciò mi rilasso e poso la cartella sul comodino.

«È nuova?» domanda il signore.

«Sì, si chiama Charlotte», mi anticipa il dottor King.

«Oh. Non è troppo giovane?»

Apro la bocca per parlare, ma il dottore mi anticipa. «No, ha venticinque anni.»

L'irritazione mi fa prudere le mani e assottiglio lo sguardo. «So rispondere da sola.»

Il signor Brown soffoca una risata, ma il dottor King non sembra divertito, anzi si irrigidisce. Forse avrei potuto evitare. Opto per rinchiudermi nella mia bolla personale e svolgo il lavoro in un silenzio religioso.

Il resto delle visite prosegue in tutta tranquillità. Il dottor King si limita a farmi misurare la pressione e la temperatura corporea ai pazienti, ma sento i suoi occhi addosso per tutto il tempo e mi mette a disagio. Non riesco a comprendere il motivo per cui mi fissa come se mi stesse studiando, proprio come non capisco perché insista tanto nell'utilizzare tono e modi formali. Potrei catalogare il suo comportamento come semplice professionalità, ma mi porto appresso una strana sensazione che suggerisce che ci sia altro dietro, e che cerco di ignorare perché probabilmente è frutto della mia immaginazione.

Mentre il dottor King parla con il paziente dell'ultima stanza rimasta, appoggio la sua cartella sul comodino e riporto i valori nella tabella apposita. D'un tratto, però, percepisco la presenza del medico dietro di me e mi immobilizzo, trattenendo il fiato. Gli rivolgo un'occhiata fugace: sta solo leggendo quello che scrivo, eppure ogni cellula del mio corpo sembra essere impazzita all'improvviso. Concentrato sulla penna che scorre lenta sul foglio, si pizzica il labbro inferiore con l'indice e il pollice. Perfino il suo profumo, che ormai ha invaso le mie narici, è particolarmente buono e piacevole.

«Ha sbagliato casella», afferma, spostando gli occhi nei miei.

Mi affretto a riportare la concentrazione su quello che stavo facendo prima della sua intromissione.

«Mi sono distratta», tento di giustificarmi.

«Si distrae spesso.»

«Chissà perché…» mormoro d'istinto, ma me ne pento subito.

«Uhm, e perché? Sentiamo.»

Punta sul vivo, un sussulto interno mi scuote. «No, no… Intendevo… il paziente della quattordici ha la pressione un po' alta, l'ho notato adesso mentre rileggevo gli appunti. E… chissà perché, ecco.»

Il dottor King non smette di guardarmi e dubito che si sia bevuto la mia bugia. Mi ributto così sul foglio e termino di scrivere, ignorando la vergogna che, piano piano, mi sta inghiottendo. Continuo a domandarmi come diavolo faccia a mandarmi in tilt così facilmente, ma sono altresì consapevole di dovermi dare un contegno, perciò mi riprometto di tenere a freno la lingua e di mantenere i miei pensieri all'interno della mia mente, anziché buttarli fuori senza prima soppesarli.

«Bene, per oggi abbiamo finito», conclude, dopo qualche istante di silenzio. «Può andare, Cooper. Ci vediamo domani.»

«Sì, a domani», rispondo. Lui fa un cenno con la mano e si allontana, senza dire nient'altro.

Non riesco a distogliere lo sguardo dalla sua figura, finché non svolta a destra alla fine del corridoio e sparisce dalla mia visuale.

Scuoto la testa e raggiungo a passo svelto lo spogliatoio per cambiarmi. Controllo il mio telefono e noto alcuni nuovi messaggi. Non c'è bisogno che veda il nome del mittente, perché può essere solo mia madre.

Durante il tragitto verso casa, decido di telefonarle e, come accade spesso, mi riempie di domande. Devo rassicurarla più volte per riuscire a farle capire che il lavoro sta andando a gonfie vele, ma evito abilmente di raccontarle tutti i dettagli.

Per fortuna, quando apro la porta del mio appartamento, mi informa di dover uscire con una sua amica e chiude la telefonata.

Sbuffo e lascio la borsa sul tavolo. Slego i capelli e scalcio via le scarpe, proprio nel momento esatto in cui Cindy esce dalla sua stanza. Ha i capelli rossi legati in una coda bassa e indossa ancora il pigiama. I suoi occhi scuri mi scrutano dalla testa ai piedi e fa una smorfia.

«Non hai una bella cera», commenta, incrociando le braccia al petto.

«E tu hai ancora il pigiama», le faccio notare, mentre mi butto sul divano.

«Giorno libero», mi informa. «Tu, piuttosto… sembri stanca.»

«E sono stanca, infatti», replico, poi mi copro la bocca con una mano per nascondere lo sbadiglio che segue.

«È un lavoro stressante.»

«Non è per quello.»

«E allora? Colpa dei colleghi?»

«No, sono quasi tutti gentili. Solo il dottor King è strano.»

«Dottor King?» ripete. «Il dottor Hayden King?»

Il suo tono sorpreso non mi sfugge e aggrotto la fronte.

«Non penso ci siano molti medici con quel nome, nel reparto in cui lavoro. Lo conosci?» domando.

«Sì», afferma, e si avvicina al divano per sedersi al mio fianco. «Quando mia nonna è stata ricoverata, l'ho visto. È molto bravo ed è anche figo da far paura!» esclama, battendo con enfasi le mani sulle sue cosce.

Ignoro il suo commento sull'aspetto fisico del dottor King, perché non è poi così rilevante.

«Sì, ma è strano», ripeto.

«È figo», dice un'altra volta.

«Ho capito.»

Devo ammettere che non impazzisco per il modo in cui tutti parlano di lui. Sembra che la sua bravura passi in secondo piano rispetto alla sua bellezza e non è una cosa che apprezzo in modo particolare. Dubito che sia arrivato dov'è servendosi solo del suo bel viso, e non credo sia giusto sminuire il suo lavoro così.

Cindy ridacchia e appoggia i piedi scalzi sul tavolino da caffè che si trova davanti al divano. Le ho chiesto più volte di non farlo, ma lei mi ha sempre ignorata.

«Sai, un amico di mio fratello lavora nel tuo ospedale.»

«Come si chiama?» chiedo distrattamente, dopo aver acceso il televisore.

«Nick Hill. Lo conosci?»

Scuoto la testa e cambio canale. «Ne ho solo sentito parlare, ma non l'ho ancora visto», spiego.

«È molto simpatico», commenta. «Ha i capelli biondi, ma penso siano tinti. Ha gli occhi azzurri, è alto, figo...»

«Grazie per la tua descrizione, ma non mi interessa», taglio corto. «Non sono lì per trovare marito.»

La sento sbuffare e faccio finta di niente, poi appoggio il telecomando sulle mie gambe. Stanno trasmettendo una replica di *Modern Family* e, nonostante io conosca ormai ogni episodio a memoria, riesce sempre a farmi divertire. Ho bisogno di ridere e svagare la mente.

«Quanto sei noiosa», borbotta indispettita Cindy. «Va bene essere single, ma tu esageri.»

Sospiro e mi volto per guardarla. «Non sto cercando un ragazzo ma, come ti ho sempre detto, se dovesse arrivare, sarei la prima a essere contenta», chiarisco. «Non vado a lavorare per sbavare dietro ai miei colleghi. Non è da me e non mi interessa.»

«Vedi? È per questo che ti dico che sei noiosa. Non ti va bene neanche mio fratello!»

«Joe è fidanzato e convive», ribatto.

«Non c'entra niente. Lei non mi piace e sono sicura che troncheranno a breve.»

«Non credo. Si amano.»

«Ti dico che andrà così. L'amore dura poco, sono solo gli ormoni a parlare. E lei non me la racconta giusta, ha qualcosa che non mi convince. È una stronza che si nasconde dietro la maschera da brava ragazza, ne sono certa.»

Mi sfugge una risata. Joe e io andiamo d'accordo, ma non sono interessata a lui e di sicuro non voglio assecondare sua sorella. Abbiamo avuto il piacere di conoscere Molly sei mesi fa, ed è una ragazza a posto. Lavora come editor freelance, non è mai stata interessata ai pettegolezzi che invece appassionano Cindy e guarda Joe come se fosse la cosa più preziosa della sua vita. Fatico ancora a comprendere il motivo per cui la mia migliore amica la odi tanto.

«Non devi essere tu a decidere e Molly è davvero una brava ragazza.»

Cindy si alza dal divano e si dirige in cucina. La sento armeggiare con qualcosa, finché non torna a sedersi e mi porge una lattina di Coca Cola.

«È di sicuro brava sotto le lenzuola, ecco perché quel cretino non la lascia», commenta.

Evito di ribattere perché so bene com'è fatta caratterialmente: è cocciuta. Troppo cocciuta. Quando si impunta su qualcosa, niente può farle cambiare idea. Siamo amiche da parecchi anni ormai, quindi conosco tutti i metodi per evitare le sue polemiche sterili; uno tra questi è ignorarla e cambiare discorso.

«Dovremmo davvero prendere un gatto.»

Mi scocca un'occhiataccia. «Non ci pensare nemmeno. Io odio i gatti.»

«Tu odi tutto.»

«Giusta osservazione.»

Riprende a fissare il televisore, lasciandomi così il tempo di respirare.

«In ogni caso, il dottor King è un super figo.»

Mi volto di scatto e la fulmino con lo sguardo. «La vuoi finire, per favore?»

«Sto solo facendo una constatazione. Anzi, sto rimarcando l'ovvio.»

Alzo gli occhi al cielo e non rispondo.

«E com'è? Ti ha lasciato il suo numero?» continua imperterrita.

«No, non mi ha lasciato il suo numero e non mi interessa», sbotto, ormai vicina all'esasperazione. «E te l'ho detto, è strano. Mi ha solo dato ordini per tutto il tempo, come se non fossi capace di muovermi e lavorare senza di lui. Sembra di parlare con il mio vecchio professore universitario per il modo formale che usa. Mi chiama 'signorina Cooper', figurati! Inizia a starmi antipatico, quindi la sua bellezza passa in secondo piano.»

Cindy mi fissa in silenzio, con l'espressione concentrata e un piccolo solco tra le sopracciglia contratte. Forse stavolta sono riuscita a farla stare zitta.

Così, dopo aver sospirato, torno a guardare la televisione mentre sorseggio la mia bevanda.

«Sì, ma è figo. Non puoi negarlo», sussurra lentamente.

«E basta!» piagnucolo, poi mi alzo dal divano per dirigermi in camera mia.

5

Sono riuscita per un pelo a evitare l'ennesimo ritardo, ma devo necessariamente avere qualche genere di problema con la sveglia, perché riesco a spegnerla anche durante il sonno.

«Ho una relazione abbastanza complicata con la mia sveglia», ammetto infatti a Lydia e Zoey, che ho raggiunto vicino al distributore di bevande.

«Non sei l'unica», commenta Lydia, dopo avermi passato un bicchiere pieno di caffè. «Sam è un ritardatario cronico, ma viviamo insieme e riesco a svegliarlo presto. Quando viveva solo, arrivava sempre in ritardo.»

«Ti capisco. Anche mia sorella è così», rispondo.

Penelope sostiene – per chissà quale motivo – che arrivare puntuale in qualsiasi posto sia «roba da sfigati». Più piccola di me di otto anni, ha delle idee che ritengo ragionevolmente strambe. Siamo legate come di solito lo sono due sorelle, ma siamo l'una l'opposto dell'altra. Mio padre dice sempre che io sono un mare calmo e piatto, mentre lei uno tsunami, e nessun'altra descrizione potrebbe rappresentarci meglio.

«Com'è andata ieri?» chiede Zoey. «Con il dottor Dream, intendo.»

«Smetti di chiamarlo così. Ha un nome», ribatto in automatico. «È andata come sempre. Niente di nuovo.»

È già passata una settimana da quando ho iniziato a lavorare con lui. In sette giorni non abbiamo parlato un granché. Ho anche smesso di chiedergli di non chiamarmi «signorina Cooper», perché ho capito che non cederà e non abbandonerà i modi formali. Tuttavia, ignoro cosa lo stia spingendo a volermi ancora con sé, perché ho imparato a muovermi da sola da ormai qualche giorno e non ho più bisogno del suo aiuto. E di certo non sono stata assunta per seguirlo.

«Non è l'emblema della simpatia, ma almeno godi di una bella vista», sussurra Zoey, dedicandomi un occhiolino rapido.

«Preferirei uno meno carino con il quale scambiare qualche parola, anziché correre dietro di lui in quasi totale mutismo», ribatto asciutta.

Butto il bicchiere vuoto nel cestino e mi sistemo la divisa. Sono quasi le nove, ma sono già passata dal signor George per la terapia e ho scambiato due chiacchiere con lui. Gli ho anche detto che verrà sicuramente dimesso a breve, perché sta collaborando e non rifiuta più le cure.

«Ehi, quella nuova!» urla la signora Lee.

«Charlotte», la correggo. Le ho ripetuto più volte il mio nome, ma non le importa. Non credo di starle molto simpatica, ma in fondo dubito che le vada a genio qualcuno in particolare.

«È lo stesso. Vieni qui.»

Recalcitrante, occhieggio le due ragazze che distolgono l'attenzione e fanno finta di chiacchierare, e mi avvicino alla signora Lee.

«Il dottor King è stato chiamato in Pronto Soccorso», spiega. «Potresti andare anche tu?»

«Perché?» chiedo d'istinto.

Affila lo sguardo e assottiglia le palpebre. «Perché c'è un'emergenza. Sono a corto di personale e mi è stato chiesto di mandare qualcuno da questo reparto.»

«E ha scelto me perché…» la incito a continuare con un gesto della mano.

«Perché sì», controbatte, seccata.

Rimango interdetta per qualche istante e guardo Lydia e Zoey, che non proferiscono parola nonostante abbiano sentito tutto.

«Adesso», aggiunge la signora Lee, con tono severo.

È una donna parecchio suscettibile ed è facile farle saltare i nervi. Così, dopo aver sussurrato alle due ragazze che le raggiungerò più tardi, mi limito a dirigermi verso l'ascensore, evitando lo sguardo della signora Lee. Il Pronto Soccorso si trova al piano terra, nell'ala ovest dell'edificio.

Quando le porte dell'ascensore si riaprono davanti a me, noto la differenza abissale tra questo reparto e quello di Medicina Interna, dove lavoro io; il secondo è tranquillo, non c'è quasi mai alcun viavai frenetico di barelle a parte rare eccezioni, mentre ciò che mi ritrovo davanti qui è totalmente all'opposto: medici e infermieri che corrono da una parte all'altra, telefoni che squillano e accompagnatori dei pazienti che girovagano dappertutto.

Esco dall'ascensore e mi guardo intorno, disorientata. Dopo che ho fatto alcuni passi avanti, una mano si posa sulla mia spalla e sobbalzo. Mi volto di scatto e vedo il dottor King. Ha l'aria più stanca del solito, a giudicare dalle leggere occhiaie sotto i suoi occhi chiari.

«Dottore, è successo qualcosa?» domando.

«C'è carenza di personale», mi informa, con il suo solito tono piatto. «Andiamo», aggiunge, per poi iniziare a camminare.

Non me lo faccio ripetere due volte e lo seguo, cercando di mantenere il suo passo. È molto più alto di me e, di conseguenza, due dei miei passi equivalgono a una sua falcata. Quando ci blocchiamo davanti alle stanze, si volta per guardarmi.

«Uno dei medici di questo reparto è in malattia, mentre un altro è andato in pensione e stanno impiegando più tempo del dovuto per trovare un suo sostituto. E due infermieri sono assenti per non so quale motivo. Un altro è in ferie. È una catastrofe», spiega, parlando così velocemente che fatico a immagazzinare le informazioni. «Quindi, se non le dispiace, finché la situazione non sarà risolta, lavorerà qui. I turni sono più lunghi, io non ho ancora staccato da ieri pomeriggio. Molto probabilmente, dovrà trattenersi tutto il giorno.»

«Va bene», acconsento. «Cosa devo fare?»

La sua espressione diventa indecifrabile. «Quello che fanno gli infermieri», si limita a ribattere, lapidario.

«Sì, questo l'ho capito. Intendevo… Oh, lasci perdere.»

«Lei fa troppe domande, signorina Cooper.»

Mi pare di sentire una nota di irritazione nella sua voce e rimango in silenzio. La carenza di sonno non deve fargli bene; è quasi sempre maldisposto verso di me, ma oggi lo sembra addirittura di più.

Il dottor King non si perde in altre chiacchiere e sposta la prima tenda. Una ragazza dai lunghi capelli chiari è seduta su un lettino, con gli occhi chiusi e il viso contratto in una smorfia. Sulla sedia davanti a lei, una donna preoccupata le accarezza amorevolmente la testa.

«Buongiorno», le saluta il dottor King. La ragazza si limita a mugugnare qualcosa, mentre la donna fa un cenno con la testa.

«Io sono il dottor King. Cosa è successo?» continua, avvicinandosi al lettino.

«Salve, dottore», risponde la madre. «Mia figlia lamenta fitte al ventre da qualche ora.»

Lui si blocca davanti alla ragazza ed esamina la cartella. «Uhm, uhm…» mormora, concentrato a leggere le informazioni. «Bene, Stella. Potresti distenderti in posizione supina?»

Lei obbedisce e si sdraia sulla schiena. Il dottore le solleva la maglietta e inizia a tastarle l'addome. Mi incanto a studiare i movimenti aggraziati delle sue mani, le dita affusolate che applicano pressione sulla pelle della paziente, e mi domando senza un motivo preciso se il suo tocco sia delicato come sembra.

«Ti dà fastidio, Stella?» chiede lui.

«Un po'. Non troppo. Non lo so», risponde lei, con gli occhi spalancati. Aggrotto la fronte, mentre cerco di capire quale sia la causa del suo malessere.

«Quanti anni hai?» prosegue il dottor King.

«Diciassette.»

«Quando hai avuto l'ultima mestruazione?»

«È rilevante?» s'intromette la madre, ravviandosi una ciocca di capelli chiari dietro l'orecchio.

«Sì», ribatte lui. Torna a guardare la paziente e le sistema la maglietta. «Allora, Stella?»

La ragazza borbotta qualcosa e scocca uno sguardo inquieto alla madre.

«Va bene, ho capito», esordisce il dottor King. «Signora, potrebbe lasciarci soli?»

La donna cambia repentinamente espressione.

«Perché dovrei?» sbotta.

«Perché sì.»

Rimango interdetta quanto la madre della ragazza per il tono secco usato dal dottore. La donna trattiene il fiato e annuisce, poi se ne va.

«Forse un mese fa, non ho un ritardo... credo», sussurra Stella, e abbassa lo sguardo sul suo ventre. «Non lo so, non sono mai... puntuale, ecco. Magari è colpa del latte che ho bevuto questa mattina, non sembrava...»

«Sei sessualmente attiva?» la interrompe lui.

«Sì.»

«Prendi la pillola o utilizzi altri metodi contraccettivi?»

Stella scuote la testa e sospira. «Dottore, io... ho avuto rapporti non protetti. Ho fatto un test di gravidanza, l'esito era negativo, ma forse era troppo presto. Non ho fitte continue, sono state solo due o tre.»

«Bene. Ora Charlotte ti farà un prelievo del sangue.»

«Sono incinta?» chiede lei a bassa voce.

«Non lo sappiamo, ma non ti agitare.»

Il dottor King le sorride un'ultima volta e ci lascia sole.

È abbastanza complicato tranquillizzare Stella che, ragionevolmente, è nervosa e agitata. Scoppia a piangere più volte e mi prega di continuo di stare con lei e di temporeggiare con la madre che aspetta ancora nella sala d'attesa. Cerco di sostenerla come meglio credo e tento più che altro di distrarla. Riesco a calmarla almeno un po', finché non chiude gli occhi e si addormenta, stremata.

Dopo un po', il dottor King fa il suo ritorno e indica Stella. «Dorme?»

«Sì, è crollata», sussurro. «Sembrava abbastanza provata.»

«Capisco», commenta lui. «Bene, ora farò rientrare la madre. Finché non avrò i risultati, dovranno rimanere qui.»

Sparisce così per cercare la donna e, insieme, spostano la tenda poco dopo.

«Sta bene?» domanda lei.

Il dottor King annuisce. «Bisogna attendere l'esito delle analisi, perciò può rimanere qui. Non la svegli, per favore, non è necessario.»

La signora si accomoda sulla sedia, senza staccare gli occhi dal viso della figlia. Il dottor King mi fa cenno di seguirlo e, in silenzio, ci allontaniamo.

«Hanno portato due ragazzi reduci da un incidente stradale, un frontale. Uno è stato trasferito in Rianimazione, mentre l'altro deve essere trasportato in Radiològia.»

Lui aumenta il passo e devo praticamente correre per riuscire a stargli dietro.

«Dobbiamo portarlo adesso?» chiedo, osservando il suo camice bianco che svolazza davanti a me.

Si blocca di scatto e quasi gli vado addosso, ma riesco a fermarmi in tempo anche stavolta.

«No, dobbiamo prendere un caffè perché ne avremo bisogno, glielo assicuro.»

Mi sfugge una debole risata, ma ammutolisco appena mi accorgo della sua espressione per niente divertita. Credevo che quella fosse una battuta, invece sono costretta a ricredermi.

«E il ragazzo?»

«Se ne sta occupando una mia collega, ovviamente.»

Rimango interdetta, senza sapere cosa rispondere. Mi sta davvero chiedendo di prendere un caffè con lui? Certo, non è qualcosa di intimo, ma non l'ha mai fatto prima.

«Mi segue sì o no?» domanda a voce alta e ricomincia a camminare.

Nonostante sia ancora a corto di parole, non me lo faccio ripetere e mi affretto a raggiungerlo. Mi viene spontaneo lanciargli un'occhiata, ma mi pento non appena lui ricambia il mio sguardo. Ci fermiamo davanti ai distributori di bevande, in silenzio, e frugo nella tasca della mia divisa nel tentativo di trovare la chiave riservata al personale, però il dottor King è più veloce e inserisce la sua.

«Caffè normale?»

«Sì, grazie», rispondo. «Zucchero massimo.»

«Non mi dica che lei prende sempre il caffè con tutto quello zucchero, signorina Cooper.»

«Oh no, certo che no!» esclamo. In realtà sì, metto fin troppo zucchero in qualsiasi bevanda, ma immagino che non sia il caso di dirglielo. «Ma non mi piace il caffè dei distributori, quindi devo rimediare con lo zucchero», aggiungo.

Mi porge un bicchiere caldo e accenno un sorriso.

«Su questo siamo d'accordo», commenta.

Soffio sulla bevanda e guardo il dottor King con la coda dell'occhio, finché non decido di parlare. «Lei crede che Stella sia incinta?» chiedo.

«Non posso saperlo», risponde e prende anche il suo caffè ormai pronto. Toglie la chiave dal distributore e la rimette nella tasca del suo camice, poi appoggia le spalle alla parete.

«Mi ha chiesto di non dire niente alla madre», sussurro.

«Attendiamo prima gli esiti, poi penseremo al resto.»

Annuisco e mi concentro sul mio caffè. Sento il suo sguardo addosso, ma non mi azzardo a sollevare gli occhi per averne la certezza. Ultimamente riesco a non far troppo caso al modo in cui mi osserva durante le visite, però adesso mi viene difficile. Per qualche strano motivo, mi suscita sempre in testa un mix di domande fantasiose, ma non posso di certo porgliele. Che poi, forse è solo una di quelle persone che si incanta spesso mentre riflette.

Eppure, sono sicura di non immaginare mai i suoi occhi puntati su di me, ogni volta che abbasso la guardia perché concentrata a fare altro.

«Hayden King!» esclama una voce maschile alle mie spalle.

L'interessato alza gli occhi al cielo. Un medico dalla capigliatura chiara fa la sua comparsa e batte una mano sulla schiena del collega, che non pare particolarmente entusiasta del suo arrivo.

«Brutta testa di cazzo, non mi hai risposto, ieri sera», dice a gran voce, con un sorriso.

«Nick, modera il linguaggio, siamo in ospedale», sibila l'altro.

Nick. Deve essere il dottor Hill. «Va bene, papà, come preferisci», lo prende in giro lui. «E tu chi sei?» chiede poi, guardando me.

Mi affretto a porgergli la mano. «Charlotte Cooper», mi presento.

Nick Hill guarda la mia mano con un cipiglio stampato sul volto poi, sorprendentemente, mi abbraccia.

Rimango spiazzata da questo gesto e strabuzzo gli occhi.

«Nick!» lo riprende il dottor King. «Datti una calmata!»

Il biondo scioglie l'abbraccio e mi ricompongo, sotto lo sguardo accigliato del dottor King. «Mi ha parlato di te. Sei quella nuova. Non ti preoccupare se sembra una testa di cazzo. È davvero una testa di cazzo, ma ha anche dei difetti», commenta Nick con un sorriso.

Stringo le labbra per evitare di scoppiare a ridere. Mi fa stranamente piacere che il dottor King abbia parlato di me, ma non posso far a meno di rabbrividire, notando l'occhiata infuocata che sta rivolgendo al collega.

«Comunque, ti ricordi che sabato ci sarà la mia festa di compleanno, vero?» domanda Nick.

Il dottor King sospira. «Ovviamente sì, dato che me lo ripeti in continuazione da mesi.»

Nick gli molla un'altra pacca sulla schiena, ma il dottor King si sposta con crescente disappunto.

«Bene. Allora ne approfitto per chiederti di portare con te questa splendida ragazza», afferma. Si volta verso di me e fa l'occhiolino. «Sei d'accordo?»

Non ho neanche il tempo di elaborare una risposta, perché Nick controlla il suo orologio. «Okay, pausa finita, ho una paziente da sistemare!» annuncia con troppa enfasi. «Signori miei, ci vediamo sabato. Siate puntuali, mi raccomando.»

Mi regala un altro occhiolino e si allontana, lasciandomi a corto di parole.

«Lo perdoni, Charlotte. Il dottor Hill tende a essere un po' troppo… esuberante», dice il dottor King.

«Oh, non si preoccupi.» Mi mordicchio il labbro inferiore, senza sapere se dare voce ai miei pensieri o meno.

«Immagino sia il caso che lei venga con me, questo sabato», continua. È proprio ciò che stavo per chiedere e lo ringrazio mentalmente di avermi anticipata.

«Volentieri», replico, cercando di rimanere impassibile.

Si lascia sfuggire un sospiro e si passa una mano tra i capelli. È come se all'improvviso si fosse innervosito. «Bene, perché non ho voglia di sopportare le domande del dottor Hill. Sbrighiamoci, Charlotte. I pazienti non si visitano da soli.»

Mi stropiccio gli occhi e cerco di soffocare uno sbadiglio imminente, mentre mi tolgo la divisa e la ripongo all'interno del mio armadietto.

È stata una giornata stressante; il mio turno si sarebbe dovuto concludere alle quattro del pomeriggio, invece fuori è già buio. Guardo l'orologio che porto al polso: segna le undici e un quarto. È notte inoltrata.

Prendo la borsa e mi maledico per aver di nuovo dimenticato il cellulare a casa. Potrei chiamare Cindy utilizzando il telefono fisso dell'ospedale, ma a quest'ora starà già dormendo. Se invece contattassi mia madre, si preoccuperebbe senza un motivo preciso e non voglio ascoltare il suo sermone. Nonostante io sia abituata a girare senza alcuna compagnia per le strade di Boston, mi è capitato poche volte di farlo a notte fonda.

Anziché dirigermi verso l'uscita principale, decido di passare prima al Pronto Soccorso, perché voglio avere la certezza che sia tutto in ordine. Quando esco dall'ascensore, per mia fortuna, trovo una situazione più tranquilla rispetto a qualche ora fa. Il viavai è decisamente meno frenetico.

Stella è stata dimessa durante il tardo pomeriggio perché le analisi hanno confermato la gravidanza; il dottor King le ha dato alcune dritte e le ha fissato un appuntamento con il ginecologo dell'ospedale per la settimana prossima. La ragazza ha voluto che fosse proprio lui a comunicare la notizia anche alla madre che, dopo un primo momento di comprensibile turbamento, ha abbracciato la figlia e ha cercato di rassicurarla. È stata una scena toccante che ho osservato da un angolo del corridoio, finché il dottor King – dopo essersi accorto dei miei occhi lucidi – non mi ha fulminata con lo sguardo, e sono stata costretta ad allontanarmi. Mi ha poi detto che dovrei porre un freno alla mia emotività e, in fin dei conti, ha ragione.

Imbocco l'uscita secondaria e, una volta fuori, respiro a pieni polmoni l'aria fresca della notte e lancio una breve occhiata al cielo punteggiato di stelle. I lampioni, posti a intervalli più o meno regolari lungo i marciapiedi, illuminano la strada e le poche persone che passeggiano tranquille, mentre svariate macchine sfrecciano indisturbate.

Sistemo meglio la borsa a tracolla e mi incammino verso casa. Per raggiungerla, devo prima aggirare l'edificio, poi proseguire per alcuni isolati verso il centro della città.

Boston mi piace. Sono cresciuta in una frazione lontana circa quindici minuti di automobile da qui, ma la zona in cui vivo ora con Cindy è più pratica per gli spostamenti nonostante continui a preferire la campagna rispetto al centro.

Quando arrivo davanti all'entrata principale dell'ospedale, noto con la coda dell'occhio una figura avanzare verso il marciapiede. Non mi fermo e continuo a camminare.

«Signorina Cooper.» Riconosco la voce, ormai inconfondibile per le mie orecchie.

Mi fermo e mi volto, trovando il dottor King poco distante da me. È la prima volta che lo vedo senza il camice; indossa un paio di jeans scuri e una camicia bianca a maniche lunghe. Questo abbinamento gli conferisce un'aria più giovanile e meno severa. I suoi occhi chiari, due gemme lucenti, sono incorniciati da profonde occhiaie bluastre.

«Sì?» rispondo.

«Cosa sta facendo?»

«Sto tornando a casa.»

«In macchina, spero», ribatte, calcando l'ultima parola.

«Ehm, no», farfuglio, «a piedi.» Alla vista della sua espressione accigliata, aggiungo: «Non abito lontano».

Si passa una mano tra la fitta chioma scomposta. Mi piace il suo stile spettinato, riesce a stroncare la rigidità e la freddezza dello sguardo.

«Venga con me, signorina Cooper», ordina lui, dopo alcuni istanti di silenzio.

«Come, prego?» domando sorpresa, battendo le palpebre.

«Vorrei accompagnarla a casa sua. Non è il caso di andare in giro da sola a quest'ora.»

Rimango immobile per qualche secondo, mentre soppeso le possibilità. Potrei rifiutare il passaggio del dottor King, salutarlo e continuare a camminare, oppure potrei accettare e provare ad attaccare bottone durante il tragitto. La seconda opzione si rivela la più allettante e annuisco.

«Okay, va bene», acconsento.

Sfila un paio di chiavi dalla tasca anteriore dei jeans e indica un fuoristrada nero parcheggiato poco più avanti. Apre la portiera del lato passeggero e scivolo sul sedile con abbondante incertezza. Fingo di concentrarmi sulla cintura di sicurezza, ma in realtà osservo il dottor King fare il giro dell'auto e, quando anche lui prende posto, mi permetto di studiare il suo viso. La solita ciocca gli solletica la fronte e la manda indietro con un gesto rapido. I miei occhi si soffermano sulle sue labbra piene e appena dischiuse, dopo aver seguito la linea del suo naso. La bellezza del dottor King è innegabile; il suo soprannome gli calza a pennello.

«Ha freddo?» chiede.

Scuoto la testa. «No, sto bene. Grazie.»

Vorrei chiedergli qualcosa in più sulla sua vita, come ad esempio l'età, un particolare a me sconosciuto.

«Dove abita?» domanda, quando accende l'auto.

Gli spiego brevemente la strada da percorrere e, per tutta risposta, si limita ad annuire. Cerco di rilassarmi nel silenzio assoluto che cala all'interno dell'auto, ma è difficile. Non riesco a non guardarlo, lo occhieggio di continuo, attenta a non farmi beccare.

«Domani avrà un turno diverso», annuncia all'improvviso.

«Ovvero?»

«Non lo so, devono ancora inviarmi la tabella. Dobbiamo attenerci ai nuovi turni stabiliti. I nostri combaciano, *ovviamente*.»

«A che ora dovrei attaccare?»

«Glielo farò sapere tramite e-mail.»

«Come fa a conoscere la mia e-mail?»

«Il suo fascicolo dice tante cose sul suo conto, compreso l'indirizzo di posta elettronica.»

L'auto si ferma a un semaforo rosso. Questo tratto di strada è deserto e, probabilmente, se alla guida ci fosse stato qualcun altro, avrebbe proseguito senza fermarsi.

«Controllo poco la posta elettronica», affermo. «Sarebbe meglio un messaggio normale.»

Il dottor King volta la testa verso di me e mi scocca un breve sguardo illeggibile.

«Farà meglio a controllarla, allora. Le invierò un'e-mail», replica perentorio.

Sospiro e scuoto la testa, arrendendomi riluttante al suo volere. Quando scatta il verde, la macchina sfreccia in avanti e svolta poi a destra dopo qualche metro.

Nonostante stia cercando di impormi di non guardare il dottor King, non riesco a non osservare i suoi movimenti. I muscoli del suo braccio destro si tendono quando cambia la marcia, e mi salta all'occhio qualche tatuaggio che spunta da sotto l'orlo della manica. Non credevo fosse tipo da tatuaggi ma, pensandoci bene, non ho idea di che tipo sia realmente. *Hayden King* è un mistero. L'ho visto scherzare e chiacchierare con altri colleghi, mentre a me riserva un trattamento differente, gremito di silenzi e sguardi glaciali. È come se volesse mettere dei paletti tra me e lui, dei limiti invalicabili, e non ne comprendo appieno il motivo. Non voglio diventare all'improvviso sua amica, mi basterebbe scambiare anche solo due parole per riempire i momenti in cui non dobbiamo correre da una parte all'altra.

Sono troppo assorta nei miei pensieri per dare peso alle occhiate seccate che mi sta dedicando.

«La smetta di fissarmi, signorina Cooper.»

Sgrano gli occhi e boccheggio. Sento le guance pizzicare in modo fastidioso e mi affretto a spostare l'attenzione sulla strada davanti a noi.

«Non la stavo fissando, dottor King», farfuglio a bassa voce, mentendo spudoratamente. «Come sta il paziente che è stato portato in Rianimazione?» chiedo per cambiare discorso.

«In coma», si limita a rispondere lui, asciutto.

Giusto. È in coma. Non ho assistito personalmente alla scena, ma mi è stato detto da una collega.

Quanto sono stupida.

Fare conversazione con il dottor King non è facile, ma forse potrei ripiegare su domande più semplici per intavolare un discorso.

«Quanti anni ha?» Le parole ruzzolano fuori dalla mia bocca senza prima passare per il cervello. Non avevo l'intenzione di chiederlo ad alta voce un'altra volta.

«Come, prego?» domanda.

«Ho chiesto la sua età.»

«Ho sentito», ribatte, con gli occhi fissi sulla strada. «E l'ha già chiesta, se non sbaglio.»

Non mi sembra una domanda tanto complicata, e nemmeno scandalosa. Domandare l'età a un collega di lavoro mi pare abbastanza normale, non dovrebbe essere un segreto.

«Insomma, dottore, sa la mia età», continuo, ignorando il suo silenzio. «E vorrei sapere la sua, ecco.»

«Le interessa così tanto, signorina Cooper?» si informa. Mantiene un tono distaccato e non capisco come diamine faccia a essere sempre così stizzito quando gli parlo.

«Pura curiosità», rispondo.

«Tenga la sua curiosità per sé.»

Le sue parole sono una doccia gelata e trattengo il fiato per la sorpresa. Attendo qualche istante per dargli la possibilità di aggiustare il tiro, ma non lo fa e continua a stare zitto.

«Potrebbe anche evitare di essere così scorbutico per una semplice domanda, dottore», ribatto stizzita, e stavolta non nascondo la nota di irritazione nella mia voce. «Abito lì, comunque», aggiungo, indicando l'edificio grigio poco lontano.

«Mi piacerebbe se tenesse per sé la sua impertinenza e le sue domande, signorina Cooper. Non apprezzo la curiosità», dice, senza staccare lo sguardo dalla strada.

Impermalita, lo fisso attraverso le palpebre assottigliate e sbuffo, proprio con l'intento di fargli percepire il mio umore.

«Non mi pare di aver detto qualcosa di male», commento.

L'auto si ferma davanti al palazzo che ho indicato, ma la frenata è talmente brusca che, se non avessi la cintura di sicurezza, mi ritroverei appiccicata al parabrezza.

«Non ha chiesto niente di male, infatti», dice. Si volta verso di me, mantenendo una mano sul volante, e lo fisso negli occhi mentre aspetto una spiegazione che non arriva.

«Allora non vedo perché rispondere in quel modo scortese. Sono sempre stata educata in sua presenza», sottolineo.

«Oh, questo non lo metto in dubbio, Charlotte.» La sua espressione è neutra, mi viene difficile provare a scandagliare i suoi pensieri. «Ma si limiti a lavorare con me. Non apprezzo impertinenza, curiosità e domande.»

«Sì, ma...»

«Le ho appena dato un passaggio, ma questo non significa niente. Spero le sia chiaro», mi interrompe.

L'impeto di rispondergli per le rime è forte, ma riesco a mitigarlo un po' perché non voglio avere problemi con lui.

«Questa, poi», sbotto e mi fermo. Abbiamo conversato per soli dieci minuti, ma ho già voglia di non sentire più neanche un suo fiato. «Grazie per il passaggio, dottor King. Ci vediamo.»

Non aspetto una risposta; slaccio la cintura e scendo dall'auto, richiudendo con una spinta vigorosa la portiera. La macchina riparte a tutta velocità e non mi volto neanche per seguirla con lo sguardo.

Sbuffo, rimuginando sulla discussione assurda appena avvenuta tra me e il dottor King, ed entro nel mio appartamento. Come avevo previsto, Cindy è già addormentata e la casa è avvolta nel silenzio. Mi avvicino alla porta della sua stanza e la chiudo, attenta a non fare rumore.

Ho lavorato tante ore e ho bisogno di dormire, ma devo prima fare una doccia perché ho l'odore dell'ospedale impregnato addosso e non è il massimo per le persone che mi girano intorno, nonostante a me piaccia.

Entro in bagno e mi spoglio, poi lancio gli abiti sporchi nella cesta dei panni e mi infilo all'interno del box doccia.

Neanche l'acqua calda riesce a rilassare i miei nervi ormai tesi. Il dottor King è riuscito a farmi innervosire con poche frasi concise, ed essere definita «impertinente» da lui mi ha caricata di una rabbia che non mi aspettavo.

Non capisco la sua riluttanza nei miei confronti, non credo di essermi mai comportata male in sua presenza. Magari non gli vado semplicemente a genio, ma continuo ad avere dubbi anche su questo. Insomma, se fossi insopportabile ai suoi occhi, non premerebbe tanto per avere turni identici ai miei. Altra cosa che, comunque, ritengo bizzarra.

Esco dalla doccia, ormai esasperata dai miei stessi pensieri, e friziono i capelli con un asciugamano per raccogliere l'eccesso di acqua, ma evito di accendere l'asciugacapelli per non svegliare Cindy. Entro in camera mia, mi infilo il pigiama e mi butto sotto le coperte dopo aver recuperato il cellulare. Quando sblocco la schermata, la notifica di una nuova e-mail mi fa alzare gli occhi al cielo.

«Le invierò una e-mail», borbotto, imitando il tono di voce del dottor King. «Immagino che inviare un messaggio sia troppo complicato e informale.»

DA: Hayden King
OGGETTO: Turno.
Charlotte, il turno di domani inizierà a mezzanotte. Ha tutto il tempo per riposare. Spero che abbia intenzione di raggiungere l'ospedale in macchina.

Arriccio il naso, infastidita. Nonostante la tentazione di ignorarlo sia forte, lascio perdere il mio orgoglio e digito una risposta decente.

A: Hayden King
OGGETTO: RE: Turno.
Non ho una macchina. Nessuno mi sbranerà durante il tragitto.

Non è una risposta consona da dare, ma sono ancora irritata a causa del suo comportamento. Così, invio e sospiro.

La sua seconda e-mail non si fa attendere e dopo un paio di minuti lo schermo del mio telefono si illumina.

DA: Hayden King
OGGETTO: RE: RE: Turno.
Molto intraprendente da parte sua, ma non mi sembra il caso di andare in giro da sola di notte. Passerò a prenderla alle undici e trenta. Non faccia tardi. Non mi piace attendere, signorina Cooper.

«Fottiti», sibilo. Avrei voglia di rifiutare il suo passaggio, ma alla fine digito un semplice «okay» e invio l'e-mail. Per evitare la tentazione di mandarlo finalmente a quel paese, imposto la modalità aereo e poso il cellulare sul comodino. Mi rannicchio sotto le coperte e chiudo gli occhi.

Per la prima volta, sogno il dottor Dream che cammina per i corridoi dell'ospedale.

6

«CHAR, sei in bagno?» urla Cindy. Senza aspettare una mia risposta, spalanca la porta senza tante cerimonie.

«Potresti bussare, prima di entrare?» le chiedo, continuando a fissare il mio riflesso allo specchio.

«Potrei, sì, ma ho bisogno di fare una doccia.»

Avanza fino al box, si spoglia e lancia sul pavimento tutti gli indumenti sporchi che dovrò poi raccogliere io. Siamo entrambe disordinate, in effetti, ma io lo sono un po' meno.

«Turno notturno, eh?» domanda.

«Esatto», rispondo.

«Vuoi che ti accompagni?»

«Non hai la tua auto», le ricordo. «Dovresti tornare qui da sola a piedi e non voglio stare in pensiero.»

Prendo la trousse che contiene i miei trucchi e frugo finché non trovo il correttore e il mascara.

«Io non sono una fifona come te», mi prende in giro.

Alzo gli occhi al cielo, ma non controbatto perché, in fondo, ha ragione. Non possiedo chissà quale coraggio, soprattutto quando si tratta di girare per la città da sola durante la notte.

«Merda», borbotto, non appena mi accorgo dell'orario. «Lo stronzo sta per arrivare e mi devo ancora vestire.»

Mi tolgo il pigiama e lo ripiego sul ripiano del lavandino. Mi vesto in tutta fretta, saltellando su un piede per riuscire a infilarmi un paio di jeans.

«Aspetta!» esclama Cindy, dopo aver abbandonato il box doccia. «Quello stronzo chi sarebbe?»

«Il dottor King.»

Lei trotta al mio fianco, incurante della sua nudità, e mi segue fino alla mia stanza. Termino di prepararmi e recupero il cellulare e la borsa.

«Non ho capito. Cosa c'entra quel dottore?»

«Mi accompagna all'ospedale. Sicuramente mi sta già aspettando, e a lui non piace aspettare», le spiego, storcendo il naso dopo aver ripetuto ciò che mi ha scritto il dottor King ieri notte.

Lascio la mia stanza e Cindy continua a seguirmi.

«Andate a letto insieme?» domanda lei a bruciapelo.

Le dedico una breve, quanto incisiva, occhiataccia. Recupero le chiavi dell'appartamento e indosso la giacca.

«Ma cosa diamine stai blaterando? Mi accompagna solo perché abbiamo lo stesso turno.»

«Un pensiero ce lo farei», ammicca.

«Fottiti», sibilo, e chiudo la porta alle mie spalle.

Scendo le scale di fretta e rischio di inciampare nei miei stessi piedi. Spalanco il portone principale del palazzo e, alla vista dell'auto del dottor King già parcheggiata, borbotto un'imprecazione colorita. Non credo di essere in ritardo, ma prendo comunque un profondo respiro prima di salire in macchina.

«Buonasera», lo saluto. Oggi indossa una camicia azzurra attillata che mette in risalto i muscoli delle braccia e i capelli sono più pettinati del solito.

«È in ritardo di quattro minuti», esordisce, senza ricambiare il saluto. Non si degna neanche di lanciarmi un misero sguardo. «Si appunti da qualche parte che non mi piace aspettare, signorina Cooper.»

«Il mio orologio segna solo due minuti di ritardo», puntualizzo infastidita, quando fa partire l'auto.

«Regoli il suo orologio come il mio, allora», taglia corto.

Gli rivolgo mentalmente una serie di epiteti poco carini che evito di ripetere ad alta voce e mi allaccio la cintura. A quanto pare, non avrò una conversazione normale con lui neanche oggi e inizio a essere stanca di provare e riprovare a instaurare un dialogo, perché non posso continuare a sforzarmi se dall'altra parte trovo un muro.

Ho sempre la tendenza a ricercare i lati positivi del carattere di ogni persona che mi circonda, ma al momento mi viene difficile pensare a qualcosa di buono che riguardi Hayden King.

Rimaniamo in silenzio per tutto il viaggio. Lui non dice una sola parola e io evito di arrovellarmi nel tentativo di trovare un modo per intavolare una discussione. Non posso neanche porgli domande, perché è stato abbastanza chiaro nell'esprimere il suo disappunto.

Arriviamo in anticipo grazie alla sua fissazione per la puntualità, quindi ho tutto il tempo per cambiarmi con calma e prendere anche un caffè.

«Tra dieci minuti davanti ai distributori di bevande. Non faccia tardi», ordina, mentre varchiamo l'entrata dell'ospedale.

Mi limito ad annuire e chiamo l'ascensore, diretta al reparto di Medicina Interna. Nonostante sia stata spostata al Pronto Soccorso, le mie cose sono rimaste al quarto piano perché è un trasferimento temporaneo.

Dopo essermi cambiata, ritorno al Pronto Soccorso e trovo il dottor King fermo ai distributori. Si accorge della mia presenza, ma anche stavolta mi ignora. Butto fuori un sospiro e mi appoggio alla parete.

«Caffè?» chiedo a bassa voce.

«Il suo è già pronto», risponde, porgendomi un bicchiere.

«Grazie», sussurro.

Soffio sulla bevanda ancora calda e la mando giù a piccoli sorsi per evitare di bruciarmi la lingua. Lancio poi il bicchiere ormai vuoto dentro il cestino e mi volto a guardare il dottor King, concentrato sulle cartelle che tiene in mano. Faccio per dire qualcosa, ma un grido richiama la mia attenzione.

«Ma che...» farfuglio.

Una donna sulla quarantina sbatte la porta e si guarda intorno; non appena intercetta il dottor King, assottiglia le palpebre.

«Qualcuno si decide a visitare mio figlio?» domanda a gran voce.

«Qual è il problema?» chiede lui, raggiungendo la donna.

«Il mio bambino ha la febbre alta!» esclama lei.

Seguo entrambi all'interno di una stanza occupata da un bambino che, sdraiato su un lettino, ha gli occhi chiusi. Ha la fronte imperlata di sudore, i capelli biondi appiccicati alle guance e un colorito poco rassicurante.

«Da quanto tempo?» si informa il dottor King.

«Da ieri pomeriggio e l'antipiretico non ha funzionato. La febbre è calata solo un po'», replica lei.

Senza dire nient'altro, il dottore scopre il torace del paziente e vi appoggia sopra il suo stetoscopio, concentrandosi sull'auscultazione.

«Anni del bambino?» chiede alla madre.

«Undici.»

«Ha avuto solo febbre?»

«Ha anche vomitato, qualche ora fa, e si rifiuta di mangiare.»

Il bambino mugugna qualcosa, ma non dice niente di sensato.

«Charlotte, metti una mano qui», mi ordina il dottore.

Provo a non dar peso al fatto che mi abbia appena dato del 'tu', appoggio subito la mano destra sopra il punto indicato e lui inizia a fare alcune manovre che ricordo dai tempi dell'università, coinvolgendo prima la nuca e poi le gambe del piccolo, per cercare così di rilevare i segni di Brudzinski e Kernig, fortunatamente negativi. Rilassa le spalle in precedenza contratte e sposta l'attenzione sul foglio di accettazione per leggere le informazioni riportate. Nel frattempo, mi prendo la libertà di misurare la temperatura corporea del bambino.

«Hayden», lo richiamo allarmata, dimenticandomi a mia volta dei convenevoli. Solleva di scatto la testa e gli indico lo schermo del termometro a infrarossi.

«Vai a cercare la dottoressa Stone», dice. «Adesso.»

Nei suoi occhi scorgo un barlume di preoccupazione, che sembra espandersi per infilarsi sotto la mia pelle. Mi affretto a lasciare la stanza e inizio a correre per il corridoio, senza sapere esattamente cosa fare. Quando svolto l'angolo, inciampo e sbatto contro qualcuno.

«Ehi, signorina, qui non si corre!» mi rimprovera la persona con la quale mi sono appena scontrata. Sollevo il mento e i miei occhi ne incrociano un paio castani, appartenenti a un ragazzo che indossa una divisa identica alla mia.

«Dottoressa Stone», farfuglio, cercando di riprendere fiato.

Il ragazzo posa entrambe le mani sulle mie spalle.

«Frena, calmati», dice con voce pacata. «Respira e dimmi cosa sta succedendo.»

Se perfino il dottor King mi è sembrato agitato, non posso

perdere tempo, ma prendo comunque un profondo respiro prima di parlare ancora.

«Al Pronto Soccorso c'è un bambino con la febbre alta. Il dottor King mi ha detto di...» Mi blocco e cerco di capire cosa diamine mi abbia detto in realtà. «Non lo so, mi ha solo chiesto di cercare la dottoressa Stone, ma non so chi sia, non ne ho idea.»

«Torna dal dottor King, vado a chiamarla», mi dice il ragazzo.

Annuisco e lui si allontana. Raggiungo di nuovo la stanza e, quando apro la porta, sento dei passi veloci dietro di me e mi sposto di lato per permettere al ragazzo di poco fa e a quella che credo sia la dottoressa di entrare.

«Hayden, qual è il problema?» esordisce lei.

Lui le porge il foglio che teneva tra le mani.

«Che cosa ha?» chiede la madre del bambino, facendo saettare lo sguardo su tutti i presenti.

«Signora, ci segua», ordina la dottoressa Stone. «Hayden, trasferiamolo. Dammi una mano.»

I due medici sbloccano i freni del lettino e, insieme, lo trasportano all'esterno della stanza. Li seguo, mantenendomi dietro la donna, finché il dottor King non si volta verso di me per rivolgermi un'occhiata fugace.

«Tu rimani qui», dice, con tono che non ammette repliche.

Sgrano gli occhi e mi fermo. Li osservo mentre si affrettano a raggiungere l'ascensore e, quando spariscono dalla mia vista, lascio andare un sospiro.

«Tutto bene?» domanda una voce alle mie spalle. Non c'è bisogno di voltarmi, perché so che appartiene all'infermiere con cui mi sono scontrata poco fa.

«Ho... bisogno di una camomilla», sussurro, con una mano appoggiata all'altezza del cuore.

Mi giro e avanzo fino al distributore. Infilo la chiavetta, imposto il massimo dello zucchero e appoggio la testa sullo schermo freddo, in attesa della mia bevanda.

«Sei sicura di stare bene?» chiede di nuovo il ragazzo, che mi ha raggiunta.

Prendo il mio bicchiere di camomilla e mi sforzo di sorridergli.

«Sì, mi sono solo agitata», rispondo.

«Perché?»

Bella domanda. Probabilmente, se gli dicessi che ho la tendenza ad agitarmi spesso, mi prenderebbe in giro. Non è accettabile tanta emotività in campo sanitario, ma sono sicura che, prima o poi, ci farò l'abitudine.

«Non lo so», mento.

«Sei nuova?»

«Sì.»

«Bene. Io sono Reed, comunque.»

«Charlotte Cooper.»

«Non ti ho mai vista in giro.»

«Sono qui temporaneamente. Lavoro al quarto piano, nello stesso reparto del dottor King», spiego.

Reed sospira, senza smettere di sorridere. «Ah, grande medico», commenta. «Lo conosciamo un po' tutti, se ne sente parlare spesso. Forse perché è raro trovare un medico affermato così giovane.»

Sì, il dottor King è un bravissimo medico. Uno stronzo patentato con me, ma eccellente nel suo lavoro.

Apro la bocca con l'intenzione di chiedergli la sua età, ma il mio cognome richiamato a gran voce proprio dal dottor King mi convince a stare zitta. Meglio così perché me lo ritrovo vicino nel giro di qualche secondo.

«Hayden, ciao», lo saluta Reed, facendo un cenno con la testa.

Lui gli regala una delle sue solite occhiate neutre. «Reed», dice soltanto. «Cooper, venga con me, per favore», aggiunge, poi si allontana.

«È stato un piacere conoscerti», dico a Reed.

«Anche per me», risponde sorridente.

Faccio per raggiungere il dottor King, ma Reed mi chiama e mi fermo.

«Ci vediamo in giro!» esclama, sollevando la mano per salutarmi.

«Certo», affermo e sorrido a mia volta.

Riprendo a camminare dietro il dottor King, ma faccio una certa fatica a mantenere il suo passo.

«Charlotte», esordisce, con il suo tono neutrale. «Per prima cosa, posso sapere cosa diamine sta bevendo?»

«Camomilla», lo informo, mentre osservo il mio bicchiere ancora mezzo pieno.

«Perché?»

«Mi sono agitata», ammetto.
Si blocca e mi guarda con un cipiglio confuso stampato in faccia.
«Agitata?» ripete.
«Sì, ogni tanto mi capita.»
«Lasci la sua agitazione fuori dall'ambiente lavorativo. Le capita troppo spesso.»
Ricomincia a camminare e serro la mascella. Lo mando a farsi fottere almeno venti volte nella mente, finché non si ferma di colpo e vado a sbattere contro la sua schiena.
«Un'ultima cosa...» mormora, voltandosi lentamente verso di me. Quando noto il suo sguardo più severo del solito – il che è tutto un dire –, indietreggio d'istinto. «Qui si lavora. Non si flirta. Lo tenga bene a mente.»
Mi lascia così, con gli occhi sgranati e le labbra dischiuse per la sorpresa, a fissare la sua schiena mentre si allontana.
«Fottiti», borbotto, senza riuscire a trattenermi.
«L'ho sentita!» esclama, continuando a camminare.
Indispettita più del solito, poiché non stavo di certo flirtando con Reed sul posto di lavoro, stringo le palpebre.
«Vaffanculo», sibilo.
«Anche adesso, signorina Cooper.»

7

«NON metta tutto quello zucchero.»

Roteo gli occhi e fingo di schiacciare il tasto per diminuirne la quantità.

Nonostante durante i tragitti in macchina di questi ultimi due giorni sia rimasto in silenzio, mentre lavoriamo non fa altro che dare ordini. Inizia seriamente a stancarmi e diventa complicato tenere a freno tutti gli epiteti poco gentili che vorrei vomitargli addosso. Mi chiedo ancora perché si ostini tanto a volermi accompagnare a casa o al lavoro, ma immagino che domandarglielo non porterebbe a nulla di buono. In più, mi fa comodo, perciò evito di lamentarmi. Tuttavia, più passo del tempo con lui, meno lo sopporto. Non fa altro che dispensare ordini perentori: «Charlotte, mi segua»; «Cooper, vada a prendermi le cartelle»; «Tenga la sua agitazione fuori dal Pronto Soccorso» e cose simili. Non ha la facoltà di impormi niente, ma rimane la speranza che, assecondandolo, riesca a sciogliersi almeno un po'.

Quando il caffè è pronto, afferro il bicchiere caldo e lascio girovagare lo sguardo un po' dappertutto, ma sento i suoi occhi addosso, una cosa che capita spesso quando è convinto che io non me ne accorga. Nei momenti in cui mi guarda, riesce a mettermi in soggezione. Preferisco di gran lunga che si limiti a dare ordini senza dedicarmi occhiate prolungate.

A dir la verità, iniziano a irritarmi perfino i miei stessi pensieri riguardo la sua bellezza. Non riesco davvero a non ammirarlo di nascosto, ma cerco di non preoccuparmene; qualche giorno al Pronto Soccorso e mi sono già accorta di non essere l'unica a fissarlo: non mi sono passate inosservate le occhiate trasognanti che dottoresse, infermiere e pazienti riservano al dottor Dream.

«Dream» solo per soprannome, che chiaramente si riferisce solo alla sua bellezza, e a nient'altro.

«Dottore!»

Io e il dottor King ci voltiamo entrambi verso la donna che si sta affrettando a raggiungerci. È la moglie di un uomo che è stato portato qui questa notte per una presunta intossicazione alimentare.

«C'è qualche problema?» chiede il dottor King.

«Mi hanno appena detto che mio marito può tornare a casa», spiega la donna. «Quindi sta bene? È tutto a posto?»

Lui annuisce. «Sì, signora. Si assicuri solo che suo marito segua la terapia segnata sul certificato.»

«Grazie a Dio», sussurra, ravviandosi una ciocca di capelli biondi dietro l'orecchio.

«No», ribatte lui. «Grazie ai medici.»

Batto le palpebre e quasi mi va di traverso il caffè. Perfino la donna viene scossa da un breve attimo di turbamento.

«E faccia fare a suo marito il test delle intolleranze. Non si sa mai», aggiunge.

«S-sì…» balbetta la donna. «Grazie, dottor King.»

Mi pare di notare una certa soddisfazione nel mezzo sorriso che lui esibisce, come se la stangata data alla donna fosse di suo gradimento.

«Prego, signora Montez.»

Lei fa un cenno con la testa a mo' di saluto e raggiunge il marito, adesso fermo poco più avanti a parlare con un altro medico.

«Ha davvero detto…» mormoro, interdetta.

«Sì, Charlotte, l'ho detto», mi anticipa. «E smetta di bere tutto quel caffè. Si agita già abbastanza facilmente.»

Non rispondo e mi limito a fissarlo, immobile. Sono ancora incredula per come si è rivolto alla donna e devo stringere le labbra in una linea ferrea per non scoppiare a ridere. Non ho mai sentito nessuno rispondere in quel modo. Non che sia maleducato ribattere così a un'affermazione simile, ma è stato strano.

«Perché mi sta fissando?» domanda lui a bassa voce.

Scuoto la testa per riprendermi dal mio intontimento e butto il bicchiere vuoto dentro il cestino.

«Mi scusi, stavo solo pensando a quello che ha detto», ammetto.

«È la verità.»

So che non apprezza le domande, ma sono curiosa di capire il suo punto di vista. Lavoriamo fianco a fianco da svariati giorni e ancora non conosco niente di lui o del suo modo di pensare. Per quanto sia dispotico – e a tratti perfino stronzo – ha qualcosa di inafferrabile che mi spinge a voler sapere di più sul suo conto, sebbene lui non sia mai sembrato disposto a parlare con me.

«Non crede in Dio, dottor King?» riesco a chiedere.

Finalmente, punta i suoi occhi nei miei. Non mi piace essere fissata da lui, ma non posso far a meno di apprezzare la particolare sfumatura delle sue iridi per l'ennesima volta. Due frammenti rifulgenti e magnetici, con striature antracite che smorzano il verde smeraldo.

«Mi è difficile credere in Dio. Perciò no, Charlotte, non ci credo», risponde.

Sono in parte d'accordo con lui, ma penso stia ignorando la necessità di alcune persone di credere in qualcosa di più grande di loro, per potersi beare del caldo tepore di una convinzione che riesca in qualche modo a superare anche la conoscenza umana. Sospiro e non proseguo oltre con le domande. Non voglio irritarlo.

«Hayden!» esclama il dottor Hill, sbucando dal fondo del corridoio.

Si avvicina a noi e gli rivolgo un sorriso. È impossibile non lasciarsi travolgere dalla gioia che emana quest'uomo, a differenza del suo collega che sembra sempre una lastra di ghiaccio.

«Ciao, Charlotte.»

«Ciao, Nick», rispondo cordialmente.

«Sapete che giorno è oggi?» chiede, dopo essersi passato una mano tra i capelli biondi.

Mi sono dimenticata della sua festa di compleanno.

«Tanti…»

«No», mi interrompe, scuotendo la testa. «Fatemi gli auguri più tardi. Tecnicamente, sono nato alle dieci e trentacinque.»

«Oh, certo. Va bene», replico.

Nick mi dedica un occhiolino divertito, poi sposta lo sguardo sul dottor King e si rabbuia.

«Hayden, togliti quell'espressione da stronzo almeno il giorno del mio compleanno», lo rimprovera.

Il diretto interessato inarca un sopracciglio e neanche stavolta risponde.

«Stasera, alle nove. Puntuali tutti e due!»

«Va bene, Nick», si limita ad acconsentire l'altro, senza staccare gli occhi dalle cartelle che esamina in modo quasi ossessivo durante ogni singolo minuto libero.

«Hayden, se stasera avrai ancora quella faccia, ti prenderò a pugni. Spero che tu ne sia consapevole», lo avverte Nick, puntandogli l'indice contro il torace. «Bene, direi che è tutto. Ho alcuni pazienti da visitare. Ci vediamo stasera.»

«Certo, a stasera», rispondo.

«Uhm», mugugna invece il collega. Nick rotea gli occhi e si allontana.

«Il turno è finito», annuncia il dottor King, una volta soli. «Possiamo andare.»

«Non me ne sono accorta», mormoro. Con un silenzio tombale che funge da nostro accompagnatore ormai onnipresente, raggiungiamo l'ascensore che troviamo vuoto. Quando le porte si richiudono davanti al mio naso, il dottor King incrocia le mani dietro la schiena e si schiarisce la voce con un falso colpo di tosse.

«Passerò alle otto e trenta. Non faccia tardi.»

«Va bene.»

Appena metto piede fuori dall'ascensore per imboccare il corridoio che porta allo spogliatoio, lui mi si para davanti.

«Le serve un passaggio?» chiede.

«No, grazie. È giorno, non c'è bisogno.»

Annuisce e mi dà le spalle, senza neanche salutarmi.

Sospiro e scuoto la testa. Sento le voci di Zoey e Lydia echeggiare nel corridoio e mi fermo davanti alla stanza riservata al personale. Sono entrambe sedute intorno a un tavolo e parlottano fittamente tra loro.

«Ehilà!» esclamo, sollevando la mano.

«Guarda un po' chi si rivede», mi accoglie Zoey, che si alza seguita a ruota dall'altra.

«Ma che fine avevi fatto?» chiede Lydia.

«Sono ancora al Pronto Soccorso con il dottor King.»

«Ah, cara, non ti invidio per niente. Ho passato lì i primi mesi e ho sfiorato l'esaurimento nervoso, infatti sono felice che non l'abbiano proposto a me. Non avrei retto.»

«Io sì, ti invidio», controbatte Zoey. «Solo per Hayden King. Non per i turni al Pronto Soccorso.»

Ridacchio alla sua affermazione. Probabilmente, se passasse davvero del tempo con lui, cambierebbe idea nel giro di qualche giorno. Non che sia spiacevole la sua presenza, ma a volte sembra di stare in compagnia di un'ombra silenziosa che si aggira per i corridoi come se fosse un fantasma.

«Ehi, stasera ci sarete anche voi alla festa di Nick?» domando. Loro lo conoscono da più tempo di me, quindi mi sembra lecito chiedere.

«Sì», conferma Lydia. «L'hai incrociato?»

Annuisco. «Mi ha invitata alla sua festa qualche giorno fa. Verrò con il dottor King.»

Entrambe sgranano gli occhi e Zoey si copre la bocca spalancata con una mano.

«Uscite insieme?» chiede in un sussurro.

«No, certo che no!» ribatto con voce troppo stridula. «Mi accompagna e basta.»

Lydia mi prende per i polsi. «È così che si inizia», commenta solenne.

«Cazzo, quanto ti invidio, sul serio», continua Zoey. «Vorrei andare anche io con lui… da qualsiasi parte, sinceramente. Anche in una discarica. Lo seguirei dappertutto, è così…»

«Vai a letto con Jackson. Sta' zitta, Zoey», la rimbecca l'altra.

«Che cosa?» chiedo.

Mi sono persa qualche passaggio, dato che non ne sapevo niente. Lei, per tutta risposta, fa spallucce.

«È successo due settimane fa e una sola volta. La conseguenza naturale per aver alzato un po' troppo il gomito in un locale qui vicino», spiega. «Non stiamo insieme, quindi posso fare commenti su Hayden quando e come mi pare. E te lo ripeto: anche io vorrei essere accompagnata dal dottor Dream. Che ingiustizia.»

«Non è così entusiasmante, te lo posso assicurare», dico. «Sembra perennemente incazzato e non parla quasi mai, soprattutto quando siamo in macchina insieme.»

«No, frena!» grida Lydia. «Siete già usciti insieme?»

Sbuffo scocciata, incapace di trattenermi. «No. Quando ha saputo che non ho ancora un'auto, si è proposto di accompagnarmi nel tragitto casa-ospedale e viceversa. I turni notturni iniziano tardi, è stato solo un gesto gentile da parte sua. Non usciamo insieme.»

«Tutta la fortuna alla nuova arrivata, lo ripeterò all'infinito», commenta Zoey, ma intuisco che sta scherzando dal tono di voce divertito.

Qualcuno si schiarisce la voce alle mie spalle. Vedo Lydia storcere il naso, ma prima di riuscire a voltarmi, ricevo un colpo alla spalla. Con mia grande sorpresa, la dottoressa Amy Adlon ci supera per raggiungere uno dei tavoli liberi.

«Sbaglio o mi ha appena dato una spallata?» sussurro, osservandola mentre occupa una sedia lontana da noi. Mi pare quasi di notare un sorrisetto soddisfatto abbozzarsi sul suo viso, nonostante abbia la testa china sul telefono.

«No, non sbagli», risponde Lydia.

«Che stronza», borbotta Zoey.

«L'ha fatto di proposito», aggiunge Lydia.

«Non ne vedo il motivo. Non le ho fatto niente», puntualizzo.

«Lascia perdere. Amy è stronza e basta.»

Non capisco perché mi abbia dato una spallata di proposito. Non abbiamo mai parlato e dubito di averle fatto qualcosa di male. Non ha senso.

«Sarà gelosa», riflette Zoey, mentre ci allontaniamo.

«Perché dovrebbe esserlo?» domando, aggrottando la fronte.

Scorgo in lontananza il dottor King. Non indossa più il camice e sta raggiungendo l'ascensore. Rallenta per una frazione di secondo per scoccarmi uno sguardo, poi prosegue dritto.

«Sai...» sussurra Lydia. «Non sopporterà che il dottor Dream stia dando attenzioni a un'altra.»

«Perché?»

«Sono convinta che abbia una cotta per lui. Fino a qualche mese fa, lavoravano sempre insieme. Poi non so cosa sia successo, ma i loro rapporti si sono raffreddati. Non conosco i retroscena, purtroppo.»

«Magari stavano insieme», ipotizza Zoey.

«Non lo so», risponde Lydia.

In effetti, il dottor King e la dottoressa Adlon formerebbero una coppia sensazionale; entrambi bellissimi e affascinanti, lui un pezzo di ghiaccio e lei una stronza.

«Non avrebbe comunque senso», concludo.

Butto la borsa sul divano e mi libero subito delle scarpe, richiudendo la porta con un colpo di fianchi. L'appartamento è vuoto, Cindy non è ancora rientrata e dubito che oggi lo farà, perché ha parlato di un appuntamento con un ragazzo. Mancano ore alla festa di Nick Hill, ma evito di appisolarmi perché potrei rischiare di tardare e non voglio farmi rimproverare un'altra volta dal dottor King.

Frugo all'interno del frigo, recupero un sandwich che Cindy deve aver preparato per me e mi fiondo sul divano. Non appena afferro il telecomando, però, il campanello suona e sono costretta ad abbandonare i miei piani.

Apro la porta e mi trovo davanti mia madre e mia sorella; la prima sfodera un sorriso sincero, mentre la seconda sembra scocciata, ma non mi sorprende. È raro che Penelope abbia davvero voglia di seguire nostra madre, perciò credo sia stata costretta.

«Ciao», le saluto, spostandomi per permettere loro di entrare.

«Tesoro, non hai risposto al mio messaggio di questa mattina», esordisce mia madre.

«Ciao, sfigata», borbotta mia sorella. Mi supera e va dritta in cucina.

«Sempre di buonumore l'angioletto di casa», commento con un sospiro.

Raggiungiamo Penelope che si è accomodata con i piedi incrociati sul tavolo. Evito di rimproverarla solo perché ha compiuto lo sforzo di venire a trovarmi, non è nelle sue corde dimostrare alcun tipo di interesse per qualcuno in particolare della nostra famiglia.

«Caffè?» chiedo.

«Sì, grazie», risponde mia madre. Penelope non dice niente, ma annuisce.

Recupero tre cialde e accendo la macchina del caffè che mi è stata regalata proprio da mia madre. L'ha fatta arrivare direttamente dall'Italia qualche mese fa, ed è identica a quella che possiede lei. Nonostante viva a Boston da molto prima della mia nascita, non ha mai superato la mancanza del caffè italiano.

Nata a Roma, Ginevra Venturini si è trasferita qui dopo il diploma per continuare gli studi. Lei e mio padre si sono conosciuti proprio tra i corridoi dell'università e, da quel giorno, vivono la loro splendida storia d'amore. Non credo di aver mai incontrato una coppia più affiatata, in effetti. Si completano a vicenda e sono l'esempio di amore a cui aspiro, anche se al momento non sono concentrata sulla ricerca del fidanzato perfetto, dato che ho altre priorità.

«Come sta papà?» domando a mia madre, porgendole una tazzina.

«Bene», risponde in italiano. L'ha insegnato anche a me, a papà e a Penelope, e a volte ci capita di utilizzarlo quando parliamo tra di noi.

Porgo l'altra tazzina a mia sorella. «Come va a scuola?» le chiedo.

«Una merda, come sempre.»

Mamma le scocca un'occhiataccia. Non apprezza le parolacce e la volgarità in generale, ma sta cominciando a perdere le speranze con Penelope.

Mi siedo dall'altro lato del tavolo e soffoco uno sbadiglio sul nascere. Sono stanca, ma non posso cedere. La festa di Nick Hill incombe sulla mia testa come un nuvolone grigio e non so cosa aspettarmi dal dottor King. Non siamo mai usciti insieme, questa sera sarà la prima volta, sebbene non sia un vero e proprio appuntamento.

«Hai delle brutte occhiaie», mi fa notare mia madre. «Stai dormendo?»

«Sì, mamma.»

«E sei anche dimagrita.»

«Questo non è vero.»

Per qualche strana e malsana ragione, per lei perdo peso di continuo. Cosa in realtà non vera, dato che la bilancia segna sempre lo stesso numero.

«Ti stai trovando bene?»

Non ho bisogno di chiederle a cosa si riferisce.

«Sì. Sono stata spostata al Pronto Soccorso, ma durerà poco.»

«Oh. E si possono fare spostamenti simili?»

«Sì. In caso di emergenza, è possibile chiamare medici o infermieri da altri reparti. Hanno spostato anche due medici dal reparto di Cardiologia, oltre me e il dottor King.»

A mia madre va di traverso il caffè e tossisce, portandosi la mano libera al petto, e Penelope le dà una pacca sonora sulla schiena.

«Mamma, tutto bene?» chiedo allarmata.

Si schiarisce la voce e abbandona la tazzina al centro del tavolo. «Sì… sì», farfuglia. Alza la testa e uno strano lampo le attraversa gli occhi scuri. Si sistema i capelli e rilascia un sospiro rumoroso. «Hai detto… dottor King? Non Hayden King, vero?»

«Dottor King, Hayden King… sì, è lui», rispondo.

Non ho avuto le traveggole, c'è davvero qualcosa di strano nel suo sguardo. Preoccupazione, forse nervosismo, e *paura*? No, non può essere. Non sarebbe sensato.

«Quindi… proprio Hayden King», ripete, marcando il suo nome con una nota di incertezza nella voce. «Il dottor Hayden King. Sei sicura che parliamo della stessa persona?»

Dubbiosa, piego la testa di lato. «Dipende. Tu di chi stai parlando?»

«Di Hayden King.»

«Anche io. Lo conosci?»

Si agita in modo quasi impercettibile, ma non mi sfugge la sua innaturale immobilità. Se le sue narici non si allargassero a ogni respiro, direi che è diventata una statua di pietra.

«No. No, non lo conosco», ribatte e scuote la testa.

«Ma hai appena detto il suo nome e Charlotte l'ha chiamato solo per cognome», puntualizza Penelope.

Nostra madre deve aver instillato dubbi anche in lei, perciò non credo che la sua reazione sia stata frutto della mia immaginazione, ma continuo a non coglierne il motivo.

«Mamma, parla. Conosci Hayden King?»

Infila le dita tra i capelli e spinge indietro il ciuffo. Di solito, questo gesto conferma il suo nervosismo.

«No, Charlotte, non lo conosco», ripete asciutta. «Ne ho solo sentito parlare.»

«Da chi?»

«Che importa? Non ha rilevanza.»

«Io voglio saperlo», interviene Penelope, dandomi manforte inconsapevolmente.

Mamma sbuffa. «Siete due impiccione», sbotta, mischiando italiano e inglese. «Me ne ha parlato Hilary, la nostra vicina di casa.»

«E perché Hilary avrebbe dovuto parlarti proprio del dottor King?» continuo imperterrita, con l'obiettivo di metterla alle strette per confermare l'ipotesi che via via prende forma nella mia mente.

«La madre è stata ricoverata, tempo fa, e l'ha conosciuto così.»

Penelope stringe le palpebre e, appena sposta lo sguardo nella mia direzione, arricciamo entrambe il naso. Nostra madre non è una bugiarda provetta, le sue menzogne fanno acqua da tutte le parti perché vanno a scontrarsi con l'espressione colpevole che assume. Espressione che, ora, è dipinta chiara sul suo viso.

«Si sta facendo tardi», annuncia. «Devo fare la spesa e chiamare vostro zio Alan. Dio solo sa dove diamine si è cacciato stavolta.»

«Ha parlato di un particolare servizio fotografico in Thailandia, il mese scorso», le ricorda Penelope.

Alan, uno dei cugini di mio padre che per me è come uno zio, è un fotografo che viaggia per il mondo a bordo del suo pick-up Chevrolet e, spesso e volentieri, sparisce per settimane intere. È sempre molto misterioso riguardo le sue esperienze e da bambina mi chiedevo spesso come mai tornasse un po' ammaccato da ogni suo viaggio.

«Lo rivedremo anche stavolta con un occhio nero e un polso fasciato?» scherza Penelope, strozzando una risata.

«Sapete che si occupa anche di qualche safari in Africa», commenta mamma.

«Sì... e immagino che un elefante si sia divertito a scazzottarlo, l'ultima volta», ribatto. Non sono più una ragazzina e mi viene difficile credere alla versione ufficiale che raccontano i miei genitori. Alan è sempre molto evasivo riguardo il suo lavoro, ma non ho ancora avuto modo di indagare oltre. Penelope e io, tempo fa, ipotizzavamo avesse problemi legati alla droga e non posso scartare questa opzione in via definitiva.

Mia madre si alza in piedi, seguita da mia sorella. «Noi andiamo», dice la prima. «Mi raccomando, stai attenta. E non dare troppa confidenza alle persone che non conosci.»

Aggrotto la fronte alla sua affermazione. «Cioè?»

«Hai capito», taglia corto. Si avvicina e mi scocca un bacio fugace sulla guancia. Penelope si limita a sollevare una mano, poi si avvia verso la porta.

«Charlotte, sono seria», prosegue mamma. «Stai attenta.»

Non mi dà il tempo di chiederle niente, si allontana e segue mia sorella fuori. Incerta e dubbiosa, rimango sola con le mie domande.

8

Poco dopo le otto, sono già pronta. Ho optato per un anonimo tubino nero che ho trovato tra le cose di Cindy, e so che non si offenderà perché anche lei fruga spesso e volentieri nel mio armadio. Il vestito mi stringe sui fianchi e la stoffa risale sulle cosce a ogni mio movimento, ma è quantomeno decente e poco appariscente. Calzo un paio di semplici décolleté nere e butto alcune cose essenziali dentro la borsa. Do un'ultima occhiata al mio riflesso allo specchio appeso in salotto e sistemo i capelli davanti alle spalle, lasciandoli ricadere in onde morbide fino a coprire il seno. Esco dal mio appartamento dopo aver recuperato le chiavi e faccio attenzione a non inciampare mentre scendo le scale, perché non sono abituata a portare i tacchi alti. Di solito prediligo le ballerine, ma per qualche strano motivo ho sentito l'impulso di abbandonarle sotto il letto.

L'auto del dottor King è già qui, ma non mi sorprende; quando non arriva puntuale, è in anticipo. Semplice.

Apro la portiera e mi accomodo. «Buonasera», esordisco, con un sorriso di circostanza. Lui indossa una camicia bianca con i primi bottoni sganciati, e i jeans neri gli fasciano le gambe lunghe e slanciate. La sua chioma è più ordinata del solito, ma un ciuffo gli ricade sulla fronte e tengo a bada la voglia di spostarlo. I suoi occhi magnetici mi squadrano dalla testa ai piedi. L'agitazione mi stritola lo stomaco e mi serra la gola.

Il suo sguardo risale fino al mio viso e le mie gote si tingono di porpora.

«Salve, Charlotte», risponde infine.

«Sono in ritardo?» chiedo in un sussurro, e temo già la sua risposta.

«Stranamente no.»

L'abbozzo di un sorriso divertito prende forma sul suo viso, ma dura talmente poco da non darmi la possibilità di apprezzarlo davvero. Fa partire l'auto e allaccio la cintura di sicurezza, poi tiro giù il vestito che continua a risalire senza pudore ben oltre le ginocchia.

Mi sono abituata ai silenzi che si instaurano tra me e il dottor King, perciò non mi pongo alcun problema davanti al suo mutismo. Ho ancora voglia di conoscerlo meglio, di fargli domande, ma evito di dargli un pretesto per innervosirsi. Fingo che la sua indifferenza mi vada bene.

Non ho idea di dove si svolga la festa del dottor Hill; Zoey ha parlato di un attico lussuoso, ma non ha snocciolato altre informazioni. Per il regalo, invece, Lydia mi ha proposto di aggiungermi ai colleghi, perciò ho messo una parte dei soldi e lei è andata ad acquistarlo nel tardo pomeriggio insieme a Sam. Non conoscendo bene Nick, sarebbe stato difficile azzeccare il regalo perfetto se ci avessi provato da sola.

Guardo un'altra volta il dottor King, ora concentrato sulla strada davanti a sé. È così cupo, così strano e così freddo che ogni particella del mio corpo desidera parlare e chiedergli qualcosa. Invece è lui a rompere il silenzio.

«Siamo arrivati», annuncia, dopo aver parcheggiato l'auto nei pressi di un edificio che si innalza imponente per chissà quanti piani. La facciata è una scacchiera di ampie vetrate e da qualche appartamento si intravede la luce accesa.

Non mi accorgo neanche di aver appiccicato il naso al finestrino per osservare meglio, finché il dottor King non spalanca la portiera e perdo l'equilibrio. Per fortuna, si muove con velocità e mi acciuffa per un braccio, evitando il peggio.

«È sempre così distratta, signorina Cooper?» sbotta.

Scuoto la testa e mi metto dritta. Abbasso lo sguardo sul vestito e lo sistemo con le mani.

«No, in realtà no. Non l'ho sentita scendere dall'auto, tutto qui.»

Come d'abitudine, non risponde; si allunga oltre il mio corpo e chiude la portiera alle mie spalle. Il suo braccio sfiora involontariamente il mio fianco e sussulto. È un contatto leggero, quasi impercettibile, tessuto contro tessuto, eppure è come se fossi all'improvviso nuda e un lampo di brividi mi pulsa sottopelle, sgorgando nelle vene in piccole scosse elettriche. Lui si ferma qualche istante per ricambiare il mio sguardo e avvampo. È la prima volta che ci troviamo così vicini e un barlume illeggibile gli attraversa il viso impenetrabile. Riesco a sentire perfino il rumore lieve prodotto dal suo respiro regolare. Il suo profumo mi invade le narici e mi annebbia la mente.

«Ha freddo?» domanda.

«No, grazie», balbetto, spostando i capelli su una spalla e distogliendo lo sguardo.

«Bene, allora andiamo», risponde e si incammina verso l'entrata.

Misuro i passi in modo da rimanere al suo fianco e non dietro, mentre cerco di riprendere il controllo della mia mente ancora inebriata dai suoi occhi e dal suo profumo. Non posso concedermi certe reazioni, è un mio collega a cui non sto neanche particolarmente simpatica.

«Questo palazzo è immenso», sussurro. Sulle vetrate dei piani bui si riflette la luce tenue prodotta dai lampioni posti sui marciapiedi e tento di immaginare gli interni.

«La festa si svolge nell'attico all'ultimo piano», spiega il dottor King, bloccandosi davanti al portone principale dalle rifiniture di un argento brillante. Schiaccia l'ultimo tasto, che corrisponde all'ultimo campanello, e attende.

«Soffre di vertigini?» mi chiede.

«Dipende dalle altezze.»

Apre il portone e mi fa cenno di entrare per prima.

«Credo che le altezze facciano paura un po' a tutti», continuo.

«Non a me.»

Ovviamente. Non a lui.

Raggiungiamo in silenzio l'ascensore che troviamo già aperto.

«Avrà freddo», dice lui, rompendo il silenzio.

«Cosa?» chiedo.

«Non ha la giacca. Avrà freddo», ripete, mentre mi guarda con la coda dell'occhio.

Dirotto lo sguardo sul mio vestito e faccio spallucce. Non fa davvero freddo, è esagerato.

«No, non penso.»

«Le verrà un malanno, invece. Lassù fa freddo», ribatte risoluto.

Si sta preoccupando della mia salute perché gli interessa, oppure è solo un riflesso naturale dovuto alla sua professione?

«Anche se fosse così, non ho altro con me. Ho dimenticato la giacca.»

Lui accenna un rapido sorrisetto. In un battito di ciglia, si sfila l'elegante giacca nera che ha indossato prima di scendere dall'auto e si avvicina per posarla sulle mie spalle. Mi imporporo, come accade spesso quando è troppo vicino e invade in qualche modo il mio spazio personale. Sono una persona abbastanza spontanea, ma è difficile capire come agire con lui; un po' per il suo comportamento, un po' per il modo in cui riesce a mettermi in soggezione.

«Grazie», sussurro imbarazzata.

Il suo sorriso si allarga e permette alla fossetta di scavargli un piccolo solco nella guancia. Il mio cuore comincia a scalpitare contro la gabbia toracica e trattengo il respiro.

«Di niente. L'ultima cosa che serve al Pronto Soccorso è l'assenza di un'altra infermiera.»

La sua affermazione desolante mi carica di una rabbia improvvisa e prepotente, tanto che affilo lo sguardo, serrando i pugni contro i fianchi. Non sono io a interessargli, ma l'infermiera che si ostina a volere accanto senza un valido e preciso motivo.

«Sei proprio uno stronzo», ribatto, senza riuscire a trattenermi. Tanti cari saluti ai convenevoli e all'educazione.

Il peso che mi gravava sul torace diventa più leggero. Ho cercato di darmi un contegno, di mettere un freno alla mia impulsività, ma stavolta Hayden King ha superato il limite consentito. Sono un essere umano anche io, non può dire tutto quello che gli passa per la testa senza subire mai conseguenze.

«Lo prendo come un complimento», replica, con un sorrisetto sghembo stampato sulla faccia di bronzo.

«Ti assicuro che il mio intento non era quello di farti un complimento.»

Le porte dell'ascensore si aprono, rivelando un elegante attico arricchito con decorazioni argentee di carta pesta e ghirlande verdi che calano dal soffitto.

Faccio due passi avanti, ma le dita del dottor King circondano con delicatezza il mio polso sinistro. Mi volto per fronteggiarlo. Il ghigno strafottente è ormai sparito dal suo viso, ora disteso nella solita espressione enigmatica. Accosta le labbra al mio orecchio e il suo fiato caldo mi solletica il collo. Stavolta l'ira ha preso la forma di un nodo all'altezza della gola, perciò riesco a dissimulare le sensazioni contrastanti che lui mi provoca.

«I nostri contatti saranno molto limitati, non si faccia venire strane idee in mente solo perché le ho fatto il favore di offrirle qualche passaggio a casa, signorina Cooper. E voglio chiarire, per l'ennesima volta, che non apprezzo l'audacia non richiesta», sussurra. La sua voce è diventata un sibilo basso, una melodia cupa e graffiante. Se non fossi così arrabbiata, forse cercherei di captare il suo stato d'animo, ma la sua ultima frase è la goccia che fa traboccare il vaso. Anzi, è la miccia che fa esplodere la dinamite.

Lo incenerisco con lo sguardo. «Te lo dico con tutto il cuore: vaffanculo», ribatto.

Spingo via dalle spalle la sua giacca e gliela lancio addosso. Ero partita con il piede giusto, con l'intenzione di passare una bella serata, ma il dottor King è già riuscito a farmi saltare i nervi. È raro che qualcuno riesca a farmi perdere la pazienza in così breve tempo, ma lui sembra bravo a rendermi sempre un groviglio di rabbia e irritazione.

È tanto bello e intelligente quanto stronzo. Non ho problemi a legare con le persone, seppur in modo superficiale, ma con lui sta diventando impossibile qualsiasi tipo di interazione umana. E, finalmente, ho trovato il suo principale difetto: il carattere.

Mi concentro sull'ambiente che mi circonda e vago alla cieca tra gli invitati, a occhio e croce almeno un centinaio. Supero un bancone adibito a bar e schivo le persone impegnate a discutere tra loro, ma non vedo nessuno di mia conoscenza e proseguo con la ricerca di Lydia e Zoey.

La portafinestra principale si affaccia su una terrazza spaziosa che pullula di altri invitati occupati a chiacchierare. Il freddo quassù è pungente e mi pento di non aver tenuto la giacca. Intravedo Zoey e Lydia in compagnia di Nick Hill e mi avvicino, contenta di averli trovati. Nick è il primo ad accorgersi della mia presenza e tira fuori un sorriso raggiante che non riesco a non ricambiare.

«Charlotte, che piacere vederti», esordisce, poi mi stringe in un caloroso abbraccio.

«Nick, tanti auguri!» esclamo, dopo essermi sottratta alla sua presa. «Questo posto è fantastico. Vivi qui?»

«No. Appartiene a mio padre, ma non lo usa mai. Sono contento che ti piaccia e grazie per il regalo.»

«Prego», rispondo. Non ho ben capito cosa sia, ho solo visto di sfuggita la foto che Lydia mi ha inviato qualche ora fa, ma l'oggetto era già impacchettato e ho dimenticato di rispondere per chiederle informazioni.

Saluto Lydia e Zoey, e la seconda mi piazza tra le mani una flûte di champagne senza tante cerimonie.

«Dov'è Jackson?» le chiedo a bassa voce per non farmi sentire da Nick.

«Non c'è. Neanche Sam, in realtà. Sono entrambi al lavoro.»

«Charlotte, dov'è Hayden?» domanda Nick.

«Non lo so», rispondo e faccio spallucce. Mando giù in un solo sorso lo champagne e faccio una smorfia.

«Oh, eccolo!» esclama Lydia, indicando un punto indeterminato oltre le mie spalle.

Trattengo il fiato quando mi affianca e faccio di tutto pur di non guardarlo.

«Ciao», saluta il dottor King.

La sua voce non è più cupa come dieci minuti fa. Continuo a fare finta di niente e dirotto l'attenzione verso Zoey, che ha appena recuperato una flûte di champagne da un vassoio. Nick e il dottor King cominciano a chiacchierare tra di loro e provo a rilassarmi, ma senza successo. Sono ancora una fiamma d'ira per quello che è accaduto.

«È successo qualcosa?» sussurra Lydia.

«No», mento, «è tutto a posto.»

«Non ti credo», si intromette Zoey.

Sospiro. «Sul serio, non è successo niente», tento di rassicurarle.

Qualcuno picchietta le dita sulla mia spalla e mi volto. Davanti a me ritrovo Joe, il fratello maggiore di Cindy. In un primo momento di confusione mi domando il motivo della sua presenza, poi mi ricordo che è amico di Nick e sorrido.

«Ciao, Joe.»

«Guarda un po' chi si vede. Dove hai lasciato la peste?» domanda, lanciando un'occhiata oltre la mia testa, aspettandosi forse l'apparizione di Cindy. È raro che io vada alle feste senza la mia migliore amica, è capitato poche volte.

«Ehilà, amico! Sei riuscito a liberarti?» chiede Nick.

«Sì, ho scambiato il turno in centrale con un mio collega», spiega. «Conosci Charlotte?»

«Lavoriamo insieme», risponde Nick. «E tu?»

«Vivo con sua sorella», lo informo.

Mi accorgo solo adesso degli occhi del dottor King fissi su di me e distolgo l'attenzione, decisa a evitare anche un semplice sguardo. L'indifferenza è l'arma migliore.

«Andiamo a bere qualcosa», esordisce Zoey, e fa un cenno a me e Lydia. Lasciamo soli i ragazzi e rientriamo dentro. Gli invitati sembrano aumentati e ci avviciniamo al bancone, occupato da un barman.

«Cosa è successo, Charlotte?» chiede d'un tratto Lydia, con la piccola pochette nera stretta tra le mani. «Con il dottor Dream, intendo.»

Evito di commentare il soprannome e scrollo le spalle. «Niente, davvero.»

«Non mi è sembrato», commenta Zoey.

Potrei raccontare loro la verità, ma non è il caso perché il nostro rapporto è strettamente legato all'ambiente lavorativo. Tra l'altro, non ho voglia di parlare del dottor King e di ripetere ad alta voce le cose assurde che mi ha detto. Mi sfogherò più tardi con Cindy, quando mi intrufolerò nel suo letto per cercare conforto.

«Sono seria. Non è successo niente», ripeto, cercando di apparire convincente.

«Ti ha dedicato un'occhiata che non lasciava molto spazio alla libera interpretazione», rincara la dose Lydia.

Non capisco di cosa stia parlando e non voglio porre domande perché apparirei troppo interessata all'argomento.

«Non credo», controbatto.

Le due non sembrano convinte della mia affermazione, ma non proseguono oltre. Parliamo del più e del meno per qualche minuto, finché Zoey non intravede una persona e si allontana.

«La raggiungo. Vieni?» mi chiede Lydia.

Scuoto la testa. «No, tranquilla. Voglio bere qualcosa, vi raggiungo dopo.»

Sparisce anche lei dalla mia visuale e sospiro. Arriva il mio turno, ma quando sto per ordinare un cocktail al barman, una voce alle mie spalle mi fa quasi spaventare. Quasi, ovviamente.

«Due champagne, per favore», ordina il dottor King al ragazzo.

Appoggio un gomito sul bancone e sposto lo sguardo dalla parte opposta, facendo finta di non averlo sentito. Dopo essersi comportato come un perfetto stronzo, deve addirittura superare il mio turno.

«Charlotte», mi chiama.

Faccio una fatica immensa per voltarmi e trattenere gli insulti che invadono la mia mente.

«Sì?»

«Si è offesa?» domanda, cogliendomi di sorpresa.

«Tu che dici?» chiedo di rimando. «Forse non ci si comporta così con le persone, giusto?»

Il barman porge al dottor King due flûte di champagne.

«Spostiamoci un attimo», mi dice.

Non voglio seguirlo davvero, ma sono curiosa di sapere come giustificherà il suo atteggiamento. Ci spostiamo di qualche metro e lui mi passa una flûte che accetto senza ringraziare.

«Non voglio che si senta offesa, ma è così che deve essere.»

«Non capisco», rispondo secca.

«Non deve capire. Questo discorso si conclude qui.»

Presa in contropiede, aggrotto la fronte e dischiudo le labbra, mentre cerco di decifrare il messaggio nascosto dietro le sue parole.

«Ma non ha freddo?» chiede.

Sbuffo e alzo gli occhi al cielo, decidendo di ignorare la sua ultima domanda. Mi volto giusto un istante verso la folla di invitati e mi soffermo sulla dottoressa Amy Adlon che, appoggiata a una colonna portante, sta guardando me e il dottor King. È bellissima, stretta in un tubino rosso che mette in risalto il suo fisico perfetto e slanciato, con i capelli scuri raccolti in una coda. Sta sorseggiando quello che credo sia champagne, ma mi colpisce il modo in cui sta fissando me e il dottor King. Neanche quando si accorge che la sto fissando di rimando si volta e, anzi, inarca un sopracciglio.

«Per favore, non c'è bisogno di mantenere questo tono formale anche fuori dall'ospedale. Smettila», rispondo, concentrandomi sul dottor King.

Lui sembra sul punto di ridere, ma camuffa la sua espressione e si schiarisce la voce. «Preferisco un rapporto distaccato. È meglio per tutti.»

Non capisco quello che sta dicendo. Per me non ha alcun senso e non voglio neanche più sforzarmi di interpretare le sue affermazioni.

«Perfetto. Scusami, ma devo andare in bagno», mento per tagliare corto. Gli rivolgo le spalle e mi tuffo in mezzo alle persone.

Il suo comportamento inizia a sfiorare l'assurdo e non mi piace non captare le intenzioni di chi mi circonda. Tuttavia, Hayden King non sembra disposto a mettere a tacere i miei dubbi e i miei dilemmi, quindi deduco di doverlo lasciar perdere una volta per tutte. Se per lui è così importante mantenere un rapporto distaccato, continuando a trattarmi come una perfetta sconosciuta e non come una collega, lo accontenterò.

«Che si fotta», borbotto a bassa voce, poi spalanco la porta del bagno. Abbandono il bicchiere sul lavandino e osservo il mio riflesso allo specchio.

«Stronzo e antipatico. Accoppiata vincente, Charlotte», continuo, rivolta allo specchio.

Prendo un profondo respiro, decido che il mio trucco non ha bisogno di ritocchi ed esco dal bagno. La dottoressa Adlon mi si para davanti e sobbalzo, sbarrando gli occhi.

«Salve, Charlotte», esordisce. Come immaginavo, la sua voce non stona con il suo aspetto fisico. È delicata e melodiosa, ma anche molto decisa.

«Salve», rispondo titubante, abbozzando un sorriso. Non pensavo conoscesse il mio nome, non è mai sembrata interessata a me.

Allunga una mano nella mia direzione e la stringo.

«Non mi sono presentata. Io sono Amy.»

«Charlotte Cooper, piacere.»

Lei allenta la stretta e sorride. Non è un sorriso sincero, ma un ghigno divertito e, d'istinto, faccio un passo indietro.

«Vedo che ti stai ambientando in fretta», asserisce.

«Come, prego?» domando, battendo le palpebre.

Il suo ghigno si fa più pronunciato e indica la sala piena di persone.

«Intendo con i nostri colleghi», chiarisce.

«Sì, be'…»

Avanza di due passi e smetto di parlare. «Puoi legare con chi vuoi, Charlotte, ma non con lui», sussurra seria. «Hayden King non è roba per te. Stai lontana da lui, ti avverto.» E, senza aggiungere altro, si allontana e si mescola alle persone presenti. Rimango ferma, quasi senza fiato, a fissare la sua figura snella farsi sempre più distante e a chiedermi in che razza di posto io sia capitata.

«Champagne, per favore», ordino al barman, indicandogli il calice che, fino a due minuti fa, conteneva vino bianco.

So che non dovrei alzare il gomito, ma ho la necessità di annebbiare i pensieri perché sto ribollendo dalla rabbia. Prima il dottor King e le sue affermazioni scortesi e criptiche, poi la dottoressa Amy Adlon e il suo avvertimento privo di senso. Per quanto mi riguarda, può tenersi stretto il suo adorato perché non mi interessa. Forse la laurea li ha rincitrulliti entrambi, non posso escludere questa possibilità.

La cosa che più mi infastidisce è che tutti credono che io stia tentando di avvicinarmi in qualche modo al dottor King, quando vorrei solo andare d'accordo con i miei colleghi, compreso lui. Devo rivedere il mio modo di agire in sua presenza, anche se dubito di aver mai adottato comportamenti fraintendibili.

Il barman mi piazza davanti l'ennesima flûte di champagne e gli rivolgo un mezzo sorriso per ringraziarlo. Non sono abituata a bere alcolici, l'ho fatto poche volte ed è sempre finita male. Oggi, però, ho la sensazione che un po' di alcol mi aiuterà ad affrontare le occhiate del dottor King e, probabilmente, anche quelle che Amy ha intenzione di dedicarmi per il resto della serata.

Fisso il vino per qualche istante, poi lo bevo tutto d'un sorso. Trattengo a stento un conato di vomito e strizzo gli occhi. Forse non è stata una buona idea.

«Hai qualcosa di fruttato, ma analcolico?» chiedo al barman, spingendo via il bicchiere.

«La vodka alla frutta», risponde.

Lo fisso con un sopracciglio sollevato e lui fa lo stesso. Non credo abbia capito la mia domanda.

«Red Bull?» tento.
«Oh, certo.»
Picchietto le unghie smaltate di rosso sul bancone e mi concentro sulla sala. Lydia e Zoey stanno parlando con due ragazze che non conosco, mentre Nick sta rimbalzando da un posto a un altro come se fosse una trottola e intrattiene gli invitati.
Ringrazio il barman quando mi porge un bicchiere e giocherello con la cannuccia verde. Non sono più dell'umore giusto per godermi la festa, perciò terminerò questo drink e tornerò a casa.
«Tutta sola, che ti guardi intorno con aria smarrita», esordisce Reed, sbucando alle mie spalle. «Fammi indovinare: ti stai annoiando.»
«Non proprio, ma ci sei andato vicino.»
«Lo so. Sono bravo a indovinare lo stato d'animo delle persone.»
Mi dedica un occhiolino e io sorrido.
«E allora, dimmi, qual è il tuo stato d'animo, adesso?» chiedo divertita.
«Annoiato. E poi ti ho vista qui, da sola, e ho pensato di annoiarmi con te.»
«Grazie, ma tra poco andrò via.»
«Prima concedimi l'onore di offrirti qualcosa da bere.»
Non voglio trattenermi ancora qui, ma Reed è gentile e mi costringo ad accettare.
«Va bene», acconsento.
Mentre lui ordina due drink, studio la sala alla ricerca del dottor King, ma non lo intravedo da nessuna parte.
«Chi stai cercando?» chiede Reed.
«Nessuno», mento.
«Uhm...» mormora poco convinto, porgendomi nel frattempo un'altra flûte. Ho già perso il conto e non è un bene. «Sei venuta qui con il dottor King, ma ora lui non c'è. Problemi di qualche genere?»
Non è il caso di raccontare quello che è successo a un perfetto sconosciuto.
«Mi ha solo dato un passaggio. Non siamo venuti qui come...» Mi blocco, incapace di trovare una definizione adatta.
«Una coppia?»
«Siamo solo colleghi», chiarisco con una scrollata di spalle.
«Certo, non ho detto il contrario. Con Amy in giro, è improbabile che lui si interessi a qualcun'altra.»

La sua ultima frase attizza la mia curiosità.

«Davvero? E perché?» domando, fingendo disinteresse.

«Voci di corridoio narrano che abbiano avuto una storia, tempo fa.»

Questo spiegherebbe l'avvertimento che Amy mi ha rifilato questa sera.

«Stanno insieme?» chiedo.

Zoey e Lydia pensano che lui sia single, ma non ho mai dato alcun peso alla questione. Capire Hayden King è un po' come cercare di comprendere la termodinamica dei buchi neri per una negata in materia come me. Buio, buio totale.

«Non più. Credo qualche tempo fa, sì», risponde Reed. «Non sono sicuro, forse si tratta solo di chiacchiere di corridoio. Girano voci un po' su tutto il personale. Funziona così, quando passi più tempo al lavoro che a casa.»

«Immagino», mormoro. Vengo assalita dalla sensazione che, ultimamente, le voci si siano concentrate su di me e il dottor King.

Allontano il bicchiere di Red Bull ormai vuoto e mi inumidisco il labbro inferiore.

«E tu li hai mai visti insieme?» continuo.

Scuote la testa. «Insieme inteso come una coppia, mentre si tenevano per mano o cose del genere, no. Assolutamente no», spiega. «Insieme nel senso spalla contro spalla, camminando per i corridoi, sì. È da un po', in effetti, che non si vedono vicini come prima. Non lo so, magari erano semplicemente molto amici e hanno litigato per qualcosa.»

L'opzione dell'amicizia finita in tragedia non mi ha sfiorato la mente neanche per un secondo. Se così fosse, le parole di Amy non avrebbero senso. Al contrario, invece, se tra loro ci fosse qualche trascorso a livello amoroso, la sua reazione sarebbe comprensibile. Anzi, non proprio comprensibile, ma prevedibile.

«Non credo, però apprezzo la tua spiegazione», ammetto, acciuffando il mio drink.

Mi sono ripromessa di non bere più, ma non credo che un bicchiere possa fare la differenza. Avvicino il naso alla bevanda rossiccia, ma l'odore che emette è così forte e penetrante che allontano subito il viso.

«Come si chiama?» chiedo a Reed.

«French Martini.»
«È buono?»
«Provalo, a me piace.»
No, non dovrei provare; dovrei lasciare il drink a Reed, smettere di bere e tornare a casa prima che sia troppo tardi.
Mi volto verso sinistra e, con mia sorpresa, il dottor King si è adesso materializzato tra gli invitati. È in compagnia di Nick e di un infermiere che ho incrociato qualche volta per i corridoi, ma non sta prestando loro attenzione, è troppo concentrato a fissare me. Mi schiarisco la voce e faccio vagare lo sguardo, finché non intercetto Amy che sta studiando Hayden dall'altra parte della sala.
«Hanno seri problemi», borbotto. Bevo il mio drink e appoggio il bicchiere vuoto sul bancone.
«Chi?» chiede Reed.
«Nessuno, non ti preoccupare», taglio corto.
Reed richiama il barman con un gesto della mano e chiede qualche altro cocktail. Approfitto della sua distrazione per voltarmi impercettibilmente verso il punto in cui ho visto Hayden. È ancora lì, che mi sta osservando. Ora, le possibilità sono due: deve dirmi qualcosa o si è incantato. Capita a tutti di incantarsi per qualche minuto, non credo mi stia fissando di proposito. Metto un freno alla voglia improvvisa di sollevare il dito medio nella sua direzione, perché è l'alcol che ho ingurgitato a trovarla una buona idea. La Charlotte razionale, che, per fortuna, riesce ancora a mantenere le redini della situazione, la trova pessima e riesco a contenermi.
«Sai, sei molto carina vestita così», mi dice Reed, appoggiando un gomito sopra il bancone.
«Che cosa?» chiedo, troppo distratta per dargli davvero importanza.
«Ho detto che vestita così sei molto carina», ripete e indica il mio abito. «Anche la divisa ti dona, in effetti.»
Le divise che indosso in ospedale sono più grandi di due taglie, ma apprezzo il complimento e gli sorrido.
«Grazie», rispondo.
Per riuscire a distrarmi e smettere di indirizzare ogni mio pensiero al dottor King, gli faccio qualche domanda sulla sua vita. Mi parla della sua città natale, ovvero Portland, del suo percorso di studi e delle sue passioni. Lo ascolto in silenzio, bevendo nel frattempo

un numero indefinito di flûte di champagne. Alla fine, quando mi rendo conto di vedere un Reed e mezzo, spingo via il bicchiere. Tiro fuori la scusa di dovermi sistemare il trucco e mi allontano per dirigermi al bagno. Noto con la coda dell'occhio una ragazza con i capelli neri avvicinarsi a Reed e la ringrazio mentalmente per aver preso il mio posto.

Mi piacerebbe passare altro tempo con lui perché è una persona piacevole da ascoltare, ma le mie facoltà mentali sono limitate e credo sia arrivato il momento di tornare a casa.

Entro nel bagno delle donne, prendo una salvietta umidificata dalla borsa e la strofino dietro il collo e sui polsi per rinfrescarmi. Insoddisfatta del risultato, apro il getto dell'acqua e mi lavo il viso, ignorando il trucco.

«'Fanculo l'alcol», borbotto. Spalanco la porta e, attenta a non inciampare nei miei stessi piedi, cerco Nick tra la folla.

«Charlotte.»

Mi ritrovo a fissare il dottor King, appoggiato alla parete davanti a me. È perfetto perfino adesso, sembra uscito da una rivista patinata e mi infurio perché non si merita tanta bellezza.

Se fossi più stabile, gli consiglierei di allontanarsi per evitare la sfuriata che sento montarmi dentro con prepotenza.

«Ha bevuto?» chiede.

«No», mento.

«Non è vero. Ha bevuto parecchio, l'ho vista», controbatte.

Prova ad avvicinarsi, ma ho i riflessi ancora funzionanti e indietreggio. «Tu fai paura», gli dico, arricciando il naso.

«Non penso. Vuole un passaggio per tornare a casa?»

Temporeggio incatenando i miei occhi ai suoi. Potrei tornare a casa da sola, avventurandomi nelle strade buie di Boston, oppure accettare la sua offerta. Tuttavia, non ho dimenticato ciò che è accaduto qualche ora fa, perciò scuoto la testa. No, non posso e non devo accettare, non si merita la mia compagnia.

«Voglio camminare. Grazie, ma no. Preferisco stare sola», rispondo. Spero colga il significato della mia ultima frase.

Non aspetto neanche un suo cenno e gli do le spalle, aumentando il passo. Intercetto Nick poco più avanti, che si sta scolando della vodka direttamente da una bottiglia, e mi avvicino.

«Nick, grazie mille per l'invito, ma ho alzato il gomito e preferisco tornare a casa», gli confesso.

«Oh, Charlotte!» esclama, circondandomi le spalle con un braccio. «Anche io sono ubriaco, ma è un segreto. Non dirlo a nessuno», sussurra.

Dubito che gli invitati non se ne siano già accorti, dato che puzza in un modo tremendo di alcol e a malapena si regge in piedi.

«Il tuo segreto è al sicuro. Ancora tanti auguri e buona serata.»

Solleva una mano e mi sorride. «A lunedì.»

«Certo. Ciao, Nick.»

Supero alcuni gruppetti compatti e mi blocco al centro della sala. Potrei chiedere a Joe di darmi un passaggio, ma non sembra in grado di guidare senza doversi poi arrestare da solo, a giudicare dal modo in cui sta ridendo con un altro ragazzo.

Mi dispiace non salutare Lydia e Zoey, ma non ho intenzione di rimanere qui un minuto di più. Non intravedo neanche Reed, quindi mi fiondo dentro l'ascensore, schiaccio il pulsante del piano terra e appoggio la fronte alla parete fredda.

L'orologio segna la mezzanotte e io sono brilla. Maledizione. Avrei dovuto darmi un contegno.

Ricordo come se fosse ieri la prima volta in cui mi sono ubriacata: era il mio diciottesimo compleanno e, per festeggiare, Cindy aveva rubato al fratello alcune bottiglie di vodka che avevamo svuotato durante il tragitto verso un locale. Avevo ballato sul bancone, pestato i piedi a quasi tutti i presenti e baciato un tizio grosso almeno cinque volte me che aveva tutta l'aria di essere appena uscito di galera dopo anni di reclusione.

Qualche settimana dopo, avevamo avuto la stessa idea brillante, e mi ero risvegliata sopra una panchina di un parco pubblico, senza ricordare molto.

L'ultimo incontro ravvicinato tra me e l'alcol, prima di stasera, risale alla festa di Carnevale dello scorso febbraio. Una serata fantastica, terminata in una notte di fuoco con uno sconosciuto mascherato di cui non ricordo niente, a parte il nome: Dan. Evidentemente su di giri entrambi avevamo optato per mantenere segrete le nostre identità e avevamo fatto sesso in una stanza dell'hotel in cui si teneva la festa, al buio. Il mattino seguente, al mio risveglio, lui si era già volatilizzato. Mi è impossibile anche solo tentare di ricordare il suo viso, perché avevamo mantenuto le maschere per tutto il tempo. A volte ripenso a quell'episodio, ma non ricordo un granché.

Esco dall'edificio e mi stringo nelle spalle a causa del vento leggero che soffia. Non riesco a orientarmi da questo preciso punto perché non capisco dove mi trovo con esattezza. Credo a nord della città, ma non ne sono sicura.

«Charlotte!» esclama il dottor King, spalancando il portone principale.

Alzo gli occhi, infastidita, e l'ennesimo sbuffo abbandona le mie labbra.

«Sì?»

Si avvicina a me e si blocca solo quando ci separano pochi centimetri. I suoi occhi severi mi scrutano, squadrandomi dalla testa ai piedi senza pudore. Non ha un'aria particolarmente felice e serena. Non che abbia mai sprizzato gioia da tutti i pori davanti a me, ma adesso appare peggio del solito.

«Uno: non tornerà a casa da sola. Due: non tornerà a casa da sola durante la notte. Tre: non tornerà a casa da sola, durante la notte, e ubriaca», afferma, con un tono che, in teoria, non dovrebbe ammettere repliche.

«Quattro: ho venticinque anni, sono grande e vaccinata, non sono ubriaca e giro per la città quando e come voglio», aggiungo, scandendo ogni parola per non dargli la possibilità di travisare la mia affermazione.

Vorrei mantenere la calma e non lasciarmi andare, ma l'alcol non aiuta molto in questo genere di situazioni. Ho la lingua più sciolta, parlo senza pensare e lui riesce a farmi saltare i nervi con poche frasi.

Alla fine, dopo qualche minuto passato a fissarci nei bulbi oculari, lui sospira e si passa una mano tra i capelli. Mi perdo a osservare i suoi movimenti eleganti e misurati, e ho l'impulso di infilare le dita nella sua chioma.

No, non ci devo neanche pensare. È fuori luogo.

«So che è arrabbiata per…»

«Perché mi hai parlato in quel modo? Sì, più o meno», lo interrompo. «Però mi fa più incazzare Amy che mi ordina di starti lontano. E, a proposito, io non ti sto intorno per qualche motivo preciso, ma solo perché sono costretta, dato che lavoriamo insieme.»

Non avevo previsto di dire queste cose, ma ormai è fatta. Non sono riuscita a controllarmi e non posso rimangiarmi le mie stesse parole.

«Amy?» ripete. Per la prima volta da quando lo conosco, è sorpreso. Sono riuscita a prenderlo in contropiede. Un punto per me.

Annuisco. «Amy, sì. Amy Adlon. Quella donna bellissima con i capelli lucenti senza doppie punte. Li vorrei tanto, ma io li ho crespi di natura.»

«E cosa ha detto?» chiede lui, tornando alla sua solita espressione impenetrabile.

«Di starti lontano. E, cito testualmente, che non sei roba per me», spiego. «Ora, non so se questa cosa sia tipo… la rivincita delle ex, ma puoi dire alla tua amica che non mi interessa questa faccenda. Ti sopporto solo perché sono costretta.»

Avrei potuto evitare di dire ad alta voce l'ultima frase.

Un tremolio fa muovere gli angoli della sua bocca, che si piegano in un fugace sorriso. È divertito?

«Lasciamo perdere l'ultima parte. Magari è colpa dell'alcol, signorina Cooper.»

Sono stanca di sentirmi chiamare così, sono stanca di avere davanti una lastra di ghiaccio, sono stanca di avere questo rapporto distaccato con lui.

«Okay, sarò breve e concisa: se vogliamo andare d'accordo, devi smettere di chiamarmi così. Abbiamo la stessa età e lavoriamo insieme, non capisco il motivo di tutta questa diffidenza e di questi modi formali. Inizi davvero a irritarmi e non so più in che lingua dirtelo.»

È ufficiale: la Charlotte brilla sta approfittando dello stordimento della Charlotte sobria e razionale.

«No, mi dispiace. Preferisco così», risponde, dopo un attimo di esitazione.

«Bene. Allora ciao, a lunedì», concludo.

Mi volto e inizio a camminare senza meta. Prima o poi, mi ricorderò la strada e riuscirò a tornare a casa.

Riesco ad avanzare forse di quattro passi, poi le sue dita agguantano il mio polso destro e mi fermo.

«Va bene. Smetterò di chiamarti così se accetti un passaggio a casa.»

Un moto di soddisfazione mi invade e, se potessi, inizierei a saltellare per la gioia. Nonostante sia una piccolezza, mi sento come se avessi conquistato un Nobel. Il mio silenzio, sommato all'espressione vittoriosa che mi si è dipinta in faccia, dà una risposta chiara a Hayden che sfila le chiavi della sua auto dalla giacca.

Hayden. È un nome straordinario, melodioso, delicato ed elegante.

«Avanti, vieni con me», dice.

Soddisfatta, lo seguo fino all'auto, mi sistemo sul sedile e lo fisso mentre lui fa lo stesso. Si allaccia la cintura, accende la radio e lascia il parcheggio. Per un po', mi concentro solo sulla musica che risuona bassa nell'abitacolo, con lo sguardo perso fuori dal finestrino.

«Quindi Amy ti ha parlato», esordisce Hayden.

«Parlato non proprio. Era più una minaccia velata e non ne capisco il motivo.»

Rimane in silenzio, senza aggiungere nient'altro, e so che chiedergli qualcosa significherebbe scavalcare il limite invisibile che ha posto tra di noi.

«Non mi dirai il motivo, Hayden?» chiedo, per poterlo chiamare finalmente per nome ad alta voce. E poi, tentar non nuoce. Questa sera, la fortuna potrebbe girare dalla mia parte.

«No.»

Come non detto.

«Bene», rispondo. «Sei uno stronzo.»

«Grazie.» Stavolta sorride e io mi sforzo di non imitarlo.

«Non era un complimento», specifico.

«Lo so.»

Punto gli occhi davanti a me, osservando la strada che stiamo percorrendo. Non posso far a meno di apprezzare la bellezza della città notturna, quando tutto dorme e il quasi totale silenzio avvolge gli edifici.

«Domani lavoreremo dalle undici del mattino alle quattro del pomeriggio», mi informa, catturando così la mia attenzione.

«No, è il mio giorno libero», gli ricordo.

«Non più, ma lunedì sarai libera. Carter, l'infermiere che hai conosciuto qualche giorno fa, si è preso un paio di giorni di ferie per la nascita del figlio.»

Faccio fatica a ricordare i nomi di tutte le persone che ho incontrato, ma evito di chiedergli informazioni e annuisco. Avevo pensato di concedermi un giorno tra centri commerciali e concessionarie di auto di seconda mano, invece i miei piani sfumano davanti al mio naso.

«Va bene», rispondo.

L'unica cosa poco simpatica del mio lavoro è la reperibilità obbligatoria su turni. Tranne durante le ferie ufficiali, devo essere rintracciabile per qualsiasi urgenza. Se Hayden dice che domani devo essere in ospedale, significa che la mia presenza è necessaria e non posso rifiutare. Non che io abbia mai pensato di farlo, comunque.

L'auto si ferma sotto il palazzo in cui vivo prima del previsto.

«Grazie, Hayden.»

«Prego, Charlotte.»

«Non mi dirai il motivo per cui Amy mi ha minacciata, giusto?» tento per l'ultima volta.

«Giusto», conferma.

«Va bene», borbotto e sollevo le mani in segno di resa. «Grazie di nuovo.»

«Di niente, Charlotte. Attenta a non cadere dalle scale mentre sali, per favore, domani servi intera.»

Se non stesse sorridendo, lo manderei a farsi fottere volentieri.

«Passo a prenderti alle dieci e trenta. Non fare tardi perché non mi piace…»

«Non ti piace aspettare», lo interrompo. «Lo so. Buonanotte, Hayden.»

«Buonanotte.»

Scendo dalla sua macchina e sento il suo sguardo addosso mentre cerco di recuperare le chiavi dalla borsa. L'auto riparte solo quando entro nel palazzo.

9

Ho passato una delle notti peggiori della mia vita. Non appena appoggiavo la testa al cuscino, la stanza iniziava a girare come se fosse una trottola e le pareti si ripiegavano su se stesse. Alla fine, ho dormito forse due ore o poco più.

Infilo in bocca un biscotto al cioccolato preparato amorevolmente da Cindy che pare si sia svegliata alle cinque solo per cucinare e, dopo aver preso la borsa e il telefono, esco dal mio appartamento.

Scendo le scale con estrema cautela, attenta a dove metto i piedi per non capitombolare. Potrà sembrare stupido, ma non mi sento ancora bene. L'effetto dell'alcol è svanito, ma ho un mal di testa atroce. Non ho trovato analgesici a casa, perciò ne prenderò uno in ospedale.

Come sempre, la macchina di Hayden è già davanti al portone del palazzo, con il motore spento e i finestrini abbassati. Quest'uomo ha bisogno di rivedere le sue priorità se crede che sia normale arrivare sempre in anticipo.

Spalanco la portiera e mi siedo, attirando l'attenzione di Hayden che, con le mani poggiate sul volante, si gira per guardarmi. A differenza mia, lui non sembra stia risentendo della festa; riflettendoci, però, non penso abbia bevuto più di una o due flûte di champagne.

«Ciao», dico, cercando di sorridere.

«Ciao, Charlotte», risponde. «Non sembri in forma.»

Fa partire l'auto e allaccio la cintura.

«No, in effetti non sono in forma. Ho bisogno di qualcosa per il mal di testa, credo.»

«Bere non fa bene, se il giorno successivo si lavora.»

«Ho scoperto che oggi non sarei stata libera solo dopo aver bevuto», puntualizzo.

La sua espressione severa viene spezzata da un mezzo sorriso.

«Vero anche questo», commenta.

Mi piace questa illusione di confidenza. Mi dà l'impressione di parlare con un uomo normale e non con un medico dispotico che fino a ieri si ostinava a chiamarmi «signorina Cooper». Questa nuova versione di Hayden – un po' meno ingessata – la apprezzo molto di più e mi fa sentire a mio agio. Perfino il suo tono di voce è cambiato.

«Hai mangiato?» chiede.

«Un biscotto.»

«Solo?»

«Sì, sono nauseata.»

«Hai freddo?»

«No.»

«Sicura?»

Mi volto di scatto a guardarlo e inarco un sopracciglio. Per quanto la sua preoccupazione mi lusinghi, non sopporto quando mi fa domande del genere. Mi ricorda mia madre e questo è controproducente.

A proposito di lei, dovrei anche telefonarle; stamattina ho trovato diciotto messaggi e nove chiamate perse da parte sua e odia essere ignorata.

«Perché mi guardi così?» domanda Hayden, spostando lo sguardo da me alla strada.

«Perché ti preoccupi tanto?» chiedo di rimando.

Lui scrolla le spalle. «Non lo so, credo sia la mia vena medica a prevalere, alcune volte.»

«Non farlo, mi ricordi mia madre», ammetto.

La mia testa riprende a pulsare come se fosse vittima di un martello pneumatico e mi massaggio le tempie per tentare di alleviare il dolore.

«Domani tutto il personale sarà sottoposto ai vari test semestrali», afferma.

«Cioè?»

Punta gli occhi nello specchietto e parcheggia l'auto in retro davanti all'ospedale. Senza rispondere alla mia domanda, lascia l'abitacolo, fa il giro della macchina e apre la mia portiera. Sistemo la borsa sulla spalla e lo imito.

«Cioè?» chiedo di nuovo, mentre raggiungiamo l'entrata principale.

«Ogni sei mesi, il personale viene sottoposto ad alcune visite di routine. Analisi del sangue e test vari. So che è il tuo giorno libero, perché è anche il mio, ma non possiamo sottrarci per alcun motivo», spiega.

«Sono stata assunta da poco, ho già fatto le analisi.»

«Non c'entra niente. Devi farle insieme al resto del personale.»

Seguo Hayden in silenzio dentro l'ascensore.

«Lavoreremo ancora per molto al Pronto Soccorso?» domando, mentre giocherello con la zip della giacca.

«No, non credo. Probabilmente solo fino alla settimana prossima. So che sta per tornare un medico e stanno assumendo qualcun altro.»

«E torneremo nel nostro reparto?»

Lui annuisce e mi sento sollevata. Per quanto il Pronto Soccorso sia bello e mi stia permettendo di toccare con mano un'altra realtà, preferisco il reparto per cui sono stata assunta.

Esco dall'ascensore e vedo in lontananza Sam e Lydia; lei mi nota e si sbraccia, facendomi cenno di raggiungerla. Anche Hayden si avvicina e li saluta.

Lydia mi scocca un'occhiata curiosa e faccio spallucce. Spero non abbia intenzione di fare domande scomode davanti a Hayden, perché sarebbe imbarazzante.

«Hayden, stiamo pensando di andare al bowling, stasera», esordisce Sam.

«E quindi?» chiede l'altro e si infila le mani in tasca.

«Vuoi venire?»

«Anche tu, Charlotte, ovviamente», si affretta ad aggiungere Lydia, con il sorriso tipico di chi la sa lunga.

«Sì, va bene», acconsento.

«Va bene anche per me», risponde Hayden.

«Perfetto. Ci vediamo alle sette, al solito posto», afferma Sam. «La donna della tredici mi sta cercando, devo scappare.»

Sam inizia a incamminarsi e richiama Lydia, che pare sul punto di dire qualcosa mentre fa saettare lo sguardo da me a Hayden.

«Sembrano una bella coppia», commento a bassa voce, quando lei si allontana.

«Lo sono», afferma Hayden. «Sam le è stato dietro parecchi mesi, ma lei era abbastanza convinta di non voler accettare alcun invito da parte sua, all'inizio.»

Rimango sbalordita e sgrano gli occhi per la sorpresa. Mi ha appena raccontato un pettegolezzo ed è una cosa che non ha mai fatto prima d'ora.

«Vai a cambiarti, Cooper.»

«Ora puoi dirmi la tua età?» tento.

La sua espressione rimane neutra e scuote la testa, respingendo silenziosamente la mia richiesta. Non capisco quale sia il problema nel rivelare la propria età, non dovrebbe essere un segreto.

«Posso provare a indovinare?»

«No.»

Riduco gli occhi a due fessure e lo fronteggio, con le mani sui fianchi.

«Non me lo vuoi dire perché non puoi o perché ti diverte non dirmelo?» chiedo.

Solleva entrambe le sopracciglia e si sporge verso di me. Si piega per raggiungere la mia misera altezza e avvicina così il suo viso al mio. I nostri nasi arrivano addirittura a sfiorarsi e il suo fiato caldo si schianta sulla mia pelle, stimolando pensieri che dovrebbero rimanere occultati. Vorrei fare un passo indietro per allontanarmi, ma ogni mia terminazione nervosa si è atrofizzata sotto il suo sguardo magnetico.

«La seconda», sussurra.

Ruota su se stesso e si incammina nella direzione opposta. Ancora su di giri per quello che è appena accaduto, lo osservo mentre si allontana con passo fiero e deciso.

Sono una patetica stupida. Hayden è bello, nessuno potrebbe affermare il contrario, ma sono così poche le volte in cui si è avvicinato a me, ignorando la distanza di sicurezza invisibile tra noi, che mi ritrovo imbambolata, stordita e agitata.

Sono costretta a scuotere la testa per riprendermi e mi sfugge un sospiro pesante. Raggiungo lo spogliatoio, mi libero dei miei indumenti e indosso la divisa; dopodiché, prendo il cellulare e lascio la stanza.

Cerco Hayden lungo il corridoio, ma non lo trovo. Forse si sta ancora cambiando o è già al Pronto Soccorso. Arrivo all'ascensore ma, quando sto per premere il tasto di chiamata, sento dei passi riecheggiare e mi fermo. La signora Lee è più arrabbiata del solito e ha il classico sguardo di una che vorrebbe strozzare tutti, ma che non può farlo per ovvi motivi. Si blocca e mi guarda. D'istinto, faccio un passo indietro. Questa donna mi fa paura.

«Quella nuova!» esclama, puntandomi l'indice contro.

«Charlotte Cooper», puntualizzo annoiata, come se ormai fosse automatico farlo.

Lei si avvicina e io faccio un altro passo indietro. Sembra su tutte le furie e spero non mi abbia scelta come possibile capro espiatorio.

«Devi farmi un favore.»

Annuisco decisa. Pur di evitare la sua ira, farei anche bungee jumping dal tetto dell'ospedale senza imbracatura.

«Vai all'ultimo piano. Nella stanza degli archivi, ho dimenticato la scatola delle provette nuove sopra la scrivania», spiega.

«Va bene, vado subito.»

L'ascensore si apre e mi fiondo al suo interno. Nello stesso istante in cui le porte si stanno richiudendo, sento la signora Lee urlare: «Veloce!»

La cortesia non deve essere il suo forte, prova un gusto meschino nell'incutere timore agli altri.

L'ultimo piano è deserto. Sono presenti alcuni studi medici, sgabuzzini e altre porte che non ho idea di cosa nascondano. È un corridoio lungo, le pareti immacolate sono dello stesso bianco pallido del soffitto. Osservo le etichette affisse alle porte e la quarta è proprio quella degli archivi.

Abbasso la maniglia e la porta emette un cigolio che rimbomba nel silenzio. Nella stanza sono presenti svariati scaffali con altrettante cartelle, con gli anni di riferimento scritti sopra a caratteri cubitali. Ci sono una scrivania, una sedia nera girevole sistemata dietro e un computer acceso.

All'improvviso, una lampadina si illumina nella mia testa.

Questa è la stanza degli archivi generali, quindi presumo che ci siano anche informazioni su Hayden. So che dovrei farmi gli affari miei, ma la curiosità riesce a vincere sul buonsenso. Mi siedo sulla sedia, attenta a non fare troppo rumore, e osservo lo schermo. Non so dove andare a cercare, così mi limito a digitare «Hayden King» nella barra delle ricerche interne al server. Se raccolgono le informazioni dei pazienti e del personale, ci deve pur essere qualcosa che riguarda lui. Non voglio sapere molto, mi basterebbe la sua età, che si ostina a non rivelarmi senza un motivo preciso con lo scopo di irritarmi, come ha affermato poco fa.

Compare una cartella: HAYDEN KING, 901020. Provo ad aprirla e trovo un file con la stessa dicitura; clicco sopra e ottengo solo un documento bianco. Il file è vuoto.

Torno indietro nella schermata e riavvio la ricerca, ma l'unico risultato è la stessa cartella, contenente il medesimo file.

Faccio un'altra prova: cerco il mio nome e provo con la mia cartella. A differenza di quella di Hayden, è rinominata solo con il mio nome subito dopo il cognome, e dentro sono raccolte le informazioni che ho dato prima e dopo l'assunzione. Data e luogo di nascita, attestati vari, diploma, laurea, curriculum, precedenti lavori e tutte cose noiose che già conosco.

Provo per l'ultima volta a cercare quella di Hayden. La cartella è la stessa, ma dentro c'è solo quel documento vuoto.

«Ma che diamine...» sussurro e allontano la sedia dalla scrivania.

Le mie orecchie captano un rumore lontano. Passi ritmici e leggeri che puntano verso la stanza in cui mi trovo.

Se qualcuno mi dovesse scoprire mentre ficcanaso nel server inaccessibile al personale, sarei licenziata ancora prima di poter pensare a una giustificazione valida. Chiudo la schermata del computer, mi alzo in piedi e prendo la scatola che ha lasciato qui la signora Lee. Cammino spedita fino alla porta e spengo la luce.

Un altro rumore. Un tonfo sordo rimbomba nell'aria e mi fa raggelare il sangue.

«C'è... qualcuno?» chiedo titubante. Anziché avanzare, inizio a indietreggiare.

Niente. Non ricevo risposta, le porte continuano a rimanere chiuse e l'unico sottofondo è il mio respiro frammentato.

Una sensazione soffocante mi stritola e mi rende incapace di introdurre aria sufficiente nei polmoni.

Compio qualche altro passo indietro, poi mi giro e comincio

ad andare verso l'ascensore. I miei occhi scattano verso gli angoli delle pareti che, diversamente dagli altri piani, non sono costellati dalle telecamere di videosorveglianza sparse un po' ovunque in punti strategici.

L'ennesimo rumore mi convince ad arrestarmi in mezzo al corridoio, con la scatola stretta tra le mani tremanti. Mi guardo intorno, ma non noto niente di anomalo.

«C'è qualcuno?» domando di nuovo, questa volta a voce più alta.

Aspetto, ma non ricevo risposta.

È come se sentissi la presenza di un osservatore esterno e sconosciuto; un paio di occhi estranei puntati sulla mia figura immobile e inerme.

Cammino, poi inizio a correre a perdifiato verso le scale, perché l'ascensore impiegherebbe troppo tempo a risalire fino a questo piano e non ho intenzione di trattenermi qui un minuto di più.

Scendo le scale a tutta velocità, rischiando di scivolare a causa delle suole lisce delle scarpe.

Mi pare quasi di udire qualcosa dietro di me, e la mia agitazione cresce insieme alla paura. Non ho il coraggio di voltarmi e accelero il passo, mentre l'adrenalina scorre sotto la pelle come fiumi di acqua gelata.

Arrivo al quarto piano, compio un salto verso la porta grigia e spingo la sbarra rossa. I rumori del reparto mi riempiono le orecchie e prendo un profondo respiro, ma il mio cuore continua a battere all'impazzata e ho la fronte imperlata di sudore.

Cosa diamine è appena successo?

«Quella nuova.» La voce della signora Lee mi riporta alla realtà.

Mi si para davanti e, con mano tremante, allungo la scatola delle provette. L'afferra, ma rimane a fissarmi per istanti interminabili.

«Tutto bene?» domanda, corrugando la fronte.

«Sì», mento.

«Uhm.»

La guardo mentre si allontana e, lentamente, il mio cuore riprende a seguire un ritmo normale. Forse ho davvero avuto le traveggole; magari la paura di essere scoperta mi ha condizionata a tal punto da spingermi a immaginare rumori in realtà inesistenti.

Raggiungo il Pronto Soccorso ma, anziché cercare Hayden, mi aggrego a un gruppetto di infermieri che ho conosciuto qualche giorno fa. Non ricordo la maggior parte dei loro nomi e sono troppo distratta per poter prestare attenzione ai discorsi che intavolano. Mi limito ad annuire di tanto in tanto e, quando arriva un'ambulanza, sono quasi contenta di aver trovato qualcosa con cui distrarmi.

Circa due ore più tardi, il pensiero di Hayden mi convince a cercarlo, e lo trovo in completa solitudine all'interno di una stanza. Seduto con la caviglia destra accavallata al ginocchio sinistro, sfoglia alcune cartelle e si pizzica il labbro inferiore con l'indice e il pollice.

«Cooper», mi chiama, mantenendo la testa china.

Chiudo la porta alle mie spalle e avanzo verso di lui. Mi accomodo sulla sedia libera e slego i capelli, lasciandoli ricadere sulla schiena e sul torace. Nel silenzio che cala, esamino alcune ciocche.

«Dovrei tagliarli», mormoro sovrappensiero.

«Ti stanno bene così.»

La risposta non richiesta di Hayden mi lascia perplessa e alzo di scatto la testa per guardarlo, abbandonando la ciocca che stavo studiando. Lui continua a fissare i fogli che ha davanti, senza prestarmi attenzione.

«Grazie, ma era solo una constatazione tra me e me», affermo, mentre tento di guadagnarmi il suo sguardo.

«Anche la mia era solo una constatazione», ribatte. «Cosa stavi facendo? Ti ho cercata, ma non c'eri.»

«Daisy mi ha mandata a recuperare una scatola, poi ho incontrato alcuni infermieri e mi sono fermata perché è arrivata un'urgenza.»

Finalmente distoglie lo sguardo dalle cartelle e sorride. «Ti sei ambientata, allora.»

«Sì, credo di sì.»

Si ributta sui fogli. Vorrei vederlo sorridere più spesso, ma a quanto pare dovrò accontentarmi delle rare volte in cui non riesce a trattenersi.

«Farai ancora combaciare i nostri turni?» domando.

«Non è più necessario.»

Una strana inquietudine mi serpeggia dentro. Mi sto abituando alla sua presenza, ma so di non poter mettere becco sulle tabelle dei turni.

«Okay», sussurro, poi riprendo a giocherellare con i miei capelli.

Hayden mi fissa da sotto le ciglia scure. «Se ti senti più a tuo agio con me, posso chiedere a Daisy di mantenere gli stessi turni.»

«Sì, grazie.» Mi pento subito di aver risposto con un tono di voce sollevato che non lascia spazio alla libera interpretazione. Però quantomeno riesco a strappargli un sorriso che fa capolino per un breve istante, spazzato via l'attimo successivo dalla solita espressione neutra. A volte mi chiedo se riesca a provare emozioni vere. Possibile che abbia creato una facciata e non sia realmente così? È possibile forse che preferisca nascondere quello che prova dietro una maschera di indifferenza e severità? Sono domande che mi frullano nella mente da un po', ma non posso neanche tentare di arrivare a risposte concrete senza un suo suggerimento.

«Daisy ti darebbe davvero ascolto? Se tu le chiedessi di mantenere uguali i nostri turni», chiedo.

«Uhm.»

L'ennesimo mormorio senza un significato.

«Hayden, non possiedo una mente capace di tradurre i tuoi versi. Potresti rispondere alla mia domanda?»

«No, non posso.»

«Perché? Non c'è niente di male.»

«Cooper, le tue domande mi stanno innervosendo.»

«Ti innervosiscono sempre», controbatto, trattenendo l'impulso di insultarlo per le sue affermazioni criptiche.

«Esatto. Non farmi domande. Le odio.»

Vorrei alzarmi in piedi e andare via, ma mi obbligo a rimanere ferma.

«Sono solo curiosa», chiarisco. «Non ti faccio domande per chissà quale motivo.»

«Soffocala.»

Non mi degna di un solo, misero sguardo. Prosegue indisturbato a fissare le scartoffie e, se non sbattesse le palpebre di tanto in tanto, sembrerebbe una statua.

«Che cosa?» domando.

«La tua curiosità. Soffocala, Cooper. La curiosità uccide il gatto.»

«Ma la soddisfazione lo riporta in vita», aggiungo.

Mi lancia un'occhiata e non risponde. Gongolante per averlo messo a tacere, tiro fuori un sorriso compiaciuto.

«Io odio i gatti», afferma infine.

10

«CINDY, mi presti il tuo maglioncino? Quello color salmone.»

Spalanco la porta della sua camera da letto e la trovo seduta davanti al computer, mentre guarda una puntata di qualche serie televisiva. Indossa ancora il pigiama e ha i capelli legati con una matita.

«Sì, prendilo. È nel solito posto», replica con un cenno della mano.

Apro le ante dell'armadio, prendo l'indumento che mi piace tanto e le richiudo. Non ho riposato dopo il lavoro, ma ho avuto almeno il tempo di fare una doccia e sistemare i capelli.

«Dove devi andare?» domanda Cindy, quando ho ormai già indossato il suo maglioncino.

«Al bowling.»

«Con chi?»

«Con alcuni colleghi.»

«Dottor Figo compreso?» chiede con finta noncuranza, smettendo di guardare lo schermo del computer.

«Sì.» Studio il mio riflesso nello specchio alto quanto me di Cindy. Non ho voglia di agghindarmi in modo particolare, d'altronde si tratta solo di una serata tranquilla al bowling.

«Tu devi fare qualcosa?» le chiedo.

«Sì, devo uscire con un ragazzo.» Si inginocchia sul letto e mi osserva. «Ma non stai passando troppo tempo con lui?»

«No, non credo», ribatto.

Hayden e io non passiamo davvero il tempo insieme; lavoro a parte, questa è la seconda volta che usciamo e non siamo mai soli.

Mi avvicino a Cindy che sta sicuramente pensando a quali altre domande pormi, le stampo un bacio sulla guancia ed esco dalla sua stanza.

Mancano cinque minuti esatti all'appuntamento, ma qualcosa mi suggerisce che Hayden sia già arrivato. Recupero le mie cose e lascio l'appartamento, avendo l'accortezza, stavolta, di portare con me una giacca.

Come immaginavo, la sua auto è parcheggiata davanti al palazzo. Vengo assalita dall'agitazione. Accade spesso quando lui è nei paraggi e comincio a pensare che non sia solo a causa dei suoi modi di fare indecifrabili. È come se il mio corpo stesse cercando di mandare qualche messaggio che la mia mente non vuole cogliere.

Rispedisco indietro tutte le mie riflessioni, apro la portiera e mi siedo. I miei occhi, ormai incapaci di smettere di ammirarlo, percorrono le linee sinuose del suo corpo. Hayden possiede una bellezza fuori dal comune, persino di più vestito casual: una semplice camicia blu e un paio di jeans. Senza camice perde l'aura di inaccessibilità che si porta addosso durante i turni di lavoro. Hayden King, il medico professionale fino al midollo, lascia spazio a Hayden.

Solo Hayden.

«Ciao», lo saluto.

Lui si volta verso di me e fa un mezzo sorriso.

«Ciao, Cooper.»

Il mio cognome pronunciato da Hayden acquista un suono piacevole.

Rilasso le spalle prima contratte e trattengo a stento un sorrisetto compiaciuto da idiota. Siamo ancora lontani dal rapporto amichevole vero e proprio, ma immagino che, con uno come lui, siano necessari i piedi di piombo.

«Ti sta bene il rosa», commenta d'un tratto.

Mi volto per guardarlo, ma lui ha gli occhi fissi sulla strada.

«È color salmone, in realtà», lo correggo, abbassando lo sguardo sul maglioncino.

Sorride ancora, ora divertito. «Ai complimenti si risponde con un 'grazie'», puntualizza.

Ammetto di non aver fatto caso al complimento e, senza sapere cosa dire, mi limito a fare spallucce. Mi focalizzo sulle maniche della camicia che indossa, ripiegate sino ai gomiti. L'inchiostro di alcuni tatuaggi gli imbratta la pelle e, incuriosita, mi sporgo per osservare meglio. Riesco a riconoscere una bussola, ma Hayden si accorge che lo sto fissando e abbassa prima una manica, poi l'altra.

«Hai tatuaggi?» domando, fingendo di non aver visto bene.

«Uhm.»

«Cosa rappresentano?»

«Non sono affari tuoi», taglia corto. Il solito tono glaciale che ha usato con me dal principio ritorna alla carica con prepotenza, facendomi alzare gli occhi al cielo. Sbuffo e appoggio la fronte contro il finestrino.

Quando arriviamo davanti al bowling, lui parcheggia l'auto vicino all'entrata principale.

«Siamo in anticipo di venti minuti», gli faccio notare nel momento in cui varchiamo la soglia.

«Meglio in anticipo che in ritardo.»

Alla mia destra c'è un ristorante e, davanti, la sala da bowling. Seguo Hayden fino al bar e gli permetto di ordinare due bicchieri di Coca Cola senza protestare.

«Niente alcolici», chiarisce, porgendomene uno.

«Non avevo intenzione di bere alcol», rispondo. «Grazie.»

Cala il silenzio ed entrambi ci concentriamo sulle altre persone che giocano.

«Sei mai stata qui?» chiede d'un tratto.

Annuisco. «Ci venivo spesso con...» Mi blocco e decido su due piedi di non dargli troppe spiegazioni. «Una persona», concludo.

«Il tuo ragazzo?»

«Non sono affari tuoi», controbatto, rifilandogli la sua stessa frase di poco fa.

Non mi dà fastidio parlare del mio ex ragazzo, ma dato che Hayden gioca a fare il misterioso, mi sento in dovere di ricambiare con la stessa moneta.

«Hai usato il passato. Presumo sia il tuo ex», continua.

«Presumi pure ciò che preferisci.»

Si lascia sfuggire una debole risata e io gli rivolgo un'occhiataccia.

«Non c'è bisogno di fare la misteriosa», commenta, dopo essersi posizionato davanti a me per bloccarmi la visuale.

«Io? L'unico misterioso sei proprio tu. Io mi limito a ricambiare il favore», ribatto, senza nascondere la mia irritazione.

«È per la domanda sui tatuaggi, giusto?»

Non rispondo. Lui finisce di bere la sua bibita e appoggia il bicchiere vuoto sul bancone. Si passa la lingua sul labbro inferiore e torna a guardarmi, questa volta con un'espressione più rilassata. Si spinge in avanti e avvicina il suo viso al mio. Punto i miei occhi nei suoi e deglutisco. Odio quando fa così. Non sopporto i momenti in cui decide di dimezzare le distanze, perché riesce a spazzare via ogni sfumatura di irritazione che mi provoca.

«Facciamo così», dice, con un tono basso. «Una mia risposta in cambio di una tua risposta. Domande superficiali, non troppo personali.»

Un senso di vittoria si impadronisce di me. La possibilità di fare una domanda a Hayden mi è stata appena offerta da lui stesso su un piatto d'argento e non la sprecherei per niente al mondo.

«Sarà difficile sceglierne una. Vorrei farti un sacco di domande», ammetto.

«Capisco», dice.

Mi lascia con un punto interrogativo in testa grande quanto il palazzo in cui vivo.

«Non possiamo giocare a qualche gioco? Tipo, non so… il gioco delle dieci domande?» La mia proposta è infantile, ma la curiosità che scatena in me Hayden è troppo forte da gestire. Non posso accontentarmi di una sola domanda; una sua risposta creerebbe solo altri dubbi e quesiti.

«No.»

«Otto domande?»

«Neanche.»

«Cinque?»

«No.»

«Tre?» azzardo.

Scuote la testa e io emetto un gemito di esasperazione. Tentare di arrivare a un compromesso con lui è più difficile che scalare una montagna.

«Lasciamo perdere», sbotto e distolgo lo sguardo.

Spero con tutta me stessa che Lydia e gli altri stiano per arrivare. Intavolare conversazioni con Hayden è complicato, se non quasi impossibile. Con loro, almeno, mi sentirò a mio agio.

«Va bene, facciamo una cosa», esordisce lui.

Gli presto attenzione e sollevo le sopracciglia per invitarlo a continuare.

«Giochiamo a bowling. Se perdo, non mi farai domande. Se vinco, mi potrai chiedere quello che vuoi.»

Quest'uomo è davvero strano, non smetterò mai di ripeterlo. La sua proposta fa acqua da tutte le parti.

«Non dovrebbe essere il contrario? Tu perdi e io ti faccio le domande?»

«No.»

«Mi stai proponendo una specie di gioco non a somma zero?»

«Più o meno. Nessuno di noi perde e nessuno di noi vince.»

«Non ha senso.»

«Ha più senso di quanto tu creda», replica. «Io devo battere Sam perché abbiamo una partita in corso da ormai due mesi. Mi obbligherà a giocare in coppia con te e devo… anzi, dobbiamo vincere. Se così sarà, potrai chiedermi quello che vuoi. Ci stai?»

Lo trovo un compromesso stupido e privo di senso, ma non posso rifiutare perché potrei davvero ricevere risposte alle domande che mi vorticano in testa da quando lo conosco. Una tra tutte, la sua età.

«Ci sto.»

La situazione, dopo quasi tre ore, è delicata. Nick e Zoey sono stati fatti fuori alla seconda partita e definiti «incapaci» da Hayden e Sam; Lydia non smette un solo istante di sbuffare a ritmo mentre fissa il suo fidanzato che, nel frattempo, sta esaminando accuratamente ogni singola boccia presente; io, invece, mi godo la scena da lontano, accomodata sul divano della nostra postazione. Le scarpe che indosso sono strette e comincio a risentirne, perciò vorrei evitare di alzarmi in piedi. Hayden attende che Sam scelga, ma continua a occhieggiarmi ogni minuto.

Se non avessimo un patto in sospeso, avrei già battuto in ritirata.

Come Hayden immaginava, siamo capitati nella stessa squadra, contro Lydia e Sam. La prima partita è stata vinta da noi e la seconda da loro. Questa è la terza, ovvero la decisiva secondo le regole imposte da Sam e Hayden.

«Basta, Sam!» sbotta Lydia d'un tratto, incrociando le braccia al petto. «Scegli una palla e falla finita, dannazione!»

Lui non le dà retta e non si degna neanche di sollevare lo sguardo, concentrato a pesare le varie bocce da bowling.

«È insopportabile», borbotta lei.

«Ma fanno sempre così?»

«Sempre! È da quando si conoscono che si scontrano.»

«E tu hai sempre accettato di assistere a questa noia mortale?»

«No, non sono così stupida. Ho accettato oggi per te e Zoey», risponde.

Invidio Nick e Zoey, che chiacchierano indisturbati al bar senza essere costretti a prendere parte a questa partita, che in realtà è una sfida solo tra Sam e Hayden.

Dopo un tempo infinito, Sam si avvicina alla zona di lancio. Prende un profondo respiro, chiude un occhio, carica la spinta sul braccio e lascia andare la boccia che sfreccia fino ai birilli. Per sua sfortuna, non riesce a farli cadere tutti, e tre rimangono in piedi, senza neanche barcollare.

Lydia si alza in piedi come una condannata a morte e ignora le imprecazioni del suo fidanzato che sta fissando in modo truce i birilli rimasti stabili. Lei prende la prima boccia che le capita a tiro, spintona Sam che è costretto a spostarsi, e la lancia. Questa riesce a beccare solo un birillo, poi esce fuori pista e viene inghiottita dal nastro.

«Cazzo!» esclama Sam, tappandosi gli occhi con le mani.

«Vaffanculo», lo rimbecca Lydia, prima di sedersi di nuovo. «L'ho fatto di proposito», ammette in un sussurro.

Sono costretta a stringere le labbra per non scoppiare a ridere e rivolgo la mia attenzione a Hayden, che si trova al centro della zona di lancio, dato che i birilli di Sam e Lydia sono già stati sostituiti. Con dei movimenti decisi ma sinuosi, lancia la boccia nera che percorre la pista e riesce a mandare al tappeto quasi tutti i birilli, tranne due che, dopo aver vacillato, si fermano e rimangono dritti.

«Tocca a me», annuncio.

Avanzo verso il nastro delle bocce e sto per prendere quella rossa, quando mi accorgo della presenza di Hayden dietro di me.

«No, prendi questa», mi consiglia, indicando quella turchese.

Seguo il suo consiglio e mi fermo al limite della zona di lancio. Provo a studiare la posizione dei birilli, troppo distanti l'uno dall'altro per poter anche solo tentare di ragionare su una possibile mossa. Non sono mai stata brava a questo gioco e la mia incapacità aumenta il margine di errore già vertiginosamente alto. Eppure, la voglia di porre domande a Hayden riesce a caricarmi di una forza di volontà mai avuta in precedenza.

«Questo è il punto decisivo, Cooper», afferma Hayden, posizionandosi alle mie spalle.

Do un'occhiata al tabellone elettronico: la partita è quasi finita. Se non fossi così curiosa sul conto del dottor Dream, avrei già lanciato la boccia per porre fine a quest'agonia.

Una mano di Hayden si posa sul mio fianco. Un tocco delicato e leggero che riesce a farmi sussultare. Non ho il coraggio di voltarmi. Percepisco il suo viso vicino al mio orecchio, e una fila di brividi mi serpeggia lungo la spina dorsale.

«Devi stare dritta», sussurra.

Vorrei dire qualcosa, ma non ci riesco. La mia mente è annebbiata dalla presenza di Hayden, che ha appena mandato in frantumi qualsiasi mia illusione. Illusione, sì, perché ho sempre provato a convincermi che non avesse alcun effetto su di me.

La sua mano libera si sposta, le sue dita percorrono la linea del mio braccio e si fermano sul polso. Ogni sfioramento equivale a una violenta scarica che mi percuote dall'interno.

Non mi accade spesso. Anzi, è piuttosto raro che un uomo riesca a catturare la mia attenzione. Ma è ancora più raro che qualcuno riesca a risvegliare in me sensazioni ed emozioni contrastanti, una cosa che Hayden fa con estrema facilità, senza neanche accorgersene.

«Durante il lancio, devi mantenere il polso leggero, ma il movimento deve essere secco e deciso», spiega. «Capito?»

No, non ho capito.

«Sì», rispondo invece, mentre guardo i due birilli davanti a me.

Hayden esita un attimo e mi viene spontaneo socchiudere gli occhi. Riesco a rilassarmi solo quando lui indietreggia, lasciandomi libera di respirare, sollevata dalla mancanza di contatto con le sue mani.

Cerco di seguire le sue indicazioni e faccio la mia mossa, ma so già che le possibilità di vittoria sono molto ridotte. Osservo la boccia sfrecciare sulla pista, finché non colpisce il primo birillo che capitombola con forza e schizza verso l'altro, facendolo cadere.

«No, cazzo!» esclama subito Sam.

Soddisfatta, sollevo la testa verso lo schermo che ora segna la vittoria mia e di Hayden, e mi volto nella sua direzione. Mi sorride e io ricambio, poi faccio spallucce sotto il suo sguardo divertito e compiaciuto in egual misura.

«Era ora», borbotta Lydia. «Iniziavo a pensare che non sarebbe mai finita.»

Zoey e Nick ci raggiungono.

«Ho sonno», annuncia Zoey.

«Anche io», afferma Lydia di rimando.

«Rivincita?» propone speranzoso Sam a Hayden, che scuote la testa, ancora soddisfatto.

«Non oggi. Si sta facendo tardi», risponde, dopo aver dato un'occhiata all'orologio che porta al polso.

Lydia ha l'aria vittoriosa anziché sconfitta e fa cenno a Sam di sloggiare da questa sala. Dopo essere usciti fuori, ci salutiamo a turno. Zoey entra in macchina con Lydia e Sam; Nick, invece, sale da solo nella sua.

Mi fermo sul marciapiede per osservare le loro auto allontanarsi. Hayden e io abbiamo vinto e ciò significa che posso porgli tutte le domande che voglio. Ho già stilato una lista, che si è impressa a fuoco nella mia mente come una delle poesie che imparavo a memoria da ragazzina.

Entriamo nella sua auto e Hayden rimane in silenzio.

«Posso chiederti quello che voglio?» esordisco, girandomi nella sua direzione per guardarlo meglio.

Stringe il volante con forza e le nocche si sbiancano. Se fino a dieci minuti fa sembrava contento della nostra vittoria, ora è tornato al suo solito umore cupo e misterioso.

«Sì, ma dipende», risponde.

«Da cosa?»

«Da quello che chiedi.»

Ho una serie di curiosità da soddisfare, ma la prima domanda che mi salta in mente è una delle meno rilevanti, che serve solo a stemperare l'atmosfera tesa.

«Quanti tatuaggi hai?»

Rilassa le spalle e questo suo semplice gesto mi rincuora, perché significa che non ho toccato tasti dolenti.

«Parecchi.»

«Quanti più o meno?»

«Una ventina.»

Mi prendo il mento tra l'indice e il pollice e fisso il suo profilo perfetto per qualche istante.

«Me li fai vedere?»

Accende la macchina, ingrana la marcia e, come se niente fosse, poggia la mano destra sulla mia coscia. La sensazione che mi provoca questo semplice contatto è travolgente, e sono costretta ad abbassare lo sguardo per evitare che si accorga del colorito acceso che hanno assunto le mie guance.

«Solleva la manica, Cooper», ordina. «Non posso mostrarteli tutti per questioni pratiche, ma puoi vedere quelli sulle braccia.»

Non me lo faccio ripetere un'altra volta, alzo la mano e sfioro il suo polso con l'indice. Con estrema lentezza e delicatezza, sollevo la manica della sua camicia. Svariati tatuaggi fanno capolino davanti ai miei occhi e li osservo, incuriosita. Una bussola, un'àncora, una piccola scritta in latino, una sirena e un cuore nero. Mi prendo la libertà di sfiorarli, tracciando i contorni con i polpastrelli, e Hayden non protesta.

«Significano qualcosa in particolare?» gli chiedo.

Ritrae il braccio e appoggia la mano sul volante.

«Vuoi la verità?»

«Non di certo una bugia.»

«Tutti dicono bugie.»

Non capisco dove voglia andare a parare, ma non voglio neanche saperlo. Non adesso, almeno.

«Quindi… hanno un significato?» chiedo di nuovo.

«Sì», conferma. «Ma non te lo dirò, Cooper.»

Sospiro e mi sistemo meglio sul sedile. Avevo già intuito che non avrebbe risposto alla mia domanda, perciò non mi scompongo.

«Sei nato a Boston?» domando.

È forse una cosa stupida da chiedere, ma non so niente di lui. È vero, sono stata scorretta, ho cercato informazioni nel suo fascicolo personale riservato all'ospedale, ma non ho ottenuto alcun risultato.

Tra l'altro, non posso neanche dirgli che ho trovato solo un file vuoto, perché sarebbe un biglietto di sola andata per il licenziamento, dato che non mi è consentito ficcanasare negli archivi senza un permesso.

«No.»

«E dove sei nato, allora?»

«Non qui», si limita a rispondere e ho la sensazione che voglia tagliare qui questa conversazione.

«Okay. Quanti anni hai?»

Sorride. «Secondo te?»

«Non lo so», mormoro. «Venticinque?»

«No, ma ci sei vicina.»

Il mio sbuffo sonoro rimbomba all'interno dell'abitacolo.

«Sai, vero, che non stai rispondendo a nessuna delle mie domande? Sei vago e non dai una risposta precisa!» sbotto piccata.

«Chiedi altro, Cooper», dice serio, smettendo di sorridere.

Provo a pensare a cose più banali, che non includano la sua età e il luogo in cui è nato.

«E che ne so… il nome di tua madre?» tento.

Le sue mani si serrano intorno al volante e la linea della sua mascella inferiore si accentua per il modo in cui stringe i denti. Mi accorgo di aver fatto la domanda sbagliata nel momento stesso in cui l'auto acquista sensibilmente velocità.

«Hayden», sussurro, dopo aver intravisto il tachimetro. «Hayden, rallenta.»

In lontananza, scorgo un semaforo rosso e alcune macchine ferme che aspettano di sgombrare l'incrocio.

«Hayden!» grido.

Per fortuna sembra rinsavire al mio ennesimo richiamo. L'auto perde velocità e si ferma dietro l'ultima macchina della fila che si è formata in prossimità del semaforo. Hayden mantiene le mani strette intorno al volante e gli occhi fissi sulla strada.

«Scusami, non volevo chiederti… sì, mi dispiace, davvero», farfuglio, mentre l'adrenalina cala in picchiata.

Lui si passa una mano tra i capelli e socchiude gli occhi per qualche secondo. Scatta il verde e le macchine cominciano ad avanzare.

«Scusa. Non volevo spaventarti», ammette a bassa voce.

«Spaventarmi» è un eufemismo. È colpa mia, avrei potuto evitare di fare una domanda del genere, ma non immaginavo di certo una reazione simile.

«Non fa niente.»

«È stata una cattiva idea», continua.

Qualcosa è cambiato, l'atmosfera che si percepisce è ora diversa. Potrei addirittura tagliare la tensione a fette.

«Che cosa?» chiedo. Cerco di non fargli percepire il mio disagio, ma vengo tradita dal tono insicuro.

«Permetterti di farmi domande.»

Ha ancora lo sguardo serio, la sua voce fuoriesce in un sibilo basso perché si sta sforzando di parlare. A questo punto, mi chiedo cosa sia successo a sua madre.

«Mi dispiace. Non avevo intenzione di farti domande... delicate», mormoro. «Il mio era solo un tentativo di conoscerti meglio, non volevo toccare tasti dolenti.»

«Non puoi conoscermi meglio.»

Sono mortificata e delusa. Da una parte, vorrei tornare indietro nel tempo per evitare di nominare sua madre, ma dall'altra continuo a volere risposte. È sbagliato, non dovrei neanche pensarci, ma ormai il pensiero di Hayden è un tarlo che si è instillato con prepotenza nella mia mente.

Il mio cellulare squilla e sono grata a chiunque stia reclamando la mia attenzione, perché l'aria, qui dentro, inizia a diventare insopportabile.

«Pronto?» chiedo, portando il telefono all'orecchio.

«Charlotte!» esclama Cindy dall'altra parte. Ha la voce affannata e nervosa. «Devi venire qui subito. Qualcuno... Non lo so, ma torna a casa, ti prego.»

«Cindy, calmati. Spiegati meglio», la interrompo.

«Qualcuno si è divertito a disegnare strani simboli sulla porta del nostro appartamento. Ora, non so se questo sia uno scherzo di cattivo gusto, ma devi venire qui immediatamente.»

Vedo con la coda dell'occhio Hayden aggrottare la fronte.

«Sto arrivando, stai tranquilla», la rassicuro, prima di interrompere la telefonata.

Il figlio della donna che abita sopra di noi è un ragazzino vivace, e già una volta si è divertito a giocare con le bombolette spray all'interno del palazzo. Deve essere stato lui.

«Cosa è successo?» chiede Hayden.

«Oh, niente. Era Cindy, la mia migliore amica. Mi ha chiesto di tornare subito a casa perché qualcuno ha disegnato strane cose sulla porta del nostro appartamento. Di sicuro, è stato il ragazzino che…»

«Che genere di cose?» chiede, bloccando la mia spiegazione. All'improvviso, la sua espressione cambia repentinamente.

«Non lo so. Ha parlato di strani simboli, nulla di più.»

Lui non dice una parola e preme a fondo il pedale dell'acceleratore.

11

Non chiedo a Hayden di rallentare e, in un battito di ciglia, ci ritroviamo sotto il palazzo in cui vivo. Mi fiondo fuori dall'abitacolo e lui mi imita. Non so perché mi stia seguendo, ma sono troppo agitata per prestare attenzione alla sua presenza.

Spalanco il portone principale e salgo le scale a tutta velocità. Ferma sul pianerottolo, Cindy è occupata a scattare foto alla porta del nostro appartamento. Attirata dal rumore di passi, si volta e fa per parlare, ma nota Hayden dietro di me e, senza alcun pudore, spalanca la bocca e strizza un occhio. La fulmino con lo sguardo e la affianco.

«Cosa è successo?» domando.

«Guarda», dice, indicando la porta.

In effetti, qualcuno si è davvero divertito a imbrattarla. Mi avvicino per osservare meglio e Hayden fa lo stesso.

«È una forchetta», suggerisce Cindy dietro di noi.

In realtà, sembra un forcone capovolto racchiuso in un cerchio dalla forma irregolare.

«Ma che diamine», sussurro. Sollevo l'indice e tocco la vernice rossa ancora fresca. Ciò che attira la mia attenzione, però, è una piccola lettera: D.

«È… strano», mormoro, dopo aver fatto qualche passo indietro.

«Strano? Sì. Inquietante? Molto», aggiunge Cindy.

Hayden non dice niente e continua a esaminare il disegno.

«Potrebbe averlo fatto il ragazzino che abita al piano superiore», tento.

Cindy scuote la testa. «Lui e la madre sono partiti ieri. Me l'ha detto il loro dirimpettaio.»

Non riesco a dare una spiegazione logica all'accaduto. Perché mai qualcuno dovrebbe disegnare una cosa del genere? E, soprattutto, perché prendere di mira proprio l'appartamento mio e di Cindy?

Hayden raddrizza la schiena e compie un passo indietro. Assorto nei suoi pensieri, non smette di fissare la porta.

«C'è una lettera», gli faccio notare.

«Lo so.»

«Sarà qualche bravata di qualche ragazzino. Ho telefonato comunque a mio fratello, sta arrivando», afferma Cindy.

«Sì, è possibile, ma hai fatto bene a chiamare Joe», dico.

Insomma, a chi potrebbe saltare in testa di fare una cosa del genere dentro un palazzo? Sarebbe stato più facile optare per una villetta più accessibile, anziché farlo qui, dato che il portone principale del nostro palazzo si apre solo con le chiavi o dal tasto interno.

«Cosa diamine è successo?» esordisce una voce dietro di noi.

Joe indossa la divisa da poliziotto e si ferma vicino alla sorella. Fa un cenno con la testa a Hayden, che finalmente riemerge dai suoi pensieri.

«Ciao, Hayden.»

«Ciao, Joe.»

«Vi conoscete?» domanda stranita Cindy.

«No», rispondono all'unisono.

Cindy e io ci guardiamo, entrambe con la stessa espressione confusa. Stanno mentendo. Si sono di sicuro incrociati alla festa di Nick, ma ho la sensazione che ci sia altro sotto. Ho la conferma che qualcosa mi sfugge quando Hayden rivolge un'occhiata fugace a Joe che, in modo quasi impercettibile, annuisce.

«Confermi che è stata solo una bravata?» cantilena Cindy, che si sta fissando le unghie, ora annoiata.

Forse è a causa dell'agitazione che mi appanna la mente, ma intravedo un lampo di preoccupazione negli occhi scuri di Joe.

«Possibile, sì», afferma lui.

«Bene! Allora posso entrare. Devo andare in bagno.» Cindy

prova a fare qualche passo avanti, ma viene prontamente bloccata dal fratello che scuote la testa.

«No. Bravata o no, non sono sicuro. Chiamerò i miei colleghi e daremo un'occhiata all'interno», spiega. «Voglio essere sicuro che sia tutto in ordine.»

Sono d'accordo con lui. Qualcuno potrebbe essersi divertito a imbrattare solo la porta, ma se non fosse così? Se fosse entrato anche dentro casa? Il mio nervosismo aumenta al pensiero e sono costretta a prendere un profondo respiro per cercare di calmarmi.

«E cosa cazzo faremo Charlotte e io?» sbotta Cindy. «Viviamo qui.»

«Troveremo una soluzione», mi intrometto. «Possiamo...»

«Charlotte viene con me.»

Mi volto di scatto verso Hayden, con gli occhi sgranati per la sorpresa. Forse ho sentito male, magari è stato solo frutto della mia immaginazione. Non può davvero aver detto una cosa simile.

Si accorge del mio sguardo sbigottito e si schiarisce la voce. «Sì, insomma, se vuoi», aggiunge. «Puoi passare la notte da me e Joe ti farà sapere quando potrai tornare qui.»

Hayden mi sta invitando a passare la notte a casa sua e, anche se so di non dovermi fare strane idee perché è solo un gesto di cortesia, una piccola parte di me non riesce a darsi un contegno ed è felice all'idea di passare altro tempo con lui.

Mia madre mi ha insegnato a non fidarmi degli sconosciuti, ma Hayden è un mio collega. Certo, sono attratta da lui, ma questo è un dettaglio irrilevante.

«Certo che le sta bene!» esordisce Cindy.

Le scocco un'occhiata torva. Il suo entusiasmo è fuori luogo, non è il momento di gioire.

«Io andrò a casa di Joe. Posso sopportare Molly per una notte, credo», continua lei.

«Perfetto. Problema risolto, allora», decreta suo fratello, passandosi una mano sulla fronte. Sembra sollevato, come se avesse appena disinnescato una bomba a orologeria.

A quanto pare, a nessuno interessa il mio parere, perciò il problema non è davvero risolto. Cindy mi regala un occhiolino, ma la ignoro. So di avere poche possibilità, non potendo entrare nel mio appartamento: posso prendere una stanza in hotel, oppure seguire

Hayden. L'idea di andare a casa di Joe non mi sfiora neanche per un secondo perché non voglio dare fastidio a Molly, che non nutre chissà quale simpatia nei miei confronti a causa di Cindy e delle sue bizzarre fantasie riguardo me e Joe. E poi, quando mi ricapiterà l'occasione di passare la notte a casa di Hayden? Non posso lasciarmela sfuggire. Vedere dove vive è un lasciapassare per capire qualcosa in più su di lui.

«Quindi?» domanda Hayden.

«Vengo con te», rispondo di getto, mettendo da parte le mie preoccupazioni.

Joe annuisce e sfila dalla tasca il suo cellulare per scattare alcune foto ai disegni che dice di dover inviare alla centrale prima del sopralluogo. Forse sono solo paranoica, però non mi convince il modo in cui parla. Esattamente come non mi convince il modo in cui Hayden guarda per un'ultima volta i simboli.

«Andiamo, Charlotte», dice.

«Vi terrò aggiornati», annuncia Joe.

Cindy si avvicina e mi dà un bacio sulla guancia. «Auguri», sussurra al mio orecchio, poi si allontana.

Hayden ha già iniziato a scendere le scale e, dopo aver salutato Joe e aver sollevato il dito medio in direzione della mia amica che scoppia in una rumorosa risata, mi affretto a seguirlo.

Lui non proferisce parola neanche quando siamo in macchina. Rimane in silenzio a fissare la strada davanti a noi. Decifrare le reazioni di Hayden è quasi impossibile, ma sono una persona che segue molto l'intuito e la sensazione che qualcosa mi stia sfuggendo è difficile da soffocare.

«Tutto bene?» chiedo.

«Sì.»

«Avevi mai visto simboli del genere prima d'ora?» continuo per tentare in qualche modo l'approccio.

«No», taglia corto.

Si è chiuso di nuovo a riccio e decido di lasciar perdere le sue risposte poco convincenti. Mi concentro invece sul finestrino, curiosa di vedere il posto in cui vive. Stiamo percorrendo una strada che porta al cuore pulsante della città. I palazzi, in centro, sono più imponenti rispetto alla mia zona. Mi sorprende il fatto che Hayden abiti qui, perché pensavo fosse più un tipo da periferia o, comunque, da quartiere più tranquillo.

L'auto rallenta nelle vicinanze di un grande edificio dal colore scuro e spento, come tanti altri nei dintorni, e imbocca un passaggio che conduce ai parcheggi sotterranei.

«Siamo arrivati», annuncia. Ferma la macchina tra altre due, sfila le chiavi dal quadro e spalanca la portiera. Acciuffo la mia borsa e lo seguo.

Camminiamo in silenzio, il rumore dei nostri passi rimbomba per tutto il parcheggio, e raggiungiamo l'ascensore. Dalla sua bocca non fuoriesce neanche un sospiro e, a malincuore, sto zitta. Non riesco a liberarmi della sensazione che stia ancora riflettendo su ciò che è accaduto e mi mordo il labbro inferiore per non lasciarmi sfuggire la fila di fuoco di domande che mi solletica la lingua.

Saliamo al piano e l'ascensore si riapre, rivelando un ampio pianerottolo occupato da una sola porta, la stessa in cui Hayden infila la chiave.

«Prego, entra», dice, spostandosi di lato per farmi passare.

Non è un semplice appartamento, ma un attico che mozza il respiro. Alla mia destra, un ampio divano nero, posto di fronte a un televisore incastonato in una parete impreziosita da pietre scure. Alla mia sinistra, invece, la cucina in stile moderno, anch'essa nera, e un tavolo con la superficie in vetro robusto. Il parquet è grigio con venature più scure e più chiare che si alternano e si intrecciano. Non ci sono finestre, ma solo vetrate che si affacciano su Boston, regalando all'osservatore una visione idilliaca della città avvolta nel buio della notte.

«Figo», mormoro e avanzo di qualche passo.

«Grazie», risponde. «La prima porta a sinistra è quella del bagno. A destra, invece, c'è la stanza degli ospiti. Subito dopo, trovi la mia camera da letto. Puoi andare dove vuoi, tranne nell'ultima stanza a sinistra.»

«Okay», acconsento con un filo di voce.

Hayden non smette di fissarmi. Mi sfrego le braccia con le mani, un gesto che compio d'istinto nei momenti in cui sono nervosa.

«Hai fame?» mi chiede.

«No, grazie.»

«Vuoi qualcosa da bere? Acqua, tè, camomilla? Un succo di frutta?»

«No, Hayden, sto bene così.»

«Sei preoccupata per quello che è successo?»

Sì, lo sono, ma il groviglio di pensieri che mi vortica nella mente è confuso, non riesco a essere davvero preoccupata per ciò che è successo alla porta del mio appartamento. Una parte di me continua a credere che sia stato solo uno scherzo di qualcuno.

«Potrebbe essere una bravata come ha detto Cindy, ma se non lo fosse?»

«È stata sicuramente una bravata, Charlotte. Oppure qualche ladro si è divertito a svuotare il vostro appartamento e ha disegnato quelle cose», risponde.

Va in cucina e io lo seguo a ruota. Mi regala la vista della sua schiena e comincia ad armeggiare con qualcosa.

«E se non fosse così?» rifletto.

«È così e basta.»

C'è qualcosa che non mi quadra. O vuole davvero rassicurarmi, o sa molto di più rispetto a quello che mostra.

Mi siedo su una sedia e intreccio le mani sul tavolo. «Hai mai visto quei simboli?» chiedo di nuovo.

«No, te l'ho già detto.»

«Bene. Allora farò qualche ricerca su internet. Non dovrei trovare niente, giusto? D'altronde, sono simboli senza un significato, disegnati da qualcuno che voleva solo divertirsi», lo stuzzico.

Posa una tazza di ceramica sul ripiano della cucina e assume una postura innaturalmente rigida.

«Giusto», afferma, ma il suo tono non mi convince.

Tuttavia, è gentile a ospitarmi qui, non voglio innervosirlo con le mie insistenti domande nate dai sospetti che nutro, perciò decido di accantonare i miei dubbi almeno per il momento.

«Cosa stai facendo?» chiedo, nel tentativo di smorzare la tensione che aleggia tra di noi.

«Sto preparando il tè.»

«Ma ho detto...»

«Io lo preparo», mi interrompe. «Se non lo vuoi, non berlo.»

Il silenzio piomba tra di noi e faccio rimbalzare lo sguardo da una parte all'altra, studiando minuziosamente i dettagli di questo appartamento, troppo grande per una sola persona. Pensavo di poter raccattare indizi su Hayden mettendo piede in casa sua, ma mi sbagliavo. Non ci sono foto, ricordi di viaggi o semplici soprammobili. Non c'è niente che potrebbe raccontare un aneddoto sul suo conto.

Sposto l'attenzione sul corridoio buio. Ha detto di non entrare nell'ultima stanza e mi domando cosa nasconda lì dentro di tanto misterioso.

«Cosa c'è in quella stanza?» chiedo, dando voce ai miei pensieri.

«Quale?»

«L'ultima, quella in fondo al corridoio.»

Appoggia due tazze sul tavolo, ne spinge una nella mia direzione e si siede.

«Niente, ma tu non devi entrare», risponde.

«Non voglio entrare», mento. «Sono solo curiosa.»

«Non mi piace la curiosità e tu fai troppe domande.»

«Lo so.»

Nonostante abbia lo stomaco serrato, bevo il tè in silenzio, sotto lo sguardo di Hayden. Odio il modo in cui mi fissa, odio non riuscire a intuire i suoi pensieri, ma odio perfino di più le sensazioni che mi provoca.

«Amy ti ha detto qualcos'altro?» chiede d'un tratto.

«Cioè?»

«Avete parlato un'altra volta?»

Mi passo la lingua sul labbro inferiore e appoggio la tazza sul tavolo.

«Neanche la prima volta abbiamo parlato, in realtà. Mi ha quasi minacciata, che è ben diverso», puntualizzo. «In ogni caso, no. Non l'ho neanche più incrociata.»

Hayden si alza in piedi, prende la mia tazza e la mette dentro il lavello.

«Meglio», risponde.

«Fa così con tutte?» domando.

«In che senso?»

«Minaccia tutte quelle che ti stanno attorno o l'ha fatto solo con me?»

Si volta e appoggia le mani sul marmo dietro di sé. Ancora una volta, il suo umore cambia nel giro di pochi istanti e un abbozzo di un sorriso divertito gli piega gli angoli delle labbra.

«Non l'ha mai fatto. Non ne ha mai avuto il motivo.»

«Ora ne ha il motivo, a quanto pare», aggiungo.

«A quanto pare», mi fa eco, lasciando la frase in sospeso.

Lo guardo negli occhi e lui fa lo stesso. So che dovrei stare zitta, ma ancora una volta la mia curiosità ha la meglio e decido di tentare.

«Quindi… siete stati insieme?»

«È rilevante?»

«Direi di sì», ribatto, poggiando il mento sul palmo.

Hayden sospira e si passa una mano tra i capelli per l'ennesima volta. Inizio a credere che sia un suo gesto abituale, che fa soprattutto quando è nervoso.

«Sì, siamo stati insieme», conferma.

La sua risposta non mi sorprende. Una piccola parte di me però sperava il contrario.

«Quindi è gelosa.»

«Non ha ragione di esserlo», ribatte. «Ma immagino non sia facile per lei.»

«Perché?»

«Perché l'ho lasciata io. Non fraintendermi, non mi sto vantando di averla scaricata, è solo che credo sia giusto dirti che non è colpa sua. Non è cattiva. Penso solo che non sia facile per lei, tutto qui.»

«Perché l'hai lasciata? Non la amavi più?»

Sto camminando sul filo del rasoio, rischio di inciampare e cadere nel baratro, ma le domande ruzzolano fuori dalla mia bocca senza alcun controllo.

«No, non è questo. È solo che…» Si blocca, esitante, e inclina la testa.

«È solo che cosa?» lo incito.

Non mi sono neanche accorta di essermi alzata in piedi e mi ritrovo a fronteggiarlo. Non voglio sembrare impicciona, ma in effetti è proprio quello che sono. Da questa distanza, le mie narici vengono invase dal suo profumo e chiamo a raccolta tutto l'autocontrollo che possiedo per evitare di avvicinarmi ancora per annusarlo.

«Non è facile stare con uno come me, Cooper», dice.

«Perché, Hayden?»

I suoi occhi verdi rimangono piantati nei miei e compio uno sforzo estremo per non distogliere lo sguardo.

«Perché sì.»

È lui a mettere fine al contatto visivo per primo e mi oltrepassa per raggiungere il corridoio, rompendo così la bolla che si era creata intorno a noi.

«Vieni, ti faccio vedere la camera degli ospiti.»

Un sospiro pieno di frustrazione mi scappa dalle labbra e seguo Hayden all'interno di una stanza, occupata solo da un letto matrimoniale, una poltrona scura e un armadio grigio. L'arredamento si limita allo stretto necessario, anche qui non è presente alcun oggetto particolare. Questa casa non racconta niente del proprietario ed è bizzarro.

«Hai bisogno di qualcosa per dormire?» chiede.

«No.»

«Non puoi dormire vestita così», insiste. Avanza verso l'armadio, spalanca le ante e recupera una tuta blu. «Non sei molto alta, questa ti starà grande, ma non ho indumenti della tua taglia.» Il sorriso che spunta sul suo viso fa aumentare il ritmo del mio cuore.

«Va bene così, grazie», farfuglio imbarazzata, acciuffando la tuta.

«Prego. Io devo sistemare alcune cose al computer. Se hai bisogno di aiuto, chiamami. Buonanotte, Cooper.»

«Buonanotte, Hayden», rispondo.

Esce dalla camera e richiude la porta. Sono stanca e priva di forze. Voglio solo dormire e spero di poter tornare nel mio appartamento domani stesso. Ho bisogno di un bagno caldo, ma non ho intenzione di farlo qui perché non mi sento a mio agio. Perciò, mi spoglio dei miei vestiti e indosso la tuta di Hayden, impregnata del suo ormai familiare profumo fruttato. Mi infilo sotto le coperte e fisso il soffitto, ripensando a ciò che è accaduto. È assurdo, ma i simboli sulla porta del mio appartamento sono la mia ultima preoccupazione.

Tutto quello a cui riesco a pensare è che Hayden ha avuto una storia con Amy. Ha detto che non è facile stare con lui, anche se non ha specificato il motivo.

Hayden è strano, c'è qualcosa in lui che non mi convince. Eppure, riempie la mia mente da quando lo conosco. Ha ormai preso residenza in ogni mio pensiero, è diventato un chiodo fisso che non riesco a sradicare.

Mi lascio cullare dal caldo tepore delle coperte che avvolgono il mio corpo e la stanchezza vince, trasportandomi nel buio del sonno.

Sogno Hayden che si infila in camera, mi accarezza i capelli e sussurra un debole: «Non puoi entrare nei miei casini».

12

Il rumore di un'anta che sbatte con forza mi fa spalancare le palpebre di scatto. Mi sento intorpidita, il collo sembra reduce da un colpo e mi rendo conto di non avere più il cuscino sotto la testa, una cosa che capita spesso durante la notte a causa dei movimenti che compio nel sonno. Mi stropiccio gli occhi e mi puntello sui gomiti, lasciando che il lenzuolo scivoli fino ai fianchi. La stanza in cui mi trovo è illuminata flebilmente dalle prime luci del mattino, alcuni deboli raggi si infiltrano dalle tende e creano dei ghirigori sul soffitto e sul parquet. L'orologio che porto al polso segna le sei. Riprenderei volentieri a dormire, ma i rumori che ho sentito mi suggeriscono che Hayden è sveglio.

Appoggio i piedi a terra e il freddo mi circonda le caviglie. Mi tolgo la tuta, indosso i miei abiti e sistemo la stanza, poi raggiungo la cucina, occupata appunto da Hayden. Mi blocco sulla soglia, indecisa su cosa fare perché lo trovo senza maglietta, con i pantaloni che gli calano sui fianchi, lasciando intravedere l'elastico dei boxer. Mi scappa un sospiro che si tramuta in un miagolio vergognoso sul finale e mi schiarisco la voce per camuffarlo.

Le spalle larghe e possenti di Hayden si contraggono e la mia incapacità di distogliere lo sguardo gioca a mio sfavore nel momento in cui si volta, regalandomi un quadro completo della parte superiore del suo corpo.

Oh, no. Il cervello azzera ogni pensiero e spero solo di non avere rivoli di bava agli angoli della bocca.

«Cooper», mi saluta.

Mi affretto a raggiungere una sedia e mi accomodo con poca grazia, puntando gli occhi sul suo viso e obbligandomi a non lasciarli scivolare verso il basso.

«Buongiorno, Hayden», rispondo.

La mia attenzione viene catturata dai tatuaggi che gli decorano il torace. Ho visto solo quelli che ha sulle braccia, quindi aguzzo la vista per cercare di studiare gli altri, ma lui piazza una tazza davanti al mio naso e mi blocca la visuale.

«Che cos'è?» chiedo.

«Tè, rigorosamente senza zucchero», mi informa, sedendosi di fronte a me.

Non mi entusiasma l'idea di bere qualcosa senza zucchero, ma mi sforzo di mandare giù almeno un sorso della bevanda calda.

«Grazie», gli dico.

«Hai dormito bene?» chiede.

«Sì.»

Piomba il consueto silenzio tra di noi, ma non sento il bisogno di riempirlo con le mie solite domande. Mi limito a bere il mio tè e Hayden fa lo stesso, occhieggiando me e l'orologio di tanto in tanto.

«Vado a cambiarmi. Per lavarti i denti trovi qualche spazzolino nuovo nel mobile bianco, in bagno», dice all'improvviso, poi si rintana nella sua camera da letto.

Vado in bagno, recupero uno spazzolino e perdo almeno venti minuti a lavarmi. È strano trovarmi qui, a casa di Hayden, e non riesco a sentirmi a mio agio. Forse perché non ho mai dormito a casa di un uomo che non fosse Johnny, il mio ex fidanzato.

«Cooper, è ora di andare», mi avvisa Hayden dal corridoio.

Esco dal bagno, recupero le mie cose e, insieme, lasciamo il suo appartamento.

«Joe ha detto che è tutto in ordine», annuncia, dopo essersi allacciato la cintura di sicurezza. Il parcheggio sotterraneo è quasi vuoto e scorgo alcuni garage a qualche metro di distanza.

«A me non ha detto niente», ribatto.

«Mi ha telefonato qualche ora fa. Lui e i suoi colleghi hanno controllato l'appartamento e sembra tutto a posto.»

Non mi sorprende che se ne sia occupato Joe; si tratta pur sempre dell'abitazione della sorella e lui non si sarebbe di certo fatto da parte.

«Hai detto che non vi conoscete», gli ricordo. «Come ha fatto ad avere il tuo numero?»

«L'ha chiesto a Nick», taglia corto, ma la sua risposta non mi convince ancora una volta.

Varchiamo la soglia dell'ospedale quando le visite al personale sono già iniziate. C'è solo una persona prima di noi, ovvero un infermiere che penso di aver già visto al Pronto Soccorso. Hayden e io ci sediamo vicini, in attesa del nostro turno.

«Coop», mi chiama.

Scoppio inevitabilmente a ridere.

«Che cosa ho detto?» chiede, aggrottando la fronte.

«No, niente. È solo che 'Coop' mi ricorda la protagonista di una serie tv che adoravo da adolescente.»

Hayden batte le palpebre, confuso.

«Oh, andiamo!» esclamo. Non può non sapere a cosa mi sto riferendo. «Ryan Atwood e Marissa Cooper, una coppia iconica e con gravissimi problemi di fondo. La scena della morte di lei mi ha traumatizzata. Davvero non conosci *The O.C.*?»

Scuote lentamente la testa. Come diamine fa a non conoscerla? Ogni persona della mia età ne ha almeno sentito parlare.

«In ogni caso, sappi che non voglio che tu vada in giro da sola, soprattutto di sera, fino a nuovo ordine.»

«Perché?» chiedo, strabuzzando gli occhi.

«Perché deve essere così», taglia corto.

Reggo il suo sguardo per qualche secondo. Non può essere serio, non ha la facoltà di impormi il suo volere. Sono una donna libera e indipendente che non ha nessuna intenzione di seguire ordini di chicchessia.

«Hayden…» sussurro. «Io faccio quello che mi pare.»

Si lascia sfuggire una breve e bassa risata. «Non finché ci sono io nei paraggi, Cooper.»

«E questo che diamine significa?» sbotto.

L'infermiere solleva la testa e mi accorgo di aver alzato troppo la voce. «Scusami», farfuglio, sfoderando un sorriso falso.

La porta della stanza in cui si svolgono le visite viene aperta da una dottoressa che chiama l'infermiere, e Hayden e io rimaniamo soli.

«Senti…» dice lui a bassa voce, sporgendosi verso di me. «So che ti ho detto che nel tuo appartamento è tutto in ordine, ma non si sa mai. Potrebbe essere stato uno scherzo di qualche esaltato, su questo non ci sono dubbi, ma potrebbe essere anche qualcos'altro. Non è sicuro, davvero, lo dico per la tua incolumità.»

«Ma Joe...»

«Joe è d'accordo con me», mi precede, interrompendo il mio tentativo di protesta. «Sarà solo per il tempo necessario per capire meglio. Se non accadrà più nulla, tu e Cindy sarete libere di girare come, dove e quando volete. Per il momento, però, è meglio essere previdenti.»

Ogni singola parola che fuoriesce dalla sua bocca non riesce a convincermi. Ho l'impressione che da ieri mi sfugga qualcosa, ma non so cosa.

«Non ho intenzione di smettere di uscire.»

«Potrai uscire. Non devi chiuderti in casa», chiarisce. «È solo che... sarò il tuo accompagnatore.»

«Non ho bisogno di un taxi.»

«Non sarò il tuo taxi, infatti», afferma. «Fingi che io sia un tuo amico.»

Hayden è risoluto, ma non ho comunque intenzione di dar retta ai suoi avvertimenti. Quei simboli sulla porta non significano niente, è stata solo un'innocua bravata.

Lo guardo negli occhi per ribattere e all'improvviso mi pento di non aver scelto una sedia più distante perché odio questa vicinanza, e intanto misuro mentalmente le parole giuste da sfoderare per declinare il suo «invito». Tuttavia, vengo chiamata da un'infermiera e lascio perdere.

La visita dura circa quindici minuti: mi prelevano il sangue, mi fanno alcuni tamponi e un elettrocardiogramma, rilevano i miei parametri vitali e, dopo aver firmato un foglio, esco. Hayden si alza ma, nel farlo, mi sfiora un fianco con una mano e il contatto mi toglie il fiato. Sono arrabbiata perché crede davvero di potermi imporre il suo volere, ma devo anche lottare contro la parte più irrazionale di me che si sente attratta da lui.

Così, per smettere di pensare al mio nuovo «amico», decido di fare quello che mi sono ripromessa: cercare un'auto. Senza Hayden, ovviamente, perché ha bisogno di capire che io non accetto ordini. Probabilmente si infurierà, ma non mi interessa. Decido però di lasciargli un messaggio e, dato che non possiedo il suo numero, scarabocchio una frase sul retro di uno scontrino che abbandono sulla sedia che occupava prima.

Esco dall'ospedale e frugo all'interno della borsa per recuperare gli occhiali da sole, perché si prospetta una giornata calda e luminosa.

«Ehi, scusami!» esclama d'un tratto una voce maschile.

Un ragazzo avanza verso di me e le sue iridi scure, quasi nere, si soffermano sul mio viso.

«Parli con me?» chiedo.

Annuisce e si ferma, poi si gratta la nuca e accenna un sorriso. «Credo di essermi perso», ammette. «Sono appena arrivato a Boston e non trovo la fermata dell'autobus.»

«Oh...» mormoro. Ha un forte accento, molto simile a quello di mia madre. «Dove devi andare?»

«Al *Green Card Pub*», risponde. «Ho un appuntamento con un amico che vive qui, ma ho il cellulare scarico e non so come contattarlo.»

Il *Green Card Pub* si trova a qualche isolato di distanza dall'ospedale, poco più avanti della fermata dell'autobus.

«Sono diretta da quelle parti», affermo.

«Ti dispiacerebbe accompagnarmi?»

«No, certo che no.»

«Grazie mille», dice, porgendomi una mano. «Mi chiamo Marcus.»

«Charlotte, piacere di conoscerti», rispondo.

Mi fa l'occhiolino. «Il piacere è tutto mio.»

Sì, parla davvero in modo simile a mia madre. «Sei italiano?» chiedo infatti, mentre gli faccio cenno di seguirmi.

«Sì. Da cosa l'hai capito?»

«Dal tuo accento.»

Marcus sorride. «È così evidente?»

«No, ma mia madre è italiana, perciò riconosco l'accento quando lo sento.»

Una leggera folata di vento gli smuove i capelli castani. «Presumo che tu sappia parlare in italiano, allora.»

«Sì, ma non chiedermi di farlo», replico, scuotendo con forza la testa.

Stavolta scoppia a ridere. «Perché?»

«Perché lo faccio solo con la mia famiglia. Mi imbarazzerebbe farlo con un madrelingua, perché non sono bravissima.»

«Capisco», dice, senza smettere di sorridere. «Stavi uscendo dall'ospedale, giusto?»

«Sì.»

«Perché?»

«Lavoro lì. Sono un'infermiera.» Calcio via un sassolino e sento il mio cellulare vibrare all'interno della borsa, ma faccio finta di niente e proseguo. Potrebbe essere mia madre o, peggio, Hayden. Non ha il mio numero di telefono, ma immagino che per lui non sia un problema recuperarlo attraverso Joe. Oppure, l'ha salvato mentre ficcava il naso nel mio fascicolo.

«Non sei un po' troppo piccola per essere un'infermiera?» domanda.

«No, ho venticinque anni», rispondo, ripetendo la frase che mi ritrovo spesso a dover dire.

«Sembri una ragazzina di sedici, forse diciotto anni.»

«Se solo non sentissi spesso questa affermazione, la prenderei volentieri come un complimento.»

Marcus sembra più grande di me di almeno un paio d'anni. È alto circa un metro e ottanta, ha un leggero strato di barba che parte dalla mascella e termina sul mento, e i suoi capelli si sposano alla perfezione con la pelle abbronzata.

Il mio cellulare vibra un'altra volta. Mi fermo, lo sfilo dalla borsa e noto un numero sconosciuto sullo schermo lampeggiante. Sbuffo e lo ributto dentro.

«Non rispondi?» chiede Marcus.

«No.»

Potrebbe essere davvero Hayden. Alzo gli occhi al cielo e proseguo.

L'insegna del *Green Card Pub* sbuca dall'angolo della via che stiamo percorrendo. «Quello è il locale che cercavi», annuncio.

Marcus segue la traiettoria del mio sguardo. «Be', dato che ci siamo, permettimi di offrirti un caffè.»

In realtà, vorrei solo chiamare Cindy e chiederle di accompagnarmi a cercare un'auto. Ho la necessità di parlare con lei, devo capire se Joe le ha proibito di uscire o se solo Hayden è paranoico.

Però, Marcus mi rivolge un sorriso e io annuisco. D'altronde, non ho ancora bevuto neanche un caffè e non posso cominciare la giornata senza il mio carburante quotidiano. Mi tratterrò giusto dieci minuti.

«Sì, certo», affermo. «Va bene.»

Il *Green Card Pub* è un posto tranquillo e accogliente. È aperto ormai da alcuni decenni, lo frequentavano i miei genitori quando erano giovani, ma è stato ristrutturato da poco. L'arredamento, per tenere fede al nome, presenta varie sfumature di verde, e una carta che raffigura il due di picche spunta sulla parete dietro il bancone.

Marcus e io occupiamo un tavolo libero, nascosto alla vista da una colonna.

«Non dovresti incontrare un tuo amico?» domando, sistemando la borsa sulle gambe.

«Sì, ma non c'è. Arriverà in ritardo.»

Una cameriera dai lunghi capelli scuri raccolti in una coda bassa posa davanti a noi due tazze di ceramica colme di caffè.

«Ciao, Marcus», esordisce lei. «Ho portato il solito, spero non ti dispiaccia.»

«Ciao, Chantal», risponde. Le porge una banconota e le scocca un occhiolino. «Tieni pure il resto. Grazie.»

Seguo la scena con crescente confusione, mentre la ragazza prende i soldi e si allontana.

«Hai detto di essere appena arrivato a Boston e di non sapere dove si trovava questo posto», gli ricordo e lo osservo mentre soffia sul suo caffè.

«L'ho detto, sì.»

Lo fisso in attesa di una spiegazione al siparietto a cui ho appena assistito, ma lui prorompe in una fragorosa risata.

«Scusami, hai ragione. Ti ho mentito», ammette infine. «È solo che le frasi da rimorchio tipo: 'Ehi, baby, sei per caso caduta dal cielo?' mi sembravano scontate e fuori luogo.»

Nonostante abbia appena confessato di aver detto una bugia per attirare la mia attenzione, non riesco a non lasciarmi trasportare e scoppio a ridere a mia volta.

«Che metodo di rimorchio penoso», commento.

«Già, ma ha funzionato», puntualizza soddisfatto.

Non ha fatto niente di male, ma non sono propensa a ricambiare l'interesse di qualcuno. L'unica persona che riesce a disseppellire qualche mia emozione non si trova qui, al momento, e probabilmente sarà infuriata per la mia fuga.

«Quindi vivi qui?» domando.

«No. Però vengo spesso a Boston. Ho davvero un paio di amici e conoscenti nei paraggi. Qualcuno lavora perfino con te.»

«Sul serio?»

Marcus annuisce e abbandona la tazza al centro del tavolo. «Sì. Conosco Hayden King.»

Il caffè mi va di traverso e tossicchio, poi strofino un fazzoletto di carta sulle labbra per mascherare la mia reazione esagerata. La mia curiosità aumenta pericolosamente. Purtroppo, non so darmi un contegno quando si tratta di Hayden, e cercare di scoprire qualcosa sul suo conto è diventato il mio hobby preferito.

«Lo conosco anche io», dico.

Marcus si puntella sui gomiti e si sporge in avanti, avvicinando il suo viso al mio. Mi sta studiando.

«Tutto bene?» chiede.

«Benissimo», mento, facendo svolazzare le mani davanti al viso. «Come conosci Hayden?»

«Abbiamo frequentato la stessa università. Sono un medico, Charlotte.»

Mi agito sulla sedia, le domande si accalcano nella mia mente diventando un groviglio confuso di parole sconnesse. Prendo un respiro e conto fino a tre per aiutarmi a riprendere il controllo.

«Quindi lo conosci davvero?»

«Sì, ma non abbiamo mai avuto chissà quale rapporto.»

«Perché?»

Dopo un primo istante di silenzio, si stringe nelle spalle. «È sempre stato un tipo schivo, non dava confidenza agli altri studenti. Non legava con nessuno, non costruiva legami, ma non lo biasimo. Insomma, immagino sia difficile instaurare rapporti per uno come lui.»

Sì, è complicato costruire un legame con Hayden, non ho dubbi. Ci sono volute settimane per riuscire a farlo sbottonare almeno un po', e non ho ottenuto nemmeno la sua vera età. Ma un momento… *uno come lui*?

«Perché?» domando.

«Sfido chiunque a uscire illeso da un passato come il suo.»

Inclino la testa, rapita dalla sua frase. «Oh… e come mai?»

«Fai molte domande, eh?» ribatte, ridacchiando. Mi limito a fare spallucce e lui sospira. «Non credo di poterne parlare.»

Ho la possibilità di sapere qualcosa su Hayden tramite un'altra persona, non posso lasciarmela scivolare via dalle mani. È scorretto, ne sono consapevole, ma la voglia di conoscere almeno un retroscena soffoca il buonsenso.

«Non dirò niente a nessuno, te lo prometto. Sono solo molto…»

«Curiosa? Si vede», mi anticipa, mantenendo saldo il sorriso. Si guarda intorno per accertarsi dell'assenza di orecchie indiscrete, poi mi fissa negli occhi. «La madre è morta quando lui era ancora un ragazzino. Di suo padre, invece, non si sa niente perché non l'ha mai conosciuto. King non è il cognome del padre biologico.»

Mi è finalmente chiaro il motivo per cui Hayden ha avuto quella reazione, ieri sera, quando ho nominato sua madre, e all'improvviso mi sento in colpa per aver fatto una domanda così sbagliata.

«Non lo sapevo», ammetto in un sussurro.

«Ma non finisce qui», continua Marcus. «Il corpo della madre fu ritrovato carbonizzato all'interno di uno sgabuzzino della loro abitazione, e nessuno riuscì a capire le dinamiche della sua morte. Alla fine, il caso è stato archiviato come semplice incendio domestico causato forse da una distrazione. Ma giravano voci strane su Hayden, riguardo un isolamento in una struttura per ragazzi problematici.»

Rimango immobile, con gli occhi sbarrati e le braccia abbandonate sul grembo, a fissare Marcus.

«Stai dicendo che… è stato lui ad appiccare l'incendio?» domando, con la voce che sfuma via a ogni parola.

«No», si affretta a rispondere, scuotendo la testa. «Cioè, non lo so. Non posso saperlo. È solo che all'università tutti pensavano fosse un po'… pazzo», spiega, picchiettando l'indice sulla tempia in un gesto inequivocabile.

«E lo pensi anche tu?»

«Sì, un po'», ammette. «Anche un altro suo famigliare ha fatto una brutta fine, ma non so dirti nient'altro.»

Lo guardo negli occhi, mentre mille pensieri affollano la mia testa. Ammesso e non concesso che Hayden abbia davvero frequentato un istituto per ragazzi problematici, non è detto che non sia sano di mente. Potrebbe essere solo un uomo al quale sono accadute cose brutte nella vita che l'hanno portato a chiudersi a riccio per tenere lontano il mondo esterno. Hayden non è pazzo e di questo ne sono quasi certa. Mi rifiuto categoricamente di credere a questa assurdità.

«Hayden non è pazzo», asserisco risoluta.

«Forse no. Ti ho solo detto quello che so», ribatte Marcus, facendo spallucce.

«Va bene.»

A volte Hayden si comporta in modo insolito e questo non smetterò mai di pensarlo, ma adesso capisco da cosa deriva tutta la sua apprensione. Se quello che ha raccontato Marcus è vero, Hayden ha sofferto tanto nel corso della sua vita.

All'ennesima vibrazione del mio cellulare, prima che Marcus possa dire qualcos'altro, controllo dentro la borsa e tiro fuori il telefono. È di nuovo il numero sconosciuto di prima. Ora che conosco almeno in parte il passato di Hayden, non riesco a continuare a ignorarlo. Detto io le regole della mia vita, ma non sono così meschina.

«Senti... io devo andare», informo Marcus, alzandomi in piedi. «Grazie per il caffè, sei stato molto gentile.»

«Di niente, è stato un piacere», risponde, con un sorriso ampio sul viso. «Dove potrò rivederti?»

«In ospedale.» Butto la borsa sulla spalla e mi allontano.

«Ci conto!» urla alle mie spalle.

Esco dal locale, cammino svelta fino all'angolo dell'edificio e mi fermo. Il cellulare ha smesso di vibrare, perciò seleziono il numero sconosciuto e faccio ripartire la telefonata.

«Charlotte!»

«Cindy?» domando stranita.

«Sì, sono Cindy. Sto usando il telefono dell'ufficio, ho dimenticato il mio cellulare a casa di Joe», spiega.

Sospiro e mi passo una mano sulla fronte, poi ricomincio a camminare. Devo lasciar perdere l'idea di andare a cercare un'auto, perché ho bisogno di fare un'altra cosa.

«È successo qualcosa?»

«No. Volevo solo chiederti di ordinare la pizza a domicilio per questa sera, perché finirò tardi e non ho voglia di fare la spesa.»

«Va bene, la ordino per le sette.»

«Perfetto. Sta tornando quello stronzo del capo, ci vediamo più tardi. Ti voglio bene», afferma, prima di interrompere la telefonata.

Quando arrivo al pianerottolo del mio appartamento, mi accorgo che la porta è stata ripulita, i simboli sono stati cancellati e di loro non è rimasta neanche l'ombra. Scalcio via le scarpe, lancio la borsa sul divano e mi fermo al centro del salotto per esaminare l'ambiente. È tutto al suo posto, proprio come ha detto Hayden, perciò rimango dell'idea che sia stata opera di qualcuno che voleva solo divertirsi. Se fosse stato un ladro, avrebbe quantomeno tentato di scassinare la porta.

Il mio cellulare emette una sola vibrazione e lo sfilo dalla tasca dei pantaloni. È un messaggio da parte di un numero sconosciuto.

Il tuo scherzetto non mi è piaciuto.
Hayden.

Alzo gli occhi al cielo e salvo il suo numero nella rubrica, poi rispondo.

CHARLOTTE: Non è stato uno scherzetto. Volevo andare a cercare un'auto.
HAYDEN: E l'hai fatto?
CHARLOTTE: No.
HAYDEN: Bene. Domani passerò a prenderti alle sei e mezza. Sii puntuale.

«Fottiti», borbotto, recuperando un sandwich dal frigorifero.

Non rispondo al suo ultimo messaggio, lascio il cellulare sul tavolo e mi fiondo all'interno della mia stanza. Prendo il laptop abbandonato sul comodino e mi siedo sul letto. So che sto per compiere un'altra mossa scorretta, ma fremo dalla voglia di sapere di più. Apro Google e digito «Hayden King» nella barra. Esamino i risultati che vengono fuori, ma non trovo niente di rilevante. Neanche i profili Facebook che appaiono sono riconducibili all'uomo che conosco, appartengono tutti a omonimi. Mi concentro su altre ricerche, provando a inserire solo il cognome, ma neanche stavolta spunta qualcosa di interessante. In preda alla frustrazione, digito: «Donna morta in un incendio domestico». I risultati sono così tanti che mi rendo conto di non poter arrivare a niente di concreto senza altre informazioni, perché sarebbe come cercare un ago in un pagliaio.

Riluttante, spengo il computer e lo sistemo sulla scrivania. Devo necessariamente recuperare indizi validi, altrimenti ogni mia ricerca sarà inutile. Un senso di colpa crescente cerca di farsi spazio, ma lo rispedisco indietro. Hayden ha infilato il naso nei miei dati sensibili destinati solo all'ospedale, conosce ogni informazione generica sul mio conto, perciò le mie azioni non sono poi così sbagliate. È come se stessi ricambiando con la stessa moneta, dopotutto.

Spalanco le ante dell'armadio e mi sollevo sulle punte per arrivare al ripiano più alto, quello dei pigiami, ma nel tentativo di acciuffarne uno faccio cadere la pila di canottiere. Sbuffo e mi piego a raccogliere tutto, ma qualcosa attira la mia attenzione. È un biglietto ripiegato su se stesso e, confusa, lo apro.

Il disegno all'interno rappresenta due maschere, una felice e l'altra con una smorfia triste che inclina la bocca dai contorni irregolari. La cosa che più mi colpisce, però, è la scritta sotto:

NON LASCIARTI INGANNARE DALLE APPARENZE.

Mi rigiro ancora una volta il biglietto tra le mani. Le lettere che compongono la frase si intrecciano tra loro in modo disordinato e frettoloso, qualche sbavatura di inchiostro ne allunga e distorce i contorni creando un effetto terrificante.

Non ho chiuso occhio tutta la notte. Sono rimasta sveglia, accovacciata sul divano, a leggere e rileggere il messaggio, e non sono ancora riuscita a trovare un'ipotesi plausibile. L'appartamento è invaso dalla luce del mattino e mi allungo per spegnere la lampada a piantana dietro di me. Il pesante respiro di Cindy funge da sottofondo e lancio un'occhiata alla porta della sua stanza. Al suo ritorno a casa, ieri, le ho chiesto se il biglietto fosse suo, ma ha detto di non averlo mai visto; così le ho mentito, inventando di averlo trovato accartocciato sulle scale.

Ho riflettuto a lungo, ho provato a costruire teorie, ma niente ha senso. Tuttavia, una cosa è certa: qualcuno è entrato nel mio appartamento, ha aperto il mio armadio e ha messo dentro il biglietto. Pensare che uno sconosciuto sia riuscito a invadere la mia privacy, varcando addirittura la soglia di casa, mi getta in un pozzo di inquietudine e paura.

Lo sconosciuto non ha lasciato il biglietto sul tavolo, o sul divano, ma ha puntato proprio alla mia stanza, e ciò significa che il messaggio è indirizzato a me. Eppure, non sono capace di formulare neanche una sola, misera teoria.

Perché? Perché lasciare un biglietto simile? E, soprattutto, cosa diamine significa?

Traccio con l'indice le linee del disegno. Sono sicura di aver già visto queste due maschere, ma dove?

Ormai esasperata, mi passo una mano tra i capelli scompigliati. Non so cosa sia più inquietante: che uno sconosciuto sia entrato in casa mia o il messaggio contenuto nel biglietto.

Termino di bere il mio caffè e mi alzo in piedi per mettere la tazza vuota dentro il lavello, in cucina. L'alba è ormai passata da un pezzo e Hayden sarà qui a minuti. Ho già fatto una doccia, perciò vado in camera e mi vesto con una lentezza quasi snervante.

Alle sei e venticinque spaccate, dopo aver nascosto il bigliettino dentro un vecchio diario che ho riposto nell'armadio, chiudo la porta dell'appartamento.

Hayden è già qui. È appoggiato con le spalle alla portiera della sua auto e, appena sente il rumore del portone, solleva gli occhi verso di me. Non ha l'aria felice e spensierata, e mi rivolge uno sguardo glaciale.

«Ciao, Hayden.»

Anziché prendersi la briga di rispondermi, mi invita con un cenno a entrare in macchina e mi accomodo sul sedile del passeggero. I primi dieci minuti li passiamo in silenzio.

«Credevo di averti detto di non girare da sola per nessun motivo», mi rimprovera, quando è obbligato a fermarsi a un semaforo.

«Hai detto: 'soprattutto di sera'», puntualizzo, mimando le virgolette con le dita. «Era mattina.»

«Non cambia niente. Hai capito il mio discorso, ma hai preferito fare di testa tua.»

«Non ho intenzione di farmi scarrozzare da una parte all'altra da te», chiarisco. Lo guardo e lui fa lo stesso. Ferma nella mia posizione, reggo il suo sguardo per qualche minuto, ma quando le macchine cominciano a liberare l'incrocio, lui è costretto a concentrarsi sulla strada.

«È così che deve essere», dice.

«No, non è così», controbatto. «E sei troppo apprensivo.»

«Sono apprensivo, è vero, ma dovresti seguire i miei consigli.»

«Non sono consigli. Sono ordini.»

«È la stessa cosa.»

«No, non è vero. Un consiglio non prevede…»

«Cooper. Smettila.» Si rivolge a me con un tono severo colmo di irritazione e il mio viso si contrae in una smorfia involontaria. La sua intransigenza è irritante, discutere con lui è come provare a sfondare un muro di cemento a mani nude. Ora possiedo qualche elemento che mi aiuta a capire i suoi comportamenti, ma ciò non significa che io sia davvero disposta a sottostare a qualsiasi ordine senza un motivo preciso.

Mi volto verso il finestrino e osservo le strade di Boston. A un tratto, un'idea si pianta nella mia testa. Nella stanza degli archivi non è presente niente che lo riguardi, ma potrei provare a curiosare nel suo studio con qualche scusa. Non voglio conoscere altri retroscena della sua vita, ho solo la malsana necessità di sapere la sua età. So che sarebbe molto più semplice se chiedessi a Zoey o a Lydia, ma non voglio dare l'impressione di essere un'impicciona. Lavoro con lui, passiamo perfino del tempo insieme, non sarebbe normale se andassi in giro a chiedere la sua età a terze persone.

Mi sento comunque irrequieta al pensiero di dovermi intrufolare nel suo studio, perciò decido di fare l'ultimo tentativo e, mentre avanziamo verso l'entrata principale dell'ospedale, lo affianco.

«Hayden», lo chiamo, «quanti anni hai?»

«Perché di nuovo questa domanda?»

«Perché non hai mai risposto.»

«Non è una cosa necessaria da sapere, Coop», taglia corto.

Trattengo uno sbuffo. Hayden non dà mai risposte sensate, aggira tutto ciò che gli chiedo ed è frustrante. È deciso: entrerò nel suo studio di nascosto. Non se ne accorgerà, mi limiterò a cercare la sua data di nascita. Niente di più.

«Vado a prendere un caffè», annuncio al gruppetto di infermieri che si gode un momento di pausa. Jade, una donna sulla cinquantina che coordina la nostra squadra, mi fa un cenno di assenso con la testa e mi allontano.

Durante le prime cinque ore del turno ho corso come mai prima d'ora. Gli altri e io abbiamo dovuto, tra le altre cose, medicare due ragazzi caduti da una moto, ricoverare un uomo che lamentava fitte lancinanti all'addome, estrarre una moneta dal naso di un bambino di sette anni e trasportare d'urgenza una donna in Radiologia. Non ho visto Hayden per tutto il tempo, non l'ho neanche incrociato per i corridoi, e mi domando dove diamine si sia cacciato.

Mi fiondo all'interno dell'ascensore e premo il tasto del piano in cui si trovano gli studi dei medici, sperando che Hayden non sia proprio lì.

Per mia fortuna, il corridoio è vuoto. Mi muovo svelta e silenziosa, mi fermo davanti alla porta con la targhetta che riporta il nome di Hayden e mi infilo dentro la stanza dopo aver lanciato uno sguardo a destra e a sinistra per assicurarmi dell'assenza di altre persone. Lo studio è immerso nel buio, perciò accendo la luce. Avanzo decisa fino alla scrivania e mi accomodo sulla poltroncina girevole. Esamino le pile di fogli presenti, ma sono solo copie di cartelle cliniche di alcuni pazienti. Ispeziono anche il contenuto dei cassetti, ma non trovo niente di interessante: sono pieni di scartoffie e penne. Alla fine, sollevo lo sguardo verso il laptop personale di Hayden e lo accendo, mandando in frantumi la promessa che mi sono fatta dieci minuti fa, ovvero di non toccarlo. Lo schermo prende vita, ma viene richiesta la password d'accesso che, per ovvie ragioni, non conosco. Così, mi concentro sull'unica cosa rimasta: il computer fisso. Accendo anche quello e attendo la schermata. Questo, a differenza dell'altro, chiede la password generale, uguale per tutti i computer dell'ospedale. Sul desktop non trovo niente di particolare, a parte fogli da stampare e compilare e la lista dei pazienti al momento ricoverati reparto per reparto. Dopo aver esaminato tutte le cartelle del disco fisso, con la speranza che qualcosa sia cambiato dall'ultima volta, riprovo a cercare il nome di Hayden. L'unico risultato è la solita cartella che contiene il file vuoto che già conosco.

Esasperata, strappo un pezzo di carta da un foglio e copio il numero: 901020. Dovrà pur significare qualcosa, in fondo. Piego il biglietto e me lo infilo in tasca, poi spengo la luce ed esco dalla stanza.

Decido di passare per il quarto piano e salutare Lydia e Zoey, ma non le trovo, perciò mi dirigo verso lo spogliatoio con l'intenzione di lasciare nella borsa il biglietto, perché non posso rischiare di perderlo. Tuttavia, quando apro il mio armadietto, un altro foglio cattura la mia attenzione. Nel momento stesso in cui lo prendo, il mio cuore salta un battito. Questa mattina non c'era, ne sono sicura, controllo sempre le mie cose prima di cominciare a lavorare. Qualcuno deve averlo messo durante le ore passate.

Trattengo il fiato e lo apro. Il battito del cuore impenna, mi tamburella nelle vene e rimbomba nelle orecchie.

Il disegno è lo stesso del bigliettino che ho trovato nel mio appartamento. La frase scritta sopra mi fa raggelare il sangue:

SOGNO O INCUBO?

La grafia è identica a quella dell'altro messaggio. Una brutta sensazione si impadronisce di me e mi stritola lo stomaco. La paura mi serra la gola e mi rompe il respiro.

Qualcuno sta ficcando il naso nelle mie cose, è entrato in casa mia e ha aperto il mio armadietto. Non solo, mi sta indirizzando frasi criptiche.

Perché questi messaggi? Cosa significano? E perché proprio a me?

Chiudo l'armadietto e mi fiondo fuori dalla stanza, decisa a non rimanere qui un minuto di più. Vado però a sbattere contro il torace di qualcuno e a stento soffoco un urlo.

«Cooper», mi chiama Hayden.

Alzo la testa per guardarlo e butto fuori l'aria che stavo trattenendo. Le sue iridi chiare inchiodano nei miei occhi, trapassandomi da parte a parte come una freccia appuntita. Studia la mia espressione, una piccola ruga fa capolino sulla sua fronte per la concentrazione.

«Coop, stai bene?»

No, non sto bene. Qualcuno sta cercando di dirmi qualcosa, si intrufola in casa mia e nel luogo in cui lavoro e, forse, sta addirittura seguendo i miei movimenti.

«Sì, Hayden. Sto bene», mento, forzando un debole sorriso.

Insoddisfatto della mia risposta, chiede ancora: «Sei sicura?»

Annuisco con forza. «Sì. Mi hai solo spaventata. Non pensavo fossi qui.»

Solleva una mano e, cauto, ravvia una ciocca dei miei capelli sfuggita dalla treccia. Devo sfoderare tutto il coraggio che possiedo per non abbassare lo sguardo e rimanere ferma sotto il suo tocco delicato, mentre una scossa elettrica mi scombussola dentro. Non sento le famose farfalle dentro lo stomaco… percepisco un uragano di emozioni sconosciute e contrastanti stritolarmi le terminazioni nervose, l'adrenalina scorrere nelle vene e uno strano formicolio diffondersi in tutto il corpo.

«Okay», dice, lasciando ricadere la mano. «Se non stai bene, avvisami.»

Indietreggio d'istinto. «Sto bene, davvero. Torniamo al Pronto Soccorso.»

Mentre cammino dietro di lui, rifletto su due cose: la prima è che qualcuno, chiunque sia, sta cercando di dirmi qualcosa; la seconda, invece, è che non riesco più a soffocare tutto ciò che Hayden scatena in me.

13

«NON mettere tutto quello zucchero, Cooper», mi rimbecca Hayden.

Non gli do retta e continuo a schiacciare il tasto per aumentare la quantità finché non arriva al massimo.

«E basta con il caffè, è il terzo che prendi nel giro di poche ore. Ho detto che ti aiuta, ma intendevo solo uno», continua lui.

«Ho bisogno di energie», mi giustifico.

Non sto mentendo, ho davvero bisogno di qualcosa che mi mantenga sveglia e vigile. Ho passato l'ennesima nottata insonne a rigirarmi tra le coperte, a soppesare le parole scritte nei biglietti e a scattare in piedi per ogni singolo rumore. Non sono nella mia forma più smagliante e rischio di addormentarmi in piedi, perciò solo la caffeina può salvarmi.

«Prendi un decaffeinato», mi consiglia. «Tutto questo caffè non ti farà bene e non ti darà energia.»

«Il decaffeinato fa schifo.»

Hayden ride e chiude la cartella clinica di qualche paziente. «Oh, su questo siamo d'accordo, ma prenderai comunque il decaffeinato.» Senza darmi il tempo di controbattere, allunga il braccio oltre la mia testa e preme un tasto sul distributore.

«Stai ignorando il mio volere», protesto, incrociando le braccia al petto.

«Sto solo evitando un tuo collasso.»

Alzo gli occhi al cielo sotto il suo sguardo divertito e gli do le spalle. La sottospecie di miscela che spacciano per caffè è già pronta, ma non ho la minima intenzione di berla. Prendo il bicchiere e lo butto dentro il cestino, poi fisso Hayden con aria soddisfatta.

«Tra quanto finisce il nostro turno?» domando.

«Adesso.»

«Bene, vado a cambiarmi», annuncio, allontanandomi da lui.

Questa volta non riuscirà a fermare il mio tentativo di procurarmi un'auto. Ho già provato ieri ad andare via senza avvisarlo, ma mi ha beccata all'uscita dell'ospedale e sono stata costretta a salire sulla sua dannatissima macchina e tornare a casa con lui. Stavolta non accadrà. Riuscirò a sgattaiolare via senza farmi notare, e non mi importa se si arrabbierà, perché sono stufa di sottostare alle sue regole dettate dall'apprensione. Non ho bisogno di una guardia del corpo, so cavarmela da sola senza il suo aiuto.

Zoey e Lydia hanno il turno notturno, perciò non le incrocio. Entro nello spogliatoio e dopo aver controllato il mio armadietto – che per fortuna trovo vuoto – mi spoglio della divisa e indosso la mia camicia leggera e i jeans. Afferro la borsa e do un'occhiata al cellulare che mi avvisa di quattro chiamate perse da parte di mia madre. Decido di telefonarle solo perché so di non poterla evitare a lungo e non desidero ritrovarmela in casa da un momento all'altro, come spesso accade quando non le presto attenzione. Risponde al primo squillo, probabilmente aspettava una mia telefonata.

«Charlotte!» esclama a voce alta, obbligandomi ad allontanare per un attimo il cellulare dall'orecchio.

«Ciao, mamma.»

Lascio lo spogliatoio e mi incammino verso l'ascensore. Hayden non è nei paraggi e mi dà un attimo di vantaggio.

«Come stai?» chiede lei. «E perché non hai risposto alle mie chiamate? Mi hai fatta preoccupare, dannazione.»

Spedisco indietro uno sbuffo e individuo il tasto del piano che stavo cercando. Per sfuggire a Hayden, devo passare attraverso i parcheggi privati che si trovano nei sotterranei.

«Scusami, mamma, ma sai bene che durante i turni non posso parlare al telefono», le ricordo. «In ogni caso, va tutto alla grande.»

Le sto mentendo perché non posso raccontarle la verità. Si preoccuperebbe e, forse, mi costringerebbe a tornare a casa sua, una cosa che voglio evitare nella maniera più assoluta. Non voglio avere mia madre tra i piedi, sono riuscita a fuggire dal suo controllo solo pochi anni fa e non potrei mai vivere ancora con lei, nonostante rimanga la persona più importante della mia vita. Le voglio bene, ma non capisco come faccia a vivere con l'agitazione attaccata alla schiena.

«Sei sicura? La tua voce non mi convince. Stai dormendo almeno otto ore a notte?»

«Sì», mento.

«E stai mangiando?»

«Sì, mamma.»

«Il lavoro come va?»

«Alla grande.»

«E Cindy come sta?»

«Meravigliosamente bene.»

«Non state frequentando posti strani, vero?»

Se solo non fosse mia madre e non conoscessi il suo modo di esternare la preoccupazione che la attanaglia, avrei già interrotto la telefonata.

«No, mamma. Non abbiamo mai frequentato posti 'strani' e non inizieremo di certo adesso.»

Segue qualche istante di silenzio e, quando comincio a credere che sia caduta la linea, la sento sospirare.

«Hai trovato un fidanzato?» chiede a bruciapelo.

«No! Certo che no!» esclamo con voce stridula.

Le porte dell'ascensore si aprono e riprendo a camminare. L'atmosfera di questo luogo è sinistra, e l'aria è umidiccia.

«Non sto cercando una relazione, mamma», continuo.

«È sempre lecito chiedere, tesoro. Dopo Johnny…»

«Come sta Penelope?» la interrompo per cambiare discorso.

Non sento mia sorella da qualche giorno, lei non risponde mai ai miei messaggi. Anzi, è talmente stronza da visualizzarli e continuare a ignorarmi comunque.

«È stata sospesa da scuola», risponde. Il disappunto nella sua voce è palese. «Ha sputato addosso a una sua compagna.»

In sottofondo, riecheggia il grido di Penelope: «Vaffanculo!»

«Se l'ha fatto, ci sarà un motivo», dico. Conosco abbastanza bene mia sorella da poterlo affermare con certezza.

«Secondo la sua versione, la ragazza le ha tirato i capelli e le ha fatto uno sgambetto, in mensa», spiega. «In ogni caso, sai che sono contraria a qualsiasi tipo di violenza.»

«Anche io, ma è stata legittima difesa, non violenza vera e propria.»

Finisco di percorrere i sotterranei e salgo le scale che conducono alla strada principale. Di Hayden ancora nessuna traccia, il mio piano sta funzionando.

«Hai ragione», afferma mia madre.

«E papà? Come sta?»

«È sempre rintanato nel suo dannato covo.»

«Mamma, non è un covo», ridacchio. «È il suo studio.»

«È lo stesso. Sta sempre lì sotto. Ha perfino assunto il colorito delle pareti!»

«Sei esagerata, lo sai.»

«No, non lo sono. Tra qualche giorno sarà il nostro anniversario e spero per lui che se ne ricordi.»

«Se ne ricorderà. Non l'ha mai dimenticato», puntualizzo.

«Lo spero. Piuttosto… dovresti telefonargli, ogni tanto.»

«Sì, lo so. Gli ho inviato un messaggio, l'altra sera, ma salutalo da parte mia», rispondo, soffocando uno sbadiglio. «Ti chiamo domani. Sto tornando a casa e sono davvero molto stanca.»

«Va bene. Stai attenta. Ti voglio bene.»

«Anche io.»

Senza aspettare una sua risposta, interrompo la telefonata e ripongo il cellulare dentro la borsa.

Mi fermo al centro del marciapiede e mi guardo intorno, sperando con tutta me stessa che Hayden non si sia ancora accorto della mia assenza. Accelero il passo, diretta alla fermata dell'autobus. A differenza delle altre volte, però, punto verso quella più lontana. Se Hayden dovesse cercarmi, sono sicura che opterebbe per la prima fermata e non la seconda.

So di giocare un po' troppo con la sua pazienza. Ultimamente, è quasi sempre abbastanza gentile e disponibile nei miei confronti, ma non sopporto chi si sente in dovere di dettarmi ordini.

Svolto a destra e mi addentro in una stradina stretta che funge da scorciatoia. Il mio telefono vibra e, dopo aver sbuffato, lo tiro fuori dalla borsa. È un messaggio da parte di Cindy che mi informa di essere stanca e di aver voglia di pizza.

Svolto ancora, stavolta verso sinistra, mentre digito una risposta. Tra circa un chilometro dovrebbe esserci la fermata dell'autobus.

«Cooper.»

Mi blocco con il telefono in mano e la testa bassa. L'aria intorno a me si appesantisce della presenza di Hayden alle mie spalle.

«Charlotte», cantilena.

So di non poter proseguire e far finta di niente perché mi seguirebbe, ma mi domando come diamine abbia fatto a trovarmi. Sono sicura di non avere mai percorso questo tratto di strada durante i tragitti in auto con lui e non può aver tirato a indovinare perché Boston è grande e parlare di «semplice coincidenza» risulterebbe quasi ridicolo.

Ruoto su me stessa e mi ritrovo faccia a faccia con lui. La sua espressione è un mix di irritazione e divertimento. Mantiene un sopracciglio inarcato, la schiena dritta e le braccia incrociate al petto.

«Hayden», dico a mo' di saluto, guardandolo negli occhi.

Tutto questo è inquietante. Davvero, davvero inquietante.

«Cooper», ripete, imitando il mio tono di voce. «Dove stai andando?»

«Alla fermata dell'autobus», rispondo.

«La fermata dell'autobus è dall'altra parte.»

«Sì, ma l'altra fermata è qui vicino.»

«E perché stai… anzi, stavi andando alla fermata dell'autobus più lontana?»

Il cambio di tempo verbale mi fa accapponare la pelle.

«Perché hai parlato al passato?»

Lui sorride, risultando addirittura più inquietante di qualche istante fa.

«Perché ora verrai con me.»

Faccio un passo indietro nel tentativo di mettere più distanza possibile tra i nostri corpi.

«Assolutamente no, Hayden», ribatto piccata. «Devo trovare un'auto perché non posso e non voglio continuare a farmi scarrozzare da te.»

«Posso accompagnarti io.»

«No.»

Indietreggio ancora, ma Hayden fa un paio di passi nella mia direzione e me lo ritrovo a pochi centimetri di distanza. Sono costretta ad alzare il mento per guardarlo.

«Perché no?» domanda, con la sua postura rigida e inflessibile.

«Perché non mi piace prendere ordini. Soprattutto da te», spiego.

Rimane in silenzio per qualche istante, interdetto dalla mia risposta. Odio quando mi guarda intensamente negli occhi, perché riesce a far smuovere qualcosa di indefinito e sconosciuto che giace dentro di me.

«Non te lo sto ordinando», dice infine, con la voce ridotta a un sussurro. Un lampo di inquietudine attraversa le sue iridi. «Te lo sto chiedendo. Le concessionarie sono sparse per la città e non sono tutte vicine tra loro. Con me faresti prima.»

E anche adesso ha ragione. Mi prendo ancora del tempo per pensare, senza staccare gli occhi dai suoi. Non so se questa sia una mia impressione o meno, ma il suo sguardo si è intenerito. Mi reputo una brava osservatrice, però Hayden è un quadro astratto e incomprensibile, un diario chiuso con un lucchetto. Tuttavia, i suoi modi di fare costruiti a puntino, a volte, fanno a botte con tutto ciò che invece emana il suo sguardo. Questo è uno di quei rari istanti in cui i suoi occhi dicono tutt'altro rispetto alla sua postura e all'espressione che gli si è dipinta sul viso, ad esempio.

«Senza contare che mi intendo di auto», continua. E sorride. Un sorriso non di scherno, non sghembo, ma un vero sorriso, e le farfalle battono le ali dentro il mio stomaco con prepotenza.

Dovrei dirgli di no per tenere il punto, ma una grandissima parte di me mi sta pregando di accettare la sua proposta. C'è qualcosa in Hayden King che mi affascina, che mi attrae e che mi spinge verso di lui. Non sopporto quando la mia razionalità decide di prendersi una vacanza, ma non riesco a ragionare nei momenti in cui lui decide di giocare sporco e sfoderare uno dei suoi sorrisi. Sono patetica.

«E va bene», sbotto, roteando gli occhi. «Ma non pensare che funzionerà così per sempre. Non puoi controllarmi, Hayden.»

Mi indica la sua macchina. «Lo so, Coop. Lo so.»

«Ma come hai fatto a trovarmi?» chiedo, dopo essermi seduta.

«Intuito.»

«Stronzate. Boston è grande. Intuito e Coincidenza non sono abitanti di questa città.»

Hayden fa partire l'auto e scoppia a ridere. Il suono della sua risata riempie l'abitacolo e mi manda al tappeto.

«Te lo giuro», dice, dedicandomi un'occhiata divertita. «Intuito e Botta di Culo vivono qui.»

«È comunque inquietante.»
«Ci sono cose più inquietanti, Charlotte.»
«Tipo?»
«Tipo le persone che ficcano il naso negli affari altrui. Quelle, personalmente, le trovo molto inquietanti.»
Ho la sensazione che la sua frase nasconda un doppio senso, e ne ho la conferma appena mi lancia l'ennesima occhiata. Mi schiarisco la voce con un colpo di tosse e mi concentro sul finestrino.
«La prossima volta che decidi di curiosare tra le mie cose, abbi la decenza di spegnere il computer», prosegue.
Arriccio il naso, colpevole, e mi maledico mentalmente per non essere stata più attenta. Fino a poco fa credevo di aver fatto un ottimo lavoro e mi sono anche lodata per la mia furbizia che, a quanto pare, è invece venuta a mancare in questa situazione. Come diamine ho fatto a dimenticarmi del computer?
«Cooper, perché l'hai fatto?»
Mi volto per guardarlo e scrollo le spalle, fingendo un pizzico di indifferenza che non mi appartiene davvero.
«Perché sei troppo chiuso. Ho sbagliato, ma non mi dispiace.»
«Troppo chiuso, eh?» ripete.
Non è arrabbiato, ma so che dovrebbe esserlo e sono fortunata che non se la stia prendendo di più. Non vuole parlare di se stesso e io non dovrei violare la sua privacy, arrivando addirittura a cercare informazioni personali senza il suo consenso. Tuttavia, è davvero più forte di me e non riesco a evitare di pormi mille domande su di lui, soprattutto da quando Marcus mi ha raccontato quelle cose.
«Sì», confermo. «Sei come uno di quei posti in cui non posso entrare. È frustrante.»
Ferma l'auto a un semaforo e mi guarda con la fronte aggrottata.
«Cosa vorresti dire?»
Tiro fuori il primo esempio che mi passa per la testa: «A quindici anni, non ero esattamente il tipo di ragazza che frequentava locali o cose del genere, ma una volta mi feci convincere da Cindy e andammo in una discoteca. Non ci fecero passare perché eravamo minorenni e sono stata anni a chiedermi come sarebbe stato, se fossi entrata.»
«E sei entrata, alla fine?»

«Sì, l'anno scorso, ma non era un granché», rispondo. «Comunque, non è questo il punto.»

Lui sospira e scuote la testa. «È proprio questo il punto, invece.»

Ho di nuovo la sensazione che la sua frase celi un significato diverso, che un preciso messaggio si nasconda nelle sue parole. Hayden non fa mai affermazioni a sproposito.

«Cosa intendi dire?»

«Intendo dire che, magari, non ti piacerà entrare dove non dovresti.»

«Non mi piacerà sapere qualcosa in più su di te? È questo che vuoi dire?» continuo imperterrita.

Un altro sospiro da parte sua. «Proprio così.»

Mi ritornano in mente tutte le cose che Marcus mi ha raccontato e il puzzle inizia a prendere forma. Possibile che avesse ragione? Possibile che Hayden nasconda qualcosa, come un ricovero in qualche centro? Possibile che nasconda addirittura più di questo? Qualcosa che reputa talmente orribile da non volerne fare parola?

«Hayden...» sussurro cauta. «Cosa è successo a tua madre?»

Le sue mani stringono il volante in modo innaturale e le sue nocche diventano bianche per lo sforzo.

So di aver toccato un tasto dolente, immagino che la perdita di un genitore non sia una passeggiata.

Hayden guarda dritto davanti a sé e la sua espressione si indurisce. Non mi preoccupo neanche della velocità, nonostante stia superando il limite. In un impeto di coraggio, allungo una mano e la poso sul suo braccio.

«Hayden, io...»

«Come fai a saperlo?» mi interrompe. Il suo tono è asciutto, un lieve sussurro che mette quasi i brividi.

«L'ho intuito», affermo.

Non sto mentendo; le parole di Marcus sono servite solo a confermare ciò che avevo captato l'altra sera, quando ha avuto quella strana reazione in seguito alla mia domanda sulla madre.

Un sospiro appena udibile fuoriesce dalle sue labbra dischiuse e io attendo senza dire niente. Qualsiasi parola sarebbe fuori luogo e superflua.

Non si oppone alla mia presa leggera e la mia mano rimane appoggiata al suo braccio teso, aggrappato al volante. I secondi si tramutano in minuti, il tempo si dilata a suo piacimento, finché l'auto non rallenta e si ferma in un parcheggio davanti a un parco giochi per bambini. Mi guardo intorno, spaesata; Hayden spegne il motore e toglie la chiave.

«Vieni con me», dice, prima di scendere dalla macchina.

Lo seguo senza protestare. Cammina davanti a me, che osservo rapita la sua figura slanciata. Sorpassiamo il cancello aperto dello spazio dedicato ai giochi. Sono quasi le cinque, perciò il parco è popolato da genitori con figli al seguito. I bambini corrono, gridano, saltano e si lanciano per accaparrarsi le altalene.

Quando mi volto, Hayden non è più davanti a me. È seduto su una panchina e sta fissando un punto indefinito. Un bambino, che ha forse tre anni, gli passa davanti e tira fuori la lingua, poi scappa via. Hayden sorride e, titubante, mi avvicino.

«Siediti, Cooper.»

Soffoco la fila di domande che mi fa prudere la lingua e mi sistemo al suo fianco. Deve essere lui a parlare; io posso solo ascoltare e devo evitare di innervosirlo.

All'inizio sta in silenzio, poi sospira. «Mi piace venire qui», afferma d'un tratto, abbozzando un sorriso.

«Anche a me.»

«Ho... un debole per i bambini», continua. «Sai, il mio sogno era quello di diventare un pediatra.»

Abbiamo una cosa in comune perché anche io amo i bambini. Mi piace ascoltarli parlare e vederli giocare. Hanno l'anima così pura e sincera che a volte mi chiedo come sarebbe tornare indietro nel tempo e osservare il mondo attraverso gli occhi della bambina che sono stata.

«E perché non l'hai fatto?» chiedo.

Un altro sospiro pesante precede la sua risposta. «Poca forza di volontà, presumo», spiega. Si inumidisce il labbro inferiore, passandoci sopra la lingua. Non gli schiodo gli occhi di dosso, ma a lui non sembra pesare il mio sguardo. «La morte di un paziente piccolo e innocente non la superi. Non superi mai del tutto neanche le altre, ma quelle dei bambini in modo particolare. Almeno per me è così.»

Inconsapevolmente, Hayden sta dando voce ai miei pensieri. Sono le stesse cose che ho pensato, quando ho affrontato il colloquio per il posto all'ospedale. Non ho abbastanza forza d'animo per poter reggere determinate cose. A volte credo di aver sbagliato mestiere per la mia innata, e controproducente, capacità di trascinarmi appresso i dolori altrui, ma la voglia di aiutare è sempre stata al primo posto.

«Ti capisco», mormoro.

Lui rimane in silenzio. Le risate dei bambini riempiono i minuti che passano. Non so perché mi abbia portata qui, ma non voglio fargli altre domande.

«Mia madre è morta», afferma dopo qualche istante.

Vorrei dirgli che lo so, che conosco già questo particolare, ma mi limito ad annuire. Lui sospira ancora, per l'ennesima volta, e si passa una mano tra i capelli.

«È morta quando avevo diciassette anni.»

«Come?» riesco a chiedere.

«Si è suicidata.»

Batto le palpebre, ma cerco di camuffare la mia reazione dettata dalla confusione e dallo choc distogliendo lo sguardo per una manciata di secondi. Marcus ha parlato di incendio domestico; forse doloso o forse no, non ha menzionato il suicidio.

«Suicidata?» ripeto, senza riuscire a nascondere la sorpresa nella mia voce.

«Sì, Cooper. Suicidata», conferma Hayden.

Mi aspettavo una risposta diversa. Magari non un racconto identico a quello di Marcus, ma neanche un'altra versione.

«Hayden…» sussurro, aggrottando la fronte.

«Soffriva di depressione», mi anticipa.

Finalmente, mi volto verso di lui e i suoi occhi incontrano i miei. Dal suo sguardo non traspare nulla e non so come interpretare questa cosa.

«Mio padre…» Si blocca e si schiarisce la voce prima di ricominciare. «Il mio patrigno morì qualche mese prima e lei, dopo la depressione erroneamente diagnosticata come semplice disturbo d'ansia, prese la decisione di porre fine alla sua vita.»

«Non capisco», ammetto, più a me stessa che a lui, mentre abbasso lo sguardo sulle mie mani.

«Neanche io», commenta. «Credo che a tutti venga un po' difficile capire i motivi dietro azioni simili, ma è andata così. Si è suicidata quando avevo diciassette anni.»

Lo guardo di nuovo, ma la sua attenzione si è già spostata sui bambini che giocano, ignari e indisturbati. Se in questo momento mi venisse chiesto di scegliere un super potere, opterei per la lettura del pensiero. Sì, vorrei entrare nella testa di Hayden, capire se questa sia la verità o meno. Vorrei avere la piena certezza che non mi stia raccontando bugie, ma non posso spingermi oltre perché rischierei di rivelargli di Marcus e del suo racconto. Per quanto possa sembrare assurdo, so di dovermi accontentare della spiegazione che Hayden mi ha dato. Le due versioni, però, non tornano. Qualcuno ha omesso qualcosa, ma chi?

In fin dei conti, Marcus ha riportato solo chiacchiere di corridoio ai tempi dell'università. Le persone parlano, lo fanno sempre; quando non hanno motivo di parlare, pur di farlo, inventano. È possibile che qualcuno abbia inventato la versione dell'incendio giusto per far brulicare le voci sul conto di Hayden. Non credo che lui stia mentendo, il suo tono mi è sembrato sincero, e non mi avrebbe portata qui se non avesse avuto davvero l'intenzione di raccontarmi della morte della madre. Hayden è bravo a non rispondere alle mie domande, però nemmeno le aggira; quando non vuole dare spiegazioni, non lo fa e basta. In più, data la sua solita reticenza, sono propensa a credere alla sua confessione.

Mentre guarda i bambini che giocano, qualcosa deve colpirlo, perché sorride e il suo sguardo si ammorbidisce. La sua aria da duro, da persona che ama mantenere il controllo, sembra scalfirsi sotto la luce che lambisce la sua pelle chiara, gettandomi inevitabilmente in un limbo di adorazione. I capelli castani, ora schiariti dai raggi solari, arrivano ad accarezzargli le orecchie. Gli occhi, invece, assumono una sfumatura perfino più particolare, e alcune pagliuzze gialle decorano le iridi verdi. Hayden è talmente bello da sembrare surreale, a volte.

«Mi dispiace», riesco a dire.

Titubante, poso una mano sulla sua spalla e lui volta la testa per guardarla. Non so da dove provenga tutto questo mio coraggio, mi sto prendendo molte libertà a mio piacimento, ma Hayden non protesta.

«Sono cose che succedono», risponde, distogliendo lo sguardo. La tensione si smorza nel momento esatto in cui mi sorride. «Devi ancora cercare un'auto?»

Vengo presa in contropiede dal repentino cambio di discorso;

forse non vuole proseguire sul viale dei ricordi sicuramente dolorosi, e va bene così.

Scatto in piedi, controllando l'orologio.

«Sì, se non troviamo le concessionarie chiuse.»

Lui si alza e indica con un cenno l'uscita del parco giochi. «Andiamo, allora.»

Lo seguo, senza riuscire a concentrarmi su niente che non sia lui. Nonostante tutto, mantiene la sua camminata fiera e spavalda.

«A che genere di macchina stavi pensando?» chiede, mentre ci avviciniamo alla sua automobile.

«Uhm...» mormoro, prendendomi il mento tra l'indice e il pollice. «Qualcosa che dica: 'ehi, finalmente posso girare dove e quando voglio' ma che, allo stesso tempo, non diventi una scatoletta di tonno quando mi schianterò contro un albero o contro un muro.»

Hayden ride. «Perché dovresti schiantarti?»

«Non guido da un po'», ammetto, massaggiandomi il collo.

«Ovvero?» mi incita a proseguire.

«Quasi sei anni.»

Inarca un sopracciglio e fa un passo indietro. «Sei una specie di pericolo pubblico?»

«No, assolutamente no!» Scuoto la testa. «Ho la patente, quindi so guidare. È solo che non lo faccio da un po', ecco tutto.»

«Avere la patente non significa necessariamente saper guidare», puntualizza.

«Ma io so guidare», ripeto.

Si guarda intorno, prima di fare l'ultima cosa alla quale avrei potuto pensare: mi lancia le chiavi della sua auto, che afferro al volo.

«Che cosa...»

«Guida tu», mi interrompe. «Vediamo se è il caso di accompagnarti oggi a prendere una macchina.»

Apre la portiera e si siede sul sedile, stavolta del lato passeggero, il posto che di solito occupo io. Raccatto una boccata d'aria ed entro nell'abitacolo.

«Sai, vero, che potrei romperti l'auto?» chiedo, mentre gli punto l'indice contro.

«Sì, e va bene. Voglio evitare che tu vada a sbattere da qualche parte quando sarai sola.»

Non tocco un volante da molti anni, ma ricordo di aver superato bene l'esame. Ho guidato qualche altra volta, ma solo fino ai diciannove anni. Quando sono andata via dalla casa dei miei genitori non ho preso una macchina tutta mia, perciò ho iniziato a utilizzare i mezzi pubblici.

«Infila la chiave, Cooper.»

Si allaccia la cintura di sicurezza con un movimento fluido e io faccio lo stesso. Controllo lo specchietto retrovisore, sistemo il sedile e infilo la chiave nel quadro. L'auto prende vita con un rombo felino e tento di ingranare la prima marcia, ma Hayden mi interrompe con un colpo di tosse.

«Cosa c'è?» domando.

«Il freno a mano», commenta.

«Lo so, non me ne sono dimenticata», mento. Tolgo il freno a mano e ingrano la prima. La mano di Hayden, però, si muove fulminea e tira di nuovo il freno.

«E ora cosa c'è?» chiedo stizzita.

«Cosa vedi davanti a noi?»

«Un palo.»

«Ecco», afferma. «Se non metti la retromarcia, secondo te, cosa succede?»

«Ci schiantiamo.»

«Esatto, ma noi non vogliamo schiantarci. Quindi, togli il freno a mano e metti la retromarcia per uscire dal parcheggio», spiega paziente.

Annuisco e faccio come Hayden mi ha detto. Provo a lasciar andare il pedale della frizione, ma l'auto singhiozza e si spegne.

«La tua macchina non funziona!» sbotto, guardando Hayden che si sta massaggiando le tempie.

«Funziona benissimo. Devi lasciar andare piano la frizione, non di botto, Cooper», ribatte. «Possiamo almeno uscire dal parcheggio oppure no?»

Stringo gli occhi in due fessure, indispettita. «Certo che sì.»

Prendo un grosso respiro e ricomincio: tolgo il freno a mano, metto la retromarcia, mi volto per essere sicura di non investire qualcuno – non si sa mai – e lascio andare dolcemente il pedale della frizione. Riesco così a uscire dal parcheggio e sorrido in direzione di Hayden, che non è comunque a suo agio, a giudicare dal modo in cui le sue dita stringono il freno a mano.

«Non puoi tirarlo mentre guido», gli faccio notare.

«Preferisco tirare il freno a mano che morire. Ora, inserisciti nel traffico.»

Mantengo una velocità di trentacinque chilometri orari e sto attenta a guardarmi intorno. L'unica cosa che temo da sempre sono i pedoni che si lanciano il più delle volte in mezzo alla strada per attraversare, senza curarsi delle auto che sfrecciano.

«Se continui così, ci vorranno due ore per arrivare a casa tua», borbotta Hayden.

«Chi va piano va sano e va lontano», cantileno. «E devo comunque andare alla concessionaria.»

«Prima impari a guidare, poi magari prendi un'auto.»

«Io so guidare.»

«Stai schiacciando i pedali come se fossero scarafaggi. Non direi.»

Gli scocco un'occhiata secca. «Stai di nuovo ignorando il mio volere.»

«No, sto evitando un brutto incidente stradale. E stai bloccando il traffico. Non dico di superare i limiti, ma accelera almeno un po'.»

Raggiungo i quaranta chilometri orari circa; mi sembra una buona velocità per il traffico cittadino. Poi, però, vengo assalita dall'agitazione in mezzo a un incrocio non regolato da semaforo perché non ricordo il gioco delle precedenze e, paziente come sempre, Hayden mi consiglia di non lasciarmi sopraffare dal panico. Davanti a un semaforo, invece, la macchina si spegne dopo un sussulto.

Mi scoccia dover dare ragione a Hayden, però non ha davvero tutti i torti. Vicino a lui mi sento più sicura, ma l'idea di dover guidare sola in mezzo al traffico mi fa accapponare la pelle. Ho dimenticato quanto poco amassi gli incroci e non riesco neanche a parcheggiare.

Provo comunque a calmare i nervi tesi e, dieci minuti più tardi, sorrido soddisfatta a Hayden, che mantiene la concentrazione fissa sulla strada.

«Vedi? Sto andando alla grande», dico.

«Frena!» grida.

Mi volto di scatto e vedo il problema: una signora anziana sta attraversando sulle strisce pedonali, che non avevo notato. Spingo il pedale del freno e vengo sbalzata in avanti, mentre la macchina inchioda a pochi centimetri dalla signora, che si è pietrificata sul posto.

«Delinquente!» esclama lei a gran voce, prima di allontanarsi a passo svelto.

«Tu non prenderai un'auto oggi, Charlotte. Noi curiamo le persone. Non le uccidiamo», sibila Hayden.

«Scusa, non l'avevo vista», borbotto.

Dietro di me, si è formata una fila di auto che sta aspettando solo che io mi dia una mossa. Un tizio suona il clacson e, senza farmi notare da Hayden, metto il braccio fuori dal finestrino e sollevo il dito medio, poi riparto.

Un'ora più tardi, fermo la macchina sotto il mio palazzo e butto fuori uno sbuffo. La guida è andata… è andata e basta, non di certo bene. Ho rischiato di mettere sotto alcuni pedoni, sono entrata in contromano in un vicolo, ho quasi staccato lo specchietto a un'altra automobile e, nonostante gli ordini impartiti da Hayden, non sono riuscita a parcheggiare in modo decente neanche una volta. È stato un incubo e, non appena spengo il motore, mi sento sollevata e fuori pericolo.

«Te lo ripeto: non prenderai un'auto oggi e neanche nei giorni a seguire», mormora Hayden, passandosi una mano sulla fronte.

«Hai ragione», acconsento. «Ma dovrò prenderne una, prima o poi. Mi serve.»

«Prima magari impari a guidare. Per adesso, ti farò usare la mia. Ammesso e non concesso che tu non decida di porre fine alle nostre vite domani stesso.»

«Simpatico», commento, indispettita.

«Non devo essere simpatico. Devo evitare qualche disastro. Ah, Coop, domani alla stessa ora.»

«Lo so.» Mi sporgo verso i sedili posteriori e recupero la mia borsa. Scendo dall'auto e Hayden fa lo stesso. Ci fermiamo entrambi, uno davanti all'altra.

«Cindy è già tornata a casa?» chiede, facendo un cenno verso il palazzo.

Annuisco e mi porto una ciocca di capelli dietro l'orecchio. «Sì, a quest'ora sì.»

«Bene. A domani, allora.»

«A domani», ripeto. «E grazie per la guida.»

«Di niente, Cooper.»

Gli sorrido, mi allontano e apro il portone principale. Come avevo immaginato, trovo Cindy seduta su una sedia, con i piedi incrociati sul tavolo, che sta mangiando una fetta di torta al cioccolato.

«Ciao. Hai cucinato?» le chiedo.

Si passa una mano sulla bocca, liberandosi delle briciole. «No, la torta l'ha portata la nostra nuova vicina di casa.»

Poso la borsa e le chiavi sul divano, e mi avvicino al tavolo. «Nuova vicina?» ripeto.

«Sì, si è appena trasferita qui. Dovrebbe...»

Il suono del nostro campanello interrompe la sua frase. Non aspetto nessuno e anche le visite per Cindy sono molto rare. Siamo sempre impegnate con i nostri lavori e abbiamo poco tempo da dedicare ad altri. Apro la porta e mi ritrovo davanti una persona che mai avrei immaginato di vedere sulla soglia del mio appartamento.

«Signora Lee?»

«Charlotte Cooper», mi saluta.

L'ho sempre vista con la divisa, quindi faccio fatica ad abituarmi al suo abbigliamento: un semplice maglione bianco e un paio di jeans neri.

«Cosa ci fa qui?» chiedo infine.

Si decide a smettere di squadrare la mia figura che, in confronto alla sua, sembra quella di una bambina messa vicino a un orso. Un orso rabbioso, se dovessi proprio trovare il paragone adatto.

«Daisy!» esclama Cindy alle mie spalle.

Faccio un passo verso destra, senza capire cosa diamine stia succedendo, e osservo la mia amica che sorride alla signora Lee.

«Cindy, cara», cinguetta quest'ultima. «Ti è piaciuta la torta al cioccolato?»

Lancio un'occhiata al vassoio che giace ancora sul tavolo e che contiene la torta, mentre ripenso alle parole di Cindy di qualche minuto fa. No, non può essere reale. Non sta succedendo davvero a me.

«Char, lei è la nostra nuova vicina di casa», spiega Cindy. Manca poco che sprizzi felicità da tutti i pori. «Fa una torta al cioccolato divina. Potrei mangiarne a quintali senza mai stancarmi.»

«Tu mangi quintali di schifezze senza mai stancarti, Cindy», puntualizzo.

Non riesco a elaborare il motivo per cui la sfortuna pare avercela con me, nell'ultimo periodo. Sono sempre stata una brava ragazza, il Karma non ha motivo di agire su di me. Eppure parrebbe il contrario, dato che l'odiosa coordinatrice si è appena trasferita nel mio stesso palazzo.

«Sono solo passata per conoscere l'altra mia vicina», dice Daisy. Non credo di aver mai visto un sorriso più falso e inquietante del suo.

«Ma già ci conosciamo», aggiungo.

«Sul serio?» domanda Cindy, facendo saettare lo sguardo da me alla signora Lee.

«Lavoriamo insieme, cara», risponde Daisy al mio posto.

«Oh, ma questo è fantastico!» commenta entusiasta la mia amica.

Ho una diversa idea di cosa potrebbe essere «fantastico» e Daisy Lee come nuova vicina non lo è di certo.

Un cellulare comincia a squillare e Cindy sbuffa. «Scusatemi, questo è sicuramente il mio capo», spiega, prima di fiondarsi in camera sua.

Daisy e io rimaniamo sole e lei continua a studiarmi con un ghigno inquietante.

«Vuole… entrare?» chiedo, seppur titubante.

«Oh, no, Charlotte, grazie. Ho alcune cose da fare», risponde, scuotendo la testa. «Sono solo passata per un saluto. E per conoscere la mia vicina di casa, come ho già detto.»

«Già, sono proprio io», cerco di ironizzare, sforzandomi di sorridere.

«Lo vedo», ribatte. Il suo sguardo percorre tutta la mia figura, poi punta i miei occhi. «È tutto a posto qui?»

«Sì, è tutto…» Mi fermo. La sua domanda potrebbe essere normale, ma un lampo bizzarro sul viso la tradisce. «Aspetti, in che senso?»

«Niente, niente», taglia corto. Guarda l'orologio che porta al polso e sospira, poi sfodera un altro mezzo sorriso. Sì, questa donna ha davvero qualcosa di strano e terrificante.

«Devo andare. Ci vediamo, Charlotte Cooper.»

«Arrivederci, signora Lee.»

Provo a chiudere la porta, ma il suo piede è più veloce e la blocca.

«Per qualsiasi problema, anche il più insulso, io sono qui», sussurra. Se ne va senza darmi il tempo di chiedere spiegazioni ed entra nel suo appartamento, di fronte al mio.

Riesco finalmente a rinchiudermi dentro casa e appoggio le spalle alla porta. Ora, potrei lasciar perdere ciò che mi ha detto, soffocare le mie sensazioni e far finta di niente, ma il mio intuito sbaglia di rado e qui c'è qualcosa che non mi convince.

«Cindy!» urlo. Avanzo fino alla sua camera e apro di scatto la porta. Lei è seduta sul suo letto e, appena mi vede, copre il microfono del cellulare con la mano.

«Sono al telefono», mi fa notare, come se non la vedessi con i miei stessi occhi.

«Lo so», affermo. «Secondo te, però, perché la signora Lee mi ha detto di rivolgermi a lei per qualsiasi problema?»

Un cipiglio le contrae il viso. «Be', si fa così tra vicini. Se ti manca… che ne so, lo zucchero magari, puoi chiedere a lei.»

Rimango interdetta. La signora Lee non si stava riferendo allo zucchero o al caffè. Il suo tono nascondeva una sfumatura atipica, e il suo sguardo era troppo serio per riferirsi a ipotetiche necessità di genere alimentare.

«Dormi in piedi?» chiede Cindy, distogliendomi dai miei pensieri. «Non voglio buttarti fuori, ma ho una telefonata in corso.»

«Sì, scusami», mormoro. La lascio sola e mi chiudo in camera mia.

Calcio via le coperte, che scivolano sul parquet in un bozzolo informe, e mi metto a sedere, stringendo le ginocchia al petto. Mi prendo la testa tra le mani e infilo le dita tra i capelli. Sono stanca, ma esasperata a causa dell'insonnia che mi perseguita.

Dopo aver cenato in compagnia di Cindy e aver fatto una doccia per rilassarmi, credevo che sarei riuscita a dormire, se ci avessi provato. E invece mi ritrovo sveglia nel mezzo della notte, vicina a un crollo psicologico causato dallo stress e da tutti i pensieri che mi frullano nella mente. Vorrei piangere, ma trattengo le lacrime perché avrei la sensazione di essere debole e non gioverebbe alla situazione.

Lasciarsi trasportare dalle emozioni, a volte, serve solo a dar loro più potere.

Tuttavia, se durante il giorno è facile non pensare ai bigliettini che ho ricevuto, di notte è tutt'altra storia. Scatto per ogni minimo rumore sospetto, mi ripeto mentalmente le frasi scritte sui fogli e non riesco più a sopportare il buio, perché mi ritrovo spesso a fissare i punti oscuri della mia stanza.

Abbandono il letto, recupero il mio vecchio diario e vado in cucina. Mi preparo una tazza di camomilla e, di tanto in tanto, occhieggio la camera di Cindy. Mi accomodo poi sul divano, dopo aver acceso la lampada, e appoggio i biglietti sulle gambe. Non servirà a nulla la mia ennesima analisi, ma devo almeno sforzarmi di far lavorare la mente. È impossibile che non ci sia una spiegazione logica dietro le frasi scritte, le parole devono avere un significato.

Studio il primo biglietto, quello che ho trovato in camera. Le due maschere disegnate, una felice e una triste, rappresentano la tragedia e la commedia; ricordo di averlo letto da qualche parte, anni fa. La frase: *Non lasciarti ingannare dalle apparenze*, invece, se fosse collegata alle maschere, potrebbe indicare finzione.

«Qualcuno che finge», sussurro, dando voce ai miei pensieri. Forse sono fuori strada, magari è assurdo, ma è l'unica opzione che trovo plausibile. Se frase e disegno sono collegati, penso si riferiscano entrambi a qualcuno che finge e indossa una maschera, proprio come un attore che recita un ruolo.

Sì, è l'unica idea che mi viene in mente e la catalogo come «buona», dato che nient'altro mi sembra sensato.

Il secondo biglietto, invece, è quello che ho trovato dentro il mio armadietto, all'ospedale. *Sogno o incubo?*

«Sogno...» ripeto, ripassando con l'indice l'inchiostro nero. «Incubo.»

Ripenso a tutto ciò che potrebbe celarsi dietro questa frase e fisso le lettere come se potessero parlare; all'improvviso, una lampadina si illumina nella mia testa.

«Sogno», mormoro. «Dottor Dream.»

Scatto in piedi e il diario cade a terra con un tonfo. È assurdo, è terribile, ma penso che si riferisca proprio al dottor Dream. I segni sulla porta, i biglietti... tutte cose accadute dopo la mia assunzione all'ospedale, dopo che ho cominciato a lavorare con lui. Ho sempre avuto la sensazione che Hayden fosse strano e, ora, tutto pare ricondurre a lui, in qualche modo. Ho un dubbio che mi ronza intorno da tempo ed è arrivato il momento di interpellare l'unica persona a me vicina che potrebbe darmi una valida spiegazione. Così, scatto verso la camera di Cindy e spalanco la porta.

«Cindy!» urlo. La stanza è immersa nel buio e accendo la luce, provocando un lamento soffocato della mia migliore amica, rannicchiata sotto un groviglio di coperte colorate.

«Cindy!» ripeto, avvicinandomi al suo letto.

Il cuscino le copre il viso e lo butto a terra, poi la scuoto per le spalle.

«Ma che cazzo vuoi?» piagnucola.

«Mi serve solo sapere una cosa», rispondo. «Tu lavori in uno studio legale, mi sarai utile.»

Si stropiccia gli occhi con le mani e si mette a sedere, incrociando le gambe. «Spero per te che sia importante», borbotta. «Dimmi.»

Cerco di frenare il nervosismo per non tirare fuori frasi sconnesse e prendo un lungo respiro. «Quando una persona viene assunta...» esordisco, sedendomi vicino a lei. «È possibile che non dia informazioni personali?»

«Assunta dove, esattamente?»

Non voglio rivelarle la verità, preferisco apparire vaga. «Magari... in un ospedale.» Il modo in cui cambia sguardo mi convince ad aggiungere: «O, magari, in uno studio legale».

I suoi occhi scuri mi scavano dentro. Sto che sta provando a capire qualcosa, mi studia come se fossi una cavia. «Char, dove vuoi infilare il naso?» chiede.

«Da nessuna parte», mento. «Ho solo avuto un dubbio.»

«Un dubbio nato da cosa?»

Cindy mi conosce meglio di quanto io conosca me stessa. Siamo amiche da tanti anni, viviamo insieme, e sono abituata a raccontarle tutto. Tranne stavolta. Non ho intenzione di far nascere sospetti su Hayden, non è il momento. Preferisco mantenere le mie intenzioni e i miei dubbi nell'ombra, ma ho bisogno dell'aiuto della mia migliore amica.

«Da un film.»

«Fai schifo a dire bugie, lo sai?» commenta.

Per tutta risposta, le sorrido. Se mi lasciassi sfuggire qualche altra cosa, potrebbe capire. Anche se, lo ammetto, credo abbia già affilato l'intuito.

«No, comunque», risponde infine, arrendendosi. «Anche quando vieni assunto da privati devi dare informazioni. Non puoi non farlo, è assurdo. E non ci vuole una laurea per saperlo.»

«Allora è possibile che il file di un medico risulti vuoto?»

«No, Charlotte. Nel modo più assoluto», ripete. «Ci devono per forza essere informazioni come… università, copia dei documenti, copia originale della laurea e cose del genere.»

Senza saperlo, Cindy ha appena confermato ciò che già sospettavo. Se anche la mia cartella fosse stata vuota, non avrei avuto dubbi; ma dato che le mie informazioni sono presenti, è strano che quelle di Hayden non ci siano.

«Char, che diamine sta succedendo?» chiede.

Scuoto la testa. «Niente, è solo curiosità.»

«E a te vengono queste curiosità nel bel mezzo della notte?»

«Sì», mento. «Non è questo il punto. Ricapitolando: un file di un medico non può essere vuoto. Ci devono essere per forza informazioni.»

Cindy annuisce. «Sì. Chiariamo, esiste il lavoro senza regolare contratto, ma anche in quel caso chi ti assume chiede informazioni. È normale a livello umano», spiega. «E, poi, stai parlando di un ospedale. I medici, se non danno informazioni e non rilasciano documenti, non possono essere assunti. Stessa cosa vale per i tirocinanti, perché c'è tutta una serie di scambi di informazioni tra università e struttura ospedaliera.»

«E se queste informazioni non fossero presenti nell'archivio?»

«Qualcosa non va.»

«A livello legale?»

«Non lo so, potrebbe anche solo essere un errore. Magari il file è stato eliminato per sbaglio e bisogna assicurarsi che quello sia l'unico portale di informazioni. Potrebbe esserci un altro deposito di file, quindi è tutto molto incerto. Se vuoi fare una segnalazione…»

Mi alzo in piedi e scuoto la testa. La discussione sta andando oltre. «No, ma quale segnalazione!» esclamo. «Era solo una curiosità. Non è successo niente di tutto ciò.»

Gli occhi indagatori di Cindy puntano il mio viso e, di nuovo, tentano di aprire un varco nella mia mente per captare qualcosa. Tiro fuori un sorriso di circostanza e indietreggio verso la porta.

«Mi stai nascondendo qualcosa?» cantilena, sospettosa.

«Certo che no! Te l'avrei detto», rispondo con voce stridula.

«Charlotte...» mi richiama, incrociando le esili braccia al petto.
«Te lo giuro. Era solo una curiosità. Buonanotte.»

Mi fiondo fuori dalla sua stanza e chiudo la porta. Cindy sospetta qualcosa, ma non posso raccontarle la verità. Non posso dirle che qualcuno si è infilato in casa nostra. Non posso dirle dei biglietti. Non posso e non voglio dirle niente di Hayden.

In realtà, non so neanche io cosa pensare. Forse i miei sospetti su di lui sono infondati, magari non c'entra niente in tutta questa faccenda e gli sto addossando colpe false e inutili... oppure ho ragione. Una sola coincidenza è possibile, ma due no. Ho avuto la sensazione che Joe e Hayden stessero mentendo, qualche sera fa; Hayden non racconta mai niente della sua vita ed evita qualsiasi mia domanda, tranne quando lo metto alle strette; il suo file è vuoto, ha solo quel numero – 901020 – che deve significare per forza qualcosa. I biglietti, il «sogno» citato, le apparenze, «l'incubo», l'apprensione soffocante di Hayden, la storia della morte di sua madre. No, non si tratta di un solo elemento, ma di svariati fatti e sensazioni che rendono validi i miei dubbi.

C'è qualcosa che non va. C'è qualcosa che mi sfugge e inizio a pensare che tutto sia collegato; che ogni pezzo sia parte di un puzzle più grande.

Non riesco ancora a spiegare perché i biglietti siano stati indirizzati a me, ma devo preoccuparmi di un problema alla volta per non impazzire.

Ho bisogno di dormire perché rischio di crollare. Infilo i biglietti dentro il diario che nascondo nel mio armadio, dietro una pila di pantaloni, e mi avvicino alla finestra per spostare la tenda e sbirciare fuori.

Un movimento cattura la mia attenzione. Mi appiccico al vetro e osservo il lampione, posizionato sul marciapiede opposto alla mia finestra. C'è una sagoma, per metà celata dalla penombra. Il mio naso accarezza il vetro freddo e il mio respiro lo appanna. Sì, c'è davvero qualcosa... anzi, qualcuno.

La sagoma avanza e la luce del lampione ne illumina i contorni, ora nitidi. Il viso dello sconosciuto è nascosto da un cappuccio nero.

Il mio cuore manca un battito e trattengo il respiro. Non sbatto neanche le palpebre, e le mani cominciano a sudare. Non sto sognando, qualcuno mi sta davvero osservando. La paura mi scorre dentro come un fiume e ogni secondo diventa una stilettata tra le costole.

Passano i minuti, o forse le ore, e quando contemplo l'idea di spalancare la finestra, lo sconosciuto fa dietrofront e si allontana, mischiandosi al buio della notte.

14

Quando ero ancora una bambina e fuori scoppiava un temporale, sgattaiolavo via dalla mia stanza e mi infilavo nel letto dei miei genitori. Sollevavo le coperte mentre loro due dormivano e gattonavo per sistemarmi al centro del materasso. La loro presenza mi aiutava a dimenticare i lampi e i tuoni che rimbombavano all'esterno della nostra casa e, di solito, mi avvinghiavo a mio padre. Alla nascita di Penelope, decisi di non farlo più perché lei era piccola e indifesa, e mi sentivo in dovere di proteggerla dai temporali. Perciò, anziché abbandonare il mio letto per andare dai miei genitori, mi sistemavo vicino a mia sorella e l'abbracciavo. Lei, a differenza mia, non aveva paura; è sempre stata coraggiosa, anche da bambina. Eppure, sentivo la necessità di essere il suo scudo in ogni situazione. Raccattavo ogni mio timore e lo rispedivo indietro per il suo bene, per non mostrare debolezza.

È una cosa che tuttora mi trascino dietro. Non riesco più a esternare le mie paure, non parlo più di ciò che mi rende irrequieta e mi toglie il sonno. Non mi piace far vedere alle persone la mia parte debole, preferisco mettermi addosso una maschera e fingere che tutto vada bene. Mia madre ripete sempre che il mio coraggio sfocia nell'incoscienza, che il rifiuto di mostrare le mie emozioni, prima o poi, giocherà a mio sfavore. E, in fondo, lo credo anche io, però è più forte di me. Non riesco a esternare ciò che provo, non voglio che gli altri mi etichettino come debole. Io non sono debole; io non mi lascio trasportare dalla paura… non posso permettermelo.

Chiudo gli occhi e incamero un po' d'aria, poi sposto le coperte e scivolo fuori dal letto con movimenti lenti e pesanti. Ho dormito a malapena un'ora. Il pensiero dello sconosciuto che ho visto dalla mia finestra continua a perseguitarmi senza sosta. So che dovrei parlarne con qualcuno, ma ripetere l'accaduto ad alta voce lo renderebbe solo più reale. Mantenendolo fisso nella mia mente, invece, posso illudermi che sia stato frutto della mia immaginazione. Certo, potrei chiamare Joe, ma qualcosa mi spinge a stare zitta. Tuttavia, se la situazione dovesse spingersi troppo oltre, sarebbe l'unica opzione plausibile.

Recupero una camicia chiara e un paio di jeans e mi chiudo in bagno. Mi lavo, mi vesto e sistemo i capelli, poi impiego qualche minuto a coprire le occhiaie con il correttore. Ho l'aria di una che non dorme da giorni e non voglio attirare l'attenzione di Cindy o, peggio, di Hayden.

Lancio un'occhiata al mio orologio e sono costretta a uscire dal bagno, perché non voglio far attendere Hayden. Afferro la mia borsa e prendo una mela rossa dal cesto della frutta. Devo mettere qualcosa sotto i denti, perché rischio di svenire da un momento all'altro. Tra agitazione, mal di testa, insonnia e nervosismo che sto accumulando, la situazione sta sfuggendo dal mio controllo e devo almeno provvedere ai bisogni essenziali, come mangiare. Ho lo stomaco chiuso, però mi sforzo di dare un morso al frutto mentre scendo le scale.

Una volta fuori dal palazzo, mi fermo un attimo per inspirare gli odori della città. Oggi il sole splende alto, fa caldo, e riesco a bearmi per qualche minuto della brezza mattutina, finché non appare l'auto di Hayden.

Lui spalanca la portiera e mi viene incontro. Forse a causa della stanchezza o dello stordimento, mi sembra perfino più bello delle altre volte. Indossa una t-shirt nera e un paio di pantaloni della tuta dello stesso colore. Questo abbigliamento gli conferisce un'aria giovanile e sbarazzina e spazza via la rigidità che gli ruota sempre intorno.

«Cooper», esordisce e fa ciondolare la chiave della sua macchina sotto il mio naso. «Pronta?»

Non ho voglia di guidare, non sono in forma, ma evito di lagnarmi davanti a lui. «Ciao, Hayden», rispondo, afferrando la chiave.

«Non hai deciso di farci fuori entrambi, durante la notte?» domanda. È stranamente rilassato e divertito. I giorni in cui mi seccava con i suoi atteggiamenti severi e formali sembrano ricordi passati.

«No, il mio obiettivo è arrivare sani e salvi al lavoro. Ma, ehi, non si sa mai.»

Hayden non si beve la mia risposta e gli mollo una spallata giocosa. Entro nella sua auto, avvolgo il resto della mela in un fazzoletto e lo butto dentro la borsa. Nel frattempo, lui si allaccia la cintura e mi regala occhiate piene di preoccupazione.

«Non credo in Dio, altrimenti farei il segno della croce», borbotta.

Alzo gli occhi al cielo e metto in moto.

«Ogni giorno sempre più simpatico.»

«Rischio di morire.»

«Mi era sfuggita la tua inclinazione alla drammaticità.»

«Sono solo realista. Tu non sai guidare, Cooper.»

Stavolta sono io a scoccargli un'occhiata secca, poi ingrano la marcia e lascio il parcheggio.

«Hai paura della morte, Hayden?»

«No.»

«Io sì.»

«Non dovresti.» Il tono enigmatico e l'espressione illeggibile tornano alla carica con il botto. È frustrante intuire che ci sia un significato nascosto dietro le sue parole, senza però averne la certezza.

«Perché?» chiedo.

Si prende del tempo, forse per riflettere. Hayden fa sempre fatica a sbottonarsi con me, perciò soffoco la voglia di incitarlo a parlare e attendo in silenzio. Vedo che si passa una mano tra i capelli, il solito gesto che compie quando è nervoso.

«La morte è solo… morte. Chiudi gli occhi e vai via. La vita, invece, è peggio. Non sai mai quale colpo basso ti nasconderà dietro l'angolo successivo.»

«Perché parli così?» domando.

Sta zitto, assorto nei suoi pensieri con la testa appena inclinata e gli occhi fissi sul parabrezza. La sua riflessione ha senso, ma per me resta assurda.

«Non lo so, è una cosa che penso da sempre», risponde. Il sorriso che abbozza stride con l'espressione cupa e il tono di voce serio.

«La vita è bella, Hayden. Può essere una sorpresa continua», suggerisco.

«La vita non è così bella come credi. Non per tutti, almeno. Ho visto troppe cose per poter credere nel contrario.»

La sua affermazione mi colpisce e vengo di nuovo schiacciata dalla curiosità. La voglia di fargli domande è così forte da gravarmi sulla schiena e mi mordo il labbro inferiore per non lasciarmi sfuggire niente.

«Ti riferisci all'ospedale?»

Tentenna per un solo istante, ma annuisce. «Già. Mi riferisco proprio a quello.»

«Tu salvi le persone», puntualizzo.

L'amarezza si rivela nel sorriso forzato che sfoggia. «Non intendevo quello. Io amo il mio lavoro», spiega. «È solo che, per alcune persone, la morte sarebbe meno dolorosa della vita perché non possono essere salvate, neanche dai medici. Ecco perché non temo la morte. Tutto qui.»

«Tranne in alcuni casi, tutti possiamo essere salvati», ribatto.

«Forse.» Taglia così la discussione e assecondo il suo silenzio. Ha una visione della morte e della vita che non coincide con la mia.

A ogni modo, la guida va abbastanza bene, forse a causa della mia mente sovraffollata che mi rende un po' meno consapevole del fatto che ho un volante tra le mani. Quando parcheggio di fronte all'ospedale, Hayden tira un sospiro di sollievo.

«Niente male», commenta, slacciando la cintura di sicurezza.

«La prossima settimana andrò a prendere un'auto», affermo e lo seguo fuori.

«Sì, è perfetto», risponde.

Gli sorrido e lui fa altrettanto, e varchiamo la soglia dell'edificio. L'odore pungente di disinfettante mi piomba addosso e respiro a pieni polmoni. Questo luogo è ormai la mia seconda casa. Passo più tempo qui che da qualsiasi altra parte.

«Torneremo a breve a lavorare al quarto piano», spiega Hayden, fermandosi davanti al solito distributore. «Torneremo alla routine.»

«Va bene. Mi piace la routine», ammetto.

«Anche a me. Caffè?»

«Sì, grazie.»

Scorgo Nick in lontananza. Il suo sguardo si sofferma su di noi e lui si avvicina con passi svelti e decisi, sorprendendo Hayden alle spalle.

«Ehilà!» esclama. È un uragano di buonumore, e lo invidio per questo. «Non hai risposto al mio messaggio, testa di cazzo.»

Hayden rotea gli occhi e mi porge il bicchiere. «Nick, modera il linguaggio», lo rimprovera. «L'hai inviato alle due del mattino.»

Nick arriccia il naso, contrariato. «Scusa tanto, Mister Perfezione. C'è un orario prestabilito anche per i messaggi?» lo schernisce. «In ogni caso, ti ho invitato alla mostra fotografica di mia sorella.»

«Lo so.»

«Verrai?» domanda Nick. «Ovviamente sei invitata anche tu, Charlotte. È questa sera, apre alle sei.»

«Certo, verrò molto volentieri. Grazie per l'invito, Nick», rispondo.

Uscire un po' mi farà bene; preferisco distrarmi anziché rimanere chiusa in casa in compagnia delle domande e dei dubbi che mi assillano.

«Verrò pure io», afferma Hayden.

«Bene», dice Nick, sfregandosi le mani. «Ci vediamo stasera, allora.»

«Sì, a stasera», ripete Hayden. Il collega gli dà un'amichevole pacca sulla spalla e mi fa l'occhiolino, poi si allontana.

«Non fare domande, Coop», esordisce Hayden. «Nick è famoso per le sue feste e le sue stramberie. Se senti qualcuno parlare di qualche evento, stai sicura che l'organizzatore è proprio lui.»

Scoppio a ridere per la sua voce cupa e l'espressione contrariata. «Non sentivo la necessità di fare domande, ma grazie per la delucidazione. Lo terrò a mente.»

Termino di bere il caffè e, quando mancano circa quindici minuti all'inizio del turno, salgo al quarto piano e mi rinchiudo nello spogliatoio che, stranamente, trovo vuoto. Mi cambio e butto la borsa dentro l'armadietto, ma il mio cellulare comincia a squillare con insistenza e sono costretta a rispondere.

«Ciao, Cindy», dico, incastrando l'apparecchio tra la spalla e l'orecchio, mentre lego i capelli in una treccia laterale.

«Prima cosa: hai dimenticato le chiavi di casa sul tavolo. Io finirò tardi e non so come farai a entrare.»

«Merda», borbotto. «Troverò un modo, tranquilla.»

«Bene. Seconda cosa: ricordi quello che mi hai raccontato sul documento vuoto?»

«Sì, perché?»

«Procurami il file», dice. «Forse mi sbaglio, ma sono cresciuta con due agenti che passano il tempo a guardare film polizieschi e voglio indagare. Farò decriptare il file da qualcuno.»

«Decriptare?» ripeto incredula.

«Sì, decriptare», conferma. «So che mi stai nascondendo qualcosa e per adesso non farò domande, ma devi procurami il file. Lo darò a un amico… scopamico, in realtà, ma questo è un dettaglio irrilevante. Se il file è vuoto, non verrà fuori niente; se contiene qualcosa, invece, il tizio lo decripterà.»

Non dovrei farlo. Un conto è provare a curiosare all'interno dell'archivio, un altro invece è mettere il file nelle mani di uno sconosciuto e decriptarlo per scovare informazioni. Rifiutare la sua proposta sarebbe la mossa migliore… ma non sono mai stata brava a seguire il buonsenso a causa della mia insaziabile sete di sapere.

«Non ho una chiavetta. Come faccio a trasferirlo?» sussurro.

«Inviamelo per e-mail. Non è necessario metterlo su una chiavetta», spiega. «Sto entrando in ufficio, devo chiudere. Cerca di farlo entro oggi, Charlotte, perché devo incontrare il tizio in questione questa sera.» E la telefonata si interrompe.

Infilo il cellulare dentro la tasca, esco dallo spogliatoio e mi fiondo nell'ascensore già libero. Fisso la pulsantiera con estrema attenzione, cercando di riflettere. Mettere di nuovo piede nello studio di Hayden sarebbe un azzardo, dato che mi ha già scoperta una volta e non voglio farlo arrabbiare, perciò premo il tasto per l'ultimo piano, optando per la stanza degli archivi.

Mi sento come se fossi una ladra, e in effetti è proprio ciò che sto per diventare. Sto per rubare un file dal server interno per scoprire le informazioni personali di un medico dell'ospedale. Una piccola parte di me comincia a sentire un'occlusione alla gola dovuta al senso di colpa, ma cerco di ignorarla. Hayden si è aperto con me, ha risposto alla mia domanda sulla madre, e se fossi una persona più ragionevole continuerei a rispettare i suoi tempi senza passare per vie traverse con il solo scopo di reperire informazioni che lui ancora non vuole darmi.

Peccato che io non sia ragionevole, quando si tratta di Hayden.

L'ascensore si apre, rivelando il piano vuoto. Non so perché non mettano una guardia di sicurezza, ma è un punto a mio favore. Di soppiatto, entro nella stanza degli archivi e avanzo verso la scrivania. Accendo il computer, mentre trattengo il respiro e spero con tutta me stessa che nessuno sia nei paraggi. Se mi dovessero beccare, Hayden capirebbe che ho cercato cose che lo riguardano un'altra volta.

La schermata principale appare davanti ai miei occhi: cerco la cartella di Hayden, trovo il file e lo invio tramite e-mail alla mia casella di posta elettronica. Non voglio che Cindy sappia a chi appartiene il documento, perciò devo prima rinominarlo.

Spengo il computer e lascio la stanza. Tuttavia, quando chiudo la porta, qualcuno si schiarisce la voce alle mie spalle e mi immobilizzo, sgranando gli occhi per l'agitazione che mi stritola lo stomaco. *Maledizione.*

«Cooper.»

Non è Hayden. Riconosco il timbro severo e autoritario e deglutisco. Non posso scappare, sono in trappola. Piazzo sul viso un falso sorriso innocente e ruoto su me stessa. La signora Lee mi fissa con il suo aspetto austero e trattengo il fiato.

«Signora Lee», la saluto, fingendo indifferenza.

Lei compie un passo verso di me e io, da brava pappamolle, ne faccio uno indietro.

«Cosa stavi facendo, Charlotte?» chiede.

«Stavo...» Mi guardo intorno per tentare di trovare una scusa valida; se le pareti potessero parlare, mi farei suggerire qualcosa. «Mi sono persa. L'ascensore ha sbagliato piano.»

«L'ascensore ha sbagliato piano», ripete, cadenzando le parole per rimarcare la sua incredulità.

«Sì.»

«E ti sei persa. Conosci la struttura *e ti sei persa.*»

«Esattamente!» Inizio a gesticolare per scaricare il nervosismo. «Bisognerebbe chiamare un tecnico, perché ero diretta al piano terra e, invece, l'ascensore mi ha portata qui.»

«Che ascensore dispettoso», cantilena.

«Molto, sì», commento. «Be'... ora vado via. Hayden mi sta aspettando.»

«Hayden», ripete lei. Avanza ancora verso di me e mi sento inutile, come un salmone che aspetta di essere sbranato da un grizzly. «Sai che… è strano, eh, ma credo tu stessi cercando qualcosa lì dentro», dice e indica la stanza degli archivi.

Deglutisco, senza smettere di fissare i suoi occhi scuri. Non credo di essere così prevedibile, in effetti, e potrei davvero fare qualsiasi cosa in questo piano.

«Cara Charlotte, ho più del doppio dei tuoi pochi e miseri anni», continua. «Conosco le persone come te. Io odio i ficcanaso, ma sai cosa odio ancora di più?»

Il mio cuore prende a battere all'impazzata e sento il ritmo rimbombarmi dentro le orecchie.

«Cosa?» domando in un sussurro.

Daisy piega la schiena per raggiungere la mia altezza. Si avvicina così tanto che potrei anche contare i piccoli pori che costellano le sue guance scure. Il suo sguardo intenso e pungente mi fa raggrinzire la pelle.

«I bugiardi. Quelli…» Si blocca per sfoderare un ghigno terrificante. «Quelli sono i peggiori, Charlotte Cooper. Ci sono situazioni più grandi di noi che sfuggono facilmente al nostro controllo e sarebbe più semplice raccontare la verità. Non trovi?»

Colpita e affondata. Daisy ha intuito qualcosa, ma non ho intenzione di darle conferme perché, se lo facessi, sarebbe capace di richiedere il mio licenziamento immediato.

«Sì, ha ragione», rispondo, mantenendo un tono fermo. In realtà, vorrei solo scappare via a gambe levate.

«Quindi, Charlotte, te lo chiedo solo una volta», dice solenne. «C'è qualcosa che vorresti dirmi?»

D'un tratto, ripenso ai segni sulla porta, ai biglietti, al racconto di Marcus e a quello di Hayden. Ripenso al file, al numero 901020 e all'e-mail che aspetta solo di essere inoltrata a Cindy. Ripenso a tutte le cose strane che mi stanno accadendo, compresa la persona incappucciata sotto la mia finestra di ieri notte. La sensazione che la signora Lee sappia qualcosa si insinua tra le mie costole. Forse potrei confidarle ciò che mi turba, ma mi sono ripromessa di non farne parola. Non finché riesco a gestire la situazione senza l'aiuto di qualcuno; non finché una parte di me spera ancora che Hayden non abbia niente a che fare con i biglietti e tutto il resto.

«No», sussurro infine, scuotendo la testa. «Niente.»

«Bene.» Fa un passo indietro e mi dà la possibilità di tornare a respirare in modo normale. «Ma sappi una cosa: stavolta farò finta di niente. Alla prossima, però, non reagirò allo stesso modo.»

Mi limito ad annuire, mentre apro e chiudo i pugni nel tentativo di scaricare il nervosismo accumulato.

«Puoi andare», mi liquida.

Annuisco ancora, poi mi giro con l'intenzione di fuggire via.

«Cooper», mi richiama. Mi blocco, ma non oso voltarmi. «Alcune persone costruiscono barriere che sembrano impossibili da aggirare, ma c'è sempre qualcuno che può abbatterle, se prova a farlo nella maniera giusta.»

Osservo il bicchiere caldo che tengo tra le mani e non ho idea di quale sia il numero esatto di caffè che ho bevuto durante tutto il turno. Cinque, o forse sette; non ne sono sicura. Non sono riuscita a mangiare niente, perché il mio stomaco si rifiuta categoricamente di accettare cibo solido, perciò lo zucchero contenuto nel caffè dovrebbe permettermi di non collassare mentre lavoro.

Anziché buttarmi alla ricerca della squadra di infermieri, sono rimasta con Hayden e nessuno ha reclamato il mio aiuto. Abbiamo lavorato fianco a fianco, spalla contro spalla, e la mia mente non ha fatto altro che ripercorrere le parole della signora Lee. Non riesco a liberarmi della sensazione che si stesse riferendo proprio a Hayden. Non ho prove, è solo il mio intuito a suggerire che Daisy parlasse di lui.

Non sono mai stata brava nelle relazioni, mi sento spesso a disagio in mezzo alla gente. Non ho mai desiderato tanti amici, non ho mai cercato l'amore. Non ho mai pensato di dover riempire la mia vita di persone più o meno importanti, sono una frana a gestire alcune situazioni, quindi non saprei proprio da dove iniziare per tentare un diverso approccio con Hayden. Ma vorrei farlo, vorrei riuscire a scalfire la corazza che indossa. Lui è l'unico che è riuscito ad attizzare la mia curiosità. L'unico uomo che mi piacerebbe conoscere meglio. L'unico con cui mi fermerei in un bar, davanti a un caffè caldo, per parlare anche di argomenti inutili e futili. Eppure, non riesco a sentirmi in colpa per quello che ho fatto. Nonostante una parte di me mi pregasse di non inviare il file a Cindy, alla fine, l'ho mandato lo stesso. Ho avuto però la decenza di rinominarlo ed eliminare il nome di Hayden, lasciando solo «X» come titolo.

«Basta, Coop», esordisce lui, prendendomi di sorpresa. La sua mano appare davanti ai miei occhi e mi strappa il bicchiere ancora pieno. Lo butta nel cestino con uno sbuffo e sposta lo sguardo sul mio viso.

«Basta caffè, davvero», ripete.

Non ribatto, ma gli rivolgo comunque un'occhiataccia che vale mille parole. Non riesco a non pensare a quanto il camice gli stia bene, mentre faccio scorrere gli occhi sulla sua figura slanciata. A tutti dona il camice, ma a lui di più.

«Charlotte», mi richiama, facendo un passo verso di me, «sei sicura di stare bene?»

Annuisco debolmente, senza alcuna forza; il mio corpo si muove per semplice inerzia.

«Charlotte», ripete. «C'è qualcosa che non va?» Si piega in avanti quanto basta per far arrivare i suoi occhi all'altezza dei miei.

«No. Va tutto bene.»

Non sembra convinto della mia affermazione, perciò mi costringo a sorridere e indietreggio. Averlo così vicino mi carica di agitazione e mi manda in brodo di giuggiole.

«Hai mangiato qualcosa?» chiede dubbioso, dopo aver raddrizzato la schiena.

«Sì», mento.

«Quando?»

«Poco fa.»

«Ti ho vista solo bere caffè, in realtà», commenta.

Riesce con facilità a smascherare le mie bugie. «No, non ho mangiato», ammetto. «Non mi piacciono i pasti ospedalieri e non ho intenzione di ingozzarmi del cibo dei distributori automatici. È pieno di conservanti.»

Hayden emette una debole risata. «Okay. Vai a cambiarti, allora, andiamo a mangiare qualcosa che sia commestibile e che non contenga troppi conservanti.»

Sgrano gli occhi, sorpresa. «Mi stai invitando a pranzo?»

«Uno: sono quasi le quattro del pomeriggio; tecnicamente, non è ora di pranzo», mi corregge. «Due: non farti strane idee. È solo che, in questi ultimi giorni, non sembri in forma e dubito che tu stia mangiando a dovere.»

Apro la bocca per ribattere, giusto per il gusto di farlo, ma lui mi precede. «Non controbattere, Cooper. Possiamo andare alla mostra insieme», propone. «A meno che tu non abbia altri impegni.»

Considerando che l'unico mio impegno, se non accettassi, sarebbe attendere chiusa fuori dal mio appartamento l'arrivo di Cindy, la possibilità di andare con Hayden non sembra poi così male. Non mi sta chiedendo di uscire insieme, non è un appuntamento e sarei stupida anche solo a pensare a una cosa del genere, eppure non riesco a frenare l'entusiasmo.

«No, non ho impegni», rispondo. «Verrò con te.»

Hayden sorride, e le parole della signora Lee appaiono di nuovo nella mia mente, trasformandosi in una litania continua. È più che ovvio che lui abbia innalzato un muro intorno a sé, altrimenti non sarebbe così chiuso e misterioso, però non saprei come scavalcarlo. Ho provato con le semplici domande, che lui ha aggirato come se stesse giocando al salto degli ostacoli, e, a parte la storia della morte della madre, non mi ha mai raccontato niente. Mi ha accennato qualcosa su Amy e sulla loro relazione, ma ha anche fatto capire di essere ancora innamorato di lei, in qualche modo.

«Vai a cambiarti, Cooper», ordina, poi se ne va.

Quando arrivo al quarto piano, noto Amy in lontananza. Ha la testa china su alcune cartelle e, mentre mi incammino verso lo spogliatoio, il suo sguardo saetta e si blocca sulla mia figura. Tento di ignorare le sue occhiate e di fare come se nulla fosse. Non deve essere molto piacevole per lei vedere Hayden con un'altra, ma niente giustifica il suo comportamento. E tra me e lui non esiste alcun tipo di coinvolgimento. Siamo solo colleghi.

Tuttavia, una bizzarra emozione mi serpeggia dentro quando chiudo la porta dello spogliatoio. Un senso di vittoria si impadronisce di me, ma cerco di calmare la nota d'euforia perché tutto questo è ridicolo.

Non ho vinto nulla, tra me e Hayden non c'è niente. Tra lui e Amy, invece, c'è stato qualcosa di importante.

Mi tolgo la divisa e indosso i miei vestiti. Per mia fortuna, stamattina non ho messo le prime cose che mi sono capitate a tiro come al solito, altrimenti sarei stata costretta ad andare alla mostra vestita come una che sceglie abbinamenti al buio.

Esco dallo spogliatoio e Amy non c'è più. Butto fuori un sospiro di sollievo e raggiungo Hayden, che mi aspetta davanti all'uscita principale del piano terra.

I miei occhi intercettano la signora Lee, poggiata al bancone d'ingresso, che mi osserva. Come se niente fosse, sorride e mi regala un occhiolino.

«Ma che diamine...» borbotto, distogliendo subito lo sguardo.

Quella donna mi intimorisce. Forse è a causa dei suoi modi burberi, o forse perché ho la sensazione che, se mi desse uno schiaffo, mi manderebbe al Pronto Soccorso. E no, non per lavorare, ma come paziente.

«Daisy mi inquieta», ammetto.

Hayden guarda prima me, poi lei; serra le labbra carnose in una linea rigida, come a voler trattenere una risata.

«Ti inquieta?» ripete a bassa voce.

«Molto», dico. «Tantissimo. Ha lo stesso sguardo del gatto nero assatanato di mia sorella.»

Il cielo fuori è plumbeo. Non tira vento, ma sta per piovere.

«Hai una sorella?» domanda Hayden, camminando al mio fianco.

Annuisco. «Sì, e mia sorella ha un gatto nero.»

«Un gatto nero inquietante.»

«Un gatto nero inquietante e posseduto», aggiungo, sotto il suo sguardo divertito. «Dove stiamo andando?»

«In uno dei miei ristoranti di fiducia. È qui vicino. Non apprezzo i pasti ospedalieri, proprio come te.»

«Sono contenta di non essere l'unica.»

Si stringe nelle spalle e infila le mani dentro le tasche anteriori dei pantaloni che indossa. «Solo sotto tortura mangerei quelle cose», afferma.

«I maccheroni hanno la stessa consistenza della poltiglia che cucina Cindy», continuo.

«Non credo di aver mai cucinato qualcosa di commestibile in vita mia, quindi non ho sufficienti metri di paragone disponibili.»

Oggi è più aperto al dialogo, magari è arrivato il mio momento di ricevere risposte. Ha l'espressione rilassata e, sotto questa luce grigiastra a causa del tempo, i suoi occhi sembrano aver assunto una sfumatura cupa che non si intona al suo umore odierno.

«Quindi…» Si volta per guardarmi. «Hai una sorella.»

«Sì. Si chiama Penelope. È più piccola di me.»

«Uhm.»

«Tu sei figlio unico?»

La sua espressione cambia, il suo viso si nasconde dietro un velo tenebroso.

«No», risponde a voce bassa. «Ho una sorella anche io.»

«Come si chiama?»

Sbuffa così forte che temo possa emettere fumo dalle orecchie da un momento all'altro. «Non riesci a non farmi domande?»

«Se tu mi fai domande, io rispondo. Tu, invece, ignori tutto ciò che ti chiedo.»

Si ferma davanti a un locale, senza badare alla mia affermazione e senza degnarmi di una risposta. Sulla porta in vetro è affisso il cartello con scritto APERTO e Hayden mi fa cenno di seguirlo. Il ristorante che ha scelto è piccolo, ma ben arredato. I tavoli in ciliegio sono sparsi per la sala e alcuni sono già occupati.

Una cameriera dai lunghi capelli rossi si avvicina a noi e sorride.

«Salve. Un tavolo per due, per favore», dice Hayden.

«Certo, seguitemi», replica lei.

È palese che l'attenzione di lei sia totalmente concentrata su di lui, ma non ci do peso. Conosco ormai gli sguardi che le donne gli riservano; sono abituata a quel luccichio che invade le loro iridi alla vista di Hayden.

«Quindi hai una sorella che si chiama Penelope, che ha un gatto inquietante che ti ricorda Daisy», dice lui, appena la cameriera si allontana.

Annuisco. È la terza volta che lo ripete, ma magari è un aneddoto che ritiene divertente. Apre il menu e un tremolio si espande sulle sue labbra, piegandone gli angoli in un sorriso.

«Ti tranquillizzerà sapere che Daisy non è inquietante», afferma. «Mi ha cresciuto lei.»

Spalanco gli occhi, sorpresa. Lo choc si riversa sulla mia testa come una scarica di grandine. Non avevo la minima idea del legame – a quanto pare molto stretto – che intercorre tra Hayden e la signora Lee.

«Non fare quella faccia, Coop», commenta, continuando a sorridere. È subdolamente divertito. «So che Daisy ha dei modi un po'… rudi, ecco, ma posso assicurarti che è una brava persona.»

Richiude il menu e lo appoggia al centro del tavolo. Io, invece, desidero una pala per scavarmi una fossa e sotterrarmi.

«Certo, i suoi modi di fare incutono timore alla maggior parte delle persone, perciò è comprensibile che tu ti senta terrorizzata in sua presenza. Ma, sul serio, è fantastica», conclude.

Mi riapproprio della capacità di parlare e abbasso gli occhi sul mio menu. «Scusa», mormoro.

Hayden ridacchia e in questo momento gli ficcherei volentieri qualcosa in bocca per farlo stare zitto.

«Non scusarti. Sono in pochi a saperlo. Anzi, forse solo Amy è a conoscenza di questo particolare.»

La mia curiosità prende di nuovo il sopravvento e perdo tutta la voglia di guardare il menu.

«E chi gliel'ha detto?» domando.

«Daisy. Non ha mai sopportato Amy. Forse voleva solo farle paura.»

«Penso ci sia riuscita», borbotto. «Cioè, senza offesa, ma a me inquieta.»

«Nessuna offesa, tranquilla.»

La cameriera torna al nostro tavolo e si concentra su Hayden con un sorriso a trentadue denti. Lui non ci fa caso; afferra i menu e glieli porge.

«Pollo ai ferri e insalata a parte, per favore», dice.

La ragazza segna sul bloc-notes l'ordine e si volta a guardare me.

«La stessa cosa», affermo. «E una Coca Cola, grazie.»

«Due, ma senza caffeina», conclude Hayden.

«Va bene», cinguetta lei, poi sparisce.

Lui appoggia il viso sul palmo della mano e mi fissa, divertito. Oggi è davvero di buonumore, non posso lasciarmi sfuggire quest'occasione. Non l'ho mai visto sorridere così tante volte in poche ore e probabilmente non si rende conto di quanto ciò accentui la sua bellezza. Quando lo fa, infatti, due tenere fossette fanno capolino sulle sue guance.

«Non te ne sei accorto?» domando di getto, imitando la sua posizione.

«Di che cosa?» chiede a sua volta.

«Delle occhiate che ti ha lanciato la cameriera.»

Avrei dovuto stare zitta, perché la mia voce ha assunto una sfumatura di irritazione palese.

«No. Davvero?»

Annuisco. Voglio metterlo un po' alla prova.

«Ovviamente me ne accorgo», replica poi. «Quasi sempre. Conosco anche il nomignolo ridicolo che mi hanno affibbiato in ospedale.» Si prende il mento tra l'indice e il pollice. «Com'era? Dottor…»

«Dream», lo anticipo. «Dottor Dream, Hayden. È così che ti chiamano.»

«Lo so, volevo solo fartelo dire», afferma.

«All'inizio ero convinta che fosse il tuo vero cognome.»

«Oh, me ne sono accorto. 'Proprio educato questo dottor King'», dice, imitando la mia voce. Si sta riferendo al nostro primo incontro nello studio.

La cameriera ritorna da noi e posa due piatti fumanti sul tavolo, insieme alle bevande. Lancia un'ultima occhiata a Hayden che comunque continua a far finta di niente e, dopo aver sospirato, va via. Soffoco una risata mordendomi il labbro inferiore. Non capisco cosa diamine mi prenda ultimamente. D'altronde, tra me e lui non c'è niente, e dovrei stamparmelo a caratteri cubitali nella mente.

«Charlotte, mangia», mi incita lui. «Hai l'aria di una che non dorme e mangia da giorni.»

«Ed è così», mormoro, giocherellando con la forchetta.

«Cosa?»

Ho di nuovo spiattellato informazioni che avrei dovuto tenere riservate. «Sto bene. Scherzavo. Dormo e mangio», mi affretto ad aggiungere.

«Non sembra.»

«Ma è così», insisto, «te lo giuro. Sono solo stanca.»

Non ho mai avuto la necessità di dire bugie in vita mia, ma questa è la giusta occasione per tirarle fuori. Non posso raccontargli quello che mi sta accadendo, proprio come non posso dirgli del file che ho inviato a Cindy. Ho sorpassato il confine tra ciò che è giusto e ciò che non lo è, ne sono consapevole.

«Cazzo, ma questo pollo non è cotto bene», borbotta Hayden, allontanando il piatto.

«Il dottor Dream che dice una parolaccia», scherzo. «Appendete i cartelloni per tutta Boston.»

Beve un sorso della sua bevanda e corruga la fronte. Si passa la lingua sul labbro inferiore e rimango incantata dal movimento.

«Pensi che io non dica parolacce?»

«Hai detto: 'culo'. Una sola volta», gli ricordo. «Pensavo che le parolacce non rientrassero nel manuale del buon costume del medico super figo.»

Quando mi accorgo delle parole che sono appena uscite dalla mia bocca, sgrano gli occhi e tossicchio. Hayden ha colto al volo la mia affermazione ed esibisce uno strano sorrisetto.

«No, merda, non intendevo…» farfuglio. «Cioè, volevo dire…»

Punta i gomiti sul tavolo e si spinge verso di me. Rimango immobile, il suo viso si avvicina al mio ed elimina la distanza tra noi. I suoi occhi incatenano i miei, incapaci di spostare la loro traiettoria. E, ancora, l'adrenalina mi invade in fiumi di lava che si espandono sotto la pelle.

«Charlotte», sussurra. Mi sudano le mani. «Sono molto più volgare di quanto tu creda.»

Riacquisto la capacità di muovermi e rivolgo lo sguardo verso il mio piatto. Odio l'effetto che mi fa quest'uomo.

Mai più parlare con Hayden senza aver prima contato fino a dieci, ho afferrato.

15

«Cooper, rallenta», mi avverte Hayden, mentre percorriamo la strada verso la mostra.

Dopo aver terminato il nostro pranzo, Hayden è passato a casa sua per cambiarsi i vestiti e io l'ho aspettato in macchina, rifiutando il suo invito a seguirlo perché non avrei retto altri momenti imbarazzanti. Alla fine, poi, ha fatto guidare me, ma non è molto contento di avermelo concesso.

«Cooper, stai correndo troppo», continua. Non sto correndo, sono entro i limiti di velocità.

«Cooper, cazzo, rallenta!» urla.

Gli lancio un'occhiata fugace e noto che tiene stretto il freno a mano, e forse dovrei ricordargli che, se lo tirasse davvero, la macchina slitterebbe sull'asfalto bagnato.

Decelero gradualmente. «Contento?»

«Se tu evitassi di sfrecciare in giro, te ne sarei grato», ribatte.

«Stavo andando a quaranta all'ora», puntualizzo.

«A novanta, Coop. Non a quaranta.»

Guardo confusa il tachimetro e stringo gli occhi per mettere a fuoco: adesso, in effetti, sto andando a cinquanta.

«Avevo letto quaranta», sussurro, scuotendo la testa. «Ero distratta, scusa.»

«Me ne sono accorto, ecco perché ti ho detto di rallentare», replica, passandosi una mano tra i capelli. «La strada è bagnata, non puoi correre ed essere distratta nello stesso momento.»

«Lo so.»

Sono poco concentrata a causa della stanchezza. Una nota positiva, però, c'è: domani avrò il turno di pomeriggio, e questo significa che stanotte potrò tentare di dormire decentemente.

«Svolta a destra al prossimo incrocio; la mostra è lì», mi informa.

Faccio come mi ha detto e rallento in prossimità di un cartello affisso fuori da un ampio portone: MOSTRA FOTOGRAFICA, PEGGY HILL.

Dato che le manovre per parcheggiare non sono mai state il mio forte e l'ultima cosa che voglio è distruggere qualche auto facendo retromarcia, trovo un posto vuoto più avanti e mi infilo.

«Perché non hai parcheggiato lì?» domanda Hayden una volta fuori dall'abitacolo, mentre indica un parcheggio poco lontano.

«Ti avrei rovinato la macchina.»

Dall'espressione inquieta che appare sul suo volto, capisco di aver fatto bene a non essermi neanche avvicinata a quel parcheggio troppo stretto. Raggiungiamo in silenzio il portone principale e Hayden mi fa cenno di entrare prima di lui.

C'è una sala di media grandezza che si affaccia su due corridoi ai lati opposti. Le pareti chiare sono costellate di fotografie; molte in bianco e nero, altre a colori.

Mi è sempre piaciuta la fotografia, ma non sono mai stata brava a immortalare attimi. Proprio come mi piace la pittura, ma sono una frana a dipingere.

Mi avvicino a una gigantografia di un cielo stellato e mi fermo per studiare minuziosamente i dettagli. Ricordo che da bambina adoravo guardare le stelle; mio padre mi aiutava a salire sul tetto e, insieme, passavamo ore ad ammirare il tappeto scuro che troneggiava sulle nostre teste.

«Questa mi piace», dice Hayden.

Lo guardo per qualche secondo e torno a concentrarmi sull'immagine.

«Anche a me. Molto», affermo. «Da bambina speravo sempre di vedere le stelle cadenti per esprimere un desiderio.»

«Lo faceva anche mia sorella e mi costringeva a farlo con lei. Era affascinata dalle stelle; vedeva in loro la libertà. Non so perché.»

«A me fanno pensare alla grandezza e all'ignoto», ammetto,

spostando i capelli su una spalla. «La libertà è una cosa troppo scontata.»

Il silenzio che si instaura tra di noi mi obbliga a guardare Hayden con la coda dell'occhio. Come accade spesso quando dico qualcosa che a lui non piace, il suo umore cambia in modo repentino. Non c'è più traccia della spensieratezza che lo ha accompagnato per tutto il giorno.

«No, Coop. La libertà non è una cosa scontata.»

Ecco che torna alla carica il presentimento che le sue parole nascondano qualcos'altro.

«Hayden…» sussurro, facendo finta di osservare la foto per la quale ho perso interesse. «Quanti anni ha tua sorella?»

«La mia stessa età. Siamo gemelli.»

E ovviamente non mi rivelerà gli anni esatti della sorella perché, a quel punto, arriverei anche ai suoi.

«Come si chiama?» continuo, nonostante lui abbia già evitato di rispondere a questa precisa domanda.

«Isabelle. Si chiama Isabelle», risponde, con lo sguardo puntato sulla fotografia.

Isabelle. Isabelle King. Isabelle e Hayden King. Non suona male.

Non capisco perché abbia impiegato così tanto a rispondere, ma cerco di non dar troppo peso alla cosa; d'altronde, parlare con lui della sua vita privata è un po' come impugnare un paio di pinze chirurgiche e cercare di estrapolargli informazioni con la forza. In ogni caso, rispetto alle prime settimane, si è aperto con me; mi ha raccontato della morte di sua madre e, ora, della sorella. Sono piccoli dettagli che, piano piano, compongono il puzzle. Tuttavia, quando riesco a sistemare un tassello al suo posto, mi rendo conto della mancanza degli altri.

Distolgo lo sguardo e, quando intercetto una fotografia che ritrae una mano maschile, mi avvicino, incuriosita e ammaliata. Studio ogni particolare, dalla leggera peluria alle vene in bella mostra.

«Questa è senza senso», afferma Hayden.

«Le vene», dico, indicando la foto. «Io amo le vene in bella vista.»

Solleva un sopracciglio. «Per quale motivo?»

«Non lo so, ma mi viene voglia di prelevare il sangue.»

Hayden butta la testa all'indietro e scoppia a ridere. Ride veramente di gusto, come se avessi appena raccontato la più divertente delle barzellette. Le due fossette adorabili che possiede fanno la loro comparsa e gli scavano le guance. Se avessi più confidenza con lui, ci infilerei dentro le dita.

«Perché stai ridendo?» chiedo, con gli occhi ridotti a due fessure.

«Questa è la cosa più inquietante che io abbia mai sentito», commenta divertito. «A chi diamine verrebbe in mente una cosa simile?»

«Ehi, sono pur sempre un'infermiera!» protesto. «E sai cosa facciamo noi infermieri? Prelievi. Facciamo più prelievi che pasti quotidiani. I prelievi sono la parte più importante della nostra vita.»

Stringe le labbra e si mordicchia l'interno della guancia, nel vano tentativo di darsi un contegno, ma alla fine mi guarda negli occhi e scoppia di nuovo a ridere.

«Hai detto una cazzata dopo l'altra», dice, in un attimo di pausa.

«A me piace fare prelievi.»

Si ricompone in un battito di ciglia. «A me piace fare ecografie, ma non direi mai che sono la cosa più importante della mia vita.»

«E cos'è, allora?» ho il coraggio di chiedergli.

Schiocca la lingua sul palato e sfodera una smorfia che è un misto tra divertimento… e qualcos'altro.

«Ce ne sono tante, ma non è la giusta sede per discuterne. Fidati di me.»

Non voglio cogliere il doppio senso della frase, che magari è solo frutto della mia immaginazione, perciò mi allontano da lui e passo in rassegna le altre fotografie. Ne noto una, in bianco e nero, che attira la mia attenzione. È stata scattata fuori da un pub di Boston. I ricordi appaiono davanti ai miei occhi e mi lascio sfuggire un sorriso.

Hayden mi raggiunge.

«Conosco questo posto», affermo.

«Sì?»

«Lo frequentavo con il mio ex ragazzo», spiego, sollevando una mano per toccare con l'indice i bordi della foto. «Tempo fa, comunque.»

«Quindi non state più insieme?»

«Ho detto ex per un motivo.»

Stavolta è lui a sembrare incuriosito dalle mie parole. «Ho capito, ma… da quando non state più insieme?»

«Da febbraio.»

«Febbraio», ripete, come se questo particolare avesse importanza.

«Sì, febbraio», confermo.

Camuffa di nuovo la sua espressione, lasciando che l'indifferenza prenda il sopravvento. «Ma stai sorridendo», sentenzia. «E hai sorriso mentre guardavi la foto.»

«I ricordi non mi fanno soffrire; anzi, mi fanno sorridere. Abbiamo rotto di comune accordo, non provo rancore per Johnny.»

«Non mi piacciono le coppie che dicono di essersi lasciate di comune accordo. Sminuiscono la storia d'amore.»

Non ho mai visto la fine della mia relazione sotto questa prospettiva. Il batticuore non c'era più già da tempo prima della rottura, ma ciò non significa che io non l'abbia amato; proprio come sono sicura che lui, a modo suo, mi abbia amata.

«Non credo, invece», ribatto. «No. È la realtà. Ci sono coppie che si lasciano per tante cose. Incomprensioni, tradimenti, l'amore che svanisce, caratteri incompatibili…»

«Questo è il punto», prosegue. «L'amore che svanisce è la vera motivazione delle coppie che si lasciano di comune accordo. Non me ne intendo in fatto di relazioni, ma sono convinto che sia così. E non credo ai caratteri incompatibili.»

«Ah, e perché no?»

Arriccia le labbra, pensieroso. «Coop, i caratteri sono spigolosi. Nessun carattere si incastra perfettamente a un altro. Se non sei capace di smussare i tuoi angoli, come puoi far funzionare una relazione?»

Le sue parole mi lasciano di stucco e non per il significato. «Aspetta… hai detto che non te ne intendi?» ripeto. «Hai avuto una relazione con Amy.»

«Sì, è vero», conferma, annuendo. «Ma non ho mai detto di averla amata.»

Si allontana da me, dirigendosi verso un'altra foto affissa alla parete. Ripenso a quella sera, a casa sua, quando ha accennato alla sua storia con Amy. Pensavo provasse ancora qualcosa per lei e che l'avesse lasciata per altri motivi.

All'improvviso, vengo investita da un tornado di sollievo che mi strappa un sospiro. È come se mi fossi appena liberata di un fastidioso nodo alla bocca dello stomaco.

Guardo la schiena di Hayden, i miei occhi percorrono liberi la linea delle sue spalle, poi scendono e scivolano sulle sue braccia, marchiando a fuoco ogni curva nella mia mente.

Scuoto la testa e faccio qualche passo verso di lui, ma Nick mi appare davanti.

«Charlotte!» esclama.

Gli sorrido. «Ciao, Nick.»

Una donna sulla trentina si avvicina. Ha i capelli castani e gli occhi celesti. È smilza, alta poco meno di me. Riconosco la somiglianza con Nick e le porgo la mano.

«Tu devi essere Peggy.»

Lei sorride e ricambia la stretta. «Sì, sono io», conferma. «E tu devi essere la ragazza di Hayden.»

Il mio sguardo intrappola quello di Nick e inarco un sopracciglio. «Non siamo una coppia», chiarisco, con tono nervoso.

«Oh», mormora lei, con un cipiglio confuso. «Nick ha detto...»

«Un cazzo», si intromette lui, spintonando via la sorella. «Non ho detto un cazzo. Voi artisti avete un modo tutto vostro di interpretare le cose.»

Provo a complimentarmi con Peggy per le foto, ma Nick sembra avere all'improvviso fretta. «Grazie per essere qui, Charlotte, ci vediamo dopo.» Trascina via la sorella e si allontana.

Cerco Hayden con lo sguardo, ma non lo trovo. Ricordo di averlo visto proprio davanti a me, pochi minuti fa, ma deve essersi spostato per guardare altre fotografie.

Imbocco uno dei due corridoi e finalmente lo vedo, però mi immobilizzo e trattengo il fiato perché non è da solo. Con lui, infatti, c'è Amy. Lei sta sorridendo e lui sta dicendo qualcosa; a differenza di quando è con me, ora è rilassato, a suo agio con la sua ex ragazza, mentre parla e gesticola.

Per fortuna, riesco a indietreggiare senza farmi notare e filo via verso l'altro corridoio. Magari Hayden non è mai stato innamorato di Amy, ma lei sì e lo è ancora. Riconosco gli occhi dell'amore quando li vedo e una mia intromissione servirebbe solo a caricare Amy di altro astio nei miei confronti.

Vorrei poter dire che non mi importa, che la visione di loro due insieme non abbia sortito alcun effetto su di me, ma non è così. Sono consapevole delle mie emozioni, nonostante abbia sempre cercato di tenerle a freno. Di rado ho concesso alle mie debolezze di trasportarmi chissà dove. Hayden mi attrae a livello fisico, ma attrae parecchie altre donne, purtroppo. Non sono gelosa, non ho motivo di esserlo dato che tra me e lui non c'è nulla, ma continuo a maledire mentalmente Amy.

L'irritazione mi graffia il petto solo perché si tratta di Amy, la stessa persona che, al compleanno di Nick, mi ha quasi imposto di stare lontana da Hayden. Sì, è senza dubbio per questo, non c'è altra spiegazione logica.

«La foto di una pistola», annuncia una voce. «Interessante.»

Sobbalzo e mi volto, mandando indietro la marea di pensieri che vorrei soffocare e dimenticare.

«Marcus?»

«Già, proprio io. Ciao, Charlotte.»

Sono sorpresa di trovarlo qui. Mi regala un sorriso smagliante, la dentatura bianca e perfetta si intravede tra le labbra piene.

«Cosa ci fai qui?» chiedo, sorridendo a mia volta.

«Quello che fanno tutti i presenti, presumo.» Indica le altre persone intorno a noi. «Osservo.»

Smetto di fissarlo e mi concentro sulla foto. Ritrae una pistola appoggiata al centro di un lenzuolo bianco e stropicciato, con accanto un pacchetto di sigarette, un taccuino nero e un bicchiere per metà pieno di qualche liquore scuro.

«Strana scelta. Non trovi?» domanda Marcus.

«Sì», confermo. «Non so, la pistola stona con il resto. Ma è una mia opinione, io non mi intendo di fotografia.»

«Neanche io, però, più che la pistola stona il lenzuolo bianco.»

«È possibile, sì», rispondo.

Entrambi passiamo alla foto successiva che raffigura una bambina addormentata che stringe un orsetto di peluche.

«Mi ero ripromesso di passare all'ospedale, ma tra una cosa e l'altra non ci sono riuscito», dice d'un tratto.

«Oh, non ti preoccupare. Non importa.» Mi sono quasi dimenticata della sua esistenza, in realtà, ma dirglielo sarebbe poco carino.

«Sì che importa, invece.»

Ci avviciniamo a un'altra fotografia, in bianco e nero, che ritrae una stanza vuota con le pareti tappezzate di fogli immacolati.

«Avevo intenzione di chiedere di te o direttamente il tuo numero di telefono, ma non conosco il tuo cognome», continua, incrociando le mani dietro la schiena.

«Cooper», rispondo di getto. «Charlotte Cooper. E nessuno ti avrebbe dato il mio numero per la questione della privacy.»

Osservo la foto, senza prestare molta attenzione a Marcus, e la mia mente torna per un attimo da Hayden. Chissà se è ancora con Amy o se mi sta cercando.

No, impossibile. Questo posto non è immenso; se mi stesse cercando, mi avrebbe già trovata. Magari sta passando dei momenti piacevoli in compagnia della sua bellissima ex ragazza. Perché dovrebbe liquidare lei per stare con me? È una partita già persa in partenza, e io sono la perdente.

Un improvviso gusto amaro si riversa dentro la mia bocca e arriccio le labbra. Basta, devo smettere di pensare a quello che fa Hayden. Non mi deve interessare, non sono affari miei.

«Cooper», ripete Marcus. «Sì, ti si addice.»

Scaccio via l'immagine di Hayden dalla mia testa come se fosse una mosca fastidiosa e guardo il ragazzo al mio fianco.

«I cognomi si addicono alle persone?»

Lui scrolla le spalle. «Non lo so, ma a te sta bene il tuo.»

«Be', allora grazie», dico, mentre avanzo verso un'altra fotografia.

«Prego.»

Occhieggio il corridoio senza farmi notare da Marcus. La fiammella di speranza che Hayden appaia da un momento all'altro è difficile da spegnere. Non posso rivendicare la sua attenzione, ma sono sicura che, se non ci fosse Amy, ora starebbe parlando con me.

Dio, quanto sono patetica.

«Allora, Cooper», prosegue Marcus. Siamo arrivati all'ultima foto, che ritrae una donna sdraiata su un materasso senza lenzuola; i capelli formano un'aureola dello stesso colore del carbone, e gli occhi azzurri puntano l'obbiettivo.

«Riuscirò stavolta ad avere il tuo numero di telefono?»

«Il mio numero di telefono?» ripeto, corrugando la fronte.

«Sì, il tuo numero di telefono. L'altro giorno sei scappata via senza darmi il tempo di chiedertelo. E mi piacerebbe rimanere qui, ma...» Si blocca e guarda a destra e a sinistra del corridoio. «Devo davvero andare via. Sono... stanco.»

Anche io vorrei tornare a casa. Hayden è impegnato con Amy e non ho voglia di disturbarlo. Faccio fatica anche a reggermi in piedi e devo riposare. Oltretutto, non vedo l'ora di parlare con Cindy per avere notizie del file.

«Sì. Va bene. Solo… ti dispiacerebbe darmi un passaggio a casa? Sono venuta qui con un amico, ma non voglio disturbarlo.»

Marcus sorride. «Sì, non c'è problema. Seguimi.»

Di Hayden non c'è traccia e neanche di Amy. Penso siano ancora nell'altro corridoio e trattengo l'impulso di andare a controllare. Non sono affari miei.

Esco dall'edificio e cammino vicino a Marcus. Il sole sta calando, la temperatura si è abbassata e l'asfalto è ancora bagnato a causa della pioggia che ha smesso di cadere un'ora fa.

«La mia macchina è dietro l'angolo», dice Marcus.

Lo seguo e raggiungiamo un'auto grigia. Non sono brava a riconoscere le auto, ma la sua deve essere costata un occhio della testa.

All'improvviso, mentre aggancio la cintura, un particolare ricordo mi solletica la mente. «Hai detto di aver frequentato la stessa università di Hayden King.»

«Sì, l'ho detto. Perché?» domanda, dopo aver lasciato il parcheggio.

«Conosci la sua età?» chiedo di slancio.

«Penso…» mormora, assottigliando le palpebre. «Sì, credo sia più piccolo di me. Di qualche anno, presumo. Credo abbia circa ventisette o ventotto anni, ma non ne sono sicuro.»

Un'altra mia curiosità è finalmente soddisfatta. Sospettavo già che Hayden fosse molto giovane, si è laureato in anticipo. In effetti, ventisette o ventotto anni gli calzano a pennello.

«Svolta a sinistra al prossimo semaforo», dico a Marcus.

«Perché mi hai chiesto la sua età?»

Faccio spallucce, fingendo indifferenza. «Così.»

«Non avresti potuto chiederla a lui?»

«Non mi è mai passato per la testa, sinceramente», mento. Non posso dirgli che, in realtà, gliel'ho chiesto almeno una volta ogni tre giorni.

Marcus non commenta, ma il suo sguardo cambia.

«Svolta di nuovo a sinistra. Abito lì», affermo.

Spero che Cindy sia già rientrata. Non ho le chiavi di casa e non voglio rimanere sola dopo gli ultimi avvenimenti. So che, se dovesse succedere qualcosa, Cindy non sarebbe molto d'aiuto, ma due persone sono meglio di una.

«Ecco il palazzo», dico a Marcus.

Parcheggia l'auto e spegne il motore.

«Grazie», continuo, sorridendo.

«Prego», risponde. «Ora, però, dovresti darmi il tuo numero.»

Annuisco e lui tira fuori il suo cellulare dalla tasca anteriore dei jeans. Digito il mio numero e lo salvo in rubrica, poi gli restituisco il telefono.

«Sai, stavo pensando… Domani potremmo andare da qualche parte.»

«Mi piacerebbe, ma stacco tardi. Alle dieci o alle undici circa, dipende.»

«Va bene anche a notte fonda. Potrei…» Si prende il mento tra l'indice e il pollice, pensieroso. «Sì, potrei portarti al pub di un mio amico. C'è musica dal vivo e si gioca a biliardo.»

«Non so giocare a biliardo», ammetto.

«Il sottoscritto sarà lieto di insegnartelo», ammicca, indicando se stesso.

L'idea di uscire in piena notte non mi allieta, ma non voglio rifiutare perché è stato gentile a riaccompagnarmi a casa.

«Va bene.»

«Perfetto! Immagino che dovrò passarti a prendere fuori dall'ospedale.»

Annuisco mentre sgancio la cintura di sicurezza.

«Per le undici?» chiede.

«Sì. A domani, allora.»

«A domani, *Coop*.»

Mi immobilizzo con un piede fuori dall'auto. Solo Hayden mi chiama così, nessun altro l'ha mai fatto. È bizzarro e, per qualche strano motivo, detto da Marcus non mi piace. Stona.

Faccio finta di niente, lo saluto e scendo dalla macchina che riparte qualche istante più tardi. Il mio cellulare emette un trillo e lo sfilo dalla borsa. Lo schermo segna un nuovo messaggio e non sono sorpresa.

HAYDEN: Posso sapere che fine hai fatto?

Non riesco a trattenere un sorriso perché si è finalmente accorto della mia assenza, ma procedo con il mio patetico tentativo di non lasciarmi trasportare dalle emozioni e alzo gli occhi al cielo.

Charlotte: Mi dispiace non averti avvisato, ma ho incontrato un amico e sono tornata a casa. Non volevo disturbarti.

Butto il cellulare dentro la borsa. Una folata di vento smuove i miei capelli, che fluttuano fino a coprirmi gli occhi, e alcune gocce mi colpiscono la testa. Mi piace la pioggia, ma non quando mi cade addosso.

Aggancio i capelli con le mani e li sposto con forza dietro la schiena. Quando sollevo lo sguardo, il cuore mi scivola nello stomaco. Avvolta dalla flebile luce del tramonto, una sagoma è ferma al centro del marciapiede opposto. Un cappuccio nero le copre il viso, proprio come la notte scorsa.

La persona fa un passo avanti e mi si gelano le vene. Sembra mi stia fissando; anzi, ne sono sicura.

Ci sono pochi metri di distanza tra me e la figura incappucciata.

Alcune macchine parcheggiate coprono la mia visuale, privandomi della possibilità di vederla bene. Si avvicina, fa un altro passo nella mia direzione e, d'istinto, indietreggio, mentre brividi di paura fanno fremere il mio corpo. Dovrei fare dietrofront e scappare verso il portone del palazzo, ma non so quanto sia giusto dare le spalle a quella persona. Per quanto ne so, potrebbe volere qualsiasi cosa.

Il mio cellulare squilla di nuovo, ma lo ignoro.

Lo sconosciuto ora è fermo e noto che mantiene le mani dentro le tasche della felpa. Faccio un altro passo indietro, impercettibile e silenzioso.

Accade tutto in pochi istanti: una macchina passa sulla strada, si intromette tra me e l'incappucciato, dandomi la possibilità di arrivare fino al portone. L'auto mi oltrepassa e… la persona è sparita.

La paura e l'adrenalina mi si schiantano addosso con la forza di un ciclone e scatto verso il citofono. È tutto confuso, non riesco a ragionare, e le mie dita tremanti premono il pulsante.

Per fortuna, Cindy è in casa e sento il rumore familiare del portone che viene aperto. Mi fiondo dentro e corro su per le scale a perdifiato. Entro nell'appartamento e spingo la porta con entrambe le mani, mi lancio in casa e chiudo l'uscio.

Non so cosa diamine stia succedendo, ma ho paura. Non sono una visionaria: quella persona mi stava davvero osservando.

Ma chi è? Perché era qui? Cosa vuole da me?

Mi passo una mano tra i capelli; frustrata, impaurita, inquieta, con il cuore che segue un ritmo irregolare, mi allontano dalla porta come se fosse fatta di lava.

«Char!» esclama Cindy alle mie spalle. Soffoco un grido di terrore.

Me la ritrovo davanti, con la fronte corrugata e la testa piegata, che mi fissa. Indossa già il pigiama e mi squadra dalla testa ai piedi, poi i suoi occhi mi trafiggono.

«Stai bene?» chiede dubbiosa, appoggiando le mani sulle mie spalle.

Non posso dirle cosa sta accadendo. Mi potrebbe prendere per paranoica e non voglio allarmarla. Incamero un bel po' d'aria e sfuggo dal suo tocco. Cerco di sorridere nonostante tutto e annuisco.

«Sì, sì, sì», balbetto. «Tutto bene, davvero.»

«Non sembra», sentenzia.

Mi affloscio sul divano, i capelli umidi a causa della pioggia si sono appiccicati sul mio viso e li spedisco indietro. Mi tocco le guance, che sono diventate roventi.

«Sono stanca», mento. Mi volto verso di lei e tento di sorriderle come si deve. «Sono solo stanca.»

L'adrenalina sta calando in picchiata e la visuale si appanna; così, chiudo gli occhi e respiro a fondo. Sento che potrei svenire da un momento all'altro, ma continuo a respirare. Poso una mano all'altezza del cuore, poi riapro gli occhi.

«Sei ubriaca?» domanda Cindy, sedendosi vicino a me.

Le lancio un'occhiataccia. «No, assolutamente no. Ti sembro ubriaca?»

«No.»

Sospiro di nuovo e scuoto la testa. Scalcio via le scarpe e stringo le ginocchia al petto.

Ho paura. Sono terrorizzata. Eppure, continuo a scavare nella mia mente alla ricerca di una spiegazione plausibile, ma non trovo niente di sensato.

«Guarda un po'», annuncia Cindy, sventolando davanti al mio naso un piccolo aggeggio. È una chiavetta USB.

«A cosa serve?» domando.

«Contiene il file», risponde fiera. «Ho fatto sesso con quell'idiota per convincerlo a darsi una mossa. All'inizio, mi aveva detto che avrebbe impiegato più di una settimana per decriptarlo. Anzi, non ha utilizzato neanche questo termine, ma uno che non ricordo, perciò non chiedermelo perché è roba da nerd. A ogni modo, il grande potere dell'orgasmo l'ha fatto ragionare, ed ecco qui il tuo file.»

Ecco perché è la mia migliore amica: le basta una frase per stemperare qualsiasi atmosfera cupa. Di solito, dice anche cose che non pensa davvero. Cindy, in fondo – molto in fondo, in meandri lontani e inaccessibili – è dolce e tenera.

«Tu sai proprio come essere persuasiva», la prendo in giro, ridacchiando. «E smetti di insultare il tuo amico. Ci ha fatto un favore.»

«Dai, controlla. Usa il mio computer, è acceso.»

Raggiungiamo entrambe la sua stanza e mi siedo davanti alla scrivania, mentre Cindy inserisce la chiavetta nel computer. Tutto questo è sbagliato, non mi sento neanche pronta, ma non posso tirarmi indietro adesso.

Si apre una schermata. C'è solo un file all'interno. «X», come l'ho rinominato io.

«Tu l'hai già controllato?» domando a Cindy.

«No», risponde. Giro la testa per guardarla e lei capisce. Solleva le mani e si butta sul letto. «Vorrei farti mille domande, sul serio.»

«Non posso dirti niente.»

«Stronza. Non sei nemmeno riconoscente. Guarda che ho dovuto...»

«Cindy, tu non vai a letto con qualcuno per semplice carità. E quel tizio ti piace», le ricordo.

«Mi piaceva fino alla settimana scorsa. Ora mi piace il ragazzo che è stato assunto nello studio in cui lavoro. È un gran figo.» La sento sospirare. «Sì, in effetti è stato bello fare sesso con lui. Steven non è male, ma abbiamo aspettative diverse. Mi ha chiesto di uscire, ma ho rifiutato. Sai che non...»

«Non vuoi relazioni», la anticipo, terminando la frase al suo posto. «Lo so, lo so.»

Clicco sul file, che contiene otto pagine. La prima che appare è bianca. Scorro con il mouse, arrivando alla seconda. È bianca anche questa, ma c'è un numero segnato sotto: 901020.

Mi sento come se stessi ficcando il naso in qualcosa di top secret. Butto fuori l'aria e arrivo alla terza pagina.

Un nome. C'è solo un nome.

«Cindy», la richiamo, facendole cenno di avvicinarsi.

Non capisco.

«Sì?»

«Ci deve essere un errore», mormoro.

Rileggo il nome per l'ennesima volta.

«Perché?» domanda.

Non è Hayden.

«Io non conosco nessun Daniel Price», sussurro.

Non capisco. Perché c'è questa persona nel file di Hayden?

«Char, io ho consegnato a Steven il file che mi hai inviato. Non può essere sbagliato.»

«Deve esserlo», ribatto, mentre fisso la schermata. La pagina, a parte quel nome, è vuota. «Non è lui. Non conosco questo tizio.»

«Charlotte, io credo...»

Un suono stridulo e fastidioso rimbomba nel nostro appartamento ed è talmente forte che entrambe ci tappiamo le orecchie con le mani.

«È l'allarme antincendio, cazzo!» grida Cindy, scattando verso la porta.

16

«Ma che diamine sta succedendo?» chiedo a Cindy, sollevando la testa verso l'edificio.

L'allarme che continua a suonare è quello dell'antincendio generale. Cindy e io ci siamo precipitate fuori dal palazzo e, con noi, anche la famiglia del piano superiore insieme al signor Roth, un altro inquilino.

«Non lo so. Io non ho visto il fumo di un incendio comunque», risponde lei.

In effetti, mentre percorrevo le scale, non mi è parso di notare niente di anomalo. Sembra tutto nella norma anche dall'esterno.

«Niente fumo all'ultimo piano», aggiunge il signor Roth, passandosi una mano sulla barba grigia.

«Aspetta!» esclama Cindy. «E Daisy? È ancora dentro?»

Scuoto la testa, senza sapere cosa rispondere. Cindy fa per dire qualcosa, ma i suoni delle sirene catturano la nostra attenzione: una macchina della polizia e un camion dei vigili del fuoco si fermano di fronte all'edificio. Il primo a scendere è Joe, che punta subito gli occhi su di me e la sorella. È sospettoso, forse crede che sia colpa nostra; non posso dargli torto o arrabbiarmi, perché siamo due disastri ambulanti e abbiamo combinato una sfilza di guai, da quando ci conosciamo. Gli abbiamo distrutto un motorino un'estate di sette anni fa e ancora fatica a perdonarci.

«Incendio?» chiede Joe.

«Non lo so. L'allarme suona da circa dieci minuti», spiego.

«Joe, forse c'è una donna dentro il palazzo. Dovresti dare un'occhiata», si intromette Cindy.

Il fratello annuisce e fa cenno ai vigili di seguirlo. Il gruppetto si muove verso il portone d'ingresso, ma questo si apre e rivela la signora Lee.

«Scusate», annuncia a gran voce, sollevando le mani in aria. «Volevo scongelare una pizza, ma l'ho lasciata troppo tempo in forno. Il fumo deve aver fatto scattare l'allarme.»

Dei sospiri di sollievo riempiono l'aria intorno a noi e Daisy si avvicina a Joe.

«Sicura che sia per quello?» le domanda lui.

«Assolutamente sì. Andate a controllare, se non mi credete», risponde.

Joe e alcuni uomini entrano comunque nel palazzo e Cindy si siede sul marciapiede, in attesa. Io sono ancora scalza e sento le calze umide a causa dell'asfalto bagnato.

«È tutto in ordine. Potete rientrare nelle vostre abitazioni», annuncia Joe, spalancando il portone dopo qualche minuto.

«Ve l'avevo detto», interviene Daisy, incrociando le mani dietro la schiena. «Scusatemi, cercherò di stare più attenta la prossima volta», dice poi, in direzione della famiglia Collins e del signor Roth.

Joe osserva gli inquilini rientrare nell'edificio, poi si avvicina a noi.

«Falso allarme, ragazze», afferma. «Potete rientrare anche voi.»

Cindy sbuffa e si alza in piedi. «Grazie, fratellone», risponde. Mi acchiappa per un polso e mi trascina dietro di sé.

Rientriamo nel nostro appartamento. La porta è ancora aperta, come l'abbiamo lasciata prima di precipitarci fuori. Per fortuna, dato che nessuna di noi ha avuto l'accortezza di portare le chiavi.

«Dovrebbero seriamente sistemare questo allarme. Deve suonare per il fuoco, non per il fumo», sbotta la mia amica.

«Il fumo è comunque un segnale. Torniamo in camera, finiamo di controllare quel file.»

«Stavi dicendo che è sbagliato», mi ricorda, trotterellando al mio fianco.

«Sì, penso ci sia un errore», confermo, mentre mi siedo sulla sedia. «Non conosco nessuno con quel nome.»

«Sono otto pagine di file. Forse, scorrendo, troverai altre cose interessanti», suggerisce.

Cindy non ha tutti i torti. Magari c'è davvero dell'altro, nel file. Il numero – 901020 – è lo stesso riportato nella cartella che ho trovato nel server dell'ospedale, quindi il margine di errore diminuisce drasticamente. Forse Daniel Price è un membro della famiglia di Hayden, ma ho poche idee. Non sapendo cosa cercare, non so neanche da dove iniziare.

Il computer è in stand by; muovo il mouse e la schermata prende vita.

«Cindy, dov'è la chiavetta?» chiedo, notandone l'assenza.

«Attaccata al computer?» tenta.

«No, non c'è. L'hai presa prima di uscire di casa?»

Lei si avvicina ed esamina i lati del computer.

«No. Io l'ho lasciata qui», dice.

Mi alzo in piedi e faccio saettare lo sguardo dappertutto. La chiavetta non può essersi volatilizzata, ma potrebbe essere caduta da qualche parte. Forse l'ho staccata e non me ne ricordo.

«Vado a controllare le scale, magari è lì», si offre Cindy.

Mi metto carponi e controllo sotto il letto, poi ispeziono ogni angolo della stanza, ma la chiavetta sembra sparita nel nulla.

«Okay, non c'è un cazzo da nessuna parte», esordisce la mia migliore amica, tornando nella sua stanza. «Sei sicura di non averla presa?»

Mi alzo e scuoto la testa. «No, io non l'ho presa. L'ho lasciata attaccata al computer, ne sono certa.»

«Provo a chiamare il nerd che ha decriptato il file. Ne avrà sicuramente una copia.»

«Sì, va bene.»

Cindy va in cucina e io rimango immobile in mezzo alla stanza.

Quante possibilità ci sono che una chiavetta USB si volatilizzi nel nulla, in poco meno di venti minuti? Nessuna.

Daniel Price. È questa l'unica cosa che sono riuscita a leggere, insieme al numero che ormai conosco a memoria.

«Cosa cazzo significa, Steven?» L'urlo di Cindy rimbalza sulle pareti. La raggiungo, ma è troppo impegnata a camminare senza sosta intorno al tavolo con il cellulare stretto tra il palmo e l'orecchio per prestarmi attenzione. «No, non trovo più la chiavetta, altrimenti non ti avrei telefonato, no?» Si ferma e picchietta il piede sul parquet, indispettita. «Te lo ripeto di nuovo: che cazzo significa? Ti ho chiesto una copia del file, non di ballare nudo in mezzo a un campo di girasoli, cazzo!»

Spalanca la bocca e sgrana gli occhi. Si stacca il cellulare dall'orecchio e osserva lo schermo come se fosse un alieno. «Ha messo giù», sibila, incontrando il mio sguardo. «Quello stronzo ha interrotto la chiamata.»

«Cosa ti ha detto?»

«Cito le sue testuali parole: 'Non ti mando un cazzo. Non mettermi più in mezzo a questi affari loschi, non sono cose di mia competenza'.» Faccio per ribattere, ma lei solleva una mano per zittirmi. «E ha aggiunto: 'Non voglio finire in galera per colpa tua'.»

«Che cosa vuol dire?»

«Non lo so», risponde. «Se solo sapessi a chi appartiene quel file, forse riuscirei a capirci qualcosa.»

La chiavetta è sparita, il tizio che ha decriptato il file non ha intenzione di inviarcene un'altra copia e per giunta ci dice che non vuole rischiare di andare in prigione. Ho bisogno di parlarne con qualcuno e Cindy è la mia migliore amica, so che terrà la bocca chiusa. Potrebbe addirittura portarmi a una svolta perché ha varie conoscenze tra le forze dell'ordine e in tribunale.

«Il file appartiene a Hayden King», dico.

«Stai scherzando, vero?» chiede, facendo un passo indietro.

«No, non sto scherzando. Appartiene a Hayden King. Ho la sensazione che lui e Joe si conoscano e…»

«Lui e Joe si conoscono, infatti», mi interrompe, sedendosi su una sedia. «La sera che sono stata da mio fratello e tu da Hayden… be', l'ho sentito parlare al telefono in piena notte. Era chiuso nel suo studio, ma sono riuscita a captare alcuni frammenti della conversazione. Stava parlando con Hayden, l'ha chiamato per nome. Non te l'ho detto prima perché credevo fosse irrilevante, ma a quanto pare non lo è.»

Avevo già quel presentimento, ma avere la conferma è tutt'altra storia. Mi lascio cadere su una sedia di fronte a Cindy e mi massaggio le tempie.

«Non capisco più niente», ammetto a bassa voce. «C'è qualcosa che non va, Cindy. Sta succedendo qualcosa sotto ai miei occhi e io mi sento inutile, incapace di trovare una spiegazione logica.»

Lei appoggia i gomiti sul tavolo e si sporge verso di me, con un'espressione confusa sul viso.

«Char, di cosa diamine stai parlando?»

Ci guardiamo negli occhi per qualche istante. Sono arrivata fin qui e non posso tirarmi indietro. Devo aprirmi con Cindy, anche se una parte di me vorrebbe non dare spiegazioni ed evitare di allarmarla inutilmente.

Mi alzo e comincio a camminare per la cucina, misurando i passi e ripercorrendo tutto ciò che è successo fino a ora.

«È cominciato tutto da quei segni sulla porta», inizio, mentre le do le spalle.

«Il piatto e la forchetta?»

Non so se scoppiare a ridere o storcere il naso. «Se vuoi vedere i segni in quel modo, fai pure», acconsento. «Ho ricevuto due biglietti, dopo quei simboli. Uno diceva di 'non lasciarmi ingannare dalle apparenze'; sull'altro, invece, c'era scritto: 'Sogno o incubo?'. Sotto, in entrambi i fogli, c'erano disegnate due maschere.»

«Un ammiratore segreto, no?»

«Cindy», cantileno, roteando gli occhi, «se fosse un ammiratore segreto, dovrebbe rivedere il suo modo di comunicare perché sfiora la pazzia. È davvero inquietante.»

«In effetti, hai ragione», mormora. «Sì, scartiamo l'ipotesi dell'ammiratore segreto. Ma dove hai trovato i biglietti?»

«Uno in ospedale, nel mio armadietto», spiego. Deglutisco, sperando con tutta me stessa che non dia di matto, e aggiungo: «E l'altro qui, dentro il mio armadio».

Come temevo, lei scatta in piedi con gli occhi sgranati e un lampo di terrore le attraversa il viso.

«Stai scherzando, vero? Stai fottutamente scherzando, Charlotte Cooper?» urla.

«Abbassa la voce!» la ammonisco. «Non scherzo. Qualcuno è entrato qui e ha messo un biglietto nel mio armadio.»

«Merda!» esclama con le mani tra i capelli. «Cazzo, dobbiamo trasferirci. Tipo adesso, in questo preciso istante. Prepara la valigia, Charlotte, andiamo via.»

Poso le mie mani sulle sue spalle e la guardo negli occhi.

«Rilassati. Respira e attacca il sedere alla sedia, non ho finito di raccontare.»

«Perché…»

«Devi ascoltare tutto», la interrompo. «Poi, potrai fare domande. Solo… ascolta. Ascolta e basta, per favore», la prego, cercando di sorridere per rassicurarla.

Inspira a fondo, annuisce e si siede. «Avanti, continua», ordina, muovendo la mano.

«Sono solo riuscita a collegare il secondo biglietto al soprannome di Hayden. Lo chiamano dottor Dream.»

«Potrebbe essere una coincidenza», suggerisce.

«Vero, ma rimane una teoria. Non è detto che sia così, però è una possibilità.»

Mi siedo a mia volta e punto le mani sul tavolo. «Non saltare dalla sedia, non metterti a urlare, non fare scenate. Promettimelo», dico solenne.

«Sì, te lo giuro. Vai avanti.» È sconvolta, ma vuole sapere il resto.

«Ieri e oggi, qualcuno è stato qui. Non dentro casa nostra; qui nel senso fuori dal palazzo.»

«E quindi?»

«Ieri notte stava fissando la mia finestra. Oggi, invece, mi stava osservando dall'altra parte del marciapiede, quando sono rientrata poco fa. La persona era incappucciata, non ho visto il suo viso.»

Dopo un primo momento di sbigottimento, allunga le braccia e posa le sue mani sulle mie. «Sei sicura di non aver assunto sostanze illegali? Sembra un film horror.»

«È proprio questo il punto: sembra davvero un film dell'orrore. È assurdo, lo so, ma devi credermi.»

«Io ti credo», afferma. «È solo che non capisco il nesso tra Hayden e queste cose.»

«È quello che sto tentando di scoprire. Non so se esista o meno un collegamento effettivo tra Hayden e queste cose, ma devo capire. Un giorno ho curiosato nel computer degli archivi perché Hayden non ha mai voluto svelarmi la sua età. È lì che ho trovato il file. L'ho rinominato io perché non volevo dirtelo, ma era un file con il suo nome.»

Abbandona il mento sui palmi delle mani e mi osserva come se fossi una cavia da laboratorio, ma so che sta tramando qualcosa.

«Sai qualcosa sulla vita privata di Hayden? Qualcosa di strano, intendo.»

«Non proprio. So solo che la madre si è suicidata. Me l'ha detto lui.»

Scatta in piedi e la sedia traballa. La conosco: sta tentando di collegare i pezzi del puzzle. È figlia e sorella di due agenti, ha un'inclinazione particolare per queste cose, a differenza di me.

«Qual è il nome che hai letto nel file?» chiede di slancio, puntandomi l'indice contro.

«Daniel Price.»

Si precipita in camera sua, lasciandomi sola a fissare la parete davanti a me. È la prima volta che racconto tutto a qualcuno e, in qualche modo, mi sento sollevata. Cindy è la mia unica amica, la persona migliore alla quale esporre i miei dubbi e le mie paure.

«Cazzo!» esclama lei, tornando in cucina. Ha il computer portatile in mano e sta fissando la schermata.

«Hai trovato qualcosa?» domando.

I suoi occhi scuri incrociano i miei. Si mordicchia il labbro superiore e annuisce, muovendo la testa su e giù a scatti. Si avvicina e lascia il computer sul tavolo.

«Leggi», mi incita.

Senza capire, ma con la curiosità che cresce a dismisura ogni secondo che passa, faccio come mi ha detto. Ha cercato su Google quel nome e i risultati sono tanti, tutti datati.

«Clicca sul primo, forza», suggerisce. «È l'articolo più vecchio.»

«*Morte sospetta in una piccola cittadina inglese*», cita il titolo. Quando la pagina carica e scorgo il sottotitolo dell'articolo, il mio cuore salta un battito. Mi tremano le mani; ho paura di sapere, ma voglio conoscere la verità.

«Il giallo sulla morte di Mary Anne Price: suicidio o omicidio?»

Trattengo l'aria nei polmoni. Il respiro di Cindy si schianta contro la mia nuca.

Niente è ancora certo sulla morte che ha sconvolto ultimamente la comunità inglese.

Le informazioni che siamo riusciti a ottenere sono poche e tutte frammentate: il corpo della donna è stato trovato nello sgabuzzino della sua casa, con una corda legata al collo e affissa a una trave del soffitto. Ma c'è di più: l'abitazione è stata distrutta da un devastante incendio che ha carbonizzato il cadavere, rendendo difficile il riconoscimento.

I due figli gemelli della donna, Daniel e Dalia, non erano presenti al momento dell'incendio.

Si continua a parlare di suicidio, ma rimane l'ombra dell'omicidio premeditato. Le dinamiche dell'accaduto non sono ancora del tutto chiare.

Mi alzo in piedi e fisso inebetita lo schermo del computer.

I due racconti di Hayden e Marcus che mi apparivano diversi fino a poco fa, iniziano a prendere un senso univoco nella mia mente.

«Charlotte», mi chiama Cindy. «Stai bene?»

«Hayden ha detto di avere una gemella», sussurro. «Questo Daniel ha una gemella, anche se ha un nome diverso. La sorella di Hayden si chiama Isabelle, non Dalia.»

Dove sei nato?

Non qui.

Tutto sembra trovare una risposta. Tutti i pezzi del puzzle si muovono per incastrarsi al loro posto, nel tentativo di darmi un quadro chiaro della situazione.

Solo una cosa non mi torna.

«Cindy», dico, voltandomi verso di lei, «Hayden non si chiama Daniel. Sono due persone diverse e credo…»

«No, Charlotte», mi interrompe. Lancia un'occhiata allo schermo del computer e cambia espressione. Non l'ho mai vista così seria. «Io penso che Hayden King e Daniel Price siano la stessa persona.»

«A forza di tenere il culo appiccicato a terra, la mia vagina sta iniziando a implorare pietà», esordisce Cindy, spostando il computer per stiracchiarsi. «Sai che la mia amica è particolarmente sensibile», aggiunge.

Sono le due del pomeriggio. Cindy e io abbiamo passato quasi tutta la notte e la mattina a cercare informazioni. Gli articoli che abbiamo trovato ruotano tutti intorno allo stesso dilemma: omicidio o suicidio?

«L'ultimo articolo risale a dieci anni fa», dico.

Quei pezzi sono datati. Partono da undici anni fa e proseguono per circa un altro anno, sempre più rari e sporadici.

Cindy si alza in piedi e raggiunge la cucina. «Avranno archiviato il caso. La cosa più strana, comunque, è la totale assenza di foto, te l'ho detto. E le informazioni sono troppo vaghe.»

Ha ragione. Il fatto che non ci siano foto di alcun genere è abbastanza anomalo. Nessuna immagine della donna, niente di niente. Se ci fosse stata una foto di lei in compagnia del figlio avrei potuto rispondere alla domanda più importante che ronza ormai nella mia testa: Daniel e Hayden sono davvero la stessa persona? Invece, purtroppo, brancolo nel buio.

«Hai fame?» chiede Cindy.

«No», rispondo e mi alzo a mia volta, «ma devo mangiare comunque qualcosa e devo fare una doccia. Tra poco passerà a prendermi Hayden.»

«Daniel», mi corregge, infilandosi in bocca un pezzo di sandwich. «Passerà a prenderti Daniel. Inizia a chiamarlo con il suo vero nome.»

«Non è detto che quello che pensi corrisponda alla realtà», replico. Non riesco ancora a concordare con la teoria della mia migliore amica. Perché Hayden non dovrebbe essere Hayden? La morte della madre potrebbe essere una coincidenza, proprio come l'esistenza della gemella.

Con un sospiro, mi riscuoto. Ho dormito forse tre ore, sto accumulando troppo sonno arretrato, non riesco a riposare decentemente a causa dei pensieri che mi perseguitano senza sosta.

Prendo una mela dal cesto e le do un morso generoso, puntando lo sguardo sul tavolo. Cindy è stata gentile a farmi compagnia, ha inventato la scusa di un virus intestinale improvviso per non andare al lavoro e il suo capo non ha battuto ciglio.

«Cazzo!» esclama lei all'improvviso, battendosi una mano sulla fronte. «Perché non ci ho pensato prima? Stupida, stupida, stupida», continua, mentre si dà manate anche sulle guance.

«Va' a dormire, stai iniziando a picchiarti da sola», dico in tono piatto, dando un altro morso alla mela.

Lei, invece, inizia a camminare per tutta la cucina, si massaggia le tempie e borbotta frasi incomprensibili che riesco a malapena a udire.

«P.P.T.», sussurra. «P.P.T.», ripete almeno una decina di volte, senza fermarsi. «Cazzo, ho capito! Tutto avrebbe senso, comprendi?» domanda, e punta l'indice tra le mie clavicole. «Tutto ciò che non ha senso, ce l'avrebbe magicamente. È chiaro, no?»

Mi schiarisco la voce. «No, veramente no», ammetto stranita.

«P.P.T., Charlotte. P.P.T.», dice ancora.

Non ho la minima idea di cosa stia blaterando.

«Chi cavolo è P.P.T.?» riesco infine a chiedere.

Si spinge verso di me, fa addirittura scontrare il suo naso al mio, e leggo nei suoi occhi l'eccitazione per la scoperta; un po' come se avesse appena avuto la conferma dell'esistenza degli alieni che a lei piacciono tanto.

«Non chi, ma cosa», mi corregge. «Programma Protezione Testimoni.»

Non l'ho mai sentito nominare in tutta la mia vita e continuo a non capire, ma mi fido di Cindy e del suo intuito.

«Che cos'è?»

«Il Programma Protezione Testimoni, Charlotte», ripete, come se fosse già tutto chiaro. Di fronte alla mia confusione, butta fuori uno sbuffo sonoro e allarga le braccia. «Che cazzo, ma guardare film mai, eh?»

«Non mi piace la televisione», le ricordo.

Emette un gemito basso, simile a un grugnito, e si avvicina al cesto della frutta. Afferra un limone, una fragola e mi strappa dalle mani la mela mangiucchiata.

«Ehi, quella è mia!» protesto.

«Zitta e osserva», ordina perentoria. «Il limone è la madre di Hayden, o Daniel, chiamalo come cazzo ti pare. La fragola è lui a diciassette anni.» Si blocca e annuisce. «Sì, la fragola è buona, quindi è lui perché scommetto che a letto sarebbe particolarmente… buono da assaggiare», ammicca.

«Cindy!» la ammonisco, sgranando gli occhi.

«Tanto so che anche tu ci hai pensato, qualche volta.» Questa sua frase basta a zittirmi e le dedico tutta la mia attenzione. «In ogni caso, la mela è la persona che, forse, ha ucciso sua madre. Ecco, se signor Fragola dovesse rivelarsi testimone dell'uccisione della signora Limone e fosse una chiave, potrebbe entrare nel Programma Protezione Testimoni con una nuova identità, del tutto inventata.» Si sporge e acciuffa una banana dal cesto. «Diventando, così, il signor Banana», conclude.

Mi concedo del tempo per elaborare la teoria di Cindy. Ha senso, ma sono ancora incredula e non riesco a convincermi di un effettivo nesso tra Hayden King e Daniel Price.

«Non avrebbe potuto testimoniare anziché cambiare identità? Il signor Fragola, intendo», chiedo.

«Questo è il punto: il signor Mela, ovvero l'assassino, deve essere davvero molto pericoloso per spingere qualcuno a mettere il signor Fragola sotto il P.P.T.»

«Aspetta, nei vari articoli era menzionata una cittadina inglese. Che diamine ci fa a Boston?» continuo.

«Be', te lo ripeto: se la persona che ha ucciso sua madre fosse molto pericolosa, o invischiata in qualcosa di losco, chi si occupa di queste cose potrebbe aver optato per il trasferimento di Hayden in un altro Stato. Per la sua incolumità o qualcosa del genere. Succede.»

Mi passo una mano tra i capelli, scivolando sulla sedia a peso morto. Tutto questo inizia a rivelarsi più intricato del previsto, ho bisogno di tempo per masticare le informazioni ricevute.

«E il numero…» continua Cindy. «Il numero che mi hai ripetuto questa notte, qual è?»

«901020», recito con tono monocorde. Ormai lo conosco a memoria.

«Ecco, quello potrebbe essere l'unica cosa che collega Daniel a Hayden. Ma continuo a non capire perché quel file fosse nel server dell'ospedale. Insomma, se si tratta davvero del Programma Protezione Testimoni, i dati reali di Hayden dovrebbero rimanere occultati, non facilmente accessibili.»

«La tua teoria ha un senso, sì», ammetto. «Ma non ha senso tutto il resto. Cosa c'entro io? Che collegamento c'è, davvero, tra Hayden, i biglietti e il tipo incappucciato?»

«Non è detto che il collegamento ci sia, infatti. Anche se, in effetti, sia Joe sia Hayden mi sono sembrati allarmati quando hanno visto i disegni sulla nostra porta.»

Ho avuto la sua stessa impressione. Annuisco in silenzio, dandole ragione.

«Charlotte», sussurra, piegandosi sulle ginocchia per guardarmi meglio, «se tutto fosse collegato, se tu fossi entrata nel mirino di qualcuno…» Si ferma per sospirare. «Tieni gli occhi aperti. Non sottovalutare quello che sta succedendo. Stai attenta.»

Capto il messaggio tra le righe e l'inquietudine cammina lungo la mia spina dorsale, mentre osservo le pagliuzze gialle che macchiano i suoi occhi scuri.

«Stai dicendo che potrebbe essere pericoloso?» mormoro.

Le sue iridi si velano di paura. «Sì, potrebbe essere molto pericoloso.»

Una doccia calda di mezz'ora non è riuscita a rilassarmi, ho i nervi a fior di pelle ed è come se un martello pneumatico continuasse senza sosta a battere contro le mie tempie. Ho tentato di allontanare i pensieri che viaggiano nella mia mente, ma senza alcun successo.

Mia madre si è suicidata.

I gemelli Daniel e Dalia non erano presenti.

Ho una sorella. Siamo gemelli. Si chiama Isabelle.

Programma Protezione Testimoni.

Scuoto la testa con forza e tento di concentrarmi sui miei capelli. Non ho voglia di asciugarli, perciò li lascio umidi. Mi infilo una semplice camicia turchese con le maniche trasparenti e un paio di jeans, poi passo al trucco. Non credo di aver mai utilizzato così tanto correttore in vita mia.

Mi sento spossata e non so a cosa dare la colpa, perché ho una vasta scelta: poche ore di sonno, mestruazioni, stomaco vuoto, pensieri continui e paura… tanta paura.

Emetto un gemito di frustrazione e butto i panni sporchi nella cesta. Esco dal bagno e trovo Cindy sul divano, addormentata, con il computer sopra le gambe. Mi avvicino in silenzio e appoggio il portatile sul tappeto; poi, tiro la coperta viola fino alle sue spalle. Le sono grata per il suo aiuto, perché da sola non avrei fatto progressi, mi starei ancora tormentando con domande inutili.

La verità è che dovrei sentirmi sollevata per tutto ciò che abbiamo scoperto, ma non lo sono. Non riesco a essere tranquilla e, anzi, ho più timore di prima. Ho il presentimento che sarebbe stato meglio non sapere e rimanere all'oscuro. Non ho idea di quanta verità ci sia in ciò che ho appreso. E se Hayden non fosse realmente Hayden, ma Daniel Price, che collegamento potrebbe avere con i biglietti? E se non fosse così? Se il collegamento non ci fosse?

Guardo l'orologio e mi affretto ad acciuffare la borsa perché Hayden dovrebbe arrivare a momenti. Scocco un bacio a Cindy, lascio l'appartamento e mi soffermo sulla porta di Daisy Lee. Stanotte, mentre ripensavo alla chiavetta, ho avuto un'illuminazione. Hayden dice che lei l'ha cresciuto, perciò è giusto credere che sappia ogni cosa. È possibile che abbia fatto sparire la chiavetta? L'aggeggio non può essersi volatilizzato nel nulla, e lei è stata l'ultima ad abbandonare l'edificio. Questo porta a galla un'altra domanda: come faceva a sapere che possedevo una copia del file?

Mi salta in mente l'ennesimo particolare: il giorno in cui ho cercato di sgattaiolare via da Hayden, lui mi ha trovata in un battibaleno. E se non fosse una coincidenza?

«Basta, Charlotte», mi ammonisco da sola, mentre percorro le scale.

Hayden è già arrivato, la sua auto spicca tra le altre parcheggiate per la lucentezza della vernice nera.

Stavolta, però, non mi lancio a capofitto per raggiungerlo. Compio passi lenti e misurati, ogni movimento è scandito da un respiro pesante.

Vorrei riuscire a ignorare i dubbi che sbattono dentro la mia testa, ma un profondo senso di inquietudine si palesa sotto forma di un fastidioso nodo alla gola.

Scivolo sul sedile ed evito di guardare Hayden. «Ciao», dico, agganciando la cintura.

«Ciao», risponde secco.

Il tono glaciale che mi ha riservato mi convince a voltarmi verso di lui. Tiene una mano sul volante e l'altra sul cambio, e compie una brusca manovra per lasciare il parcheggio. Mi mordo la lingua per non inveirgli contro; le sue nocche sbiancano davanti ai miei occhi e sollevo lo sguardo per studiare la sua espressione impenetrabile. Si è di nuovo armato del velo di indifferenza che fatico a sopportare.

«Hayden, va tutto bene?» riesco a chiedere.

Non risponde. Potrebbe essere arrabbiato per il modo in cui sono sparita alla mostra.

«Scusa per ieri sera», tento. «Avrei voluto avvisarti, ma…»

«Non mi interessa.»

La sua affermazione mi scaraventa nel baratro e batto le palpebre. Cerco di convincermi che il suo nervosismo non sia a causa mia, ma sembra addirittura seccato dalla mia presenza e decido di provare un'altra volta.

«C'è qualcosa che non va?» gli chiedo.

Di nuovo, non ricevo risposta. Odio quando si comporta così; odio quando decide di ignorarmi. Vengo catapultata a settimane fa, durante i giorni in cui mi rifilava frasi secche e desolanti.

Mio malgrado, mi obbligo a rispettare il suo silenzio religioso, senza smettere di occhieggiarlo di continuo. Lui, invece, non mi degna di un solo sguardo e la sua freddezza mi ferisce.

Vorrei non dargli tutto questo potere, ma ormai mi ritrovo spesso a regolare il mio umore in base al suo. Quando lui è spensierato, io sono tranquilla; quando mi ignora, io mi agito. E non dovrebbe essere così, dannazione; dovrei fare finta di niente e lasciarlo cuocere nel suo stesso brodo, ma il suo corpo continua a mandare segnali al mio, che agisce di conseguenza.

Mi accorgo che siamo arrivati solo quando spegne il motore. Lo seguo fuori dall'auto e faccio fatica a mantenere il suo passo.

«Hayden», lo chiamo.

Si volta di scatto e punto i piedi per non finirgli addosso. I suoi occhi verdi mi fulminano.

È perfino più sexy del solito… e io non lo dovrei neanche pensare.

«Mi stai infastidendo.»

Raccatto il poco autocontrollo che possiedo per non rispondergli per le rime. Ha le mani strette a pugni, ogni suo poro emana sbuffi di rabbia, ma il mio sguardo indugia sulle sue labbra carnose, appena dischiuse.

«Il tuo buonumore è andato a farsi fottere? Sei sceso dal letto con il piede sbagliato o hai tamponato qualcuno con la tua guida spericolata?» lo pungolo, incrociando le braccia al petto. «Con quale delle tue cento personalità avrò a che fare oggi? Dimmelo, così mi preparo in anticipo.»

Fa un passo avanti e la sua figura sovrasta la mia. Le nostre ombre si intrecciano e si mischiano sul marciapiede, dando vita a un'immagine dai contorni deformi.

Non riesco a non pensare a quanto sia bello, con lo sguardo affilato che mi trafigge come una lama da parte a parte.

Dargli uno schiaffo, ora, sarebbe molto soddisfacente.

Si avvicina e spinge il viso verso il mio. Nelle sue pupille danza il mio riflesso e il suo fiato si schianta sulla mia fronte.

«Stampati in testa una cosa», sibila. «Stai lontana da me. Non ti voglio tra i piedi.»

Un pugno sullo stomaco avrebbe fatto meno male.

Mi dà le spalle e si incammina verso l'entrata principale. Si fa sempre più lontano e sparisce dietro le porte.

Sono confusa e tremendamente sconcertata. Non ha alcun motivo di comportarsi così, non gli ho fatto niente.

Mentre mi crogiolo nella disperazione, mi ricordo di Amy e di ieri sera. Possibile che si siano riavvicinati e lei gli abbia chiesto di scaricarmi, in qualche modo?

Mi sento ferita nel profondo. Non posso rivendicare niente, neanche la sua attenzione, ma le parole che ha pronunciato – e il modo in cui l'ha fatto – mi riempiono di un'ira inaspettata.

Non faccio in tempo a elaborare i miei pensieri, perché qualcuno mi sgancia una spallata feroce. Mi volto, ritrovando Amy al mio fianco.

Ci mancava solo lei.

I suoi occhi scuri incrociano i miei e una subdola soddisfazione le contrae i lineamenti del viso.

«Stai più attenta», sbotto infastidita.

Il suo sorrisetto si allarga e lei punta lo sguardo verso le porte che Hayden ha varcato qualche secondo fa.

«Problemi in Paradiso, eh?» cantilena, prima di allontanarsi, forse per raggiungerlo.

17

«Tesoro, ti prego, fatti visitare», ripete per l'ennesima volta la donna davanti a me.

Il bambino riduce a due fessure i suoi occhietti chiari e vispi. «No», ribatte risoluto.

È arrivato in Pronto Soccorso circa venti minuti fa: è caduto dalla bicicletta e ha sbattuto forte la testa contro l'asfalto. È svenuto per alcuni minuti, ma ora è cosciente. Dobbiamo visitarlo e tenerlo sotto osservazione per le prossime ventiquattro o quarantotto ore, se solo si facesse toccare da Nick che sta tentando in tutti i modi di convincerlo.

«Tommy, ti prego», mormora la madre, passando una mano sui capelli biondi del figlio con movimenti delicati.

Lui scuote la testa e sento Nick sospirare. Così, mi avvicino cauta al lettino sul quale Tommy è sdraiato. Il bambino solleva la testa e mi riserva un'occhiata truce che ignoro; gli sorrido e la sua espressione rimane impassibile.

«Potreste uscire?» bisbiglio a Nick e alla donna.

I due mi guardano per qualche istante; alla fine, escono dalla stanza e lasciano me e il bambino da soli.

«Tommy», lo chiamo, sedendomi sulla sedia accanto al letto. «Quanti anni hai?»

So già che ha nove anni, l'ha detto sua madre al momento del ricovero, ma mi serve un modo per farlo sciogliere almeno un po'.

Lui non risponde e, anzi, punta lo sguardo dritto davanti a sé, come se non mi vedesse. Abbasso gli occhi sulla sua maglietta e mi viene un'idea.

«Iron Man», dico, indicando il disegno. «È forte, ma preferisco Thor.»

«È più forte Iron Man», sbotta indispettito.

«Forse, ma a me piace di più Thor. Anche se il mio preferito rimane Spider-Man.»

Gli occhietti chiari del bambino saettano nei miei. Sembra si stia tranquillizzando; infatti, scioglie le braccia che aveva incrociato poco fa e le appoggia sul ventre.

«Iron Man è il più forte di tutti», commenta. «E se fossi stato come lui, non mi sarei fatto male cadendo dalla bicicletta.»

«Iron Man è adulto. Magari, quando sarai grande, non ti farai male. E sono sicura che se Iron Man si fosse fatto male, si sarebbe lasciato visitare dai medici.»

«Io non voglio essere visitato dal tizio con i capelli biondi», borbotta, riferendosi a Nick.

«Perché?»

Tommy si guarda intorno per assicurarsi che non ci sia nessuno nei paraggi. «Perché sorride sempre», sussurra, annuendo con forza. «E anche il nemico di Spider-Man, quello vestito di nero, sorrideva sempre.» Lo dice con così tanta convinzione che sono costretta a stringere le labbra per non scoppiare a ridere.

«Vero, hai ragione», confermo. «Mai fidarsi di quelli che sorridono sempre. Ma Nick, il biondo che sorride, è buono. È dalla parte di Spider-Man.»

«Tu come ti chiami?» mi domanda.

«Charlotte. Mi chiamo Charlotte.»

«Sei carina, Charlotte», bisbiglia.

Gli sorrido. «Grazie, Tommy. Anche tu.»

«Hai un fidanzato?»

Scuoto la testa. «No, non ho un fidanzato.»

«Ci possiamo fidanzare?»

I suoi occhi azzurri mi scrutano con attenzione e faccio per rispondergli, ma mi precede. «Quando sarò alto come quel dottore biondo che sorride sempre. Sono ancora piccolo.»

«Ehm, certo. Quando sarai alto come il dottore biondo, sì.»

Gli scompiglio giocosamente i capelli. «Ti farai visitare, allora?» domando.

«Dal dottore?»

«Dal dottore, sì.»

«Sì, se non è cattivo come il nemico di Spider-Man.»

«Tranquillo, lui è dalla parte dei buoni», lo rassicuro ancora.

Il bambino annuisce e mi alzo per raggiungere la porta; fuori, poggiato alla parete, c'è Nick. La madre di Tommy, invece, è seduta su una sedia blu.

«Ha detto che si farà visitare. Potete entrare», annuncio.

La donna è la prima a varcare la soglia, dopo avermi ringraziata. Nick, invece, si ferma davanti a me.

«Charlotte, il tuo turno è finito», afferma, indicando il grande orologio appeso in corridoio. «Puoi andare. Io, purtroppo, devo trattenermi ancora qui.»

«Vuoi che ti dia una mano?»

«No, stai tranquilla. Vai pure, davvero. Grazie per il tuo aiuto.»

«Va bene, allora. Ci vediamo domani», lo saluto e sorrido.

«A domani, Charlotte.»

Mi dirigo verso l'ascensore. Lavorare con Nick è diverso, lui non è scorbutico o dispotico. Lavora in modo tranquillo e pacato, non mi dà ordini di alcun genere. Lui chiede con gentilezza, cosa che il suo collega ha fatto di rado.

A proposito, non ho visto Hayden per tutta la durata del turno, ma mi impongo di non pensarci. Sono così arrabbiata con lui da non dare peso alla mia vocina interiore che continua a porsi mille domande. Non ho visto neanche Amy, in realtà, ma di lei mi importa poco. Magari ha intenzione di riconquistare il suo amato e, chissà, forse c'è già riuscita. Ma non mi deve importare; io non sto giocando e fare breccia nel cuore di quell'idiota non rientra tra le mie priorità.

Più o meno. Se non si rivelasse uno stronzo patentato a giorni alterni, potrei anche provare qualche frammento di interesse per lui.

Raggiungo il quarto piano con la mente annebbiata da pensieri contrastanti. Mi devo cambiare e controllare anche il cellulare che ho dimenticato dentro l'armadietto. Marcus avrebbe dovuto telefonare qualche ora fa.

Il piano sembra deserto. Sono ormai passate le undici di sera, quindi quasi tutte le persone ricoverate stanno già dormendo. Imbocco il corridoio che conduce allo spogliatoio e la porta di una stanza viene spalancata da Hayden. Non indossa più il camice, perciò presumo sia in procinto di andare via. Deglutisco e continuo a camminare, distogliendo lo sguardo dal suo viso. Mi ripeto mentalmente che si è comportato come uno stronzo senza alcun motivo apparente e non posso imbambolarmi ogni volta che lo vedo. Questa situazione rasenta il ridicolo.

«Cooper», mi chiama.

Lo ignoro.

«Charlotte», ripete, camminando verso di me. «Non senti, per caso?»

Apro la porta dello spogliatoio, ma la sua mano è veloce e la richiude.

Il nervosismo mi formicola addosso. «Cosa vuoi, Hayden?» chiedo piccata.

«Dove stai andando?»

«Sono affari miei», ribatto.

Serra le dita intorno al mio polso sinistro e mi obbliga a voltarmi. Mi ritrovo incastrata tra il suo corpo e la porta dietro di me. È vicino, e la vicinanza con lui non gioca mai a mio favore. I suoi occhi si riflettono nei miei e mi guarda con un'intensità tale da mandare il mio cervello in tilt per qualche secondo. Mi impongo di rimanere lucida, non posso vacillare.

«No, non sono affari tuoi. Cambiati, ti aspetto», afferma.

«Fammi capire: prima dici che non mi vuoi tra i piedi e dopo vorresti darmi un passaggio?» sputo fuori inacidita.

Lui si inumidisce il labbro inferiore e mi incanto di nuovo a seguire il movimento della sua lingua, poi sfodera un sorrisetto di scherno che non mi piace per niente.

«Non ti voglio tra i piedi, è vero, ma non ti lascerò tornare a casa da sola.»

Hayden King – o come diamine si chiama, in realtà – ha una grandissima faccia tosta. Stavolta non mi piegherò al suo volere, deve piangere lacrime amare per il modo in cui si è comportato e arrivare a implorare il mio perdono.

«Prima cosa: non torno a casa, devo vedere una persona», puntualizzo, inclinando la testa e tentando di imitare la sua espressione. «Seconda cosa: vaffanculo, stronzo.»

Mi infilo dentro lo spogliatoio e gli sbatto la porta in faccia. Non voglio più sottostare ai suoi ordini e, peggio, ai suoi sbalzi d'umore continui. Non ho bisogno del suo aiuto, posso tornare a casa con le mie gambe. E lui può sparire dalla mia vita.

No, non posso essere così drastica. Conservo ancora la speranza che si getti ai miei piedi – magari inginocchiato sui carboni ardenti – per chiedermi scusa.

Controllo il mio cellulare, ma non trovo nessuna chiamata persa. È strano, credevo che Marcus avesse intenzione di passare a prendermi per andare al pub del suo amico, ma ciò significa che tornerò spedita a casa. Trovo invece un messaggio di Cindy: mi avvisa che passerà la notte fuori.

Pazienza, tanto non sono mai sola: ci sono i miei pensieri a farmi compagnia e a perseguitarmi.

Impiego più tempo del previsto per cambiarmi, e spero che Hayden si sia messo l'anima in pace e sia andato via senza aspettarmi. Non sono dell'umore per reggere un'altra discussione con lui e non ho voglia di litigare.

Indosso la giacca e slego i capelli, lasciandoli ricadere liberi sulle spalle. Aspetto ancora qualche minuto, poi esco dallo spogliatoio. Hayden non c'è, deve aver recepito il messaggio.

Tra un sospiro di sollievo e uno di frustrazione, raggiungo il piano terra e faccio un cenno di saluto con la mano alla guardia bionda del banco accettazione del Pronto Soccorso.

Esco fuori dall'edificio e respiro a pieni polmoni l'aria pungente della notte. Noto l'ambulanza parcheggiata davanti alla seconda entrata e trattengo l'impulso di correre in reparto. Se tornassi dentro, rimarrei tutta la notte.

L'asfalto è bagnato, segno del passaggio della pioggia; l'aria è umida e percepisco i miei capelli arruffarsi man mano che proseguo.

Sono stanca e i miei movimenti sono fiacchi. Desidero solo rannicchiarmi sotto le coperte e dormire fino a domani.

Cammino per circa venti minuti, finchè non mi ricordo di una cosa: ho lasciato la borsa nel mio armadietto, in ospedale.

«Merda!» esclamo, allargando le braccia.

Non ho molte possibilità: Cindy non c'è e le chiavi di casa si trovano dentro la mia borsa, insieme al cellulare.

Do la colpa al karma – che probabilmente me la sta facendo

pagare per aver rifiutato il passaggio di Hayden –, faccio dietrofront e imbocco una stradina più stretta e meno illuminata, perchè non ho intenzione di percorrere di nuovo la strada più lunga.

Gli edifici bassi che fiancheggiano la via sono adibiti perlopiù a magazzini, e le saracinesche dei negozi emettono brevi suoni a ogni colpo di vento. Non mi servo mai di questa scorciatoia durante la notte perché è poco illuminata e di rado passa qualcuno, ma almeno taglia a metà il tragitto che conduce all'ospedale.

Devo smettere di essere così distratta e devo anche darmi una mossa per prendere un'auto tutta mia. Non voglio più accettare alcun passaggio e mi sono adagiata troppo sugli allori, in queste ultime settimane. Domani, sì. Domani andrò a comprare un'auto, è deciso.

Calcio un sassolino e abbasso gli occhi sulle punte delle mie scarpe. Posso sentire la presenza immaginaria di Hayden che si prende gioco di me per la sfortuna che mi perseguita.

No, un momento. Ho davvero la sensazione di essere osservata.

Prendo coraggio e mi volto, realizzando di essere sola. La strada che sto percorrendo è vuota, ci sono solo io con la mia paura immotivata.

Scuoto la testa e riprendo a camminare. Ho i miei buoni motivi per costruire castelli di paranoie, ma sto esagerando.

Infilo le mani dentro la giacca e sollevo il mento verso il cielo scuro. Manca poco allo scoccare della mezzanotte, meglio che mi sbrighi.

All'improvviso, un rumore appena udibile spacca il silenzio.

Un rumore di passi.

Mi blocco di scatto, con il piede sollevato per poter calciare via un altro sassolino che ha incrociato il mio passaggio. Vengo assalita da un terrificante formicolio che si espande dalla nuca fino alla base della schiena e trattengo l'aria nei polmoni. Non emetto un solo suono, acuisco l'udito e inclino appena la testa.

Di nuovo, la strana sensazione di essere osservata si impadronisce di me. Questa volta è più forte, più vivida, e il mio cuore perde un battito.

Lo sento di nuovo. Il rumore provocato da suole di scarpe che pestano l'asfalto bagnato.

La paura mi monta dentro. Il mio istinto di sopravvivenza mi suggerisce di voltarmi, ma non ce la faccio. Inerme e impaurita, riprendo svelta a camminare. I passi dietro di me aumentano e il suono rimbalza contro i muri degli edifici intorno.

Scatto in avanti, aumento la lunghezza delle falcate e apro e chiudo le mani dentro le tasche per scaricare l'agitazione. Sono vicina all'ospedale, ma ancora troppo lontana per poter sperare di arrivarci in pochi secondi; anche correndo a perdifiato impiegherei almeno dieci minuti a raggiungerlo.

Il mio cervello inizia a perdere colpi, non riesco più a mettere a fuoco la via giusta da imboccare tra le due in lontananza.

Sono però certa di una cosa: una mi condurrà a una strada principale e trafficata, ma l'altra è un vicolo cieco, senza uscita.

I passi dietro di me si fanno più veloci e continuo a scacciare l'impulso di voltarmi. Il coraggio scivola fuori dal mio corpo per dissolversi nell'aria in una nube incolore. Anche se lo riacciuffassi, bloccarmi ora potrebbe giocare a mio sfavore.

Incamero una quantità indefinita di aria pulita e corro. Decido su due piedi di buttarmi nella prima via stretta che spunta tra due edifici e svolto a sinistra.

Mi fermo e punto gli occhi verso il muro grigio che decreta la fine della mia fuga disperata.

Ho sbagliato. Ho imboccato il vicolo senza uscita.

Un gemito di frustrazione sfugge dalle mie labbra e indietreggio. Nel momento stesso in cui percepisco il rumore di una scarpa che infrange una pozzanghera, mi immobilizzo.

Sono in trappola.

Il cuore mi sale in gola, ogni battito mi rintrona nelle orecchie e schizza fino al cervello. Una goccia di sudore freddo mi scorre lungo la schiena.

I passi ricominciano. Chiunque sia la persona dietro di me, sta lentamente mangiando la distanza che ci separa.

La mia mente riesce a produrre un solo e unico pensiero: *pericolo*.

Il rumore si interrompe, un soffio d'aria sbatte contro la mia nuca e mi smuove a malapena una ciocca di capelli, però è come se avessi appena ricevuto un colpo capace di fracassarmi il cranio.

Vorrei piangere, vorrei urlare, vorrei correre via, ma non ci riesco. Ogni mia terminazione nervosa si è congelata, ogni singolo lembo di pelle si è atrofizzato, e rimango immobile a fissare l'angolo sgretolato del muro davanti a me.

So che il mio inseguitore è proprio dietro di me, la sua presenza si insinua con forza all'interno delle mie vene in piccole e dolorose scosse.

Reprimo la voglia di gridare per chiedere aiuto. Non so niente di autodifesa, ma l'istinto mi suggerisce di stare zitta e di non compiere neanche un movimento, perché potrei solo peggiorare la situazione.

Spero che sia un ladro o un senzatetto in cerca di soldi; tutto sarebbe meno spaventoso rispetto all'ipotesi che la mia mente ha appena elaborato.

Mi concentro sulla mia ombra, proiettata sull'asfalto grazie al lampione. Ce n'è un'altra subito dietro, alle mie spalle.

Sussulto quando qualcosa di freddo sfiora il mio collo e il terrore mi invade come un fiume in piena.

Abbasso lo sguardo: una lama appuntita segue una linea immaginaria e si ferma sotto la clavicola. Proprio lì inchioda e preme.

Le lacrime risalgono in superficie e cominciano ad abbandonare i miei occhi, solcando le guance per disperdersi oltre il mento.

Un respiro sconosciuto batte sui miei capelli.

«Ciao, Charlotte», sussurra una voce graffiante.

È un uomo.

Ogni suono si ovatta e diventa un mormorio lontano, ma cerco di mantenere un minimo di lucidità. Scarto subito l'ipotesi del ladro, perché lo sconosciuto dietro di me conosce il mio nome.

La paura assume una nuova forma: un coraggio incosciente suscitato dall'adrenalina che mi investe.

«Chi sei?» riesco a chiedere in un sussurro. La mia voce trema e si incrina all'ultimo.

«Non importa», risponde l'uomo, scandendo ogni parola.

Gli ingranaggi del mio cervello si rimettono in moto per cercare una via di fuga, ma l'istinto di sopravvivenza continua a bloccare ogni mio possibile movimento.

Mi focalizzo sulla mano che tiene stretto il manico del coltello: è avvolta da un guanto scuro. Tuttavia, attraverso una fessura che precede l'orlo della manica, intravedo il polso scoperto. *Qualcosa* marchia quel preciso lembo di pelle.

D'un tratto, sento pizzicare il punto in cui preme la lama, ma la paura mastica e sputa lontano il dolore.

«Non piangere», bisbiglia lo sconosciuto. «Non ti ucciderò oggi.»

La lama preme a fondo, il formicolio peggiora e si trasforma in una stilettata acuta che mi fa stringere gli occhi.

«Charlotte», continua. Fa un altro passo verso di me, la mia schiena si scontra con il suo torace. Un lamento mi vibra in gola e muore l'istante successivo, spazzato via da un singhiozzo che rotola fuori dalle mie labbra.

«Non è importante chi *lui* sia realmente. Sei sulla strada giusta, ma devi giocare bene le tue carte», aggiunge. La lama preme ancora più a fondo, ma io non percepisco più niente.

Passano alcuni secondi, o forse dei minuti. Il mio campo visivo inizia ad accartocciarsi e spero solo di non perdere coscienza.

Fisso ancora il polso dell'uomo: il tatuaggio mostra un numero e tento di concentrarmi per mettere a fuoco ogni cifra.

«Qualcuno ti ucciderà, Charlotte», sussurra in una litania crudele e agghiacciante. «*Loro* ti uccideranno.»

All'improvviso, la lama si allontana e alcune gocce calde scivolano fino al seno. Sono sotto choc.

Aspetto, conto, tengo gli occhi chiusi, e mantengo la concentrazione fissa sul rumore dei passi che si fanno via via più lontani.

Le lacrime continuano la loro discesa e si mischiano al sangue che sgorga dal mio petto. Mi carico di coraggio e ruoto su me stessa, puntando lo sguardo verso l'inizio del vicolo.

Non c'è più nessuno. Sono rimasta sola.

Il mio corpo riprende a seguire gli ordini del cervello e scatto in avanti. Sono un fiume che esonda di lacrime, paura, sangue e terrore.

L'adrenalina in circolo mi aiuta a correre più veloce di quanto abbia mai fatto prima e scaccia via perfino le fitte causate dai polmoni che bruciano per lo sforzo.

Dopo un tempo indefinito, scorgo in lontananza l'ospedale. Mi muovo a velocità sostenuta, mentre cerco di elaborare e digerire le frasi pronunciate dall'uomo. Il taglio diventa più reale, vivo, e pulsa a ritmo.

Mi fiondo all'interno dell'edificio, ma la gente che si muove per i corridoi non basta a tranquillizzarmi. Non do peso a niente, voglio solo rinchiudermi da qualche parte e sentirmi finalmente al sicuro.

Svolto l'angolo in direzione dell'ascensore, ma sbatto contro qualcuno.

«Charlotte», mi chiama una voce allarmata.

La vista si appanna, le pareti iniziano a vorticare, gli angoli diventano neri e cominciano a sfumarsi.

«Charlotte, cosa…» continua la voce.

Sollevo lo sguardo: è Nick. Mi guarda, io faccio lo stesso, ma so che non rimarrò cosciente a lungo. Sbatto gli occhi più volte. La bile risale per il mio esofago in fiotti di lava bollente.

Nick posa una mano sul mio torace, mi sfiora con i polpastrelli e solleva le dita imbrattate di sangue.

Il sangue è mio, mi appartiene. Proviene dalla ferita.

«Chiamate qualcuno!» urla. «Chiamate la polizia! Adesso!»

Cado in un baratro silenzioso e tutto diventa nero.

18

Voci ovattate riempiono le mie orecchie. Sembrano vicine.

Bip.

«Cos'è successo?»

«Non lo so. È arrivata qui già ferita.»

Le voci appartengono a due uomini. La seconda, quella di Nick, la riconosco subito. Per la prima, invece, ho qualche dubbio. Credo si tratti di Jackson Turner, ma non ne sono sicura.

Bip.

«Che genere di ferita?»

«Arma da taglio.»

Bip.

«Un tentativo di rapina?»

«Forse.»

Sento gli occhi pesanti. Una luce bianca penetra attraverso le palpebre incapaci di aprirsi.

Bip.

«Chiama Hayden.»

«Perché?»

Bip.

«Sono sicuro che vorrebbe saperlo.»

La voglia di spalancare gli occhi è tanta, ma preferisco bearmi ancora per qualche istante di questo caldo oblio immacolato. So di essere in ospedale, il rumore dei macchinari mi riempie le orecchie.

Bip.

«Gli ho inviato un messaggio.»

So di essere ferita. Non conosco la gravità del colpo che mi è stato inferto, però non sento dolore. La mia mente è vigile, ma il corpo è rilassato, quasi assuefatto.

Bip.

«Sta dormendo?»

«Adesso sì.»

«Ha perso molto sangue?»

«Non tanto. Ho suturato velocemente la ferita. I risultati degli esami sono nella norma.»

Tento di riappropriarmi delle mie capacità motorie. Ci vuole uno sforzo indescrivibile per riuscire ad aprire gli occhi. La luce abbagliante delle lampade al neon mi strappa un gemito che sembra un lamento.

«Charlotte», mi chiama Nick.

Qualcuno ti ucciderà. La voce dell'uomo mi invade la testa.

Scatto a sedere all'improvviso e punto lo sguardo dritto davanti a me. C'è Jackson Turner che mi guarda con una strana espressione.

«Charlotte», ripete Nick al mio fianco. «Non fare scatti improvvisi», mi ordina, poggiando una mano sulla mia spalla.

Deglutisco, ancora incapace di proferire parola, e annuisco. Nick fa qualche passo indietro e si appoggia alla parete. Lui e Jackson mi osservano, mi studiano; stanno aspettando che io dica qualcosa, ma non sono in grado di produrre niente di sensato, adesso.

Il mio collo è intorpidito, però, quando tento di sgranchirlo, una fitta al petto mi fa sussultare. Mi ricordo della ferita e abbasso la testa per osservarmi. Il taglio è stato coperto da una garza, sembra sia stato inferto orizzontalmente, tra la clavicola e il seno.

«Guarirà», afferma Jackson, quando segue la direzione del mio sguardo.

Sì, guarirà, ma non è la ferita a preoccuparmi.

«Ti senti meglio ora?» domanda Nick, riavvicinandosi a me.

«Più o meno», riesco a rispondere. La mia voce è gracchiante, come se avessi urlato a squarciagola per un tempo indefinito.

«Charlotte», dice Jackson. Fa il giro del letto e si siede accanto a me. «Chi è stato?»

Qualcuno ti ucciderà.

«Non lo so.»

Non sto mentendo, non ne ho davvero idea. La mia mente proietta l'immagine della persona incappucciata dell'altra sera, ma tento di scacciarla via. Non è il momento di fare congetture.

«Ti hanno derubata?» domanda Nick a bassa voce.

Potrei dire la verità. Potrei raccontare tutto ciò che è successo. Loro potrebbero chiamare la polizia e io, forse, riuscirei a sentirmi almeno un po' al sicuro. Il problema, però, è che la mia verità potrebbe risultare assurda per tutti gli altri.

Faccio per parlare, ma la porta della stanza viene spalancata con forza e i cardini tremano. Daisy fa il suo ingresso e si blocca al centro della camera. I suoi occhi scuri saettano su Nick e Jackson, fino a soffermarsi su di me.

«Cosa diamine sta succedendo qui?» chiede. Il suo tono di voce, per qualche motivo a me sconosciuto, ha perso la determinazione che lo contraddistingue.

«L'hanno aggredita», risponde Jackson al mio posto.

Vorrei dirgli di non raccontare niente a Daisy, ma so di non poterlo fare. Sono ferita, rannicchiata su un lettino di ospedale, e Jackson non potrebbe in alcun modo mentire.

«Aggredita?» ripete incredula.

«Sì», afferma Nick. «Aggredita. Forse stava tornando a casa. L'ho trovata nel corridoio del Pronto Soccorso, ha una ferita da arma da taglio sotto la clavicola destra.»

Vorrei essere io a parlare, a spiegare la mia versione, ma sto ancora tentando di confezionare una bugia credibile per giustificare l'accaduto.

«Nick, Jackson. Uscite da questa stanza. Lasciatemi sola con lei per un momento», ordina Daisy.

«Veramente...» tenta di protestare Nick, che viene zittito da un'occhiata torva di lei. I due uomini si guardano prima di obbedire e lasciare la stanza.

«Charlotte», mi chiama Daisy, facendo qualche passo verso il letto. Il suo tono di voce è cambiato, ora si è ammorbidito. «Chi è stato?» mi domanda.

Qualcuno ti ucciderà.

«Un uomo», rispondo, reggendo il suo sguardo. «Mi ha aggredita. Voleva derubarmi.»

Non credo di aver detto così tante bugie in vita mia come invece sto facendo in questo ultimo periodo. Ho paura a raccontare la verità, perché dovrei rivelarle che ho dei dubbi sull'identità di Hayden King, dovrei parlarle dei biglietti, dovrei dirle della persona incappucciata.

«Derubarti», ripete.

«Derubarmi, sì», confermo.

Solleva entrambe le sopracciglia e appoggia le mani sulla sbarra del letto.

«Com'è successo?»

Ha fiutato la mia menzogna, non si è bevuta una sola sillaba di quello che ho detto.

«Voleva i miei soldi. E mi ha ferita qui», rispondo di slancio, indicando la garza. Se non ricordassi i dettagli dell'accaduto, potrei credere io stessa alla frottola che ho appena raccontato.

«Derubarti», ripete per l'ennesima volta.

Annuisco. «Può capitare in una grande città come Boston.»

Si curva oltre la sbarra e io tiro d'istinto le ginocchia al petto.

«Non c'è nient'altro che vorresti dirmi, Charlotte?»

Sa che sto mentendo.

«No, niente», dico.

La porta viene spalancata di nuovo e temo che stavolta voli fuori dai cardini. Perfino Daisy sobbalza.

Hayden fa la sua apparizione sulla soglia. Ha l'aria trafelata, come se avesse appena affrontato una maratona, e i capelli in disordine. Indossa una semplice tuta grigia, probabilmente era a casa sua e Nick e Jackson l'hanno disturbato.

Incontrare il suo sguardo riesce a rilassarmi. Mi sento al sicuro, ma non dovrebbe essere così; non dopo il modo in cui si è comportato.

«Charlotte», esordisce.

Daisy si sposta e lui si avvicina. «Cosa cazzo è successo?» chiede. È agitato, arrabbiato e chissà cos'altro.

«L'hanno aggredita», risponde Daisy, marcando l'ultima parola.

«Per derubarmi», mi affretto ad aggiungere.

Daisy fa una smorfia che Hayden non coglie, perché è troppo impegnato a studiarmi. Si sta davvero assicurando che io sia tutta intera o è solo una mia impressione?

«Vi lascio soli», annuncia Daisy. «Portala via», bisbiglia all'orecchio di lui.

Non dico niente, faccio finta di non aver sentito e scendo dal letto. Non andrò con lui, telefonerò a Cindy e tornerò a casa mia.

Daisy esce dalla stanza e richiude la porta. Qualcuno parla all'esterno e riconosco la voce del fratello di Cindy.

«Joe è qui?» chiedo.

«Sì. Hanno avvertito la polizia ed è arrivato lui», conferma Hayden.

«Bene.» So a chi chiedere un passaggio per tornare a casa.

Intercetto le mie scarpe e la mia giacca sopra una sedia blu. Lancio un'occhiata all'orologio appeso alla parete: sono quasi le tre del mattino. Ho dormito parecchio. Mi alzo e mi giro verso la sedia.

«Chi è stato?» domanda Hayden.

Continuo a dargli le spalle, non ho voglia di affrontarlo. «Non lo so.»

«Cooper», mi richiama.

«Cosa vuoi, Hayden?» sbotto. «Lasciami in pace, almeno oggi.»

Apprezzo il suo strano interesse nei miei confronti, ma è stupido perfino per lui credere che io abbia dimenticato il suo comportamento solo perché si è precipitato qui.

Si ferma dietro di me. Mi volto e lo fronteggio, però evito di lasciarmi imbambolare dal suo sguardo. Contro ogni aspettativa, punta due dita sotto il mio mento e mi obbliga a fissare gli occhi nei suoi. Compie un altro passo avanti e io ne faccio due indietro. Non voglio che mi tocchi. Non so cosa diamine scateni in me Hayden King, ma mi impongo di rivestirmi di una determinazione che ultimamente non mi appartiene più.

Fa per dire qualcosa, ma il suo sguardo cade sulla ferita. La sua mano si muove nel vuoto e le sue dita atterrano sulla garza. Ne traccia i contorni e una piccola ruga si forma tra le sue sopracciglia scure, mentre un mix di emozioni diverse sfila sul suo viso.

«E questo cos'è?» chiede a fil di voce.

«Sei ripetitivo. Daisy ti ha già risposto: mi hanno aggredita», controbatto acida. «I tuoi amici non ti hanno avvisato?»

Scuote la testa, inerme. No, non conosce i retroscena dell'accaduto.

«Cos'è?» domanda di nuovo.

«Non vedi? Una ferita», rispondo senza guardarlo.

«Una ferita provocata da cosa?»

«Arma da taglio», si intromette una voce. Sia Hayden sia io ci voltiamo. Joe è poggiato allo stipite della porta e ci sta osservando.

«Che cosa?» domanda Hayden.

«Sì, è vero», confermo, ritraendomi dal suo tocco. «Era un coltello.»

«Un pugnale», mi corregge Joe.

«Che cosa?» grida Hayden. La vena sul collo gli pulsa e la rabbia si impossessa del suo volto.

«Rilassati», lo ammonisce Joe. «Nick ha detto...»

Basta un'occhiata di Hayden ad ammutolire Joe, che solleva le mani in segno di resa. Mi deve essere sfuggita questa particolare nota del suo carattere, ma in effetti non lo conosco per niente.

Mi si para davanti. Insieme alla rabbia, regna nelle sue iridi anche la paura. «Mi spieghi cosa cazzo è successo?» chiede, poggiando le mani sulle mie spalle.

Mi piacerebbe non rispondere e andare via, ma sembra molto preoccupato e mi convinco a dargli una spiegazione. «Stavo tornando a casa e mi sono resa conto di aver dimenticato le chiavi e il cellulare nel mio armadietto. Così, mi sono incamminata per tornare qui. Mi sono accorta che qualcuno mi stava seguendo e, per sbaglio, ho imboccato un vicolo cieco. Il tizio mi ha seguita e...» Mi blocco, deglutisco e non proseguo.

«Ti ha parlato? Ti ha detto qualcosa? Cosa voleva?»

Alzo il mento e reggo il suo sguardo. «Soldi. Voleva soldi.» Mi ritraggo ancora dal suo tocco quando allunga un braccio. Non voglio le sue mani addosso.

«Merda!» esclama, incastrando le dita tra i capelli.

Joe si avvicina e gli dà un'amichevole pacca sulla spalla. «Immagino che tu sia stanca. Non voglio interrogarti adesso, preferisco farlo domani, se per te va bene», mi dice.

Sì, sono stanca, voglio solo tornare a casa mia e dormire. Ho bisogno di tempo per riflettere. «Preferisco anche io così, grazie Joe.»

«Prego», risponde. Sposta gli occhi verso Hayden, che lo fissa di rimando, e intavola con lui quella che credo sia una discussione silenziosa, fatta solo di sguardi e impercettibili movimenti della testa.

«Dovresti stare con Hayden, stanotte. Sarebbe meglio», sentenzia.

Punta sul vivo, incrocio le braccia al petto, ignorando la fitta fastidiosa che proviene dalla ferita. «Per quale motivo?»

«Semplice precauzione.»

Sento lo sguardo di Hayden nella schiena. «No», ribatto, scuotendo la testa. «Voglio tornare a casa mia, da tua sorella. Non voglio stare con lui.»

Sembro una bambina capricciosa e Hayden, dietro di me, sospira. La sua mano viaggia davanti al mio viso e prova ad acciuffarmi per un polso, ma mi sposto. «Cooper», mi chiama.

«No», ripeto asciutta, voltandomi. «Non voglio stare con te.»

«Se è per quello che è successo oggi...»

«Non voglio stare con te e basta.»

Sono una patetica bugiarda. Una parte di me vorrebbe solo seguirlo, e lasciare l'orgoglio a marcire in un angolo.

«Charlotte, ascolta», si intromette Joe con la sua solita gentilezza, «Cindy dormirà da me. Dopo i segni sulla porta della scorsa volta e l'aggressione di oggi, voglio prendere le dovute precauzioni. Devi andare con Hayden, non hai molte possibilità. Casa tua è off limits.»

«In che senso?»

Perché mi ha appena vietato l'accesso al mio appartamento? Non sono stata aggredita lì.

«Nel senso che la farò tenere d'occhio, almeno per questa notte. Non si sa mai.»

Hayden, ora dietro di lui, annuisce. Ho di nuovo il presentimento che entrambi stiano omettendo qualcosa, ma so di non poter fare domande perché capirebbero che ho intuito qualcosa. Mi devo arrendere: non posso tornare a casa mia e sono sicura che nessuno di loro due mi permetterebbe di affittare una camera in hotel.

Sono sfinita, non ho voglia di discutere, e la presenza di Hayden, mio malgrado, scaccia via almeno in parte la paura che mi rende prigioniera. Avrò tempo per pentirmene e darmi dell'idiota più tardi.

«Cindy non è a casa. Vai a prenderla. Non so dove sia, ma chiamala. Fai qualcosa.»

«È mia sorella, ovviamente andrò a recuperarla», risponde Joe. «Proprio adesso. Ci vediamo domani, allora.»

Annuisco e Hayden mi imita. Joe ci lascia soli e il silenzio cala intorno a noi come un sipario. Indosso la giacca ed esco dalla stanza, precedendo Hayden. Ho i suoi occhi addosso, percepisco la loro presenza ingombrante scivolare su e giù per il mio corpo.

«Charlotte!» grida Daisy dal fondo del corridoio. Si avvicina e fa penzolare la mia borsa davanti al naso. «Il tuo armadietto era aperto. C'era questa dentro.»

Sta dimostrando che ho mentito, che nessuno ha tentato di derubarmi. D'altronde, chi si prenderebbe la briga di aggredire una ragazza che va in giro senza borsa?

Fingo di non aver colto la sua accusa velata. «Grazie», rispondo, acchiappando la borsa.

«Derubata, eh?» mi schernisce Daisy. Lei e Hayden si scambiano uno sguardo d'intesa.

«Ci ha provato, ma non c'è riuscito, sì», mento. «Pensava di trovare qualcosa nelle tasche della giacca, credo.» La mia versione fa acqua da tutte le parti, ma non devo niente a nessuno. Sono libera di prendermi il tempo che mi serve per elaborare l'accaduto e non mi impongo di raccontare la verità solo perché loro hanno fiutato la mia bugia.

«Bene. Immagino tu sia scossa. Rimani a casa per qualche giorno», conclude lei.

«Scossa» non rende giustizia a ciò che provo realmente. «Grazie, Daisy», rispondo ed esibisco un sorriso forzato. Lei se ne va senza aggiungere altro.

«Andiamo», borbotta Hayden e mi supera.

Mi tiene d'occhio voltandosi ogni tanto per assicurarsi che io non stia tentando la fuga, e rimango dietro di lui a torturarmi le mani. Non posso scappare, non ho alternative migliori. Vagare da sola per le strade buie di Boston non mi sembra la soluzione migliore. Fino a qualche ora fa l'avrei fatto senza pensarci troppo, ma adesso è fuori discussione.

Hayden mi conduce ai parcheggi sotterranei e l'aria umida mi circonda le ossa. Mi stringo nelle spalle ed entro nella sua auto, stando attenta a non incrociare i suoi occhi. Non sopporto, però, il silenzio tra noi. Ho la necessità di sentire la sua voce, di ascoltare le sue parole. Perfino una sfuriata mi andrebbe bene perché non voglio fare i conti con le immagini dell'aggressione che cominciano a scorrermi davanti.

«Hai freddo?»

«No», rispondo.

Non aggiunge altro e abbasso lo sguardo. La camicia che indosso è zuppa di sangue e decido di buttarla appena sarò a casa di Hayden anziché provare a eliminare la macchia.

Distolgo gli occhi e le parole di quell'uomo si ripetono nella mia mente come un disco rotto: *Non importa chi lui sia realmente*. Guardo Hayden di sottecchi. E se l'aggressore si stesse riferendo proprio a lui? D'altronde, è l'unico che conosco ad avere un'identità fittizia, ammesso che Cindy abbia ragione.

Altre domande mi tormentano. Perché io? E perché devo giocare bene le mie carte? Perché quell'uomo mi ha ferita?

La paura mi attanaglia lo stomaco e rispedisco indietro le lacrime. Sospiro e Hayden mi scocca un'occhiata piatta.

Il tragitto fino a casa sua passa in silenzio. Dopo un po', riconosco il palazzo in cui vive e chiudo i miei pensieri in un cassetto; avrò tempo per rimuginarci sopra quando rimarrò da sola.

Entriamo nel suo appartamento col sottofondo dei nostri respiri soltanto. Potrei tagliare a fette la tensione che aleggia tra di noi e reprimo la voglia di fargli domande. Lui, Joe e Daisy non mi convincono; il timore che ho letto nei loro occhi è bizzarro.

«Devi toglierti quella camicia. È piena di sangue», dice, dopo aver chiuso la porta.

«Sì, sembro uscita da un film dell'orrore.» La mia frase non stempera l'atmosfera e Hayden mi sfila davanti.

Odio questo silenzio. Voglio sentire ancora la sua voce perché, nonostante tutto, è l'unica cosa che riesce a frenare gli ingranaggi del mio cervello. «Stavi dormendo?» gli chiedo.

«No. Ti prendo una felpa, aspetta.» Sparisce nel corridoio e io rimango immobile al centro della sala. L'appartamento è in perfetto ordine, come l'altra volta, e io mi sento un pesce fuor d'acqua. Nonostante la presenza di Hayden mi faccia bene, l'idea di stare sola con lui, qui dentro, mi agita.

«Tieni.» Si avvicina con cautela e mi porge una felpa grigia. I suoi occhi si fermano per qualche istante sulla ferita coperta dalla garza, poi risalgono e indugiano sul mio volto. Solleva una mano e la riabbassa l'attimo successivo. Vorrei entrare nella sua testa e ascoltare i suoi pensieri.

«Grazie.»

Si allontana da me per dirigersi in cucina; io, nel frattempo, raggiungo il bagno. Decido di non farmi una doccia perché continuo a sentirmi a disagio in questo luogo che non mi appartiene. Chiudo la porta a chiave, mi tolgo la camicia e la butto dentro il cestino, poi mi fermo davanti allo specchio. Sono un disastro: ho gli occhi gonfi, il viso livido e i capelli arruffati. Nick deve avermi ripulita, perché intorno alla ferita non c'è alcuna traccia di sangue. Il reggiseno, però, ha la coppa destra imbrattata e raggiunge la camicia nel cestino della spazzatura. Vorrei togliere la garza per esaminare il danno, ma lascio perdere e indosso la felpa che mi ha dato Hayden.

Mi massaggio il collo ancora intorpidito e torno in cucina. Hayden è immobile, con le braccia conserte e le spalle poggiate al frigorifero.

«Siediti sul tavolo», ordina.

«Perché?»

«Voglio vedere la ferita.»

Titubante, faccio come mi ha detto e, con un piccolo balzo, riesco a sedermi sul tavolo già occupato da un pacco di garze e qualche flacone.

«Abbassa la zip», dice.

Mi pento di aver buttato il reggiseno. Scopro la ferita e mi aggrappo ai bordi del tavolo per sorreggermi. Lui si avvicina e, con delicatezza, comincia a rimuovere la garza. Il suo tocco leggero riesce a scatenare una scarica elettrica che serpeggia fino a un punto indefinito sotto l'ombelico.

«Ora che siamo soli, comunque, potresti anche raccontarmi la verità.»

«Verità? Di cosa stai parlando?» chiedo, nonostante il suo sguardo indagatore.

«Non penso che un ladro arrivi a ferire una ragazza che va in giro senza borsa e senza soldi. Ha davvero poco senso. Può accadere, certo, ma è raro.»

«Credeva di trovare qualcosa nelle tasche della giacca», ripeto. «Era un ladro.»

Hayden appoggia la garza sporca sul tavolo e si china in avanti, diminuendo la distanza tra di noi per studiare la ferita con attenzione.

«Nick ha ragione», sentenzia. «Questo è un taglio inferto da un pugnale.»

«Come fai a esserne certo?» Non ottengo risposta. «Hai parlato con Nick?» aggiungo.

«Sì.»

Medica la ferita con cura, le sue dita sembrano piume sulla mia pelle e stringo con forza i bordi del tavolo per la tensione che ogni sfioramento mi provoca.

«Fa male?» chiede.

«Un po'.»

«Uhm», mormora. È talmente vicino che i suoi capelli mi solleticano il mento e il collo, e cerco di non respirare perché il suo profumo mi manda in delirio.

«Non appena starai meglio, torneremo a lavorare insieme nel nostro reparto», dice. Il soffio delle sue parole aumenta la mia agitazione e alzo gli occhi verso il soffitto. Tuttavia, mi ricordo all'improvviso di quanto accaduto tra noi e indietreggio, sottraendomi al suo tocco.

Si accorge del mio cambio d'espressione e mi guarda. «Cosa c'è?» mi chiede e blocca la mano a mezz'aria.

«Tu non mi vuoi tra i piedi», sibilo, in tono accusatorio.

Lui butta l'ovatta dentro il cestino ai suoi piedi e posa le mani sulle mie ginocchia. Maledico il mio corpo e i fremiti d'eccitazione che lo scuotono.

«È lavoro, Cooper.»

«E lo capisci adesso? Dopo il modo in cui ti sei comportato?»

«E quale sarebbe il problema?»

«Torneremo a lavorare nel solito reparto, ma io non ti voglio tra i piedi», replico a mo' di sfida, tirandogli addosso le sue stesse parole.

«Lavorerai con me», asserisce perentorio.

«Neanche per sogno.»

«Attenta a giocare con me, Cooper», mi ammonisce, mentre strappa l'involucro di una garza nuova. «Tanto sappiamo entrambi che ti piace avermi tra i piedi.»

«Hai proprio una gran bella faccia tosta!» esclamo irritata, spingendo via la sua mano. Ormai ha già terminato di medicarmi la ferita, può smettere di toccarmi.

Gli angoli delle sue labbra scattano verso l'alto e il ghigno di scherno che tanto odio fa la sua entrata in scena. «Ho solo detto la verità.»

La mia determinazione vacilla nel momento stesso in cui appoggia di nuovo le mani sulle mie cosce. «Questo lo credi tu», sbotto.

«Io non ho intenzione di tollerare i tuoi giochetti, tantomeno quelli di Amy.»

«Amy?» ripete, aggrottando la fronte.

«Amy, sì», confermo.

«Cosa c'entra Amy?» Non si sposta, rimane immobile davanti a me.

«Mi prendi in giro? Pensi seriamente che io sia stupida, Hayden? Il giorno prima vi vedo insieme alla mostra e il giorno dopo mi tratti male e mi dici di non volermi tra i piedi.»

Lui ridacchia e mi viene voglia di mandarlo a quel paese e di assestargli anche uno schiaffo.

«Pensi che la colpa sia di Amy?» chiede.

«Sicuramente è colpa sua», affermo risoluta. «E questo spiega il tuo comportamento da testa di cazzo. Non ti ho fatto niente e mi hai comunque detto di stare lontana da te. E dato che, te lo ripeto, non sono stupida, ho capito il motivo.»

Sbatte le palpebre e mi irrito ancora di più quando gli scappa una risata.

«Non c'è un cazzo da ridere.»

«Io lo trovo molto divertente, invece», ribatte.

Affilo lo sguardo. «Vaffanculo», sibilo, «sei uno stronzo.»

«Hai finito di insultarmi?» sogghigna.

«Sono contraria alla violenza, altrimenti ti avrei già mollato uno schiaffo. Ora, scusami, ma vorrei andare a dormire», annuncio. Circondo i suoi polsi con le dita e sposto le sue mani dalle mie cosce. «Grazie per l'aiuto», aggiungo, scendendo dal tavolo. Sollevo la zip della felpa e lo aggiro per oltrepassarlo. «E vaffanculo», concludo.

«Cooper», mi chiama.

Quest'uomo è una persecuzione.

«Hayden, non ho voglia di continuare a discutere. Mi hai seriamente…»

Accade tutto in una frazione di secondo: azzera la distanza con una falcata e le sue labbra si abbattono sulle mie prima che riesca a completare la frase. Spalanco gli occhi per la sorpresa e stringo i pugni. Il suo fiato caldo si infrange sul mio viso, il suo profumo penetra nelle mie narici e la sensazione della sua bocca sulla mia manda in frantumi il buonsenso.

Chiudo gli occhi e mi lascio trasportare dalle emozioni che

mi esplodono dentro, un caleidoscopio di colori abbaglianti. La sua lingua si insinua nella mia bocca e, d'istinto, butto le braccia intorno al suo collo.

Il contatto leggero e delicato si trasforma in una foga distruttiva, il silenzio si riempie dei nostri sospiri e le mani di Hayden si posano sui miei fianchi, sollevano appena la felpa per farsi spazio e raggiungono la mia pelle nuda.

La tensione diventa eccitazione e, prima che riesca a opporre resistenza, le sue dita scivolano dietro le mie cosce; come se non pesassi niente, mi solleva e mi fa sedere di nuovo sul tavolo. Gli permetto di farsi spazio tra le mie gambe, mi spingo verso di lui perché ho la necessità di far combaciare ogni mia curva al suo corpo marmoreo.

Sposta una mano sul mio fondoschiena e mi tira di più a sé, ingoiando il mio gemito successivo.

Il momento idilliaco viene interrotto dal suono del campanello. Le nostre labbra si staccano, ma Hayden mantiene la fronte poggiata alla mia e io apro gli occhi, ritrovandomi a fissare le sue iridi verdi costellate di pagliuzze gialle.

Il campanello suona un'altra volta. Sono passate le quattro del mattino, è assurdo che qualcuno stia cercando Hayden a quest'ora.

«Aspetta qui», sussurra sulla mia bocca.

Annuisco e abbasso lo sguardo. Quando si sposta, vorrei solo chiedergli di lasciar perdere e tornare da me. Sono un contenitore di emozioni pronto a esplodere, inspiro ed espiro più volte per cercare di alleviare la fitta quasi dolorosa al basso ventre.

Hayden, nel frattempo, ha già aperto la porta. «Salve, signora Scott», lo sento dire.

«Ciao, caro», replica una voce sconosciuta. Sollevo la testa per sbirciare oltre le spalle di Hayden e vedo un'anziana signora ferma sulla soglia. «Ho di nuovo problemi di insonnia. Potresti darmi le gocce miracolose dell'altra volta, per favore?»

«Certo, aspetti qui», risponde lui. Mi sfila davanti per raggiungere il corridoio e mi rivolge un'occhiata divertita.

«Ciao, cara», esordisce la signora Scott.

Capisco che sta parlando con me e le sorrido.

«Salve», la saluto.

Hayden riemerge dalla sua stanza poco dopo. «Sei gocce. Non di più, signora Scott», le raccomanda, porgendole un flacone.

«Sei un tesoro. Domani ti porterò una torta.»

«Non deve, davvero.»

«Certo che devo! Sei sempre così gentile», ribatte lei. «Carina la tua ragazza», aggiunge.

Spalanco gli occhi e scivolo giù dal tavolo con un balzo maldestro. Hayden, invece, non dice niente.

«Buonanotte, caro», conclude la signora.

«Buonanotte a lei, signora Scott», la saluta lui. Chiude la porta e la consapevolezza di essere di nuovo soli mi frana addosso. Non posso stare con lui dopo quello che è successo, l'agitazione mi sta lentamente mangiando viva, devo riflettere e, magari, darmi anche una calmata.

Hayden non parla, si limita a guardarmi da una distanza di sicurezza. Faccio un passo indietro e intreccio le mani dietro la schiena, mentre dondolo sui talloni. «Vado a dormire», farfuglio e indico il corridoio alle mie spalle.

Non risponde e mi fissa. Dannazione, perché non dice niente?

«Buonanotte», dico. Cammino svelta fino alla camera degli ospiti e mi chiudo dentro.

19

Mi ritrovo in una stanza bianca e immacolata. Sono seduta a terra e non riesco a capire quanto sia grande questo posto. Mi alzo in piedi e abbasso lo sguardo: indosso ancora la felpa di Hayden, ma non ho i jeans.

Mi guardo intorno e, in un solo secondo, le pareti della stanza cambiano colore e diventano nere, poi vengono bucate da una chiazza rossa che si espande lentamente. Mi avvicino con cautela e dal centro della macchia appare lo stesso simbolo che ho già visto sulla porta del mio appartamento.

Attorno a me tutto è silenzioso, solo il rumore del mio respiro rimbalza da un angolo all'altro della stanza quadrata. Sfioro il simbolo, ma la sostanza rossa imbratta la mia mano. Accosto le dita al naso, riconoscendo l'odore pungente del sangue.

Le pareti cambiano di nuovo colore, il nero viene sostituito del tutto dal rosso. Fa caldo, troppo caldo, mi sembra di essere intrappolata tra le fiamme infernali.

«Coop.» Mi muovo in direzione della voce e Hayden appare alla mia destra, ma non si avvicina e mantiene le distanze.

«Hayden», lo chiamo.

«Non sono Hayden.»

Lo guardo negli occhi e non lo riconosco, sembra un'altra persona, e le linee del suo viso perdono consistenza. La sua espressione muta e fa spazio a un ghigno tenebroso.

«Attenta a come giochi, Coop.» È Hayden a parlare, ma la voce non gli appartiene.

Inizio ad avere paura. Chi ho davanti non è Hayden. Ha il suo aspetto, ma non è lui. È qualcun altro nel suo corpo.

Compio degli impercettibili passi indietro, mentre lui continua a osservarmi con quel ghigno che trasuda una malsana malvagità.

«Gioca bene le tue carte», sibila una voce alle mie spalle.

E poi la sento. Sento la lama sul mio collo.

Chino la testa e noto il tatuaggio: *473*.

«Qualcuno ti ucciderà», bisbiglia lo sconosciuto al mio orecchio.

«Sì», conferma Hayden da lontano. «Qualcuno ti ucciderà, Charlotte.»

Apro gli occhi all'improvviso e la prima cosa che vedo è il soffitto bianco sopra la mia testa. Con il fiato corto e i polmoni che bruciano, mi porto una mano all'altezza del cuore e l'altra sulla fronte sudaticcia per liberarmi di alcune ciocche di capelli.

Sono a casa di Hayden, nella camera degli ospiti. È stato solo un sogno.

Il mio corpo è avvolto nelle coperte e mi muovo per spostarle, poi mi metto a sedere e lascio che il lenzuolo scivoli giù per i fianchi.

Ho sognato il numero che ho visto sul polso del mio aggressore. Se dovessi incontrarlo sotto altre vesti, potrei riconoscerlo proprio grazie al tatuaggio.

Sconvolta, butto la testa sul cuscino e cerco di ripercorrere gli avvenimenti della scorsa notte. Ripeto le frasi che l'uomo ha pronunciato e una consapevolezza dapprima latente diventa più nitida: si riferiva a Hayden. È un ragionamento assurdo, ma è l'unica opzione plausibile.

Una sola certezza si fa spazio in me: l'aggressione è in qualche modo collegata a Hayden King. È impossibile che un tizio a caso si sia divertito a ferirmi e a minacciarmi blaterando cose senza senso.

No, ciò che ha detto ha senso invece.

Non importa chi lui sia realmente.

Non mi è ancora chiaro il motivo per cui l'uomo abbia puntato me, ma devo scoprire il collegamento tra il mio aggressore e Hayden, e se fossi più prudente inizierei a prendere le distanze da lui.

Se solo riuscissi a farlo. La verità è che non voglio neanche provarci perché non riuscirei a stargli lontana. Per un miscuglio di curiosità, attrazione e chissà cos'altro, non riesco a tollerare l'idea di non parlargli più e di non passare più il tempo in sua compagnia.

Mi sfioro le labbra e sospiro, socchiudendo gli occhi. Hayden mi ha baciata. Per qualche strano e inspiegabile motivo, l'ha fatto e io non ho opposto alcuna resistenza. Mi sono lasciata baciare.

Non mi ero davvero resa conto di desiderare così tanto un bacio finché non è successo. Ragionevolmente, credo di essermi infilata in un gran bel casino senza neanche volerlo.

Vorrei non affrontare Hayden ora, ma non posso rimanere chiusa in questa stanza, perciò scendo dal letto, mi vesto ed esco in corridoio. Raggiungo la cucina e trovo Hayden già sveglio, con un bicchiere in mano.

«Ciao», dico, dopo essermi schiarita la voce. Lui posa il bicchiere e si volta. Indossa una felpa e, sotto la zip aperta, non ha nient'altro. Mi domando se lo faccia di proposito oppure no.

«Buongiorno», risponde. Oggi sembra tranquillo e di buonumore. Io, invece, avvampo e il sangue affluisce alle guance. Distolgo lo sguardo per non permettergli di intravedere il colorito imbarazzante che ho assunto e mi siedo su una sedia.

«Ho preparato il caffè. Lo vuoi?»

«Sì, grazie.»

Lo osservo di sottecchi, rapita dai suoi movimenti, mentre riempie due tazze di caffè. Esploro da lontano il suo corpo, le sue ampie spalle, il fondoschiena coperto dai pantaloni della tuta e le sue gambe lunghe e slanciate. Voglio sapere il motivo per cui mi ha baciata; mi conosco abbastanza bene da sapere che non mi darò tregua.

Nonostante tutto, devo ammettere che è senza dubbio l'uomo più bello, sexy e affascinante che io abbia mai incontrato e, in tutta sincerità, non mi era mai balenata l'idea che, prima o poi, mi avrebbe baciata.

Hayden si gira e si allunga per posare una tazza sotto il mio naso.

«Grazie», sussurro.

«Prego.»

Inizio a picchiettare le dita sul tavolo per smorzare il silenzio, mentre aspetto che il caffè si raffreddi, evitando abilmente di incrociare lo sguardo di Hayden che, nel frattempo, non smette di fissarmi.

«Non dovresti lavorare?» chiedo con noncuranza.

«Turno notturno», risponde. «Tu, invece, stai a casa per qualche giorno.»

«Sì, lo so», affermo.

Lascia la sua tazza vuota dentro il lavello, poi incrocia le braccia al petto e mi osserva. Anzi, mi studia, e io odio quando mi guarda così, perché mi mette sempre a disagio. Nascondo il viso dietro la tazza e tento di bere il caffè senza dar peso al suo sguardo. Cerco in tutti i modi di non lasciar vagare i miei occhi su ciò che si intravede oltre la felpa aperta.

«Ora potresti dirmi la verità?»

«La verità?» ripeto, storcendo il naso.

«La verità, sì. Cosa è successo ieri?»

«Un ladro mi ha aggredita», mento, sfoderando la mia risposta automatica a quella precisa domanda.

«Sì, certo, come no», mi rimbecca. Scioglie le braccia e le lascia ricadere. Mi obbligo a tenere gli occhi fissi sul suo viso, ma è difficile. «Avanti, Coop. Dimmi la verità.»

«Mi stai dando della bugiarda?»

Sì, sto mentendo. Sì, sono una bugiarda, ma da Hayden non accetto certe insinuazioni. Non da uno che probabilmente non si chiama nemmeno come dice.

«No. Voglio solo sapere cosa è successo davvero.»

Reggo il suo sguardo per qualche istante, poi mi alzo dalla sedia e mi avvicino a lui. Mi osserva con la coda dell'occhio mentre ripongo la tazza dentro il lavello e mi allontano senza rispondere. Non ho la minima intenzione di discutere e non voglio dirgli la verità perché poi dovrei snocciolare informazioni che preferisco tenere per me. Ho comunque ficcato il naso tra le sue cose private, ho scavato per avere risposte sul suo passato.

«Charlotte», mi chiama alle mie spalle.

Lo ignoro e cammino svelta fino alla camera degli ospiti, entrandoci a tutta velocità. Sento i suoi passi dietro di me e mi fermo al centro della stanza.

«Cosa vuoi, Hayden? Ti ho detto la verità: un ladro mi ha aggredita. Vuoi credermi? Bene. Non vuoi farlo? Va bene lo stesso, non mi interessa.»

Con due falcate mi raggiunge e i miei occhi scivolano giù senza alcun controllo, fino al suo addome scolpito.

«Credi che io sia stupido?»

Sollevo il mento per guardarlo. «No.»

«Allora dimmi la verità.»

Davanti alla mia determinazione, decide di giocare sporco e appoggia una mano sulla mia schiena per attirarmi a lui. Dovrei mantenere la calma e far finta di niente, ma il mio corpo è attratto dal suo oltre ogni ragione e, nonostante io sia vestita, ogni frammento della mia pelle viene invaso da piccole scosse che si concentrano al centro del mio basso ventre.

La mia sicurezza vacilla. «Un ladro mi ha aggredita», ripeto. «Fine della storia.»

«Un ladro si diverte ad aggredire una ragazza senza borsa?» sibila, puntando un dito sotto il mio mento.

È furibondo, glielo leggo negli occhi, e sto minando la sua pazienza, ma non voglio piegarmi alla sua volontà. Abbasso ancora lo sguardo e, di nuovo, punta due dita sotto il mio mento, pretendendo un contatto visivo che preferirei non concedergli.

«Dimmi la verità», sussurra. «Chi è stato?»

Socchiudo gli occhi per qualche secondo e tento di ristabilire ordine nella mia testa. Non posso e non devo arrendermi. Non gli racconterò la verità e troverò da sola le risposte che cerco. Se gli raccontassi tutto, mi chiuderebbe la porta in faccia una volta per tutte ed è l'ultima cosa che voglio, nonostante io sia ancora convinta che mi stia nascondendo qualcosa. Il legame che comincio a percepire tra noi sta iniziando a pesare come un macigno. Curiosità, attrazione e le troppe cose che non capisco stanno generando qualcosa che vorrei in qualche modo soffocare.

«Un ladro», ripeto ancora, aprendo gli occhi e incontrando i suoi. «Un ladro mi ha aggredita. Fine della discussione.»

Hayden assottiglia le palpebre e scuote la testa. Mi aspetto che dica altro, che mi rifaccia la domanda, ma non lo fa. Lascia andare il mio mento e mi dà le spalle per raggiungere la porta.

«Perché mi hai baciata?» chiedo.

Lui si blocca. Il silenzio che cala è talmente assoluto che riesco a sentire perfino il rumore provocato dalle lancette del piccolo orologio che porto al polso.

Alla fine, si volta verso di me. Con un ghigno che profuma di beffa, inclina la testa. «Me lo stai chiedendo davvero?»

«Non sei mica sordo», ribatto, imitando la sua posizione. «Ovviamente te lo sto chiedendo davvero.»

«Mi andava di farlo.»

La sua risposta mi spiazza. «Ti andava di farlo?»

Scrolla le spalle con indifferenza. Inizio a non tollerare il modo in cui si prende gioco di me. Mi ha baciata, pretendo una spiegazione e «mi andava di farlo» non è una giustificazione.

«Sì, mi capita, sai?» risponde. «Continuavi a dire cazzate e ti ho messa a tacere.»

«E questo da cosa lo deduci?»

Il suo ghigno beffardo si allarga e la mia irritazione cresce a dismisura. Si avvicina, ma non indietreggio. «Cooper», cantilena. Acciuffa una ciocca dei miei capelli e se la rigira tra l'indice e il pollice. È frustrante come un gesto come questo riesca a mandare in subbuglio il mio stomaco. «Sei attratta da me dal primo giorno», conclude.

Avere la certezza che lui l'abbia capito equivale a una stilettata al petto, ma non posso dargliela vinta, nonostante sia la verità. «No, Hayden», dico, facendo un passo indietro. «Non sono attratta da te. Sei tu ad avermi baciata, io non ho mai manifestato alcun interesse nei tuoi confronti.»

Per essere una che fino a qualche settimana fa non mentiva quasi mai, me la cavo abbastanza bene. Tuttavia, Hayden non sembra del mio stesso parere e si morde il labbro inferiore per trattenere una risata.

«Sei troppo cocciuta per ammetterlo. Non lo faresti neanche sotto tortura», afferma. «Ma non sono nato ieri. So che sei attratta da me, altrimenti mi avresti respinto quando ti ho baciata.»

«Il punto è un altro: sei stato tu a baciarmi», continuo imperterrita.

Fa spallucce e lascia andare la mia ciocca. «Bacio chi mi va, quando mi va. Non è una cosa che riguarda te personalmente.»

«Non è una cosa che riguarda me personalmente?» ripeto. Sono così imbarazzata e irritata che non riesco a decifrare le sue parole.

«Sì, non farti strane idee. Non significa niente. Ti ho baciata e potrei anche farlo adesso, di nuovo, e tu ti lasceresti baciare. Di nuovo. E non significherebbe niente. Di nuovo.»

La rabbia riempie ogni mia terminazione nervosa e il mio orgoglio ferito ulula. In venticinque anni di vita nessun ragazzo mi ha mai rivolto frasi simili.

«Fottiti», sibilo. Non voglio più discutere con lui, ha portato la mia pazienza al limite e rischio di esplodere. Devo tornare nel mio appartamento, devo andare via da questa casa. Non voglio passare un secondo di più in compagnia di Hayden, ha appena calpestato la mia dignità e io non ho la minima intenzione di tentare di capire cosa diamine gli stia passando per la testa.

Mi metto le scarpe e recupero la borsa.

«Non andrai da nessuna parte», dice lui.

«Questo lo credi tu.»

Lo sorpasso senza degnarlo di uno sguardo ed esco dalla camera. Prendo la mia giacca e mi avvicino alla porta d'ingresso ma, quando tento di aprirla, la mano di Hayden la richiude con una spinta vigorosa.

«Lasciami uscire e vai a farti fottere una volta per tutte», sbotto. Mi respira sul collo e faccio una fatica immensa a mantenere un briciolo di lucidità.

«Quando mi racconterai tutta la verità, potrai andare dove vuoi. Per ora, rimani qui con me.»

Assottiglio le palpebre e mi volto. È talmente vicino che i nostri nasi potrebbero toccarsi al minimo movimento.

«Perché non mi racconti tu la verità, invece?» lo incalzo.

La sua espressione cambia in un battito di ciglia, la determinazione lascia spazio all'insicurezza e i suoi occhi si incupiscono. *Bingo.*

«Perché non mi dici chi sei davvero?» continuo.

Il tempo si dilata mentre lo fisso in cagnesco e il suo sguardo rimane titubante. Sento di aver toccato finalmente il tasto giusto, ma la sua sicurezza riprende a padroneggiare. La sua mano scivola sulla porta alle mie spalle e lui si avvicina di più, ancora di più, fino ad appoggiare la fronte sulla mia, mantenendo gli occhi incatenati ai miei.

«Non ti piacerebbe saperlo.»

«Prova», lo sfido.

«Fidati di me, Charlotte», sussurra, scandendo ogni singola parola. «Smetti di cercare. Smetti di ficcare il naso dove non dovresti. Stai giocando a un gioco pericoloso. Molto pericoloso.»

Ha capito a cosa mi sto riferendo. Io, invece, ho solo compreso che tutto questo è pericoloso, ma non è una sorpresa perché l'ho già intuito da tempo.

«Allora non abbiamo più niente da dirci», concludo.

Retrocede di qualche passo e ne approfitto per spalancare la porta, ma vado a sbattere contro qualcuno e alzo la testa. «Joe!» esclamo sorpresa.

«Ciao. Sono venuto a interrogarti.»

«Interrogami a casa mia, per favore.»

«Ho appena riaccompagnato Cindy. L'appartamento è a posto», spiega a Hayden. «Accompagno anche lei, allora.»

«Va bene», si limita a dire lui.

Non lo saluto neanche e seguo Joe.

«E questo è tutto», aggiungo, posando la tazza di tè sul tavolo.

Joe, seduto davanti a me, scrive qualcosa su un foglio e annuisce.

Siamo arrivati a casa da circa un'ora e mi ha costretta a raccontargli più volte ciò che è accaduto ieri notte. Sono stata molto credibile e non penso che lui sospetti qualcosa.

«Quindi ti hanno aggredita», ripete ancora, giocherellando con la penna.

«Già», affermo.

Cindy, al mio fianco, è rimasta in silenzio per tutto il tempo. Si è limitata a preparare il tè e a fissare la mia ferita, ma non ha proferito parola. Probabilmente, lei sente la puzza del mio inganno, ma non vuole dirlo di fronte al fratello. In compenso, è da quando sono arrivata che si dà leggeri pizzicotti al braccio; fa sempre così quando è nervosa.

«E non avevi la borsa», continua Joe, corrugando la fronte.

«Pensava di trovare qualcosa nelle tasche della giacca», dico per l'ennesima volta. Se ripetessi questa versione per chissà quante altre volte, potrei finire per crederci anche io.

Lui abbassa lo sguardo e, con le labbra arricciate, scrive un altro appunto.

«Strano», mormora.

«Siamo a Boston, può capitare», gli faccio notare.

«Ovviamente. È solo che è una cosa stupida perfino per un ladro.»

«Magari non è proprio scaltro», azzardo.

«Forse», dice infine. «Ma non dovresti girare per la città di notte.»

«Non piace farlo neanche a me, Joe», chiarisco. «Ma dovevo tornare a casa.»

Un sospiro fuoriesce dalle sue labbra. Piega il foglio e se lo infila in tasca, poi si alza e spinge la sedia. «Bene, allora. Per ora è tutto, ho finito», annuncia. «Vi chiedo solo di evitare di vagabondare di notte. Tu, Cindy, ora hai di nuovo la tua macchina: usala. Fatevi compagnia a vicenda, non si sa mai.»

La sorella annuisce, continuando a pizzicarsi il braccio destro con lo sguardo fisso sulla parete. Mi alzo in piedi a mia volta e accompagno Joe alla porta. «Charlotte, sono serio. Fate attenzione, cazzo.»

«Abbiamo capito, testa di sedano», si intromette Cindy in lontananza.

«Sì, Joe, faremo attenzione. Stai tranquillo», rispondo.

«Lo spero. Per qualsiasi cosa, chiamatemi.»

«Va bene.»

«Ciao, ragazze.»

«Ciao, Joe.»

«Levati dalle palle», borbotta Cindy. Lui alza gli occhi al cielo e se ne va.

Richiudo la porta e appoggio le spalle al legno freddo, puntando lo sguardo in direzione di Cindy. So che sta per sbottare, sento la sfuriata aleggiare nell'aria.

Uno. Due. Tre.

«Allora», esordisce, alzandosi in piedi di scatto e urtando la sedia che cade a terra con un tonfo sonoro. «Adesso mi spieghi alcune cose.» Cammina svelta fino a raggiungermi. «Ieri sera, mio fratello è piombato nel locale qui vicino e mi ha trascinata via, senza darmi alcuna spiegazione. Poi vengo a scoprire che uno psicopatico ti ha aggredita e ti ha infilzata come uno spiedino. Potrai fottere Joe con la storiella del ladro rincoglionito, ma io non me la bevo, Charlotte.»

Sollevo le mani, colpevole. «Sapevo che non avresti creduto alla versione del ladro», ammetto e la supero per avvicinarmi al frigo. Lo apro e tiro fuori una bottiglia di succo di frutta.

«E allora? Spiega.»

Verso il succo in un bicchiere e ne mando giù un sorso, sotto lo sguardo furibondo della mia migliore amica che segue ogni mia mossa. «Mi hanno aggredita, è vero.»

«No, ma dai?» cantilena, picchiettando l'unghia smaltata di nero sulla superficie del piano cottura.

«Non era un ladro», chiarisco. «Ha detto cose molto strane, in realtà.»

«Cioè?»

«Si stava riferendo a Hayden, credo. Anzi, ne sono sicura. Ha detto cose del tipo: 'Non importa chi lui sia realmente', 'Gioca bene le tue carte'.»

Cindy sbatte le palpebre più volte, mentre un tornado di emozioni diverse attraversa il suo viso. È confusa, poi incredula, e infine impaurita.

«Gioca bene le tue carte?» ripete.

«Esatto», confermo. «Oh, poi è stato così carino da dirmi che qualcuno mi farà fuori.» Sto tentando di ironizzare, ma il solo ricordo di quella frase mi fa accapponare la pelle. «E mi ha ferita», aggiungo, indicando la garza.

«Oh, Gesù», sussurra Cindy, coprendosi la bocca con una mano.

«Già», mormoro. «È proprio carino scoprire che qualcuno probabilmente mi ucciderà.»

Lei mi abbraccia. «Cazzo, cazzo, cazzo», farfuglia. «Mi dispiace.»

La stringo a mia volta e batto una mano sulla sua schiena. «Starò attenta», tento di rassicurarla.

La situazione è abbastanza bizzarra: dovrei essere io a piagnucolare, non Cindy. Dovrei essere terrorizzata – e lo sono, in parte – ma non riesco a liberarmi dalla curiosità. Voglio scoprire tutto, voglio avere risposte e, nel frattempo, vorrei non rimetterci la vita.

«Ti compro uno spray al peperoncino e una mazza da baseball», propone, sciogliendo l'abbraccio.

«Potrebbero servirmi, in effetti», rispondo e abbozzo un sorriso.

«Quindi è davvero invischiato in roba losca», sussurra, poi si passa una mano sulla fronte.

«Chi?»

«Il signor Banana.»

Sono grata alla vita per avermi fatto conoscere Cindy. Lei riesce a farmi ridere anche quando dovrei solo rannicchiarmi sotto le coperte e piangere.

«Credo di sì», affermo e annuisco con forza.

Il suo sguardo si fa più serio e posa le mani sulle mie spalle. «E sai questo cosa significa?»

«No. Dovrei?»

«Significa che dobbiamo scoprire cosa cazzo nasconde quel *figo super sexy* del dottor Dream. Dobbiamo riuscire a disseppellire gli scheletri dal suo armadio. Dobbiamo legarlo a una sedia e torturarlo finché non parla. Dobbiamo strizzargli le palle finché…»

«Inizi a farmi paura», la interrompo, arricciando il naso. «Calma la tua parte oscura.»

Lascia ricadere le braccia sui fianchi. «Scusa, mi faccio trascinare dall'emozione.»

«Me ne sono accorta.»

Sospira e riprende a parlare. «Dobbiamo scoprire cosa diamine nasconde. Una volta scoperto quello, arrivare a chi sta dietro alla tua aggressione non sarà difficile, credo.»

«Ho già intenzione di scoprire cosa nasconde.»

«Cosa vorresti fare?»

Picchietto il mento con l'indice e cammino intorno alla mia amica. «In macchina, mentre tuo fratello mi accompagnava qui, ho pensato a una cosa», spiego.

«Smetti di girarmi attorno, mi fai agitare», mi rimbecca.

Mi posiziono davanti a lei e incrocio le braccia dietro la schiena. «Hayden ha parlato di una stanza, a casa sua», continuo. «E mi ha vietato di entrarci.»

«E tu vuoi entrare in quella stanza. Giusto?»

Annuisco. «Esattamente.»

«Fallo, allora.»

«Non posso», commento. «Non…» Mi blocco e mi passo una mano tra i capelli. «Non siamo in buoni rapporti, al momento.»

Lei aggrotta la fronte. «Perché?»

La osservo e pinzo il labbro inferiore tra i denti. Se le dovessi raccontare del bacio, perderebbe di vista l'obiettivo. Scoprire cosa diamine nasconde Hayden è l'unica cosa che mi interessa.

«Non vuoi dirmelo?» chiede.

«No. Vorrei, ma non sono sicura.»

«Charlotte, sai che so mantenere i segreti», afferma. «Non ho mai detto ai tuoi genitori che sei stata tu a rompere il regalo di tuo padre per tua madre.»

«È successo tanti anni fa e volevo solo provare quel dannato vestito», puntualizzo.

«Non ho mai neanche detto a nessuno che scappavi dalla finestra quando Ginevra ti metteva in punizione.»

«Scappavo per uscire con te.»

Non contenta, aggiunge: «Ricordi la festa in maschera di qualche mese fa?»

«Non me lo ricordare, grazie. Avevo appena rotto con Johnny.»

«È stata una delle serate più belle della nostra vita», sospira.

«È stata una delle mie sbronze peggiori, Cindy. Anzi, eravamo sbronze entrambe.»

«Ed è proprio per questo che è stata la migliore serata di tutti i tempi.»

«Parla per te. Sono finita a letto con un perfetto sconosciuto.»

«No, ci sei finita sopra le gambe», ammicca.

La fulmino con gli occhi. «Hai finito?»

Non sono proprio d'accordo con lei. Ricordiamo entrambe poco gli avvenimenti di quella notte; so, però, di aver passato i due giorni successivi sotto le coperte per il mal di testa e di aver vomitato perfino sul tappeto in camera di Cindy. Non sono mai stata un animale da festa, ma, quella volta, mi sono lasciata trasportare dalla mia amica e dalla situazione.

Scuoto la testa, scacciando via il ricordo di quel giorno. «Stiamo divagando. Non è questo il punto.»

«Vero», concorda lei, sollevando l'indice. «Il punto è: perché non sei in buoni rapporti con il signor Banana?»

«Smetti di chiamarlo così. È fastidioso», la avverto.

«Che ne sai. Magari gli si addice davvero.»

«Cindy!» esclamo, sgranando gli occhi. «Mamma mia, smettila subito.»

«Ho fatto una semplice allusione sessuale.»

«Ho capito, per questo ti sto chiedendo di smettere.»

«Non posso fare allusioni sessuali?»

«No, grazie. Evita», ribatto. «Senti, abbiamo litigato perché mi ha baciata e...» Non riesco a terminare la frase perché Cindy emette un urlo che rischia di spaccarmi i timpani. «Cindy!» grido a mia volta nel tentativo di superare i decibel della sua voce. «Smettila!» Sono costretta ad attendere qualche istante prima che finisca davvero di urlare. «Tu sei fuori di testa», borbotto.

«Grazie», replica con una scrollata di spalle. «Ora dimmi: com'è stato ficcare la lingua in gola al signor Banana?» domanda eccitata.

La scena mi si para davanti agli occhi e, nonostante Hayden sia distante da me in questo momento, le sensazioni che ho provato riescono a scombussolarmi lo stesso. «Normale. Decente», commento, tentando di apparire indifferente.

«Normale», ripete Cindy, sollevando un sopracciglio. «Decente.»

«Normale e decente nel senso che ho quasi vomitato per l'adrenalina, l'eccitazione e tutto il resto», aggiungo prontamente. «Normale e decente in quel senso.»

La sua espressione si addolcisce. «Ecco, preferisco questa spiegazione. Avete fatto sesso?»

Sapevo che me l'avrebbe chiesto. «Ovviamente no», rispondo. «Ci conosciamo da poco, non sono neanche sicura di piacergli davvero.»

Lei punta le mani sui fianchi e batte a ritmo il piede sul parquet. «Tu piaci a tutti.»

Mi defilo e vado in bagno, prendo il dentifricio e ne spruzzo un po' sopra il mio spazzolino. Cindy mi segue e si piazza alle mie spalle, osservando il mio riflesso allo specchio mentre mi lavo i denti ed evito di parlare.

«Quindi non avete fatto sesso?» chiede di nuovo.

«No», rispondo, con la bocca piena di dentifricio.

«Peccato», borbotta, arricciandosi una ciocca di capelli con l'indice. «E perché avete litigato?»

Sputo e mi sciacquo il viso. «Ha detto di avermi baciata solo perché gli andava, e che non significa niente. Ah, mi ha anche detto di essersi accorto dell'attrazione che provo per lui.»

«Esiste forse una sola donna che non sarebbe attratta da Hayden King?»

«No», rispondo secca.

«Esatto.»

«Non divaghiamo, il punto è che non so come piombare a casa sua per controllare quella stanza, capisci? Se mi trovassi in difficoltà, potrei avere una scusa per stare di nuovo nel suo appartamento. È solo che non ho idee, al momento.»

«Fingere un'altra aggressione?» tenta.

Potrei farlo, ho già pensato a questa possibilità mentre ero in macchina con Joe, ma sarebbe troppo complicato.

«Difficile da mettere in atto. E poi no, grazie, mi è bastata quella vera», ribatto e indico la ferita.

La mia amica si trascina per tutto il bagno, pestando i piedi come se dovesse schiacciare insetti e, tra un sospiro e l'altro, ogni tanto scuote la testa e osserva il pavimento chiaro. A un tratto, però, si blocca.

«Idea!» esclama schioccando le dita, e si precipita fuori dal bagno come una furia.

Torna dopo qualche minuto, con un martello tra le mani.

«Non mi vorrai aggredire con quello, spero?» grido, indietreggiando.

«Levati dalle palle, stupida», mi liquida.

Mi appiattisco contro le mattonelle fredde e la osservo, incuriosita. Lei si avvicina alla doccia e solleva la sua arma.

«Cindy, cazzo, no!» urlo, nel momento stesso in cui intuisco le sue intenzioni.

Non riesco ad agguantare il suo polso e fermarla, perché lei è più veloce di me e, con un colpo secco, fa saltare le tubature della doccia. L'acqua inizia a sgorgare dal buco che si è appena formato e rimango immobile mentre Cindy continua a demolire indisturbata la nostra doccia.

Non dico una sola parola, sono ancora scioccata, e lei termina la sua opera di distruzione con un sorriso pieno di soddisfazione.

«Che ne pensi dell'appartamento fuori uso per allagamento?» ammicca.

20

«FAMMI capire bene: volevi infilare un chiodo tra le tubature della doccia?» chiede Joe, accigliato.

A causa dell'idea di Cindy, abbiamo dovuto chiamare suo fratello che, a sua volta, ha portato con sé altre persone che stanno cercando di capire come sistemare il danno.

«Te l'ho già detto», dice lei, mentre sbatte le ciglia con innocenza. «C'era una piccola perdita d'acqua e ho provato a mettere un chiodo per tappare il buco.»

Joe guarda la sorella in cagnesco. «Ti sembrava giusto far diventare il buco un cratere, eh?»

«Il chiodo avrebbe dovuto tappare il buco, non volevo creare una cascata. Vero, Charlotte? Digli che avevo buone intenzioni.»

«Aveva buone intenzioni», le do manforte. Siamo state anche abbastanza furbe da aspettare l'allagamento totale del nostro appartamento prima di chiamare Joe, infatti l'acqua ci sfiora già le caviglie.

«Vedi il lato positivo: hai detto che ti sarebbe piaciuto andare a nuotare e io, da brava sorella, ho improvvisato una piscina», tenta di ironizzare Cindy, indicando il bagno.

Il fratello assottiglia le palpebre. «Tu sei pazza», sibila. «Tu non puoi essere mia sorella. I nostri genitori devono averti recuperata da qualche cassonetto.»

Lei fa per ribattere, ma uno degli uomini esce dal bagno e richiama la nostra attenzione. «Ci sarà un gran lavoro da fare. Ci vorrà almeno un giorno per sistemare tutto. Forse due», annuncia.

Spero solo che i mobili non si rovinino, non voglio ripagare anche quelli. «Quindi cosa farete?» domando.

«Ora tapperemo il buco e aspireremo l'acqua», spiega. Fa un cenno in direzione del danno creato da Cindy che, vestendo i panni dell'innocente, spalanca la bocca e sgrana gli occhi, fingendosi sorpresa. «Per sistemare il bagno, però, ci vorranno dei giorni interi. Vi consiglio di chiamare qualcuno del mestiere perché il danno è abbastanza grosso. Bisogna sostituire le tubature rotte e le piastrelle.»

«Ops», sussurra Cindy.

«Vado a fare una telefonata», dice Joe, prima di allontanarsi.

«Noi non possiamo stare qui, giusto?» chiede lei all'uomo.

«Ve lo sconsiglio, almeno per oggi.»

«Diamine, che gran peccato!» esclama, mentre l'uomo ritorna in bagno. «Hai preparato lo zaino come ti ho detto?» sussurra.

«Sì», rispondo.

«Prendilo», ordina, poi si dirige verso la sua stanza.

Raggiungo la mia camera da letto evitando di soffermarmi sull'acqua che ricopre il parquet e recupero lo zaino che Cindy mi ha costretta a preparare prima dell'arrivo di Joe. Contiene alcuni cambi e un paio di scarpe, per non rimanere senza vestiti di scorta.

Non posso credere di aver accettato di reggere questa messinscena assurda. Se solo Cindy avesse aspettato un po' di tempo in più, forse avrei trovato una soluzione meno drastica per piombare a casa di Hayden. Non muoio dalla voglia di affrontarlo, ma ho un solo obiettivo: entrare in quella dannata stanza. Prendo il diario in cui ho nascosto i biglietti, lo butto nello zaino e torno in salotto, ignorando fratello e sorella che litigano. Lui le ripete di nuovo quanto lei sia fuori di testa e Cindy, per tutta risposta, gli regala la vista del dito medio.

«Cindy a casa mia», annuncia Joe. «Tu, Charlotte, a casa di Hayden.»

«Preferirei affittare una stanza, in realtà», ammetto. No, non voglio davvero farlo, ma immagino che opporre resistenza – o, per meglio dire, fingere di farlo – sia più credibile.

«Non puoi», taglia corto lui. «Ho telefonato a Hayden e ti sta aspettando. Ti accompagno a casa sua.»

Se la situazione fosse diversa, rifiuterei categoricamente. Non mi è sfuggito il tono della sua voce, come se stesse parlando a una bambina maldestra che non può rimanere sola cinque minuti senza combinare guai, e ciò basta a irritarmi.

«Andiamo», dice Joe, spingendo Cindy fuori dalla porta, mentre io do un'ultima occhiata al caos che regna sovrano nel nostro appartamento.

«È un gran peccato non poter prendere una camera in hotel», esordisce Cindy, mentre Joe guida verso casa di Hayden.

Le lancio una breve occhiata significativa, ma lei fa finta di niente.

«Siete due sfigate», ribatte lui.

«Grazie», rispondiamo in coro.

«Io avrei preferito usare la mia auto, comunque», aggiunge poi lei.

«Passeremo a recuperarla dopo aver accompagnato Charlotte da Hayden.»

Cindy solleva più volte le sopracciglia nella mia direzione in un gesto inequivocabile, ma evito di darle retta perché sta viaggiando troppo con la fantasia. Appena Joe parcheggia l'auto sotto il palazzo in cui vive Hayden, il mio cuore perde un battito. Non so che diamine dirgli e non ho voglia di litigare ancora con lui. Dopotutto, gli sono grata per l'ennesimo atto di ospitalità. Avrebbe potuto semplicemente fregarsene, d'altronde non sono una sua responsabilità. In effetti, continuo anche a chiedermi perché Joe preferisca spedirmi sempre da lui anziché proporre come sistemazione temporanea la casa dei miei genitori. C'è qualcosa che mi sfugge e ho intenzione di disseppellire il vero timore di quei due. Perché si tratta di questo: lui e Hayden hanno paura. Devo solo capire di cosa e perché.

«Ci sentiamo più tardi», dico a Cindy. Il messaggio celato è: «Tieni acceso il cellulare»; se dovessi scoprire qualcosa, glielo farei sapere subito. «Grazie, Joe», aggiungo.

I due mi salutano e non aspetto oltre: scendo dall'auto, mi avvicino al portone d'ingresso, suono al citofono e passo gli istanti successivi a sbirciare da una parte all'altra della strada con la paura incastrata tra le costole. Quando la serratura scatta, evito di infilarmi nell'ascensore e salgo le scale a tutta velocità, arrivando al pianerottolo con il fiato corto e il respiro frammentato.

La porta è già aperta e Hayden mi attende sulla soglia. Sfodero un sorriso nervoso e lo oltrepasso con la testa bassa e gli occhi puntati a terra.

Sono così indisposta nei suoi confronti che riesco a chiudere il ricordo del bacio di ieri in un angolino recondito della mia mente, ma lui decide di rompere il silenzio. «Guarda un po' chi si rivede dopo appena poche ore. Un record, eh?»

«Non ho voglia di discutere», chiarisco, lasciando la borsa sul divano. «E, per la cronaca, avrei preferito affittare una stanza in hotel», mento.

«E invece non puoi.»

«Ovviamente», sottolineo. «Grazie per l'ospitalità, comunque.»

Abbassa lo sguardo e arriccia le labbra piene. «Potresti levarti le scarpe? Bagni il pavimento.»

Sono appena arrivata e già vorrei scappare a gambe levate. Hayden deve aver rafforzato e lucidato la sua armatura da stronzo in queste ore e non gli rispondo per le rime solo perché, in fondo, gli sono grata. Esaudisco la sua richiesta e rimango scalza.

«Anche i pantaloni sono bagnati», aggiunge.

Per non dare in escandescenze, mi ripeto mentalmente il mio obiettivo come un mantra, ovvero entrare in quella dannata stanza. «Non ho intenzione di togliermi i pantaloni davanti a te», ribatto.

«Non ti sto chiedendo di toglierti i pantaloni davanti a me», contrattacca. «Ti sto dicendo che, bagnata così, ti verrà un malanno. Vai in camera e cambiati.»

«Dovrei fare una doccia, in realtà», mormoro.

«Fai pure.»

Gli sfilo davanti, mi chiudo in bagno e lascio lo zaino sul pavimento. Mi spoglio stando attenta a qualsiasi rumore esterno, a disagio perché mi separa da Hayden solo una misera porta, e mi prendo del tempo per esaminare la ferita, dopo aver staccato con cura la garza. Il taglio è netto e orizzontale, tra il seno e la clavicola, lungo almeno sette centimetri o poco più, e la pelle intorno è arrossata e gonfia. Riattacco la garza tra un sospiro e l'altro ed entro nel box doccia. Regolo la temperatura dell'acqua e mi fermo vicino al soffione, con il mento rivolto verso l'alto, lasciando che la nube calda avvolga il mio corpo, evitando però di bagnare la ferita.

Non riesco tuttavia a mettere un freno ai miei pensieri e comincio a credere di aver sbagliato anche stavolta. Se Hayden dovesse intuire che voglio frugare tra le sue cose in quella precisa stanza, non mi rivolgerebbe più la parola, ma sono altresì convinta di meritare delle risposte, soprattutto dopo l'aggressione. Devo capire con chi diamine ho a che fare tutti i giorni e, dato che Hayden si ostina a non parlare, agirò a modo mio.

Cammino nuda e gocciolante fino al mobile e recupero un asciugamano pulito che utilizzo per frizionare i capelli ed eliminare l'eccesso d'acqua. Quando esco dal bagno vestita come se avessi raccattato i primi due stracci che mi sono capitati a tiro, cerco Hayden in salotto con gli indumenti sporchi in bilico su un braccio.

«Hayden», lo chiamo, guardandomi intorno.

La porta della sua stanza si apre e lui fa capolino in corridoio.

«Dov'è la lavatrice?» domando.

«Vieni», risponde.

Lo seguo in una stanza dalle dimensioni modeste, uno sgabuzzino adibito a lavanderia, e mi lascia sola per rinchiudersi di nuovo in camera sua. Butto i vestiti dentro la lavatrice, aziono il lavaggio rapido e, senza sapere come passare il tempo, vado in salotto e mi accomodo sul divano.

Mi piace questo posto, mi fa sentire al sicuro, ma probabilmente è la presenza di Hayden a rassicurarmi. Non voglio arrovellarmi alla ricerca di un'etichetta per il nostro rapporto, ma è naturale domandarmi cosa ci sia ora tra di noi, perché dubito che dopo il bacio sia rimasto tutto come prima.

D'un tratto, mi accorgo della presenza di alcuni mazzi di chiavi appesi vicino alla porta d'ingresso, e mi alzo in piedi per esaminarli. La chiave in basso a destra è singola e mi danza davanti una precisa idea.

«Cooper», mi chiama Hayden dal corridoio.

Mi butto sul divano e fingo di fissare il soffitto con aria annoiata. «Sì?» cinguetto quando si avvicina.

Si è cambiato. Ora indossa un paio di jeans e una t-shirt verde.

«Sam vuole il mio aiuto», dice, infilandosi la giacca.

«Oh, e perché?»

«Ieri abbiamo ricoverato una signora che è passata prima per il Pronto Soccorso e vuole che sia io a visitarla di nuovo. Sarò di ritorno tra qualche ora», risponde. «Fai come se fossi a casa tua.»

«Grazie.»

Si avvicina alle chiavi e lo fisso come se il mio pensiero potesse condizionare la sua scelta, cosa che non accade perché acciuffa sia un mazzo sia la chiave singola che stavo esaminando.

«Asciuga i capelli.» La sua ultima frase prima di uscire e lasciarmi sola.

È arrivato il momento di intrufolarmi in quella stanza. Se la memoria non mi inganna, Hayden ha il turno notturno; se non dovessi riuscire a entrare lì adesso, potrei riprovare questa notte.

Mi muovo svelta da una stanza all'altra e raccolgo tutte le chiavi presenti, poi mi fermo di fronte alla porta incriminata e infilo nella toppa quella che ho preso dal bagno. «Ti prego», sussurro, ma la chiave non gira. Non mi arrendo e provo con la seconda, ovvero quella della camera degli ospiti. Purtroppo, neanche questa funziona. Corro fino al salotto, recupero tutti i mazzi appesi e provo a infilare nella toppa ogni chiave.

«Cazzo!» esclamo, lanciando a terra l'ultima disponibile.

Mi rimane una sola possibilità e i miei occhi si spostano proprio sulla porta della camera di Hayden. Una parte di me non vorrebbe farlo, dato che non avevo calcolato di dover ficcanasare proprio lì, ma tengo fisso nella mente il mio obiettivo. Ho bisogno di risposte e spiegazioni, ormai c'è in gioco anche la mia incolumità e non posso brancolare nel buio in attesa che qualcuno decida di far luce sui punti oscuri della faccenda: sono ormai convinta che Hayden sia collegato in qualche modo all'aggressione, ai biglietti e allo sconosciuto sotto la mia finestra. Ho bisogno di sapere in quale mirino sono finita e agire di conseguenza. Non si tratta più solo di Hayden o della mia curiosità, sono stata minacciata e aggredita senza alcun motivo, e devo avere chiaro il quadro della situazione.

Con decisione, apro la porta della sua camera e varco la soglia. È una stanza anonima, non molto diversa da quella per gli ospiti, tranne che per una libreria posta di fronte al letto, che occupa buona parte della parete. Sposto l'attenzione proprio sul letto, ancora disfatto, e mi immagino Hayden lì, mentre dorme indisturbato, il viso angelico rilassato, le labbra carnose dischiuse, i capelli a formare un'aureola di cioccolato e un braccio a penzoloni dal materasso. È quel tipo di uomo che risulterebbe incantevole perfino con un rivolo di bava alla bocca.

Mi libero dell'immagine e riprendo a ripetermi l'obiettivo che mi ha portata qui. Punto dritta al comò che fiancheggia il letto e apro il primo cassetto, occupato da file di mutande sistemate per colore. Scavo tra di esse senza alcun risultato, non trovo nient'altro. Passo allora al secondo cassetto, pieno di calzini neri e bianchi, tutti perfettamente appaiati e ripiegati. Frugo standо attenta a non rovinare quest'opera di ordine assoluto e, sul fondo, acchiappo una scatola blu di preservativi. «Classico», borbotto, rimettendola al suo posto prima che possa balenarmi l'idea di sbirciare la taglia.

Rimane solo l'ultimo cassetto, che spalanco mentre calcolo le altre possibilità che mi rimangono. Questo racchiude invece una cassaforte piccola e compatta, qualche cavo e scartoffie inutili al mio scopo. Tuttavia, quando sollevo i fogli, i miei occhi si illuminano alla vista di una chiave che acciuffo e mantengo tra le dita come se fosse un tesoro.

«Che idiota», dico, e richiudo il cassetto con un piede.

Mi fiondo in corridoio e infilo la chiave nella toppa della stanza misteriosa; compie due giri perfetti e fluidi e il rumore di apertura che segue mi fa quasi scoppiare il cuore per la gioia.

Hayden ha sottovalutato la mia curiosità.

Inspiro ed espiro un paio di volte e, finalmente, spalanco la porta. La stanza è immersa nel buio, le tende spesse impediscono alla luce di insinuarsi all'interno, e a tentoni trovo l'interruttore alla mia destra. L'ambiente è spazioso, pulito, senza particolari pretese, occupato solo da un piccolo divano, una scrivania e una teca di vetro che somiglia vagamente a quella in cui Cindy teneva la sua tarantola, quando viveva ancora con suo padre. Per mia fortuna, Ariel – nome scelto da Joe – è passata a miglior vita poco prima della nostra convivenza.

Mi avvicino alla teca e sbircio il contenuto, e forse avrei fatto meglio a non farlo perché mi si rizzano i peli delle braccia davanti agli oggetti custoditi all'interno. Sono due pistole. Una color pece, l'altra invece grigio siderale. Perché Hayden ha delle pistole nascoste qui? A cosa potrebbero servirgli?

Deglutisco e mi allontano; nonostante tutto, non sono qui per questo. Prendo posto dietro la scrivania e frugo nei cassetti. Il primo contiene solo fogli bianchi, una pinzatrice, qualche penna e graffette di varie dimensioni; nel secondo, invece, trovo alcune cartelle che posiziono davanti a me, una vicina all'altra.

La prima custodisce due fascicoli e lo stemma della CIA fa scivolare il mio cuore nello stomaco. Le mani iniziano a tremare e trattengo il respiro. Hanno entrambi un numero stampato sopra: il primo fascicolo è numerato «901020»; il secondo, invece, «901021».

Decido di cominciare dal secondo, sebbene il primo reclami la mia attenzione. Non capisco la maggior parte delle cose riportate, perché è pieno di codici e informazioni di vario genere. Tuttavia, sono nove le parole che il mio cervello cataloga come importanti.

Dalia Elizabeth Price; Brighton, Inghilterra.
Isabelle White; Chicago, Illinois.

Dalia è la ragazza dei vari articoli online che ho letto. Se ciò che dice Cindy è vero, allora Isabelle è il suo nuovo nome e ora vive a Chicago.

Dalia è la gemella di Daniel.

Dalia e Daniel sono figli di Mary Anne Price, la donna morta undici anni fa.

Metto da parte per un attimo il fascicolo e prendo l'altro. Dovrei essere sorpresa, ma in cuor mio sono già sicura di sapere la verità. 901020 è il file di Hayden. Estraggo il primo foglio e chiudo gli occhi per un istante, prima di leggere le uniche righe che ritengo degne di nota.

Daniel Edward Price; Brighton, Inghilterra.
Hayden King; Boston, Massachusetts.

Ecco la conferma che cercavo. Hayden non è Hayden. Hayden King è semplicemente la nuova identità di Daniel Price, il gemello di Dalia.

Hayden non è Hayden. Isabelle non è Isabelle. Daniel e Dalia non esistono più.

Stringo gli occhi per mettere a fuoco la firma, dalla grafia allungata e delicata, che occupa uno spazio sulla destra, quasi alla fine del foglio: «Daisy Mariah Lee, 071».

Un altro tassello trova il suo posto nel puzzle.

Mi ha cresciuto lei.

Qualsiasi cosa stia nascondendo Hayden, Daisy ne è a conoscenza. Con le mani sudaticce e la fronte corrugata, mi concentro sui due computer davanti a me. Uno è spento, mentre l'altro è in stand by; quando muovo il mouse e lo schermo di quest'ultimo prende vita, mi sporgo per osservare le immagini che mi si parano davanti.

Ci metto qualche istante a capire. Appena succede, il mio corpo viene invaso da una sensazione di vuoto. Le emozioni sembrano scivolare via da me, si distaccano e mi voltano le spalle, lasciandone in gioco solo una: la paura.

L'aria di questa stanza diventa irrespirabile e le pareti si stringono in una morsa soffocante, ma riesco a dare una spinta all'indietro alla sedia e mi alzo di scatto.

Devo andare via. Devo scappare.

I miei piedi si muovono da soli e mi ritrovo in salotto l'attimo successivo. Butto in spalla la borsa, calzo le scarpe e lascio quest'appartamento diventato all'improvviso troppo cupo e angusto per illudermi di aver trovare un riparo sicuro. Prendo il cellullare e compongo il numero di Cindy, mentre il rumore dei miei passi rimbomba lungo la tromba delle scale. Parte la segreteria e faccio una fatica immensa a trovare le giuste parole.

«Cindy, sono entrata in quella stanza. Ho scoperto cosa nasconde e avevi ragione. Raggiungimi subito a casa, dobbiamo chiamare qualcuno. Adesso.»

Ora è tutto chiaro. Capisco tutte quelle piccole cose che, fino a poco fa, mi erano oscure. Tutto si gonfia di un senso logico.

Corro fuori dal palazzo, ignorando i polmoni che bruciano per lo sforzo e il fiato corto.

La mia mente subisce un brutto colpo, ma è il cuore a risentirne di più. Hayden mi ha mentito. Non ha solo omesso tanti particolari della sua vita; mi ha anche mentito e si è preso gioco di me.

E mentre io pensavo di fregarlo, lui mi aveva già fregata due volte. È sempre stato un passo davanti a me. *Sempre*.

Svolto a destra dopo una ventina di minuti e, con un ultimo scatto, mi lancio verso casa, spingo il portone e salgo le scale, due scalini alla volta. Con mia sorpresa, la porta dell'appartamento è già aperta. Entro, scivolo sul parquet ancora bagnato – nonostante l'acqua sia già stata aspirata – e lascio la borsa sul divano.

La luce in camera di Cindy è accesa. «Ehi», la chiamo. «Sono entrata in quella stanza. Dobbiamo chiedere aiuto. Hayden King è fuori di testa. Ha piazzato delle...»

Una figura sbuca dalla porta e sono costretta ad arrestare ogni mio movimento, mentre la pelle mi formicola per la paura. Incrocio uno sguardo familiare, la bile mi risale per l'esofago e faccio un passo indietro appena scorgo cosa tiene tra le mani.

«Daisy», mormoro.

Un'altra sagoma si muove lenta alla mia destra e le dedico una breve occhiata. La confusione mi esplode dentro, facendomi dimenticare per un attimo della pistola che Daisy tiene stretta. Perché Jackson Turner è qui?

Non ho il tempo di reagire, non ho il tempo necessario per formulare ipotesi; un rumore di passi alle mie spalle mi fa sussultare e mi volto, ma vengo trafitta da due occhi verdi che ormai riconosco come se mi appartenessero da tutta la vita.

Sono in trappola.

21

Il viso di Hayden è adombrato da un velo cupo e non smette di guardarmi neanche quando chiude la porta con un colpo secco della mano. Faccio qualche altro passo indietro, le suole scivolano sul parquet bagnato, finché non mi ricordo della presenza di Daisy alle mie spalle e mi fermo. Sono circondata, Hayden blocca la mia unica via di fuga.

«Ti avevo detto di non ficcare il naso dove non avresti dovuto», esordisce lui. Indossa ancora il camice.

«Io ti avevo avvertito che avrebbe comunque ficcato il naso da qualche parte», lo rimbecca Daisy dietro di me.

Sento i suoi passi avvicinarsi e deglutisco, tentando di raggruppare le idee per poter fuggire da questo posto. La porta è sbarrata da Hayden e, a meno che io non voglia buttarmi dalla finestra, posso solo cercare di recuperare la borsa e rinchiudermi in bagno per chiamare la polizia. Potrei provare a urlare, ma Daisy ha comunque una pistola con sé e vorrei evitare di perdere la vita a venticinque anni.

Qualcuno, però, bussa alla porta.

«Apri, Hayden», ordina Daisy.

Trattengo un gemito, conficco le unghie nei palmi delle mani e rispedisco indietro l'istinto di compiere mosse azzardate che potrebbero solo giocare a mio sfavore. Joe fa il suo ingresso e, con la fronte corrugata, fa saettare lo sguardo su tutti i presenti. Mi sento subito sollevata e scatto verso di lui come se fosse la mia unica àncora di salvezza.

«Charlotte», mi dice, mentre io mi aggrappo alla sua schiena. Si volta verso di me e appoggia le mani sulle mie spalle. «Stai tranquilla.»

«Hayden è pazzo!» esclamo, puntando l'indice contro quest'ultimo. «Ha un computer che proietta le immagini di questo appartamento. Ha installato delle telecamere nascoste qui dentro.»

Joe inarca un sopracciglio e rivolge una breve occhiata a Hayden. Qualcun altro sbuffa.

«Devi arrestarlo. È uno stalker», concludo.

«Ehi, Hayden», interviene Jackson, «non ti facevo così fuori di testa.» Ancora mi domando perché lui sia qui, in effetti, e la mia confusione si accentua dinanzi al suo divertimento.

«Charlotte, forse dovresti sederti», propone Joe.

«Daisy ha una pistola», gli faccio notare.

L'attenzione dei presenti si sposta su di lei, che rivolge gli occhi al cielo, seccata. «È una pistola a pallini di plastica, non un'arma vera. La uso per esercitarmi dentro casa, mica posso sparare proiettili veri contro i mobili», spiega.

Ma cosa sta blaterando?

Sotto il mio sguardo non del tutto convinto, prende la mira e spara un colpo contro la parete dietro Jackson, che sobbalza per lo spavento. «Mamma, ma che cazzo fai?» sbotta.

«Mamma?» ripeto incredula.

Questa situazione è assurda e deve essere un sogno, perché non è possibile che stia accadendo realmente davanti ai miei occhi.

«Jackson è il figlio adottivo di Daisy», spiega Hayden, avanzando verso di me. Io, per tutta risposta, indietreggio e scuoto la testa. Ha pur sempre messo delle dannate telecamere nel mio appartamento.

«Non ti avvicinare», lo avverto. «O, giuro, faccio un casino.»

«Più di quello che hai già fatto?» domanda lui, arrestando la sua avanzata. «Dubito dell'esistenza di casini peggiori di questo, Cooper.»

Joe si passa le mani sul viso e sospira. «Diteglielo. Ditele la verità e facciamola finita.»

«Sì», concorda Daisy. «Ha comunque già scoperto metà della faccenda. Tua sorella era innocua, eh, Joe?»

«Pensavo fosse stupida», si giustifica. «Non avrei mai immaginato tutto questo.»

«Perché siete tutti qui?» mi intrometto, guardando Joe e Daisy. Evito di incrociare gli occhi di Hayden. Jackson, invece, si è accomodato sul divano e fissa i presenti con aria annoiata.

«Ho ascoltato io il tuo messaggio e ho avvisato loro», afferma Joe. «Cindy si è addormentata non appena siamo arrivati a casa.»

«E le telecamere? Come mi spiegate le telecamere, cazzo?» sbraito, avanzando fino al centro del salotto.

«Colpa mia», continua Joe. «Le ho messe io. Non potevo collegarle al mio computer perché Cindy bazzica a casa mia ed è una ficcanaso.»

«Tra amiche si intendono alla perfezione», commenta Daisy.

«A turno, io, Hayden e Jackson vi abbiamo tenute sotto controllo attraverso le telecamere», ammette Joe. «È stato solo per il vostro bene, Charlotte. Abbiamo invaso la vostra privacy per un motivo valido.»

«E non vi abbiamo viste nude perché le telecamere riprendono solo la cucina e il salotto», cantilena Jackson. «Ma ci speravo.» Daisy gli lancia un'occhiataccia e gli punta addosso la pistola. «Mamma, smettila. Sul serio. Inizi a farmi paura», la avverte.

Aggrotto ancora la fronte, sempre più confusa per l'assurdità della situazione. «Qualcuno di voi ha rubato la chiavetta, giusto?» chiedo.

«Io», risponde Daisy. «L'ho presa io. Non abbiamo installato i microfoni, quindi non abbiamo sentito la conversazione, ma quella mattina avevi preso il file. Lo sapevo, ne ero certa. Quando Jackson mi ha detto che stavate armeggiando al computer, ho tirato a indovinare e ho fatto scattare l'allarme. Ho preso io la chiavetta con il file di Hayden, sì.»

«Lo immaginavo», mi limito a dire.

«E non dimentichiamo che quel file non avrebbe dovuto essere in quel dannato server», aggiunge Jackson.

«Cioè?» chiedo.

«Non avresti dovuto farlo, Cooper», interviene Hayden, scuotendo la testa. «È stato un azzardo.»

«E invece l'ho fatto», ribatto a mo' di sfida.

Capisco le loro buone intenzioni, ma ciò non significa che non sia infastidita da questo teatrino.

«Cazzo se l'ha fatto», borbotta Jackson. «Una ragazza di venticinque anni che fotte tre cervelloni e un'ex agente dei Servizi Segreti. Ce l'ha fatta sotto il naso, idioti.»

«Vuoi che ti spari, eh, figliolo? Dillo e ti accontento subito», ringhia Daisy, furiosa.

Assottiglio le palpebre. «Agente dei Servizi Segreti?» ripeto. Guardo lei che, per tutta risposta, fa spallucce.

«Hayden, diglielo», ordina Joe.

Mi concentro sul diretto interessato e i nostri occhi rimangono incatenati per un istante che sembra infinito. Alla fine, lui emette un sospiro e annuisce.

«Mi chiamo...»

«Stefan. Per più di un secolo ho vissuto nel segreto, nascosto nell'ombra, solo al mondo, fino a ora.»

Ci voltiamo tutti verso chi ha pronunciato la frase, ovvero Jackson.

«Ti sembra il momento di citare quel dannato telefilm?» sbotta Joe.

«È sempre un buon momento per citare *The Vampire Diaries*», ribatte convinto l'altro. «Avete visto l'ultima stagione?»

Sono indecisa: dovrei mettermi a urlare o lasciarmi andare a una risata? Questa situazione è ridicola, ma il tentativo di Jackson di smorzare la tensione riesce a strapparmi un sorriso.

«Andiamo, vieni con me», gli intima Daisy, e lo strattona per un braccio.

«Ma io...»

«Sta' zitto o ti pianto un pallino in bocca», lo ammonisce, poi lo spinge fuori dal mio appartamento.

«Vado anche io», annuncia Joe. «È meglio lasciarvi soli. Tra parentesi, ho la sensazione che Jackson potrebbe seriamente perdere l'uso di qualche arto, se non dovesse farla finita.»

Joe non mi dà neanche il tempo di protestare: segue gli altri due e chiude la porta alle sue spalle. Sono costretta, per l'ennesima volta, a scuotere la testa. Ho l'impeto di prendermi a sberle, non sono ancora del tutto convinta che questa sia la realtà.

Hayden, dal canto suo, sospira e si passa una mano sulla fronte. «Andiamo a casa mia.»

«Non verrò da nessuna parte con te», controbatto secca.

«Per favore, Coop. Non rendere le cose più difficili», dice, avvicinandosi a me. Stavolta non mi oppongo, non indietreggio, e rimango in balìa dei suoi occhi. «Ti dirò la verità. Ti racconterò tutto, ma vieni con me, ti prego.»

Durante il viaggio in macchina verso casa di Hayden resto in silenzio, mordendomi le unghie a causa dell'agitazione che si è impadronita di me. Hayden rimane zitto e, di tanto in tanto, lancio occhiate furtive alle nocche bianche delle sue mani che stringono con forza il volante. È arrabbiato, su tutte le furie, ma si sta trattenendo. Ha ancora il camice addosso, ma ha sollevato le maniche. Mi concentro sull'inchiostro nero che adorna la sua pelle, sulle curve e le linee dei tatuaggi, per evitare di guardarlo ancora in viso e assorbire il suo nervosismo, rendendolo mio.

Oggi è una giornata assurda, ma qualcosa mi suggerisce che il peggio sia proprio dietro l'angolo.

Quando Hayden parcheggia l'auto nei sotterranei, non dice niente e lascia l'abitacolo. Senza indugiare, prendo la borsa e lo seguo. Dentro l'ascensore continuiamo a rimanere in silenzio. Io lo guardo di sottecchi, ma lui fissa insistentemente le pareti metalliche senza degnarmi di una sola occhiata. Sfrego le mani con forza sulla felpa che indosso nel tentativo di liberarmi del sudore che le imperla, mentre varchiamo la soglia del suo appartamento. Purtroppo, non riesco a contenere l'agitazione e ho già mal di testa. Non sono mai stata una grande fan della camomilla, ma sono sicura che in questo momento mi aiuterebbe a rilassarmi.

«Siediti, Charlotte», ordina Hayden.

Deglutisco e faccio come mi ha detto, accomodandomi sul divano.

«Hai medicato la ferita?» chiede, sfilandosi il camice.

«No», ammetto. La mia voce è gracchiante e ancora affannata.

«Sbagliato», ribatte. Si avvicina a un mobile del salotto e io osservo la sua schiena, mentre mi torturo le mani strette tra loro. Vorrei dire qualcosa, ma, allo stesso tempo, non vorrei sembrare inopportuna, perciò attendo una sua mossa.

Lui avanza verso di me e si siede sul tavolino da caffè, in modo da starmi davanti. «Avvicinati un po'», mi dice e punta gli occhi sulla ferita. Mi sporgo appena e spingo le gambe verso le sue.

«Devi medicarla», mi ricorda.

«Mi sono dimenticata di farlo.»
«Non dovresti.»

Non rispondo. Tento con tutta me stessa di non dar troppo peso ai brividi che percorrono il mio corpo, che freme sotto le mani di Hayden. L'aria si carica di quella tensione che solo con lui riesco a sentire e realizzo di non aver mai provato un'attrazione così forte per qualcuno prima d'ora.

Quando non percepisco più il suo tocco leggero, apro gli occhi e fisso la sua figura mentre si alza per sistemare il materiale che ha utilizzato. Il calore mi abbandona e un sospiro fuoriesce dalle mie labbra. Hayden si avvicina e prende posto davanti a me, con lo sguardo basso, e alcune ciocche di capelli gli ombreggiano la fronte.

«Non so da dove cominciare», ammette.

«Dall'inizio», suggerisco.

I suoi occhi incrociano i miei e, per la prima volta, scorgo un lampo di fragilità attraversare le sue iridi. Ho paura di ciò che sta per raccontarmi. Desidero anche tranquillizzarlo in qualche modo, ma non voglio invadere i suoi spazi più di quanto io abbia già fatto e gli lascio tutto il tempo necessario per pensare.

«Il mio vero nome è Daniel Price, e tu questo lo sai», esordisce. «Sono nato in Inghilterra, il sedici febbraio di ventotto anni fa, ma tu sai anche questo, giusto?»

«Sì», sussurro.

Prende un profondo respiro prima di proseguire. «Non ho mai conosciuto il mio vero padre, quello biologico. Ho sempre vissuto con mia madre, mia sorella e il mio patrigno. Lui si chiamava Rupert.» Si passa una mano tra i capelli, il solito gesto che evidenzia il suo nervosismo. «Il mio professore preferito si chiamava Hayden, ecco perché ho questo nome. È l'unica cosa che ho potuto scegliere.»

«Non capisco», ammetto a bassa voce.

«Lasciami finire, poi potrai fare tutte le domande che vuoi.» Annuisco, dandogli il mio tacito assenso. «La mia famiglia e io vivevamo a Brighton. Ero un bambino felice, uno di quelli che andava bene a scuola, e amavo le materie scientifiche, ecco perché sono diventato un medico. Ricordo ancora quando Rupert mi regalò la miniatura di un corpo umano.»

«Ti piacciono le vene?» chiedo.

Hayden capta il mio tentativo di smorzare la tensione e sorride. «Solo a te piace fare prelievi.»

«Hai ragione», rispondo, sorridendo a mia volta.

Lui sospira e sento che sta per arrivare la parte forse più dura della storia. Senza accorgersene, chiude le mie mani tra le sue, e questo gesto all'apparenza innocuo mi riscalda.

«È iniziato tutto quando avevo quattordici anni», ricomincia. Non posso far a meno di trattenere il respiro per qualche secondo e punto i miei occhi nei suoi. «Una sera, mentre tornavo a casa, tre uomini mi presero con la forza e mi buttarono dentro un camion. Mi legarono le mani e mi tapparono la bocca con un pezzo di nastro adesivo. Ricordo ancora i loro volti, come se li avessi visti solo ieri. Uno di loro, in particolare, aveva il lato destro del viso completamente deturpato da una cicatrice che partiva dall'occhio e arrivava al mento.

Tentai con tutte le mie forze di liberarmi, non capivo cosa diamine volessero da me, e provai a urlare, a scalciare, ma nessuno di loro mi diede retta. Quando il furgone si fermò, mi trascinarono dentro un edificio fatiscente, nascosto chissà dove, in chissà quale bosco. Non capivo, non riuscivo a ragionare, avevo solo paura. Iniziai addirittura a credere che mi avrebbero fatto fuori nel giro di pochi minuti, nonostante non riuscissi a trovare un motivo valido per essere ucciso, dato che non avevo mai fatto del male a qualcuno.

L'interno dell'edificio era macabro, cupo, illuminato solo da candele sparse un po' dappertutto sul pavimento. A nulla servirono i miei tentativi di liberarmi, perché mi legarono a una sedia, bloccando così tutti i miei movimenti. L'uomo con il volto sfigurato, che veniva chiamato Gun, si sedette davanti a me. Sembrava divertito, mentre fumava un sigaro dall'odore nauseabondo e buttava il fumo sulla mia faccia. Mi disse, come prima cosa, che se non avessi collaborato con loro, avrebbero trovato il modo di farmela pagare; disse anche che sarebbe entrato personalmente in casa mia e avrebbe ucciso ogni mio familiare. Minacciò di tagliare la gola a mia madre e a mia sorella, e quelle parole servirono a farmi stare buono. Gli altri due uomini ridacchiavano tra loro, sembravano soddisfatti della mia sottomissione.

Gun mi spiegò che esisteva – ed esiste tuttora – un'organizzazione senza nome che opera in tutto il mondo.»

Blocca il fiume delle sue parole per prendere un profondo respiro, mentre io cerco di elaborare le informazioni ricevute. La sola idea di un ragazzino di quattordici anni minacciato e legato a una sedia mi fa rabbrividire e mi si forma un groppo in gola quando l'immagine di un Hayden inerme si presenta nella mia mente.

Lui stringe di più le mie mani tra le sue, forse senza neanche rendersene conto. «L'organizzazione si occupa di omicidi su commissione. Ha sicari in ogni angolo del globo, e girano milioni – o forse miliardi – di soldi sporchi. Per farla breve, una persona che vuole far fuori qualcuno, trova il modo di entrare in contatto con l'organizzazione e dà le informazioni sulla vittima. I capi, poi, passano le informazioni al sicario scelto che, nel giro di pochi giorni, fa fuori la vittima senza lasciare tracce.»

Il mio respiro si fa più pesante e il mio cuore perde un battito, ma evito di commentare.

«Il problema, però, si presentò quando alcuni di questi sicari attirarono involontariamente l'attenzione dei Servizi Segreti», continua Hayden. «I vertici dell'organizzazione decisero di smettere di usare i classici mezzi di comunicazione. Niente più telefoni, niente più messaggi in codice. Era troppo rischioso e nessuno di loro aveva intenzione di finire in galera. Volevano comunque continuare a operare, perciò optarono per qualcosa di insospettabile: usare ragazzini.»

«Ragazzini?» riesco a domandare, con la voce ormai ridotta a un sussurro.

Hayden si inumidisce il labbro inferiore e annuisce. «Raccattavano ragazzini dai tredici anni in su e, sotto minaccia, li costringevano a collaborare con loro. Maschi e femmine senza distinzione. Io diventai uno di loro.»

«E...» Mi blocco per deglutire, nel tentativo di digerire le sue parole. «Qual era il tuo compito?»

«Gun e gli altri due mi passavano le informazioni. Ovviamente io mi occupavo di Brighton e posti limitrofi, dipendeva tutto dalla collocazione della vittima. Dovevo seguirla, dovevo segnare i suoi spostamenti e le sue abitudini. Dovevo trovare il momento esatto per poterla eliminare e comunicare tutto al sicario che veniva scelto tra Gun e gli altri due.

Insomma, chi mai avrebbe sospettato di un ragazzino? Tallonavo le vittime in bicicletta o con lo skateboard. Fingevo di giocare in prossimità delle loro abitazioni ma, in realtà, studiavo gli edifici e i movimenti all'interno. Quando arrivava il momento esatto, dovevo avvisare l'uomo scelto, che si occupava del lavoro sporco. Entrava di soppiatto e faceva fuori l'uomo o la donna in questione. Non ho mai saputo chi fossero queste persone, ma molte di loro erano importanti. Politici, gente di un certo rilievo sociale, con una posizione di potere. Persone che valevano qualcosa, insomma. Altre volte, invece, si trattava di vendetta o di semplici omicidi passionali. Amanti che volevano far fuori chi aveva spezzato i loro cuori, ad esempio, o un nipote che voleva accedere in anticipo all'eredità lasciata dai nonni.

A nessuno importava del motivo, comunque. Gun e gli altri, ovvero Trig e Bon, uccidevano e basta, non facevano domande. Il giorno stabilito si presentavano alle sedi segrete dell'organizzazione, ricevevano i fascicoli con le informazioni delle vittime e venivano a prendermi, di solito all'uscita di scuola, al termine delle lezioni. I giorni in cui non li vedevo, speravo fossero morti. Puntualmente, però, loro si ripresentavano. Tenevano d'occhio mia madre e Rupert, conoscevano i loro orari di lavoro. Sai, un ragazzino che passa tante ore fuori casa fa insospettire i genitori.

All'inizio, i pedinamenti duravano solo il pomeriggio; poi, cominciarono a venire a prendermi anche di notte, quando i miei genitori dormivano.

L'anno successivo iniziarono ad addestrarmi. Mi insegnarono l'arte dello spionaggio, a impugnare una pistola e a sparare. Il loro piano, infatti, era quello di farmi arrivare ai diciassette anni e costringermi a diventare un sicario. Bon era ormai vecchio, avrebbe smesso da un momento all'altro, e io avrei dovuto prendere il suo posto perché, a detta loro, ero scaltro e veloce.

Non ero il solo. Ricordo di aver conosciuto altri ragazzini. Operavano per conto di altri uomini. Posso assicurarti che nessuno di noi lo voleva davvero. Eravamo costretti sotto continue minacce e non potevamo parlare con la polizia perché c'erano delle talpe tra gli agenti. Ci avrebbero scoperti e avrebbero fatto fuori le nostre famiglie davanti ai nostri occhi per punizione. Avevamo tutti paura. Molta paura.»

Non so cosa dire, sono a corto di parole; sto cercando di elaborare il suo racconto, ma la mia mente pare essersi svuotata. Qualsiasi frase sarebbe superficiale. Tuttavia, non ho mai desiderato abbracciare così tanto qualcuno come vorrei fare invece con Hayden in questo momento.

«La parte peggiore arrivò qualche mese più tardi», continua lui, dopo qualche istante di silenzio.

«Peggiore?» domando, rabbrividendo al solo pensiero. Cosa potrebbe essere peggiore di quello che mi ha appena raccontato?

Annuisce, poi si umetta le labbra secche passandoci sopra la lingua. «Quando iniziai a comprendere la gravità della cosa, quando mi resi conto di quanto fosse sbagliato quello che facevo e cominciai a maturare, capii che avrei dovuto fare qualcosa per oppormi, ma mi sentivo in trappola.

Un giorno, lo ricordo bene, Trig decise di portarmi con sé e mi disse di tenere la pistola ben salda tra le mani. Mi costrinse a intrufolarmi in una casa, di notte, al suo fianco. Da quello che sapevo, Trig doveva far fuori il padrone dell'abitazione perché si era rifiutato di saldare un debito. Salimmo al piano superiore, ci addentrammo nella sua camera da letto e, in quel momento, Trig mi sussurrò di sparare all'uomo. Voleva che fossi io a compiere l'omicidio. Tentennai, avevo paura e non volevo uccidere nessuno.

Mi rifiutai. Mi rifiutai di sparare e buttai a terra la pistola. L'uomo e sua moglie vennero svegliati dal rumore e la donna iniziò a urlare. Trig le sparò dritto al cuore e la fece fuori. Poi, sparò un paio di colpi all'uomo e morì anche lui.

Mi ritrovai davanti a una scena raccapricciante. Sangue dappertutto, due corpi privati della loro vita per motivi futili, ma non ebbi il tempo di realizzare, perché Trig mi sferrò un colpo alla testa che mi fece svenire.

Quando riaprii gli occhi, ero legato a una sedia, nello stesso stabile in cui mi avevano condotto anni prima. Non protestai, perché sapevo che sarebbe stato inutile. Pensavo avessero intenzione di prendermi a botte, torturarmi o, addirittura, uccidermi. Erano uomini che non provavano emozioni, ammazzavano perché a loro piaceva farlo e sapevo che la mia giovane età non li avrebbe sicuramente fermati.

A un certo punto, fecero entrare una ragazza. Aveva il volto coperto da un sacco nero dell'immondizia, le mani legate dietro la schiena con una corda robusta, e tremava. Indossava addirittura il pigiama. Le scoprirono il viso e, in quel momento, desiderai la morte.

Era mia sorella.

Tentai in tutti i modi di liberarmi, di urlare, ma fu inutile. Ero legato e imbavagliato e, per farmi assistere alla scena, Trig mi mantenne gli occhi aperti per tutto il tempo.

Legarono mia sorella con il viso contro il muro e le scoprirono la schiena. La torturarono davanti ai miei occhi con una frusta e lei non poteva neanche urlare, perché era imbavagliata a sua volta. Le frustate diventarono cinque, poi dieci; si bloccarono solo quando Dalia perse i sensi. Loro ridevano, io piangevo senza poter parlare. Non avevo nemmeno sedici anni e sapevo di non poter fare niente contro di loro. Se chiudessi gli occhi, proprio adesso, riuscirei a sentire il rumore della frusta che squarcia la pelle di mia sorella. Non potrò mai dimenticarlo.»

Deglutisco, stringo le mani fredde di Hayden nello stupido tentativo di infondergli coraggio e calore, e gli permetto di incastrare le ginocchia tra le mie gambe. Mi pizzicano gli occhi, ma trattengo le lacrime perché non ho il diritto di piangere.

«Costrinsero Dalia a fare ciò che facevo io», continua. «Ormai aveva visto i loro volti e non potevano rischiare. Così, l'affiancarono a me e mi spiegarono che, se avessi sbagliato, le avrebbero fatto ancora del male; probabilmente l'avrebbero perfino uccisa davanti ai miei occhi.

Le insegnarono in pochi mesi ciò che io già sapevo, ma lei era debole. Mia sorella non era veloce quanto me e non aveva neanche metà della mia forza. Quando dovevamo pedinare qualcuno, lei mi chiedeva sempre di scappare, di andare via, di smettere di fare quelle cose immorali. Mi supplicava di abbandonare l'Inghilterra e lasciarci tutto alle spalle, ma io non potevo esaudire il suo desiderio perché c'era in gioco non solo la sua vita, ma anche quella dei nostri genitori. Iniziò a non mangiare, si rinchiudeva in camera sua e piangeva, piangeva per ore, senza farsi sentire da Rupert e nostra madre. Solo io ascoltavo il suo pianto e sapevo di essere il colpevole. Se avessi ucciso quell'uomo, tempo prima, non l'avrebbero mai toccata.

Poi, non so come, Rupert iniziò ad accorgersi che qualcosa non andava. Diventò all'improvviso sospettoso; tentò di proibirci di uscire, ci faceva domande strane, veniva a recuperarci personalmente al termine delle lezioni. Credeva che Dalia e io avessimo iniziato a frequentare brutte compagnie. Insomma, involontariamente mise i bastoni tra le ruote dell'organizzazione.

Qualche settimana dopo, un martedì sera, la polizia si presentò alla nostra porta: il corpo di Rupert era stato trovato privo di vita, in un cantiere poco lontano. Alcuni agenti dissero che una trave metallica lo aveva colpito sulla testa. Il sito era in costruzione, perciò loro archiviarono il caso come semplice incidente sul posto di lavoro.

Io non ne ero convinto. C'erano Gun, Trig e Bon dietro la morte di Rupert. L'avevano ucciso e io sapevo che erano stati loro. Ne ero certo, ma avevo le mani legate.

Cominciò un altro calvario. Mia madre non riusciva a farsi una ragione della morte del compagno e Dalia e io non potevamo aiutarla, perché eravamo costretti a stare zitti e continuare a fare il nostro lavoro per quei tre bastardi.»

Si ferma giusto un attimo per prendere un respiro. «Una notte arrivò la fine. Vollero riprovare a farmi uccidere qualcuno. Quella volta, era un padre di famiglia. Bon mi costrinse a seguirlo dentro la casa ma ci fu un problema: la moglie si alzò dal letto in piena notte, probabilmente per andare in bagno, e mi vide. Aveva gli occhi scuri, lo ricordo ancora. Provò a urlare, ma Bon comparve alle sue spalle e la strangolò. Rimasi immobile davanti al corpo della donna privo di vita, senza sapere cosa fare. Poi, attirato dai rumori, il figlio della coppia uscì dalla sua stanza e i suoi occhi si soffermarono sul corpo della madre. Bon fu veloce: lo aggredì, gli tappò la bocca e lo immobilizzò. Mi ordinò di sparare, di farlo fuori. Gli occhi del ragazzo, identici a quelli della donna, incrociarono i miei e io capii che non l'avrei mai potuto fare.

Non potevo continuare così, dovevo trovare il modo di mettere fine a quell'agonia. Volevo diventare un medico, volevo salvare le persone, non volevo togliere loro la vita.

Così, sparai a Bon, che morì sul colpo.

Il ragazzo mi guardò, ma rimase in silenzio; mi diede il tempo di andare via, senza dire una sola parola. Io scappai, corsi fino allo sfinimento con la bicicletta. Per fortuna, quella notte, Trig e Gun non erano presenti.

Entrai in casa mia come una furia, salii in camera di mia sorella che dormiva e la svegliai. Mia madre non era in casa, lavorava in un supermercato aperto ventiquattro ore e aveva il turno di notte.

Ordinai a Dalia di scappare, le dissi di andare via, e lei iniziò a piangere perché aveva intuito che fosse accaduto qualcosa di tremendo, ma la obbligai a seguirmi. Non avevo la patente, ma rubai la vecchia auto di Rupert. Accompagnai mia sorella alla stazione e le feci prendere il primo treno per Londra, perché la madre di Rupert viveva lì. Era l'unica persona vicina a noi ancora in vita; non avevamo nessuno, oltre lei e nostra madre. Ordinai a Dalia di nascondersi da lei.

Quando mia sorella partì, io avevo un solo obiettivo: andare dalla polizia. Dovevo farlo, dovevo proteggere mia madre che era rimasta. Avrei trovato qualche spia, lo sapevo, ma il mio piano era quello di raccontare tutto a più poliziotti possibile. Mi sentivo più sicuro perché sapevo che erano solo due gli infiltrati; l'avevo scoperto pochi giorni prima, mentre origliavo di nascosto una conversazione tra i tre sicari.

Arrivai alla stazione di polizia e trovai fuori una donna, Daisy. Le raccontai tutto, tutta la verità; poi, scoprii che in realtà faceva parte dei Servizi Segreti. Ormai, però, era troppo tardi: Gun e Trig avevano scoperto il mio tradimento e si erano precipitati a casa mia. Uccisero mia madre. La strangolarono con una corda e appiccarono il fuoco alla casa.»

Hayden si ferma e, come una valanga, il suo racconto mi frana addosso. Ragazzini usati per scopi ignobili, omicidi, la sua famiglia spazzata via, le torture psicologiche a cui è stato sottoposto, sua sorella…

Per una volta, mi sento inutile. Indebolita come se il racconto mi avesse prosciugato ogni scintilla di forza, incapace di dire o fare qualsiasi cosa.

A un tratto, lui solleva una mano e, con sguardo cupo, appoggia il palmo sulla mia guancia. «Perché stai piangendo?» mi chiede.

Tiro su con il naso. Mi rendo conto solo ora delle lacrime che stanno scorrendo indisturbate sul mio viso. «Scusa», sussurro, passandomi le dita sotto gli occhi.

Hayden abbassa la sua mano e sorride. Uno dei pochi sorrisi sinceri che ho ricevuto da parte sua, ma c'è quel pizzico di amarezza che solo chi ha il suo vissuto potrebbe trasmettere.

«Daisy chiese di avere la mia custodia», prosegue dopo un po'. Preso da chissà quale impeto, riafferra le mie mani e le stringe di nuovo tra le sue. Mi sforzo di non scoppiare in un pianto sconsolato. Non sono io la vittima qui dentro. «Le fu concessa e optò per il trasferimento. Ecco perché vivo qui. Mia sorella, invece, vive a Chicago. È rimasta con Leah, la madre di Rupert, fino a qualche anno fa, poi lei è morta. Leah sapeva del nostro segreto; i Servizi Segreti le raccontarono tutto quando andarono a recuperare Dalia. Cambiarono i nostri nomi, le nostre identità – compresa quella di Leah – e ci fecero trasferire. Programma Protezione Testimoni, Coop. A ogni modo, non ci fu concesso di vivere insieme per evitare di essere riconosciuti e cambiarono anche la data di nascita di Dalia; infatti, lei risulta nata a ottobre anziché a febbraio, sui documenti.

Quando arrivai qui, Daisy mi fece iscrivere all'università e mi costrinse a seguire un corso di dizione per camuffare il mio accento inglese. Mi sono laureato prima del tempo, prima di tutti i miei compagni di corso.»

Annuisco. Alcune domande mi stuzzicano, ma non ho intenzione di farle adesso. Non è il momento. Preferisco ascoltare Hayden, stare qui con le sue mani che avvolgono le mie.

«Il segno sulla porta del tuo appartamento appartiene all'organizzazione», dice. «Ecco perché Joe ha deciso di installare le telecamere. Lui e il padre sanno tutto. Ed ecco perché Daisy si è trasferita lì: per tenere te e Cindy sotto controllo. E per intervenire in caso di bisogno.»

«Cosa vogliono da me?» domando a bassa voce.

Lui mi attira ancora più vicino a sé; ha le labbra arricciate e abbassa lo sguardo sulle nostre mani, intrecciando le dita alle mie.

«Non lo so», risponde, sollevando gli occhi per incontrare i miei. «In qualche modo, ti hanno collegata a me. Mi hanno visto con te, in questo ultimo periodo. Non permetterò loro di farti del male, Coop.»

«Non è questo a preoccuparmi», affermo.

Corruga la fronte, confuso. Non voglio essere fatta fuori da chissà quale killer pazzo, ma, stranamente, c'è qualcos'altro che mi preme di più. Non so perché, ma la mia preoccupazione è tutta concentrata su Hayden.

Il mio cuore sta battendo all'impazzata. Le mie tempie pulsano, scatenando piccole scariche di dolore che si espandono fino alla nuca, e non riesco più a trattenere le lacrime, nonostante lo sforzo per bloccarle. Mi passo la mano sotto gli occhi per spazzarle via di nuovo.

«Se loro sono qui, significa che ti hanno trovato», mormoro.

«Sì, mi hanno trovato», conferma, annuendo appena. «Ma… mi avrebbero già fatto fuori, Coop. C'è qualcosa che non torna, capisci? Devo scoprire cosa vogliono, però sono sicuro che, a modo loro, me lo faranno sapere molto presto.»

Mi ritornano in mente le frasi dell'uomo che mi ha aggredita, che ormai collego inevitabilmente a Hayden e al suo passato. *Devi giocare bene le tue carte. Qualcuno ti ucciderà.* E ho la conferma di ciò che ha appena detto lui: vogliono davvero qualcosa, altrimenti avrebbero già fatto fuori me o, ancora peggio, Hayden.

So che dovrei dirgli tutto. Dovrei raccontargli la verità sull'aggressione, dei biglietti e dell'uomo incappucciato, ma voglio anche proteggerlo. E mi sento stupida a pensare a una cosa del genere, però potrei scoprire qualcosa di utile. In qualche modo contorto e del tutto privo di senso, sento che, raccontandogli la verità adesso, lo sottoporrei a qualche rischio.

Tuttavia, non sono neanche sicura dei miei stessi pensieri. Ho così tanta confusione in testa che non riesco più a scindere ciò che è bene da ciò che, invece, non lo è. Mi devo prendere del tempo per pensare, per elaborare, per tentare di capire e per arrivare a una soluzione.

«Coop», mi richiama Hayden, forse preoccupato dal mio silenzio.

Così, faccio l'unica cosa che il mio istinto mi suggerisce. Una cosa che raramente faccio, perché non manifesto con facilità le mie emozioni e i miei sentimenti, ma con lui è tutto diverso.

Gli butto le braccia al collo e lo abbraccio con naturalezza. Lui tentenna per qualche secondo, poi alla fine appoggia le sue mani grandi e calde sulla mia schiena.

22

«STAI bene?» chiede Hayden d'un tratto.

«Sì, sto bene», lo rassicuro, mantenendo lo sguardo basso. So che mi sta fissando, percepisco i suoi occhi addosso, e so che sta tentando di misurare in qualche modo la mia reazione.

Ora che le mie domande hanno trovato le risposte che cercavano, realizzare in cosa io sia invischiata realmente è complicato. E non a causa di Hayden, è piuttosto la minaccia che mi perseguita fuori a farmi paura.

La parte più difficile è proprio questa: ammettere di avere paura, di essere terrorizzata. Finché non ho ammesso di esserlo, è stato facile aggirare il problema, ma ora che so di avere davvero paura, è tutto più duro.

Hayden però ha ragione: se avessero voluto farlo fuori, l'avrebbero già fatto. Sembra che, in qualche strano modo, stiano usando me come pedina per arrivare a qualcos'altro. Ormai è naturale pensare che, in realtà, siano alla ricerca di qualcosa. Se così non fosse, il mio aggressore non mi avrebbe detto di giocare bene le mie carte; oppure si riferiva semplicemente al segreto di Hayden, del quale ero all'oscuro durante l'aggressione. E a questo punto nasce l'ennesima domanda: come faceva a sapere tutte queste cose?

«Non permetterò che ti facciano del male, Coop. Te l'ho detto», continua Hayden. Vorrei dirgli tutto ciò che penso, vuotare il sacco, ma c'è qualcosa che mi frena.

Mi torturo le mani strette tra loro e mi mordicchio il labbro superiore.

«Coop», mi richiama lui.

«Non capisco un sacco di cose. Cosa c'entro io, Hayden?»

«Te l'ho detto: mi hanno visto con te.»

«Non ha molto senso», ribatto. «A loro è bastato vederci insieme una o due volte per collegarci? No, non ha davvero senso. È illogico. Anche se la loro fosse vendetta, è assurdo pescare me. Avrebbe avuto più senso se avessero collegato Amy a te, ad esempio, ma non me.»

Si passa una mano tra i capelli. Si è innervosito. «Forse, quando mi hanno trovato, avevo già rotto con Amy. Di conseguenza, non vedendomi con lei, non l'hanno collegata a me», spiega.

«Quanto tempo fa vi siete lasciati?» chiedo.

«Qualche mese fa.»

«Perché?» domando.

Hayden inarca un sopracciglio e mi punta addosso i suoi occhi indagatori. «Questa è una domanda inerente a tutto il resto o una tua curiosità?»

«È ovviamente inerente a tutto il resto», mi affretto a rispondere. Non è proprio così, ma lui non deve saperlo. «L'hai lasciata perché avevi paura di metterla in pericolo?»

«A quel tempo, non ci pensavo. Non credevo che mi avrebbero trovato, prima o poi. Ero abbastanza convinto del contrario, pensavo che il mio nascondiglio fosse sicuro.»

«E allora perché l'hai lasciata?»

«Questa domanda non c'entra un cazzo», ribatte e ora appare quasi divertito dal mio improvviso interesse.

«Tutto può servire», cantileno, fingendo di pensarci su. No, non serve effettivamente a niente sapere il motivo della loro rottura. Più che altro, serve a me.

«Non la amavo e te l'ho già detto», spiega. «Ho provato a stare con lei ma, dopo un po', sono arrivato a un punto morto della storia e le ho chiesto una specie di pausa.»

«E poi?» lo incito a continuare.

«E poi è arrivata la scintilla che mi ha fatto capire che non potevo continuare a prenderla in giro.»

Si alza in piedi, senza darmi il tempo di fare altre domande, e va in cucina, ma io non ho intenzione di farmi bastare quelle semplici frasi che non esauriscono la mia curiosità in alcun modo.

«Quale scintilla?» chiedo, correndogli dietro.

«Sei una persecuzione», borbotta, mentre apre il frigorifero.

So che dovrei darmi un contegno, ma, quando si tratta di Hayden, non mi trattengo. Non riesco a controllarmi, le domande fuoriescono da sole, senza neanche passare per il cervello.

Hayden richiude il frigorifero e, con in mano una bottiglia di tè freddo, si avvicina al ripiano della cucina e prende un bicchiere. Io lo seguo, in attesa.

«Mi stai infastidendo.»

«Anche io mi infastidisco», ammetto, con una scrollata di spalle.

Soffoca una risata e manda giù un sorso di tè. Si passa la lingua sul labbro inferiore e lo fisso imbambolata, rapita da quel semplice movimento. Mi ordino mentalmente di darmi una calmata e strizzo gli occhi, nel tentativo di riemergere dal mio stato di trance.

«Hayden, senti», dico, infilandomi tra lui e il mobile. Abbassa lo sguardo, ancora divertito. «Capisci anche tu che questo collegamento tra me e te non ha alcun senso, vero? Quello che hanno ipotizzato i tizi dell'organizzazione, intendo. In ogni caso, se ti hanno trovato, significa che dobbiamo giocare d'anticipo. Qualsiasi cosa potrebbe servire, anche la più insulsa.»

Si acciglia. «Per prima cosa: quel 'dobbiamo' mi inquieta parecchio», ribatte. «Non c'è alcun noi, perché tu non devi fare assolutamente niente.» Faccio per protestare, ma lui appoggia una mano sulla mia bocca e si avvicina al mio viso, tanto che il suo profumo mi annebbia i sensi. «Seconda cosa: il motivo della mia rottura con Amy non ha niente a che fare con loro. È più una tua curiosità e ti ho già detto cosa penso al riguardo.» Sposta la mano e raddrizza la schiena, mettendo così più distanza tra i nostri corpi. Peccato che il mio stia fremendo dalla voglia di stare ancora sotto le sue dita.

«Non vuoi dirmelo o non puoi dirmelo?» lo incalzo.

«Potrei, ma non voglio», risponde. «Sei troppo curiosa, Coop. Hai visto cosa hai combinato.»

«La mia curiosità è posteriore alla loro comparsa», gli ricordo.

«Ciò non significa che io debba necessariamente nutrirla», taglia corto, con un tono che non ammette repliche.

Lascio andare un piccolo sbuffo, mentre Hayden si allontana e si dirige verso il corridoio. Mi passo una mano sulla fronte e tento di riflettere, ma tutto ciò a cui penso non ha logicità, perché non trovo davvero niente che mi colleghi a Hayden.

È possibile che sia come dice lui: ci hanno visti insieme un paio di volte e magari hanno pensato di vendicarsi puntando me. Questa potrebbe sembrare la teoria più plausibile, ma rimane il fatto che, se avessero voluto vendicarsi, a quest'ora non sarei viva. Sarei già sotto tre metri di terra, dentro una bara. Stesso posto in cui sarebbe Hayden in questo momento, se il loro scopo primario fosse quello di ucciderlo. Stando a ciò che lui mi ha raccontato, non sembrano tipi inclini a temporeggiare e ci avrebbero già tolti di mezzo.

«Hayden!» esclamo, non appena un dubbio balena nella mia mente. Raggiungo il corridoio e trovo la porta della sua stanza socchiusa. Evito di entrare e poggio una mano sullo stipite. «E se qualcuno ti stesse spiando da tempo?» azzardo. «Qualcuno che ti conosce e sa di me.»

Neanche questa teoria ha molto senso nella mia testa, ma ormai le sto provando tutte.

La porta della stanza si apre, regalandomi il torace nudo – e scolpito – di Hayden. Faccio un passo indietro e deglutisco, ma niente riesce a placare il formicolio che parte dalle mani e arriva dritto sotto l'ombelico.

«Mi avrebbe già ucciso», risponde. Lo dice con così tanta calma che mi spaventa.

«Non hai paura di morire?» gli chiedo, sollevando il mento per guardarlo meglio.

«Non più. Voglio solo che mia sorella sia al sicuro.» Sospira e si passa, per l'ennesima volta, la mano tra i capelli, scompigliandoli appena. «E voglio che sia al sicuro anche tu. Ecco perché devi iniziare a farti gli affari tuoi.»

«Fino a prova contraria, hanno disegnato il loro dannato simbolo sulla porta del mio appartamento.»

«Stai dando per scontato che sia tu il bersaglio. Per quanto ne sappiamo, potrebbe essere anche Cindy.»

Lo guardo negli occhi, la tentazione di dirgli tutta la verità e dargli la conferma di essere io il bersaglio mi solletica, ma evito di aprire la bocca e annuisco.

All'improvviso, con una falcata sinuosa, si avvicina a me. «A meno che...» sussurra, con la fronte aggrottata. Si inchina per annullare la differenza di altezza e incontrare così i miei occhi, ora allo stesso livello dei suoi. «C'è qualcosa che vorresti dirmi?»

Indietreggio ancora, finché le mie spalle toccano la parete fredda. «No», rispondo, tentando di mantenere un tono piatto.

«No», ripete. «Sei sicura?»

Rivolgo lo sguardo verso le sue labbra e non ho idea di cosa diamine mi prenda, ma perdo la concentrazione e dirotto i miei pensieri su tutt'altro binario, senza volerlo.

Scuoto la testa e mi riapproprio delle mie capacità, tentando di elaborare qualcosa di sensato. Se quelle persone, in qualche modo, hanno puntato me e non Hayden, c'è un motivo. Se avessero voluto qualcosa da lui, come ha detto, avrebbero già trovato il modo di farglielo sapere.

So che dovrei dirgli la verità. Non posso mentire per sempre, soprattutto quando in gioco ci sono le nostre vite. È controproducente sotto tutti i punti di vista, perché ho meno possibilità di estrapolare informazioni da Hayden per comprendere quello che l'organizzazione realmente vuole. Se dicessi la verità, potrei convincerlo a farsi aiutare da me.

«Okay», mormoro infine. Non posso essere completamente sincera, ometterò alcuni particolari. «Io ti dico quello che è successo e tu rispondi alla mia domanda su Amy.»

Hayden batte le palpebre più volte, colto alla sprovvista dalla mia proposta. «Cosa c'entra Amy?» domanda.

«Nulla, immagino, ma è molto semplice: io ti racconto cosa è successo e tu rispondi alle mie domande. O così, o niente.»

Stringe la mascella. «Stai tentando di scambiare informazioni di vitale importanza con una tua ennesima e fottuta curiosità?»

«Esatto», confermo, più risoluta che mai.

Mi fissa intensamente e si inumidisce le labbra con la lingua. Non mi piace questo gesto, perché mi manda in brodo di giuggiole e mi fa sentire stupida, incapace di mantenere una linea rigida.

«Va bene. Se è questo quello che vuoi, risponderò alle tue cazzo di domande», sbotta.

Evito di mettermi a saltellare per la gioia e mi limito ad annuire disinteressata. Lui si volta e si dirige in salotto, io lo seguo a ruota sul divano.

A un tratto, inarca un sopracciglio e mi guarda con la coda dell'occhio. «Cosa vuoi? Non parli più?»

«Inizia tu. Abbiamo un patto: tu parli, io parlo.»

Affila lo sguardo e sono sicura che mi incenerirebbe volentieri seduta stante. Dopo alcuni minuti, poggia i gomiti sulle ginocchia. «L'ho lasciata perché, durante quella specie di pausa di cui ti ho parlato, ho incontrato un'altra ragazza», ammette.

Mi si stringe lo stomaco, la gelosia mi colpisce in faccia come una manata ben assestata, ma cerco di darmi un contegno.

«Chi è la ragazza?» riesco a chiedere.

«Non la conosci.» E, di nuovo, si passa una mano tra i capelli. È nervoso.

«State insieme?»

Scuote la testa. «No.»

«Lei ti conosce?»

Mi guarda, accigliato. «Ma che domanda del cazzo è?»

«Be', magari non ti conosce. Magari l'hai vista solo una volta e ti sei invaghito.»

«Non l'ho vista solo una volta», risponde. «L'ho vista alcune volte, prima di conoscerla.»

«Abita qui?»

«Sì.»

«Quanti anni ha?»

«La vuoi smettere?» sbotta. «Dio, fai domande a raffica. Appena uno ti dà un dito, ti prendi anche tutto il braccio.»

«Acuta osservazione», commento. «E siete mai stati insieme?»

La vita sentimentale di Hayden non dovrebbe interessarmi, ma dopo il nostro bacio – nonostante lui abbia liquidato quel gesto in modo antipatico – mi sento coinvolta. Forse anche a livello sentimentale, anche se non a tal punto da ammetterlo.

Hayden mi guarda negli occhi e si morde il labbro inferiore con i denti bianchi e perfetti. «Sì», risponde infine. «Non come coppia vera e propria.»

«Quindi avete fatto sesso», azzardo.

Mi rivolge l'ennesima occhiata torva della serata e serra la mascella. So di dargli fastidio, ma voglio delle risposte. Sbuffa e l'aria si infrange sulla mia fronte. Si stringe il naso tra le dita e socchiude gli occhi. «Sì, esatto.»

«Ma non state insieme», continuo imperterrita, ignorando la sua palese esasperazione. «Avete fatto sesso, ma non state insieme.»

Hayden annuisce, continuando a tenere gli occhi socchiusi.

«Vi vedete tuttora?» proseguo.

«Te lo ripeto: mi stai infastidendo, Coop. Ti avverto.»

«Sono semplici confidenze tra amici», mi giustifico. «Normali chiacchiere che si fanno davanti a una tazza di caffè caldo.»

«Mi sembra giusto. Certo, continuiamo a chiacchierare della mia vita sessuale quando ci sono dei killer lì fuori.»

Deglutisco e mi abbandono allo schienale del divano, quasi a volermi fondere con l'imbottitura. «Non posso passare tutto il tempo a pensare a loro», mormoro.

Mi fissa negli occhi e il suo sguardo si ammorbidisce. «Hai ragione», concorda infine. «È solo che vorrei sentire la verità da te.»

Ora o mai più, se temporeggiassi ancora finirei per cambiare idea. «Non era un ladro, quello che mi ha aggredita», ammetto con la voce ridotta a un sussurro. «Non era un ladro», ripeto con enfasi.

Hayden rimane un attimo in silenzio, con le labbra serrate, le sue narici si allargano appena ed emette un verso roco di disapprovazione. «L'avevo capito», afferma. «L'hai visto in faccia?»

Scuoto la testa. «No, era alle mie spalle.»

«Ti ha parlato?»

«Sì, mi ha detto che qualcuno mi ucciderà.»

Basta questa semplice frase a ottenebrare i suoi occhi, nei quali leggo la preoccupazione mista, forse, a rabbia. Non dice niente, serra i pugni e si volta per fissare la parete davanti a noi.

Stringo il tessuto della mia felpa tra le mani, nervosa, e cerco di decifrare le emozioni che sfilano sul suo volto delicato.

La reazione non tarda ad arrivare: si alza dal divano con uno scatto e si sposta in corridoio, poi qualcosa sbatte in lontananza. Hayden torna da me qualche istante dopo. Ora indossa una t-shirt, ma la mia attenzione viene rapita da una delle pistole che ho intravisto qualche ora fa dentro la teca.

Hayden ha assunto un'aria diversa, più minacciosa, e mi piace. È perfino più sexy di prima... e, ancora una volta, non dovrei pensare a questo, soprattutto quando sta impugnando un'arma da fuoco.

«D'ora in poi, andrai in giro con una pistola», spiega. Acciuffa un mazzo di chiavi e se lo infila in tasca. «D'ora in poi, quando

Daisy lavorerà di notte, starai qui. D'ora in poi, dovrai seguire i miei ordini: se ti dico di scappare, tu scappi», continua, avvicinandosi a me. Si piega sulle ginocchia e poggia una mano sulla mia gamba. «Se ti dico di sparare, tu impugni questa pistola e spari. E se ti dico di andare via e cambiare Stato, tu vai via e cambi Stato.»

Scoppio in una risata nervosa. Non può essere serio. «Io non vado da nessuna parte», chiarisco. «Io non cambio Stato.»

«Stai giocando con la mia pazienza», mi avverte.

«Io non cambio Stato», ripeto.

Si massaggia una tempia e socchiude gli occhi per un tempo breve. La vista della pistola a un soffio dal suo viso mi fa rabbrividire, ma le dita di Hayden che mi stringono appena sopra il ginocchio mi mandano su di giri.

Dio, ma che diamine mi prende?

«Vieni con me», dice d'un tratto, alzandosi in piedi.

«Dove?»

«Vieni con me e basta», sibila. Si avvicina alla porta d'ingresso e la spalanca. «Non costringermi a caricarti sulle spalle, Coop», aggiunge, quando si rende conto che sono ancora seduta e non mi sono mossa di un solo centimetro.

«Non lo faresti.»

Lo sguardo torvo che mi regala mi convince del contrario e mi affretto a seguirlo, prima che la sua pazienza si esaurisca del tutto. Usciamo dal suo appartamento e occupiamo l'ascensore. Guardo la pistola che tiene stretta in una mano e arriccio il naso.

«Potresti almeno nasconderla?» mormoro, indicandola.

Lui non risponde, ma la infila nella cintura dei pantaloni.

«Non devi lavorare?» chiedo.

«Mi sostituisce Jackson», taglia corto. «E smetti di fare domande, dannazione.»

Quando le porte dell'ascensore si aprono davanti a noi, seguo Hayden nel parcheggio sotterraneo. Anziché puntare alla sua auto, però, svolta a destra e imbocca il corridoio che conduce ai garage.

«Dove stiamo andando?» domando, ma Hayden non risponde.

«Mi vuoi fare fuori?» tento di ironizzare.

«Zitta un po', Coop», mi ammonisce, e si ferma davanti al garage più nascosto. Si inginocchia e tira fuori dalla tasca dei pantaloni le chiavi che ha preso poco fa. Osservo i suoi muscoli flettersi, mentre fa risalire con forza la serranda.

Si sposta di lato per farmi passare. «Entra», ordina.

Lo oltrepasso e riabbassa la serranda, che sbatte sul cemento con un tonfo sonoro. Rimaniamo al buio, l'umidità mi penetra nelle ossa e sfrego le mani tra loro per darmi un po' di calore.

Hayden trova l'interruttore e la luce illumina finalmente l'ambiente circostante. È un luogo spazioso, privo di mobili; ci sono solo alcuni attrezzi da palestra, un materasso nero da ginnastica e, in fondo, alla mia sinistra, tre di quelle che sembrano delle sagome dall'aspetto umano.

«Questo posto è di Daisy», spiega Hayden. «Quando ho acquistato l'appartamento, le ho lasciato il garage e l'ho fatto insonorizzare. Ogni tanto viene qui a fare qualche tiro.»

«Qualche tiro di cosa?» chiedo.

«Viene qui a sparare.»

«Ah.»

«Si tiene in forma per ogni evenienza. Ora che il pericolo è dietro l'angolo, verrà qui più spesso.»

Ancora incredula, annuisco. «E perché mi hai portata qui?»

«Ti insegno a sparare.»

«Come, prego? Io non ho intenzione di sparare!»

«Ricorda quello che ho detto poco fa», commenta lui, torreggiando su di me. «Se ti dico di sparare, tu spari.»

«Non ho la minima intenzione di uccidere qualcuno!» esclamo.

«Non devi per forza uccidere. Un colpo alla gamba basterà.»

«Rassicurante», borbotto stizzita. L'idea di impugnare una pistola non mi eccita, ma mi fido di Hayden e credo che assecondarlo sia l'unico modo per tranquillizzarlo. In fin dei conti, ha ragione: se fossi in pericolo, avrei almeno una possibilità di difendermi e guadagnare tempo.

«Dovrai portarla sempre con te. La pistola diventerà la tua migliore amica, Coop», conclude.

Mi fa cenno di seguirlo e cammino dietro di lui, guardandomi intorno. Più vado avanti, più noto cose strane e bizzarre: un tiro a segno dal quale sbucano alcuni pugnali e sagome ricoperte di piccoli fori di proiettili.

«Sparare non è facile», esordisce Hayden, bloccandosi a qualche metro di distanza da una sagoma ancora integra. «Potresti subire l'effetto dello sparo e cadere all'indietro. Oppure, il rumore potrebbe stordirti per alcuni secondi.»

Raggiunge una mensola e prende un paio di cuffie nere, che poi mi porge. «Mettile», ordina.

«Nessuno sentirà lo sparo?»

«Questo posto è insonorizzato, te l'ho detto.»

Indosso le cuffie e lui si ferma alle mie spalle, poi sposta un po' la cuffia destra per far sì che io lo senta mentre impartisce ordini.

«Neanche prendere la mira è facile. Colpire al cuore è difficile, ma ho capito che non vuoi uccidere nessuno ed è comprensibile.»

Percepisco il suo fiato sul collo e, nonostante stia cercando di mantenere la concentrazione fissa sulla sagoma bianca, tentenno a causa della sua vicinanza. Lui prende gentilmente la mia mano destra e deposita sul palmo la pistola, poi stringe le nostre dita intrecciate attorno a essa. Dovrei concentrarmi sul mio primo sparo, ma la mia mente sta cavalcando verso tutt'altra direzione.

Hayden mi poggia la mano libera sul fianco e questo gesto innocuo mi fa irrigidire. Il suo petto si posa contro la mia schiena e deglutisco, perché gli scenari che si piazzano davanti ai miei occhi non comprendono di certo la pistola.

Hayden solleva le nostre mani unite e punta verso la sagoma.

«Tienila con due mani», ordina. Annuisco, sposto l'altra mano sull'arma e lui sfila la sua. «Ho già tolto la sicura. Mira alla gamba», dice vicino al mio orecchio. «Una delle due, è indifferente. Potrebbe darti un grosso vantaggio, se dovessi trovarti in pericolo.»

Mi concentro sulla sagoma e abbasso la pistola, mirando alla gamba sinistra. Hayden posa anche l'altra mano sul mio fianco e, senza che se ne renda conto, il suo indice sfiora un lembo scoperto della mia pelle. Rabbrividisco e deglutisco di nuovo. Tesa come una corda di violino, provo a ignorare le sue dita addosso, ma è difficile domare il fuoco che mi avvampa dentro.

«Avanti, Coop», mi incita.

«Mi stai distraendo», ammetto, piegando la testa per guardarlo.

Non riesco a decifrare la sua espressione e mi concentro sul suo naso che ora sfiora il mio, sulle sue mani che si insinuano appena sotto la felpa e sul suo profumo che mi avvolge.

«Non guardarmi così», dice.

Aggrotto la fronte e faccio scorrere lo sguardo sul suo viso. «Così come?» riesco a domandare, mentre sfogo la tensione sulla pistola, intrappolandola in una morsa ferrea.

«Come se volessi essere baciata», risponde.

Batto le palpebre, sorpresa dalla sua affermazione, e stringo di più l'arma. La sua presa sui miei fianchi si fa più forte, imprime a fuoco le sue dita sulla mia pelle, e mi guarda negli occhi.

«Non ti ho chiesto un bel niente», affermo.

«Non ad alta voce», continua. Le sue mani salgono, danzano lente sul mio ventre. «Non complichiamo ancora di più le cose. Sarebbe controproducente, Coop. Non si può.»

Vorrei dirgli che sta già complicando le cose, che non è necessario imporre limiti e piazzare paletti, ma ho perso la capacità di raggruppare le parole e formare frasi sensate. Il mio sguardo scivola sulle sue labbra sempre più vicine, ma stringo troppo la pistola, l'indice preme sul grilletto e parte il proiettile con un boato che mi fa sobbalzare e mi spedisce indietro, contro il petto di Hayden. Un foro ora scava la parete davanti a me.

«Ah», mormoro, storcendo il naso. «Niente male come inizio, eh?»

Hayden, per tutta risposta, scuote la testa.

23

ACCHIAPPO il cuscino e lo schiaccio sul viso per non essere più costretta a sopportare la luce mattutina che ha disturbato il mio sonno, stavolta privo di sogni. Sono stanca e vorrei dormire ancora un po'. Ieri è stata una giornata movimentata e la mia mente deve ancora realizzare tutto ciò che ha appreso e scoperto.

Sono stata fino alle undici chiusa in quel garage con Hayden a tentare di sparare con una dannatissima pistola e, stranamente, non è andata poi così male. Ho colpito più che altro la parete, ma, alla fine, sono riuscita a forare la gamba destra della sagoma.

Se qualcuno mi avesse accennato qualcosa del genere, qualche settimana fa, sarei scoppiata a ridere. Insomma, io con una pistola. Inquietante ed esilarante in egual misura.

Emetto uno sbuffo quando mi rendo conto di non riuscire più a dormire e butto il cuscino in fondo al materasso, poi guardo l'orologio che segna quasi mezzogiorno.

Sbadiglio e scendo dal letto, mentre mi stropiccio gli occhi con le mani. Mi avvicino alla poltrona scura e frugo dentro la borsa alla ricerca del cellulare che mi avvisa di sei chiamate perse: tre da parte di mia madre, due da parte Cindy e una da un numero sconosciuto.

Non sono in vena di intavolare una conversazione con mia madre e le invio un messaggio per rassicurarla. Dopodiché, faccio partire la telefonata con Cindy e incastro il cellulare tra l'orecchio e la spalla, prima di uscire dalla camera.

La porta della stanza di Hayden è aperta, quindi presumo che non sia lì. Vago per un po' per la casa, ma di lui non c'è neanche l'ombra.

«Charlotte!» esordisce la mia migliore amica.

«Ciao. Mi cercavi?» domando.

Vado in cucina e mi avvicino al tavolo, dove noto una busta di carta e un bigliettino.

«Ovviamente ti stavo cercando, stronza», mi apostrofa lei.

Sono al lavoro. Chiamami per qualsiasi problema.

P.S.: spero ti piacciano i muffin.

Sorrido come un'idiota mentre mi rigiro tra le mani il biglietto.

«Oh, mi senti?» mi richiama Cindy dall'altro capo del telefono.

«Sì, ti sento.»

Apro la busta e sfilo uno dei muffin: è al cioccolato, il mio preferito. Ieri, troppo presa da altre cose, non ho neanche cenato.

«Dobbiamo vederci subito», continua Cindy.

Do un morso al muffin e mastico lentamente, mi siedo e porto le ginocchia al petto.

«Perché?» chiedo.

«Perché?» ripete stizzita. «Degli assassini seriali ti stanno cercando perché vai a letto con il fantastico dottor Dream e tu mi chiedi perché? Hai sbattuto la testa o sei solo stupida?»

Quasi mi strozzo con il boccone e tossisco. «Lo sai?» le domando, sgranando gli occhi.

«Joe me l'ha detto, sì.»

«Io non vado a letto con Hayden, tanto per la cronaca», borbotto, scavando con l'indice il muffin ormai mezzo mangiucchiato.

«Non ancora», commenta lei. «In ogni caso, preparati perché tra dieci minuti esatti sarò sotto casa del tuo ragazzo. Muoviti.»

«Non è il mio ragazzo.»

«Hai rotto le palle. Muoviti!» esclama, poi interrompe la telefonata.

Roteo gli occhi, mi infilo il resto del muffin in bocca e corro in camera. Mi sfilo il pigiama, do una sistemata al letto e frugo nello zaino per recuperare un cambio, poi saltello fino al bagno mentre indosso un paio di jeans.

Ieri notte, Hayden mi ha chiesto di non uscire senza di lui, ma non ho voglia di sottostare ai suoi ordini. Non che non mi faccia piacere ricevere le sue attenzioni ed essere oggetto della sua preoccupazione, ma non corro nessun rischio; come ha detto anche lui, se qualcuno avesse voluto uccidermi, l'avrebbe già fatto. Non ho la minima intenzione di segregarmi in casa da sola ad aspettare il suo ritorno. Stare un po' con Cindy mi farà bene, perché ho bisogno di parlare con lei.

Dopo essermi lavata, vestita e truccata, sistemo i capelli con le mani e recupero la borsa e la copia delle chiavi. Appena metto piede fuori dall'appartamento, però, il mio cellulare squilla.

«Pronto?»

«Ehilà, Cooper!» esclama una voce maschile. Mi blocco per un istante. «Sono Marcus», continua.

«Ciao, Marcus», rispondo.

«Immagino di doverti delle scuse», dice.

«Perché?»

«Per l'altra sera.»

«Oh, no. Non preoccuparti», lo tranquillizzo. «Ho avuto un sacco di cose da fare e mi è sfuggito dalla testa il nostro appuntamento.»

«Io non l'ho dimenticato, invece.»

Il cielo è leggermente plumbeo, non è un buon segno. C'è più freddo del solito e mi pento di non aver preso la giacca. Non sembra neanche che stia per arrivare l'estate.

«Ah, sul serio?» domando distratta, e nel frattempo mi guardo intorno alla ricerca dell'auto di Cindy. Quando la localizzo, accelero il passo per raggiungerla.

«Io sono al *Green Card*», afferma Marcus. «Se non hai altri impegni, puoi fare un salto qui.»

«Mi piacerebbe, ma devo incontrare una mia amica.»

Lo sento ridacchiare. «Non c'è problema. Io sono con un mio amico.»

Faccio cenno a Cindy di abbassare il finestrino e tappo il microfono del cellulare con una mano. Lei non sembra in forma oggi, ha delle tremende occhiaie.

«Vuoi andare in un posto?» le chiedo a bassa voce.

«Dove?» domanda a sua volta.

«In un posto», ripeto. «Con un amico.»

Mi guarda per un attimo, prima di scrollare le spalle e alzare il finestrino. Sposto la mano dal microfono e faccio il giro dell'auto per raggiungere l'altro lato.

«Certo, va bene», dico a Marcus. Cindy mi scocca un'occhiata incomprensibile, ma la ignoro.

«Perfetto!» esclama lui. «Ci vediamo qui tra poco, allora.»

«Bene, a dopo.»

«A dopo, Coop.» Di nuovo, sentire questa particolare abbreviazione del mio cognome mi fa storcere il naso perché la collego inevitabilmente a Hayden, come se ormai fosse una sua esclusiva, qualcosa che solo lui può fare.

«Amico», ripete Cindy.

«Più un conoscente», la correggo. «Si chiama Marcus. A proposito, non dovresti essere in ufficio, a quest'ora?»

«Quella testa di cazzo del capo ha capito che non stavo bene e mi ha concesso di tornare a casa in anticipo.»

«'Testa di cazzo' è offensivo.»

«Ma è davvero una testa di cazzo, Char», ribatte lei con tono stridulo per rimarcare l'ovvietà. «Ed è uno stronzo e maschilista di merda. Posso insultarlo quanto e come mi pare.»

«Come preferisci.»

«Quindi...» esordisce poi, stringendo il volante con forza. «Dei pazzi ti hanno presa di mira.»

Vorrei pensare il meno possibile a questo piccolo particolare, ma so di doverne parlare con lei, perciò annuisco. «A quanto pare sì.»

«Joe mi ha detto tutto», prosegue. «A proposito, dove dobbiamo andare?»

«Al *Green Card*», rispondo. «Non capisco perché Joe te l'abbia detto. Credevo fosse una cosa super segreta.»

«Immagino sia preoccupato anche per me. Ho evitato di raccontargli della tua aggressione e tutto il resto, comunque.»

«Io l'ho raccontato a Hayden, invece. Non proprio tutto, solo dell'aggressione», ammetto.

«Come ha reagito?»

«Mi ha insegnato a sparare.»

Cindy volta di scatto la testa verso di me e batte più volte le palpebre, sorpresa. «A sparare?»

Annuisco. «Sì, a sparare. Dice che potrebbe servirmi, se dovessi trovarmi ancora in pericolo.»

«Inquietante, ma giusto.»

«Non ho la minima intenzione di portare sempre con me una dannata pistola», chiarisco, sollevando le mani e scuotendo la testa. «È assurdo.»

«Qualcuno vuole farti fuori senza un motivo. È più assurdo questo», risponde prontamente. «Insomma, tu e dottor Banana mica state insieme. Se fosse davvero vendetta, avrebbe comunque poco senso. Perché tu?»

«Non lo so. So solo che quei tizi vogliono qualcosa. Qualcosa da Hayden, credo, ma stanno usando me. Se non volessero niente, Hayden sarebbe già morto. Se fosse vendetta, io sarei già morta.»

Cindy rimane in silenzio. Stringe il labbro inferiore tra i denti, mentre parcheggia la sua auto nelle vicinanze del *Green Card Pub*.

«Anche mio padre c'entra con questa storia. Da quello che ho capito, è stato lui a occuparsi del caso di Hayden, quando è arrivato qui. Conosce anche Daisy.»

«Lo so, Hayden me l'ha già detto.»

«Però devi stare attenta», continua.

«Lo so, Cindy.» Mi volto verso di lei e sorrido per tentare di rassicurarla. «Starò attenta. Terrò gli occhi ben aperti.»

Si sporge per posare entrambe le mani sulle mie spalle. «Tanto so che farai di testa tua», ribatte, guardandomi negli occhi. «Altrimenti, avresti già detto a Hayden tutta la verità.»

Abbozzo un sorriso e indietreggio. In effetti, mentire a Hayden è facile; farlo con Cindy, invece, è molto più difficile, perché conosce ogni mia espressione e riesce a captare i miei pensieri, come se le nostre menti fossero connesse.

«Voglio solo scoprire alcune cose senza l'aiuto di Hayden. Cosa vogliono, chi sono, perché io… insomma, voglio partire dalla base», mi giustifico.

«Lo sapevo», mormora contrariata. «Ti conosco troppo bene.»

«Se trovassi quello che vogliono, potrebbero lasciare in pace Hayden una volta per tutte.»

«La sua incolumità è più importante della tua?» chiede incredula.

«Ne ha passate tante e voglio aiutarlo. A modo mio, ovviamente.»

Non desidero morire, ma voglio anche che lui viva una vita normale. Non è un'idea così bizzarra.

«Tu sei pazza», sibila, e riduce gli occhi a due fessure. «Tu sei fuori di testa. Non hai un minimo di amore per te stessa?»

«Sì, certo, ma lo aiuterò. Se loro vogliono qualcosa, lo troverò.»

Sono convinta di ciò che sto dicendo: io voglio aiutare Hayden. Ne ha passate tante, merita un po' di tranquillità.

Cindy lascia andare uno sbuffo e, con la coda dell'occhio, vedo che scuote la testa e appoggia la fronte sul volante.

«Cindy», la richiamo.

«Sono dalla tua parte», annuncia solenne, sollevando la testa. «Preferisco starti accanto. Ho paura, ma ti aiuterò.»

«Non posso metterti in pericolo. Non voglio. Non se ne parla.»

«Non mi importa un cazzo di quello che vorresti o no», mi apostrofa. «Se non ti farai aiutare, dirò tutta la verità a Hayden e Joe.»

Incrocio le braccia al petto, ora indispettita dalla sua minaccia. «Mi stai ricattando?»

«Ti sto ovviamente ricattando, sì», chiarisce, annuendo con forza. «Ti farai aiutare da me, Charlotte. Non hai scelta.»

Capisco la sua preoccupazione, ma dovrebbe almeno tentare di comprendere anche il mio punto di vista. Questi killer vogliono qualcosa da me. Accettare il suo aiuto significa regalarle automaticamente un biglietto di sola andata per il loro mirino e non voglio avere altre preoccupazioni. Lei non c'entra niente con loro.

«Non voglio il tuo aiuto. Posso cavarmela da sola.»

«Lo so, ma ti aiuterò lo stesso.»

Cindy è sempre stata risoluta e testarda. Quando si mette in testa una cosa, è difficile farle cambiare idea. In questo senso, siamo molto simili; quando litighiamo, siamo capaci di non rivolgerci la parola per giorni interi.

Ci fissiamo in cagnesco per alcuni minuti.

«Non guardarmi così. A costo di pedinarti, starò al tuo fianco, Charlotte. Ti sei infilata in chissà quale casino e non posso lasciarti sola, non adesso. Ti aiuterò a prescindere da ciò che pensi, è meglio che tu lo sappia fin da ora.»

«Non voglio metterti in pericolo», ripeto.

«In due, sarà tutto più semplice.»

Reggo ancora il suo sguardo per qualche istante. Potrebbe darmi una mano da dietro le quinte, senza esporsi.

«Farai ciò che dico io, però», affermo infine. «Se ti dico di lasciar perdere, tu lasci perdere.»

Questa è l'unica cosa che potrebbe assicurarmi la sua incolumità. Voglio trovare la soluzione a tutto, ma non voglio mettere a rischio qualcun altro, soprattutto la mia migliore amica.

«Vedremo», cantilena lei. Sgancia la cintura di sicurezza, recupera la sua borsa e scende dall'auto. Rimango ferma a fissarla, tra uno sbuffo e l'altro. Penserò più avanti a come comportarmi con lei, questo è sicuro.

«Muoviti!» grida.

Alzo gli occhi al cielo e la raggiungo.

«Cambiamo discorso», annuncia, mentre camminiamo verso il pub.

«Uhm.»

«Chi cazzo è Marcus?»

«Un ragazzo.»

«L'avevo capito. E uscite insieme?»

Scuoto la testa, osservando la punta delle mie scarpe. «No.»

«Ma adesso lo stiamo raggiungendo.»

«Non usciamo comunque insieme. Questo è… non so, un incontro tra conoscenti, credo.»

«Cosa cazzo significa: 'incontro tra conoscenti'?» chiede a bassa voce, mimando le virgolette con le dita.

«Non lo so. Tipo… due persone che si incontrano ed escono insieme.»

«Non ha senso.»

«Sì, invece.»

«E dottor Banana non sarà geloso?»

«Smetti di chiamarlo così. Perché dovrebbe essere geloso, poi? Ha detto che mi ha baciata perché gli andava, non perché prova qualcosa per me. Ah, ieri mi ha anche chiesto di non complicare le cose, quindi credo che non sia interessato. Un minimo forse sì, altrimenti non mi avrebbe baciata, ma non così tanto da essere geloso o cose del genere.»

«Posso essere volgare?» domanda.

«No, grazie. Evita.»

«Dai, solo un po'», mi prega e abbozza un sorriso sornione.

«Conosco la tua volgarità e no, grazie. Non voglio sapere cosa pensi.»

«Peccato, stronza», mi apostrofa. «Ti avrei dato qualche dritta utile. Sai che mi intendo di uomini problematici.»

Ridacchio alla sua espressione seria. «Hayden non è problematico», chiarisco, fermandomi davanti alla porta d'ingresso del pub.

«Ti bacia e ti dice che l'ha fatto perché gli andava», puntualizza. «Poi ti dice di non complicare le cose ed è assolutamente incoerente, dato che ti ronza intorno da quando hai iniziato a lavorare con lui. Hayden è problematico a livello sentimentale, Charlotte.»

Ho accettato il punto di vista di Hayden perché le cose sono già difficili così, non ho bisogno di ulteriori grattacapi o pensieri stupidi. Tuttavia, se cambiasse idea, non troverebbe di certo un muro dall'altra parte.

«Entra», dico a Cindy, dopo aver aperto la porta.

C'è qualcuno seduto nella zona bar e, in fondo alla sala, vedo alcuni ragazzi giocare a biliardo. Riconosco Marcus che, non appena si volta verso di me, esibisce un sorriso radioso. Posa la stecca da biliardo sul tavolo e si avvicina a grandi passi. Cindy mi dà una gomitata e borbotta qualcosa di incomprensibile, ma evito di darle corda, dato che sta ancora parlando di Hayden.

«Cooper!» esclama Marcus.

Un altro ragazzo, dal fondo della sala, ci raggiunge. È più alto di Marcus di qualche centimetro, ha i capelli chiari e gli occhi azzurri, seri e glaciali.

«Ciao, Marcus. Lei è Cindy», dico, indicando la mia amica che gli porge la mano. Lui la stringe, senza smettere di sorridere.

«Cindy, piacere.»

«Marcus, il piacere è tutto mio», risponde.

L'altro ragazzo si blocca vicino a noi e i nostri occhi si incrociano. Rimane impassibile per qualche istante, e continua a fissarmi finché Marcus non si accorge della sua presenza.

«Oh, lui è Axel. Axel, loro sono Charlotte e Cindy.»

Cindy si para davanti a me e allunga la mano. Probabilmente, la bellezza indiscutibile di questo tizio deve aver già attirato la sua attenzione. «Io sono Cindy.»

Axel stringe la sua mano e accenna un sorriso. Lei si sposta alla mia destra e lui fa un passo verso di me, che mi affretto a stringere a mia volta la sua mano.

«Charlotte», mi presento.

«Axel, piacere», risponde, guardandomi negli occhi.

Il suo tono di voce cupo mi provoca una scarica di brividi e ritraggo di scatto la mano. Per qualche strano motivo, il mio cuore salta un battito e acquista un ritmo irregolare.

Forse sto diventando troppo paranoica, ma c'è qualcosa…

«Bene, andiamo a giocare a biliardo, che ne dite?» propone Marcus.

Mi sforzo di sorridere e distolgo lo sguardo da Axel.

«Sì, certo!» esclamo con troppa – e falsa – enfasi.

Marcus strizza l'occhio nella mia direzione e mi fa cenno di seguirlo, poi si dirige verso il fondo della sala.

«Stai bene?» sussurra Cindy al mio orecchio.

Guardo la schiena possente di Axel, mentre lui si allontana a passo sicuro e misurato. Sì, sto diventando paranoica.

«Sto bene, tranquilla.»

«Non picchiare le biglie con la stecca», consiglia Marcus a Cindy, «imita Axel.»

La terza partita è iniziata da dieci minuti e Marcus e io siamo già in netto vantaggio, a discapito della coppia avversaria, composta appunto da Axel e Cindy. Non sono mai stata particolarmente brava a giocare, ma almeno non uso la stecca come se fosse una spada, a differenza di Cindy. Anche le prime due partite sono state vinte da noi, ma a loro non importa perché sono più concentrati a flirtare davanti ai nostri occhi.

Afferro la mia tazza di caffè caldo e ne mando giù un sorso, mentre osservo Axel che studia il campo e la disposizione delle biglie. Si piega in avanti, i muscoli delle sue braccia guizzano da sotto la camicia a maniche lunghe che indossa, e io continuo a fissarlo, proprio come sta facendo Cindy. L'unica differenza è che lei è molto felice di averlo incontrato; io, invece, non riesco a convincermi della stessa cosa. Il suo sguardo mi rende irrequieta per chissà quale motivo.

Prima di colpire, Axel mi guarda e mi sorride. Per non risultare maleducata, mi sforzo di ricambiare. Lui riabbassa lo sguardo e manda in buca due biglie con un colpo solo.

«Sei spettacolare», commenta Cindy. Stringo le labbra per non ridere.

«Grazie», risponde, raddrizzando la schiena.

Lei allunga la mano e gli tasta le braccia. «Che muscoli, ragazzo», ammicca. «Fai sport?»

Axel scrolla le spalle. «Vado in palestra.»

«Si vede», continua lei, con una strizzata d'occhio.

Non mi sbatto una mano sulla fronte solo perché risulterei ridicola. Al mio fianco, Marcus ridacchia.

Cindy si schiarisce la voce prima di riprovare a centrare qualche biglia, ma purtroppo non ci riesce. «La stecca mi odia», borbotta indispettita.

«Tocca a te», mi dice Marcus.

Annuisco e mi avvicino al tavolo per studiare la distanza tra la biglia bianca e quella che vorrei imbucare. Alla fine, mi piego appena in avanti e chiudo un occhio, mentre tento di prendere la mira.

«Aspetta, non così», esordisce Marcus, mettendosi dietro di me. «Non tendere così tanto il braccio, altrimenti tirerai troppo forte e, in questo caso, basta un colpetto leggero. La biglia si trova già nella traiettoria della buca», spiega.

Guardo Cindy che mi sta sorridendo in modo ammiccante e alzo gli occhi al cielo. Marcus, invece, posa la mano sulla mia per modificare i miei movimenti. Conto mentalmente fino a tre, mando indietro il braccio e colpisco con forza misurata la biglia bianca che, a sua volta, colpisce quella arancione, mandandola dritta in buca.

«Questo è culo», sentenzia Cindy, tirando fuori la lingua.

«Sei tu l'unica sfigata qui», la prendo in giro e mi sposto per far passare Marcus.

Lei solleva il dito medio nella mia direzione e ridacchio. Marcus riesce a mandare in buca una biglia ma, alla seconda, sbaglia il tiro.

«Devi lavorare?» mi domanda. Si avvicina a me mentre Axel e Cindy studiano il campo di gioco.

«No, oggi no», rispondo.

«Giorno libero?»

«Più o meno.»

Tecnicamente, i giorni mi sono stati concessi per riposare dopo l'aggressione e avere il tempo di riprendermi, ma in realtà sono in un locale a giocare a biliardo. Inizio a sentirmi in colpa e occhieggio di continuo l'orologio. Hayden non sa della mia piccola fuga e ieri è stato chiaro: devo evitare di uscire quando lui non c'è. Ora che conosco la causa della sua preoccupazione, dovrei almeno tentare di assecondarlo, ma non sono mai stata brava a prendere ordini. Non lo faccio di proposito, però è più forte di me e faccio quasi sempre il contrario di ciò che mi viene chiesto.

So che Hayden vorrebbe proteggermi, tuttavia non posso neanche rimanere barricata dentro casa ad aspettarlo ogni volta. Sono una donna indipendente, non ho bisogno della guardia del corpo.

D'istinto, punto gli occhi verso Axel che sta spiegando a Cindy come mandare in buca la biglia viola. Mi mordicchio l'interno della guancia, focalizzandomi sulla sua figura. Per mia sfortuna, ha le braccia coperte dalla camicia, altrimenti avrei verificato la presenza di tatuaggi. Non so cosa mi stia spingendo a pensare certe cose; potrebbe essere semplice paranoia causata da tutti gli ultimi avvenimenti, oppure no.

Forse, se avessi portato con me la pistola come mi ha consigliato Hayden, sarei stata più tranquilla.

«Ti sei fatta male?» chiede d'un tratto Marcus.

Gli dedico la mia attenzione, riemergendo dalla marea dei miei pensieri, e noto che sta fissando la garza che copre la mia ferita. Ci poso una mano sopra e lancio un'occhiata a Cindy e Axel. Anche loro, ora, mi stanno guardando.

«Mi...» farfuglio, mentre tento di tirare fuori una bugia decente. «Mi sono bruciata con la piastra per i capelli.»

Cindy rimane impassibile, ma so che sta pensando a tutt'altro. Axel, invece, piega la testa e appoggia le mani sulla punta della stecca.

«Siamo in vantaggio», commenta Marcus, indicando l'altra coppia.

«Cindy è una schiappa», rispondo a bassa voce.

«Vaffanculo, Charlotte», si intromette la diretta interessata.

Fissiamo tutti Axel che fa le sue mosse; ora sono loro in vantaggio e Marcus sbuffa. Cindy rivolge una breve occhiata all'orologio e sgrana gli occhi.

«Merda, quella stronza di Molly sarà a casa a momenti e conosce i miei orari di lavoro. Se non mi vedrà entro mezz'ora, lo dirà a Joe», sussurra.

«Quindi?»

«Quindi dobbiamo andare via», sibila. «Tu puoi anche scappare da Hayden, ma io non posso ignorare mio padre e mio fratello.»

Annuisco, dandole ragione. Immagino che suo padre e Joe siano preoccupati tanto quanto Hayden.

«Inventa una scusa», le consiglio.

Picchietta l'indice sul mento, un gesto che fa spesso quando sta pensando a qualcosa.

«Scusate», annuncia. I due si voltano verso di lei. «Purtroppo, noi dobbiamo andare dall'estetista per una ceretta completa e non possiamo disdire l'appuntamento.»

Mi passo una mano sulla fronte. Con tutte le scuse esistenti, ha optato per la ceretta.

«Oh, va bene», dice Marcus.

«Già, scusate davvero», continua Cindy. «È un'estetista molto richiesta.»

Entrambi annuiscono e, mentre lei si avvicina ad Axel per dirgli qualcosa, io rimetto la stecca al suo posto.

«Ci rivedremo?» mi chiede Marcus.

«Sì, certo», rispondo.

«Magari da soli», aggiunge.

«Va bene.»

Marcus inizia a piacermi, è molto gentile. Di Axel, invece, non posso dire lo stesso. Non mi ha fatto niente, non dovrei giudicare un libro dalla copertina, ma, a prima vista, ha qualcosa che non mi convince e la sua presenza mi rende nervosa.

«Chiamami, mi raccomando», dice Cindy ad Axel.

«Sì, penso che ti chiamerò anche io», commenta Marcus, rivolgendosi a me. «Una di queste sere. Andiamo a bere qualcosa, che ne dici?»

«Certo, va bene», ripeto, con un sorriso.

Per qualche strano motivo, mi viene in mente Hayden, ma tento di rinchiudere la sua immagine in un cassetto lontano. Questo non è il momento di pensare a lui.

Cindy si solleva sulle punte, scocca un bacio sulla guancia di

Axel e mi raggiunge. Salutiamo entrambe i due, che riprendono a giocare a biliardo, e lasciamo il locale.

«È davvero figo», commenta Cindy.

«Axel?»

«Sì. Anzi, sono fighi entrambi», continua, poi mette in moto la macchina.

«Axel ti convince?»

«In che senso?» domanda confusa.

«Non lo so. A me inquieta parecchio», sono costretta ad ammettere, celando il nervosismo dietro una falsa nota di ironia.

Lei, invece, scoppia a ridere. «Non iniziare anche tu a fare la paranoica, ti prego, Joe è sufficiente. Axel mi sembra a posto, sai che il mio intuito non sbaglia mai.»

È vero, Cindy sbaglia di rado. Se non fosse per lei, non sarei mai arrivata a scoprire il segreto di Hayden.

«Char, è comprensibile che tu stia all'erta; insomma, con tutto quello che ti è successo, io avrei già dato di matto, ma non puoi avere sospetti su chiunque. Non tutti gli abitanti di Boston fanno parte dell'organizzazione.»

«Ma il tizio che mi ha aggredita...»

«Axel ha la stessa voce?» mi incalza.

«Non ho collegato Axel all'aggressione, non ho detto che è lui il mio aggressore, ho solo avuto una brutta sensazione. E no, non ha la stessa voce, ma ero spaventata e forse non la riconoscerei in alcun caso.»

«Senti, Axel è amico di Marcus, giusto?»

«Esatto.»

«Quindi, in teoria, i sospetti su Axel dovrebbero ricadere anche su Marcus. Hai sospetti su Marcus?»

«No, assolutamente no. Marcus è a posto, credo.»

«Bene!» esclama soddisfatta. «Problema risolto, allora.»

Decido di lasciar perdere. Non ha senso continuare questa conversazione. Come dice Cindy, devo smettere di farmi inutili film mentali e non possiedo neanche prove sufficienti per poter davvero sospettare di Axel. È già capitato che qualcuno non mi convincesse, in passato, ma non era sicuramente un killer o qualcosa del genere. Purtroppo per me, sono da sempre una persona che segue molto le sensazioni ed è sbagliato. La paura deve aver accentuato questo mio lato.

«Cosa racconterai a Hayden?»

«Cioè?»

«Se dovesse chiederti spiegazioni per la tua fuga di oggi.»

«Non sono affari suoi. Posso andare dove voglio, uscire quando e con chi voglio», taglio corto.

«Giusto», afferma. «Io giocherei su questa cosa, comunque. La gelosia è un'arma, potresti sfruttarla a tuo favore per far emergere i suoi veri pensieri.»

«Basta con questa storia ridicola. Non ho intenzione di giocare con lui e non ho intenzione di farlo ingelosire. Non è da me, lo sai.»

«Lo so», risponde. «Dico solo che potrebbe aiutare. Insomma, lui ti piace.»

«Cindy!» esclamo.

Lei sfoggia il tipico sorriso di chi la sa lunga. «Ti piace», ripete.

Sospiro. «Sì.»

Mentire a Cindy non avrebbe alcun senso, lei è la mia migliore amica e non ci sono segreti tra noi. Hayden mi piace, è la verità, ma lui deve rimanere all'oscuro di questo.

«E tu piaci a lui.»

«Forse.»

«Posso darti un consiglio volgare?»

«No.»

«Ma...»

«Smettila», la ammonisco.

Stringe le labbra e spegne il motore. Siamo arrivate e, come accade ormai spesso, mi lascio sopraffare dall'agitazione perché dovrò stare da sola con Hayden.

«No, senti, devo proprio darti un consiglio», continua Cindy, imperterrita.

«No.» Mi sporgo in avanti per recuperare la borsa e mi sistemo i capelli con le mani.

«Sbattilo contro il frigorifero e...»

«Basta!» la interrompo. Inizia davvero a esasperarmi. «Non devo sbatterlo da nessuna parte, per l'amor del cielo! Datti un contegno.»

«Vuoi farmi credere che non vorresti sbatterlo?» mi incalza ammiccante.

«Oh, Gesù», borbotto, aprendo la portiera.

«Oh, Hayden, sì!» geme a voce decisamente troppo alta.

«Fottiti», sibilo e scendo dalla macchina.

«Ti voglio bene», grida dietro di me.

Mi sfugge una lieve risata e continuo a camminare, finché non raggiungo il portone principale. Per fortuna ho avuto l'accortezza di prendere la copia delle chiavi, altrimenti sarei rimasta chiusa fuori.

Mentre apro la porta dell'appartamento di Hayden, spero con tutta me stessa che lui non sia già tornato. Non devo dargli spiegazioni, ma litigare con lui, ora, non mi aiuterebbe.

Rimango ferma sulla soglia e aguzzo l'udito, avanzando all'interno solo quando ho la conferma dell'assenza di Hayden. Decido di cambiarmi i vestiti per evitare di insospettirlo, quindi mi fiondo in camera e mi spoglio a tutta velocità. Indosso una canottiera con lo scollo all'americana e un paio di pantaloncini che ho utilizzato le poche volte in cui sono stata costretta a seguire Cindy in palestra, un'avventura durata a malapena tre settimane. Torno in cucina e afferro una mela dal cesto della frutta, giocherellando con il cellulare. Dovrei telefonare a mia madre o, ancora meglio, andarla a trovare, e mi riprometto di farlo a breve perché non vedo papà da quando ho iniziato a lavorare all'ospedale e mi manca.

Opto per inviare un messaggio a mia sorella per avvisarla che passerò uno di questi giorni. So che non risponderà, dato che non lo fa mai, ma almeno ci provo. Con mia sorpresa, il cellulare vibra qualche minuto più tardi, segnando l'arrivo di nuovo messaggio proprio da parte di Penelope: *Okay, va bene*.

Mi sistemo meglio sulla sedia e stringo le ginocchia al petto. Senza sapere come passare il tempo, rispondo a Penelope e inizio a scorrere le fotografie che ho nel rullino del telefono.

Lo scatto della serratura mi fa sussultare e un attimo dopo Hayden fa il suo ingresso in casa. Il suo sguardo si sofferma sul mio viso; il mio, invece, scorre indisturbato per tutto il suo corpo. Indossa il camice e dovrebbe smettere di piombarmi davanti con quello addosso perché lo rende ancora più bello e i miei già provati ormoni non reggono poi così tanto.

«Ciao», esordisce.

«Ciao», mormoro, sollevando lo sguardo.

Si sfila il camice e lo poggia sul divano; poi si toglie anche la t-shirt nera con un movimento fluido e la butta a terra.

Il sangue affluisce alle mie guance, regalandomi quel pizzicore che tanto odio. Non avevo preso in considerazione uno spogliarello non richiesto.

«Un paziente mi ha vomitato addosso. Avevo il camice di ricambio, ma non una dannata maglietta», spiega.

«Capita.»

Studio minuziosamente ogni particolare del suo corpo, approfittando della sua distrazione ora che mi sta dando le spalle. I muscoli che si contraggono e guizzano sotto la mia vista hanno un aspetto invitante e, senza rendermene conto, lascio andare un sospiro rumoroso. Hayden si volta di scatto e io mi affretto ad abbassare la testa. Do un altro morso alla mela e percepisco il suo sguardo addosso, ma evito di ricambiare.

«Vuoi un sandwich?» domanda e viene verso di me per aprire il frigorifero.

«No, grazie.»

«Mangi poco.»

«È il periodo.»

«Dovresti mangiare di più», sentenzia, sistemando alcuni ingredienti sul tavolo. «Non hai freddo vestita così?»

«Perché mi chiedi sempre se ho freddo?» chiedo di getto.

Fa spallucce e, ancora, perdo ogni capacità di ragionare davanti ai suoi movimenti. «Non lo so, forse perché non fa poi così caldo.»

«Tu sei senza maglietta», puntualizzo.

«Vero.»

Lo guardo di sottecchi mentre prepara il suo sandwich e mi soffermo su ogni tatuaggio che decora il suo corpo. Per ora, il mio preferito è quello che riporta il numero «17» sopra la clavicola sinistra.

«Hai medicato la ferita?»

«No», ammetto.

Solleva gli occhi al cielo e si allontana per recuperare il materiale necessario.

«Vieni qui», ordina, picchiettando le dita sulla superficie del tavolo.

Senza farmelo ripetere due volte, butto la mela e lo raggiungo.

«Siediti sul tavolo», continua. Con un piccolo balzo, obbedisco e mi sistemo davanti a lui.

«Devi medicarla, te l'ho già detto.»

«Me ne sono dimenticata.»

«Di nuovo», aggiunge.

Ci vuole tutta la forza d'animo che possiedo per non abbassare lo sguardo e continuare a fissare il suo corpo. Mi limito a concentrarmi sulla parete oltre le sue spalle.

Sento il freddo provocato dall'ovatta bagnata sulla pelle, ma sono sicurissima che i brividi siano causati da tutt'altro. La vicinanza con lui, ad esempio, o il fatto che le mie ginocchia stiano sfiorando impercettibilmente i suoi fianchi. Senza rendersene conto, Hayden si intrufola tra le mie gambe.

«Questo tavolo è troppo alto», borbotto.

Magari per lui è una cosa di poco conto, ma per me non lo è. Non in questa posizione, almeno. Mi sento anche abbastanza stupida perché sembro una ragazzina in balìa di una tempesta ormonale durante la prima cotta adolescenziale.

«Finito», annuncia Hayden.

Annuisco e lui fa un passo indietro, lasciandomi lo spazio giusto per scendere dal tavolo senza scontrarci. Non potrei reggere un'altra scena come quella dell'altra sera.

«Grazie.»

«Prego.»

I nostri occhi si incrociano e mi perdo nel colore strabiliante delle sue iridi. Mi impongo mentalmente di smettere di fissarlo e mi volto; questa strana situazione inizia a rendermi più frustrata del dovuto e non è da me. Ho avuto alcune cotte, parecchi anni fa, ma adesso riesco a scindere i miei desideri sessuali da tutto il resto; e Hayden, fino a prova contraria, è un desiderio sessuale che sto tentando di soffocare con tutta me stessa. Mi attrae il suo corpo, mi affascinano i suoi movimenti, vorrei le sue mani addosso e sono ormai vittima di una potente attrazione che mai ho provato prima d'ora.

Se avesse evitato di baciarmi, avrei proseguito facendo finta di niente, ma dal quel bacio le cose hanno preso tutt'altra piega. Devo sempre sbattere la testa prima di capire, ma sono sicura che, in questo caso, sarebbe stato meglio non superare mai il primo ostacolo, così da poter continuare a vivere con il beneficio del dubbio.

«Hai delle belle gambe, comunque.»

Mi raggelo sul posto, colpita dritta allo stomaco dalla sua affermazione. E lui se ne sta lì, con un ghigno soddisfatto a guardarmi.

«Eh?» domando stranita.

Fa un cenno con la testa in direzione del mio corpo. «Hai delle belle gambe», ripete.

Fatico a digerire il suo complimento, quindi dico la prima cosa che mi viene in mente: «Le uso per camminare».

Hayden aggrotta la fronte e schiocca la lingua sul palato.

«Certo che sei proprio strana. Ti faccio un complimento e spari una stronzata.»

«Un complimento alle mie gambe?» chiedo, ancora più incredula di prima.

«Sì, quindi?»

Questo è troppo perfino per me. Non può chiedermi di non complicare le cose e poi sfoderare un complimento con noncuranza, magari aspettandosi che io rimanga impassibile.

«E tu hai dei bei bicipiti», ribatto, decidendo all'improvviso di giocare al suo stesso gioco.

Mi pento subito di quello che ho detto. Dannazione, vorrei avere almeno la metà della sfacciataggine di Cindy, dire a Hayden tutto quello che penso davvero e farla finita una volta per tutte.

Cala il silenzio e non riesco a non pensare a quanto sia imbarazzante questa situazione. Lui si passa una mano tra i capelli e scoppia a ridere.

«Questa conversazione rientra tra le più assurde che io abbia mai avuto», afferma, scuotendo la testa.

«In effetti, sì», mormoro.

Con la risata cristallina di Hayden in sottofondo, mi avvicino alla cucina e inizio a prepararmi un sandwich, giusto per smorzare la tensione.

«Non avevi detto di non avere fame?»

«Mi è venuta adesso», taglio corto. «Hai avuto altre conversazioni assurde come questa?» domando, tentando di sviare il discorso.

«Sì», ammette, parandosi al mio fianco. Do un morso al sandwich e lo osservo, in attesa.

«Che genere di conversazione?» chiedo incuriosita.

Si passa di nuovo la mano tra i capelli e ora più che mai vorrei provare a fare la stessa cosa, infilare le dita tra le sue ciocche e bearmi della loro morbidezza che scivola sui miei polpastrelli. L'impulso è così prepotente che mi costringo a chiudere a pugno la mano libera, conficcando le unghie nella carne.

«Non ricordo un granché, in realtà», ammette.

«Se ti può consolare, credo di aver avuto anche io una conversazione parecchio assurda.»

«Davvero?»

Annuisco, felice di aver sviato l'attenzione da «gambe e bicipiti».

«Sì, mesi fa. Ricordo poco perché avevo bevuto più del dovuto, ma sono certa di aver raccontato a un tizio la storia del pesce di mia sorella», spiego, mentre Hayden mi osserva con la testa inclinata. «Lei andò in vacanza dai nostri zii e avrei dovuto dare da mangiare al pesce, ma me ne dimenticai. Schiattò pochi giorni dopo la sua partenza, gli feci un funerale coi fiocchi in giardino e ne comprai uno identico. Penelope non l'ha mai scoperto, è cresciuta con la convinzione che il sostituto fosse il suo adorato Timothy, ma era solo un falso.»

Il viso di Hayden si adombra, lo sguardo si incupisce, celando qualcosa che non riesco a cogliere dietro un velo impenetrabile. La distanza tra di noi è diminuita, ora siamo vicini, ma ancora troppo lontani. Non riesco a distogliere gli occhi dalle sue iridi chiare, dalle pagliuzze gialle che le decorano e spiccano sul verde, e lui si avvicina pericolosamente, chinandosi lento per raggiungere l'altezza del mio viso.

Se qualcuno mi chiedesse come si perde la ragione in pochi secondi, descriverei questo momento, perché è così che mi sento: folle. Deglutisco quando il suo naso sfiora il mio, il suo respiro caldo si infrange sul mio volto, e socchiudo gli occhi non appena percepisco la vicinanza fra le nostre labbra.

Il rumore della serratura che scatta mi fa sussultare e Hayden si rimette dritto, mentre Jackson fa il suo ingresso.

«Pizze a merenda!» esclama, indicando i cartoni che tiene impilati sulla mano. Con un calcio poco delicato, chiude la porta e avanza fino al tavolo. Fa rimbalzare lo sguardo da me a Hayden e, prima che possa dire qualsiasi cosa, l'altro lo precede.

«Cosa cazzo stai facendo? Non potresti bussare come le persone normali?»

«Ho le chiavi di casa tua, idiota», ribatte Jackson. «Stavate facendo qualcosa di importante?»

«Assolutamente no», mi affretto a rispondere, e indietreggio per porre più distanza tra me e Hayden.

«Assolutamente sì», controbatte invece lui.

Gli rivolgo un'occhiataccia che ignora, troppo impegnato com'è a fulminare Jackson che, ormai, si è accomodato.

«Rilassati, fratellino. Sta per arrivare anche Joe, l'ho chiamato poco fa. Dobbiamo discutere della faccenda. Ordini di Daisy», spiega, incrociando le caviglie sul tavolo.

24

Io e Jackson siamo seduti vicini, di fronte a Hayden che sta continuando a fissare l'amico come se stesse architettando un modo efficace per ucciderlo e occultare il cadavere senza destare sospetti.

«Smettila di guardami così», borbotta infatti Jackson. «Scusa se sono piombato qui senza avvisare.»

«Rivoglio la copia delle chiavi», dice Hayden asciutto. Per fortuna, ha avuto la decenza di indossare una t-shirt pulita, evitando così di mandare di nuovo in subbuglio i miei ormoni.

«Me le hai date anni fa!» esclama Jackson.

«Non mi interessa. Avere le chiavi non significa entrare quando e come vuoi.»

«Non darmi ordini, bambinone.»

Hayden assottiglia le palpebre e incenerisce l'amico – o fratello, qualsiasi cosa sia – con gli occhi. Quest'ultimo sbuffa e si sfila dalla tasca un mazzo composto da tre chiavi; lo appoggia sul tavolo e lo spinge verso Hayden che lo richiude tra le sue mani.

Si fissano in cagnesco e, nonostante non siano davvero fratelli, mi ricordano vagamente me e mia sorella quando litighiamo per qualche sciocchezza. Poggio il mento sul palmo della mia mano e li guardo.

«Avete finito? Siete davvero molto carini, ma immagino tu non sia qui per litigare, Jackson», chiedo.

Lui si volta verso di me e ricambia il sorriso. «Sei proprio dolce», afferma, inclinando la testa.

Aggrotto le sopracciglia e Hayden sbuffa per l'ennesima volta da quando l'amico è piombato qui.

«Capisco perché pia...» prova a dire Jackson, ma viene interrotto da una mela che colpisce il suo naso.

«Giuro che ti mando al Pronto Soccorso», sibila Hayden tra i denti, mantenendo lo sguardo serio e la postura dritta.

Jackson geme per il dolore e si massaggia il naso; Hayden fa finta di niente.

In questo preciso istante fatico a credere di avere davanti due uomini adulti, ma suppongo che il rapporto fraterno rimanga più o meno immutato negli anni. Liti comprese, a giudicare dal battibecco silenzioso che stanno avendo adesso con gli sguardi.

«Non hai più diciassette anni, sottomarca scadente di *Ezio Auditore*. È finito il tempo in cui mi usavi come bersaglio del tiro a segno coi pugnali», dichiara Jackson.

«È successo solo una volta», puntualizza Hayden. «Anche se, lo ammetto, mi sono divertito parecchio.»

«Mi hai quasi ammazzato.»

«Bugiardo. Sai bene che potrei anche attaccarti al muro, tapparmi gli occhi e lanciare un'ascia senza colpirti. La mia mira non ha mai fallito.»

Sono senza parole e anche un po' impaurita. Hayden mi ha parlato degli allenamenti particolari a cui veniva sottoposto, ma non avrei mai pensato a qualcosa di così estremo. Credevo fossero cose come corsa, salto in alto, mimetizzarsi con la boscaglia, forse sparare, ma non il lancio di pugnali a occhi chiusi.

«Riusciresti davvero a farlo?» domando incredula.

«Sì. Te l'ho spiegato, ma potrei anche mostrartelo.»

Indietreggio, aderendo allo schienale della sedia, e lui ridacchia. «Sto scherzando, Coop. Non ti userei mai come bersaglio.»

«Ritieniti fortunata, perché con me l'ha fatto», mormora Jackson.

Hayden alza gli occhi al cielo. «Pensavo fossi un ladro», si giustifica.

«Ero in casa mia.»

«Ero lì solo dalla notte prima. Daisy non mi aveva detto di avere un figlio e, la mattina, quando ti ho visto di spalle in cucina, pensavo fossi un ladro o, peggio, uno dell'organizzazione.»

«E hai tentato di farlo fuori?» sussurro.

«Ovviamente no, dannazione. Volevo solo spaventarlo. Ho preso un coltello e l'ho lanciato contro la parete.»

«Rassicurante», mormoro, storcendo il naso.

A guardarlo ora, sembra assurdo che tempo fa fosse una specie di aiutante di qualche serial killer. Adesso è un medico; uno dei migliori di tutto l'ospedale.

Non ho ancora realizzato tutto quello che Hayden ha dovuto subire: le torture psicologiche che gli infliggevano, la tortura fisica alla sorella e l'uccisione del patrigno e della madre. Mi chiedo come diamine faccia ad apparire sempre così pacato e composto. Ha passato momenti davvero terribili, deve avere una forza enorme per essere riuscito a rialzarsi, nascondendo da qualche parte, dentro di sé, l'influenza di quelle persone che l'hanno plagiato quando era ancora un ragazzino. Sento una stretta all'altezza del petto mentre lo osservo, immersa nei miei pensieri che ruotano tutti intorno a lui e al suo passato. Hayden mi guarda per un breve istante e, sul suo viso, appare un sorriso. Le farfalle dispiegano le ali e svolazzano dentro il mio stomaco.

«Questo è Joe», esordisce Jackson, e si alza in piedi per avvicinarsi alla porta d'ingresso.

Ero talmente assorta nei miei pensieri da non aver sentito neanche il colpo alla porta dato da Joe che, quando entra in casa, sbuffa e sbircia dietro di sé. Cindy fa capolino nell'appartamento, lo sguardo indispettito e le mani appoggiate sui fianchi stretti.

«L'ho dovuta portare con me», annuncia Joe, mentre si sfila la giacca. «Non mi fido di lei, tenta la fuga ogni dieci minuti.»

Cindy e io ci scambiamo un'occhiata d'intesa, poi lei si concentra su Jackson. «E tu chi sei?» domanda, squadrandolo dalla testa ai piedi.

Lui sorride e appoggia una mano alla parete. «Il tuo futuro uomo, bambolina», ammicca.

Cindy ridacchia e si arriccia una ciocca di capelli tra le dita. Joe alza gli occhi al cielo e Hayden borbotta qualcosa di incomprensibile; io, invece, trattengo a stento una risata alla vista della scenetta leggermente fuori luogo.

Una mela colpisce d'un tratto la nuca di Jackson. Il poverino barcolla, toccandosi il punto dolente.

«Hayden!» esclamo ad alta voce, dopo aver notato il suo sguardo colpevole e il ghigno soddisfatto che ha sfoderato.

«Cosa c'è? Non ho fatto niente», ribatte.

«Avrei bisogno di un caffè», esordisce Joe.

Hayden fa per alzarsi, ma gli faccio cenno di stare seduto. «Lo preparo io. Senza offesa, ma il tuo caffè non è buono.»

«Faccio il miglior caffè di Boston», replica, portandosi una mano all'altezza del cuore per fingersi sorpreso e ferito in egual misura.

«Charlotte ha ragione», s'intromette Jackson, mentre si massaggia la testa.

Cindy si avvicina a me e mi scocca un bacio veloce sulla guancia, prima di salutare Hayden e prendere posto tra Jackson e il fratello.

«Pizza e caffè, Joe. Che schifo», dice poi, storcendo il naso.

Anche io, come lui, bevo il caffè a orari e momenti improponibili per la gente comune.

«Allora, qual è l'urgenza?» domanda Hayden.

«Daisy ha detto che dobbiamo studiare una sistemazione», inizia Jackson. «Tu non puoi tenere Charlotte segregata qui e Joe non può tenere la sorella segregata in casa sua.»

«Credo di essermi appena innamorata di te», sussurra lei.

«Sono un ginecologo, se ti interessa», ammicca lui.

È senza ombra di dubbio una specie di battuta a sfondo sessuale, non è davvero un ginecologo.

«Gesù...» si lagna Joe a bassa voce.

L'urlo della mia migliore amica rimbomba nell'appartamento e una sedia cade a terra con un tonfo. Mi volto di scatto, con in mano la tazza ancora vuota, e la scena che si para davanti ai miei occhi mi fa sussultare: Hayden ha le braccia incrociate dietro la testa, Joe si sta massaggiando le tempie, Cindy è sconvolta e Jackson è in piedi, con gli occhi sgranati. Alle sue spalle, incastrato nella tela di un quadro appeso alla parete, un coltello.

«Lo vedi? Vedi cosa fa?» grida Jackson, guardando me mentre indica il quadro.

«Gesù», ripete Joe e appoggia i gomiti sul tavolo.

«Tu sei pazzo!» continua a gridare Jackson.

«Non stavo mirando a te», sghignazza Hayden. «Però sei un fifone pappamolle.»

«Hai appena lanciato un coltello!»

«Che figata», mormora estasiata Cindy. «E che velocità!»

Evito di commentare, ancora inorridita dal siparietto, e mi limito a versare il caffè, con Jackson alle calcagna. Poso la tazza davanti a Joe e mi siedo vicino a Hayden, perché non si sa mai. Jackson invece prende posto tra me e Cindy, lontano da Hayden che sta ancora ghignando di gusto.

«Allora, qual è il piano?» domando, sporgendomi per prendere una fetta di pizza.

«Escogitare qualcosa che non preveda la vostra segregazione», spiega Jackson, con un cenno rivolto a me e Cindy.

«E su questo siamo d'accordo», decreto.

«Io no», ribatte prontamente Hayden.

«Neanche io», afferma Joe. «Non possiamo brancolare nel buio. Non sappiamo quasi niente, per ora. Insomma, quanti sono? Cosa vogliono? Perché sono tornati? Fare andare in giro le ragazze come se niente fosse sarebbe un azzardo e lo sappiamo tutti.»

Vedo Hayden annuire, dando manforte all'amico.

«E la polizia?» chiedo a Joe. «Non potrebbe indagare?»

Scuote la testa. «No, Charlotte. Alla centrale mi hanno fatto parecchie domande e ho evitato di dare spiegazioni. Non è partita la denuncia verso ignoti solo perché papà si è messo in mezzo. Indagare sull'organizzazione non spetta alla polizia, ma anche lui è d'accordo con Daisy.»

«Non spetta alla polizia?» domando incredula.

«No», si intromette Hayden. «Non è sicuro. C'è già chi indaga sull'organizzazione.»

«Chi?»

Ignora la mia domanda e aggiunge: «Manca una parte, però. Charlotte deve dirvi una cosa».

Gli occhi dei presenti saettano in automatico su di me. Ho capito a cosa Hayden si riferisce.

«Credo sia stato uno di loro ad aggredirmi», ammetto, tamburellando le dita sul tavolo. «Anzi, ne sono sicura. Ha detto che mi uccideranno.» E, come accade sempre quando ripeto la frase dell'uomo, rabbrividisco.

Ci vuole qualche minuto prima che il silenzio venga spezzato da Joe. «Questo cambia le cose», dice.

«Se dovesse presentarsi qualche problema, l'aiuterei. Mi sembra ovvio», interviene Cindy.

«Tu stanne fuori. Non abbiamo bisogno di altri problemi», la rimbecca lui.

«È la mia migliore amica. Puoi anche battere i piedi sul pavimento e brontolare come un bambino di due anni, ma l'aiuterò ugualmente, che ti piaccia o meno.»

«Joe ha ragione. Potrebbe essere pericoloso.»

«Non mi interessa. Ne abbiamo già parlato, Char. Chiudiamo questa parentesi», ribatte, più risoluta che mai. Cindy è testarda. Molto, molto testarda.

«Charlotte sta con me, punto», aggiunge Hayden. «Non deve gironzolare per la città senza protezioni.»

«La proteggo io», asserisce Cindy.

«Con un pugno ti manderebbero dritta dentro una bara. Non sei utile», replica Joe.

«Questo è vero», dice Jackson. «Ma Charlotte non può neanche stare chiusa dentro casa come una carcerata. Non è così che funziona, Hayden. Sai che troverebbero comunque il modo di farla fuori nel giro di due minuti. Tu sei solo, loro sono tanti.»

«Io so difendermi», sibila Hayden tra i denti.

«Le tue mosse da Karate Kid non servirebbero a molto, se dovessero piombare in dieci qui dentro.»

«Sono più veloce della maggior parte di loro. Mi hanno addestrato i migliori.»

«E mentre tu ne starai mettendo tre al tappeto, il quarto avrà già sparato a Charlotte.»

«Sto per lanciarti un altro coltello. Smettila.»

«È la verità. Non puoi combatterli. Vinceranno a prescindere.»

«Finitela», si intromette Joe. «I vostri inutili battibecchi non serviranno a niente. Abbiamo bisogno di un piano efficace.»

«Io non vorrei davvero contraddire voi uomini forzuti e cazzuti, ma state tralasciando un particolare», si intromette Cindy con estrema solennità, staccando un pezzo di pizza per infilarselo in bocca. Tutti la fissiamo, lei si prende qualche secondo per masticare in modo snervante, poi manda giù il boccone e si solleva le maniche del cardigan leggero che indossa. «L'avrebbero già fatta fuori, se avessero voluto farlo. Stanno temporeggiando.»

Cala un sipario di silenzio. Do mentalmente ragione a Cindy, che è riuscita a esprimere con due frasi ciò che penso anche io. È ovvio che mi avrebbero già uccisa, se avessero voluto.

«Cindy, per una volta nella vita, ha ragione», concorda il fratello.

«Non sono tipi che temporeggiano, ve lo posso assicurare», aggiunge Hayden.

Jackson ha lo sguardo fisso sulle mani di Joe, ma non sembra presente, come se si fosse spostato da qualche altra parte. «E se volessero qualcosa?» sussurra, poi alza gli occhi su Hayden.

«Cosa potrebbero mai volere da lei?» domanda l'altro.

Jackson scuote la testa. Sono particolarmente felice di non dovermi intromettere; Cindy e Jackson sono sulla stessa lunghezza d'onda dei miei pensieri e stanno dando loro una voce.

«Non da lei. Qualcosa da te, Hayden, usando Charlotte come mezzo per avere ciò che desiderano.»

Hayden fa per rispondere, ma Cindy lo precede. «Sì, ma state dimenticando un'altra cosa. Che cazzo c'entra Charlotte con Hayden? Il simbolo sulla porta è stato disegnato quando a malapena si conoscevano.»

Nessuno emette un solo suono. Jackson e Joe stanno fissando Hayden che, a sua volta, sta giocherellando con l'anello che porta all'indice della mano destra. Attendono che lui dica qualcosa e io, confusa, mi sporgo appena in avanti per osservarlo.

«Non lo so», dice infine.

«Bugiardo», mormora Jackson al mio fianco.

«Bugiardo?» ripeto, mentre provo a incrociare i suoi occhi che, invece, sono ancora puntati su Hayden.

«Non lo so», ripete l'altro, scandendo ogni parola. «Non lo sappiamo. Non possiamo saperlo.»

Tento di scandagliare i pensieri dei due che si fissano, ma mi è impossibile arrivare a qualcosa di concreto. Ho sempre il presentimento che tutti intavolino di continuo conversazioni silenziose alle quali non posso prendere parte ed è snervante.

«Nessuno di noi lo sa», asserisce Joe. «Nessuno di noi può saperlo, Jackson.» La sua voce diventa un sussurro d'avvertimento.

Cindy si acciglia. «Cosa cazzo state nascondendo?» sbotta. Nessuno fiata, ma lei non si dà per vinta. «Sveglia, ci sono dei serial killer, qui fuori. Qualcuno parli, dannazione.»

«Io non so niente», scatta Hayden. «Non ne ho la minima idea.»

«Io come lui», lo segue a ruota Joe.

Jackson sospira. «Credevo che Hayden lo sapesse. A quanto pare, invece, no», afferma, guardando di sottecchi il diretto interessato che annuisce in modo quasi impercettibile.

Cerco di convincermi che questa sia la verità, ma ormai credo a poche cose. Se facessi domande, in ogni caso non riceverei risposte.

«Quindi, per l'ennesima volta, qual è il piano?» domando, attirando l'attenzione di tutti su di me.

«Aspettiamo», dichiara Jackson, che spinge la testa all'indietro e socchiude gli occhi.

«Aspettiamo cosa?» chiede Joe.

«Io direi di non chiudere Charlotte dentro casa. Non servirebbe a niente», spiega Jackson. «Di notte… ecco, magari eviterei di gironzolare come l'altra volta», prosegue, con gli occhi puntati su di me. «Durante il giorno, però, non ne vedo il motivo. Dovrà essere in compagnia forzata solo di notte. Quando Daisy non c'è, può rimanere qui. Quando c'è, può tornare a casa. E lo stesso vale per Cindy. Vorranno Charlotte, non lo metto in dubbio, ma meglio essere previdenti.»

Annuisco, così come Cindy e Joe, che gli danno ragione.

«Ah, Hayden, non portare Charlotte con te, alla festa di domani. Potrebbero tenerla sotto controllo», conclude.

«Festa?» ripeto.

«È più una serata di beneficenza che i dirigenti dell'ospedale organizzano ogni anno. Il ricavato viene devoluto alla ricerca scientifica», spiega Jackson.

«Oddio, posso venire?» chiede Cindy, eccitata. «Mi piacciono i medi…» Si blocca sotto lo sguardo furibondo del fratello. «Le feste di beneficenza e la medicina. Mi piacciono le feste di beneficenza e la medicina, sì», si corregge.

Non ne sapevo niente, Hayden non me ne ha parlato. Non che mi importi, ovviamente, non sono una fan delle feste e degli eventi in generale.

«Andiamo insieme», dico a Cindy.

«Sì, ma vi accompagnerò io», aggiunge Joe.

«Perfetto!» esclama lei, battendo le mani. «Dobbiamo comprare i vestiti.»

«Eleganti, mi raccomando», ammicca Jackson.

Noto con la coda dell'occhio che Hayden mi sta guardando, ma faccio finta di niente e fisso i due piccioncini intenti a flirtare come se fossero soli. Joe li ignora, troppo preso dal pezzo di pizza che sta mangiando, con lo sguardo perso nel vuoto.

A un tratto, lo squillo di un cellulare spezza il silenzio. «È il mio. Dev'essere mia madre. Torno subito», li informo.

Recupero il telefono e mi sposto in camera. «Ciao, mamma», esordisco.

«Charlotte Cooper.» Il mio nome pronunciato da una voce cupa e graffiante che non ho mai sentito prima d'ora mi fa sgranare gli occhi. Controllo lo schermo e mi accorgo solo ora che la chiamata proviene da un numero sconosciuto.

«Chi sei?» mormoro.

«Non ha importanza. Allontanati da orecchie indiscrete, ti conviene.» Il suono arriva da lontano, come se il microfono non fosse in linea con la bocca.

Mi avvicino titubante alla porta e la chiudo, attenta a non far rumore.

«Fatto?»

«Sì», farfuglio, camminando per la stanza. Mi tremano le mani e stringo il cellulare per evitare che sfugga dalla mia presa.

«Domani sera, allo scoccare della mezzanotte, ti farò avere una cosa.»

«Cosa?»

«Non fare domande», sibila. «Al *Dirty Club*, a mezzanotte. Troverai qualcosa per te nel bagno delle donne, dopo il segnale.»

«Quale segnale?» chiedo, senza riuscire a trattenermi.

«Lo riconoscerai, non ti preoccupare. Non parlarne con nessuno.»

Mi avvicino alla vetrata e sposto appena la tenda. «Chi sei?» domando ancora, con gli occhi puntati sul palazzo che si erge di fronte a me. Le luci degli appartamenti sono quasi tutte accese e due inquilini sono affacciati alle rispettive finestre, forse per ammirare Boston dall'alto o forse per fumare una sigaretta.

«Se te lo dicessi, dovrei ucciderti. Posso assicurarti che mi piacerebbe molto farti fuori, ma non posso. Non adesso.» Il suo subdolo divertimento mi fa rabbrividire e deglutisco, incapace di rispondere. «Consideralo un punto a tuo favore, per ora. Voglio avvantaggiarti. A presto, *Charlotte Cooper*.»

Il *bip* ripetuto mi fa capire che la chiamata è stata interrotta e lascio ricadere le braccia lungo i fianchi, senza più la forza di reagire. Provo a regolarizzare il respiro, a incamerare aria a sufficienza, e socchiudo gli occhi.

La voce non sembrava la stessa dell'aggressore, ma ha detto che, se potesse, mi farebbe fuori volentieri. Non riesco ancora ad abituarmi all'idea del pericolo che mi minaccia, fuori e dentro queste mura, ed è sempre più difficile tentare di nascondere tutte le disgrazie che, lentamente, si accumulano e mi gravano addosso. Non posso rivelare l'accaduto a nessuno, è stato chiaro, e io non voglio provocarlo, chiunque lui sia.

Tento di ricompormi, mi passo una mano sulla fronte e lascio il telefono sul materasso, poi esco dalla stanza. Torno in cucina e lo sguardo di Cindy scatta nella mia direzione.

«Stai bene?» chiede Joe. Anche lo sguardo di Hayden, ora, è su di me.

«Sto benissimo», mento, con un sorriso tirato. «Ho solo mal di testa.»

Per fortuna, la mia risposta li convince e tornano a confabulare tra loro. Non riesco a concentrarmi sui loro discorsi, fisso le mie mani e, di tanto in tanto, annuisco in risposta a domande che non sto davvero ascoltando.

Stavolta non mi sento al sicuro neanche vicino a Hayden. Qualcuno vorrebbe uccidermi, qualcun altro vuole darmi un vantaggio, e continuo a non capire cosa diamine questi individui vogliano da me.

Al calar della notte, Hayden chiude finalmente la porta dietro Jackson. Appoggio la fronte sul tavolo e sospiro.

Ho faticato a mantenere l'attenzione alta per tutto il tempo, mentre gli altri ipotizzavano le future mosse dell'organizzazione. In realtà, solo Joe e Jackson sono sembrati coinvolti dalla discussione; Hayden è rimasto in silenzio a osservarmi, ma ho evitato il suo sguardo.

«Sono piombati qui per proporre un piano e non hanno risolto niente. Inutili.»

Rido alla sua affermazione.

«Coop», mi chiama.

Ora che siamo rimasti soli, ho paura di ciò che potrebbe chiedermi. Così, a fatica, mi alzo e fingo di stiracchiarmi.

«Ho sonno», taglio corto, mentre recupero un bicchiere per riempirlo d'acqua. Voglio chiudermi in camera, riflettere, magari scoppiare a piangere per scaricare il nervosismo e dormire.

Hayden si posiziona al mio fianco. Ha intuito qualcosa, ma non otterrà risposte. «Charlotte, cosa è successo?»

«Niente.» Mi allontano da lui e prendo il blister della pillola anticoncezionale dalla borsa. Ne infilo una in bocca e torno in cucina. Hayden è ancora dove l'ho lasciato e si avvicina.

«Te lo ripeto: è successo qualcosa?» domanda di nuovo.

«No, perché me lo chiedi?»

«Perché...» Lascia la frase in sospeso, acciuffa una ciocca dei miei capelli e se la rigira tra le dita.

«Perché?» lo incito a proseguire.

«Perché non hai quasi parlato», dice, dopo aver rimesso la ciocca al suo posto.

«Non mi piace parlare costantemente dei tizi che vogliono uccidermi, ecco», mento, poi faccio scivolare lo sguardo sulle sue labbra piene per un secondo.

«Non ti accadrà niente. Non lo permetterò.»

La sua mano si sposta e raggiunge la mia spalla. Mi sfiora, un movimento placido e lento, e il mio autocontrollo tentenna, gli occhi si perdono nei suoi, le mani fremono dalla voglia di sentire la sua pelle. Lo spazio intorno a noi si carica di elettricità.

«Mi dispiace di non poterti accompagnare alla festa», sussurra. Muove le dita su e giù per il mio collo, mi sfiora appena; dovrebbe essere un contatto irrisorio e del tutto innocuo, però non è così.

«Hai detto di non complicare le cose», mormoro, ricordandogli le sue stesse parole di ieri sera.

Il suo viso si accende di un'emozione che non colgo nell'immediato e cambia espressione. «Già. Ma, sai, c'è una differenza abissale tra ciò che dovrei fare...» La sua voce roca e seducente arriva a ogni punto sensibile del mio corpo. Stavolta non indugia, mi schiaccia tra di lui e il marmo dietro di me, e le sue mani artigliano i miei fianchi. «E quello che vorrei fare», conclude.

«Stai già complicando le cose», esalo, tremante.

Mi solleva senza fatica e mi ritrovo seduta sul ripiano.

«Lo so», sussurra, sfiorando con il naso l'incavo del mio collo, «ma non dovrei.»

La sua mano destra alza l'orlo della mia canottiera per farsi spazio oltre il tessuto ingombrante. Ogni sospiro di Hayden è una stilettata di piacere e dolore insieme. Lo desidero così tanto che averlo a metà fa male. Ho la necessità di toccarlo e di porre fine a questa lenta agonia. Il suo viso è ancora nascosto, la punta fredda del suo naso è ferma dietro il lobo del mio orecchio e, in un impeto di coraggio, mi volto e lo guardo.

Il mio gesto è inequivocabile, vale più di qualsiasi ammissione.

Le sue pupille scure appena dilatate spiccano sul verde delle iridi. Si avvicina ancora, il suo sguardo si posa sulle mie labbra che trova già dischiuse, in attesa, e socchiudo gli occhi.

«Non dovrei», esala sulla mia bocca.

«Dovresti.»

Lui non vuole complicare le cose, ma la verità è che sono già complicate. Io lo so, e lo sa anche Hayden. La sola differenza è che io l'ho accettato senza alcun timore.

Il suo respiro si appesantisce, la sua mano continua a vagare indisturbata sulla mia schiena, sotto la canottiera.

Infine, sento le sue labbra sulle mie; prima un contatto leggero, quasi accennato, che esplode l'attimo successivo, senza darmi il tempo di realizzare e reagire. La sua bocca si avventa sulla mia con una foga tale da farmi indietreggiare, ma lui non mi permette di spostarmi e punta una mano alla base della mia schiena per attirarmi di nuovo a sé. La sua lingua assapora le mie labbra e perdo l'ultimo barlume di lucidità. Apro le gambe per permettergli di far combaciare i nostri corpi e mi aggrappo alle sue spalle. Con una mano attorciglia i miei capelli, mi obbliga a inarcare la schiena per aderire al suo torace e cerco di trattenere un gemito quando la sua erezione spinge tra le mie cosce.

Si stacca da me troppo presto, la perdita di contatto buca la bolla che mi ero creata e mi rispedisce nella realtà. Sono vuota, priva di forze e con la gola riarsa.

Apro gli occhi per incontrare i suoi, velati di desiderio.

«Ecco», dice infine, mentre mi sfiora le cosce. Avanti e indietro, una piacevole tortura. «Se potessi, farei molto più di questo.»

Abbassa le mani e si allontana, dandomi le spalle. Mi abbandona così, con il cuore che batte a un ritmo nuovo e spaventoso.

25

«Coop», mi chiama una voce che arriva ovattata alle mie orecchie. «Cooper, svegliati.»

Forse sto ancora sognando, ma non ne sono certa.

Quando, però, le mie spalle vengono scosse con delicatezza, spalanco gli occhi e trovo Hayden piegato su di me. I suoi occhi verdi sono più cupi, ha le pupille dilatate, e i suoi capelli sono in disordine. Abbozza un sorriso; l'aria si fa improvvisamente più pesante e si carica di adrenalina non appena le dita della sua mano destra sfiorano le mie clavicole, facendo attenzione a non toccare la ferita.

«Pensavo avessi intenzione di dormire fino a mezzogiorno», ghigna.

Si spinge con veemenza sopra di me e fa aderire i nostri corpi.

«Cosa stai facendo?» riesco a domandare, mentre abbasso lo sguardo sul suo torace nudo schiacciato contro il mio.

Il suo sorriso si allarga, i nostri nasi si sfiorano. La sua mano scende fino al mio ombelico e, ora, mi accorgo di non avere la canottiera.

«Quello che non dovrei», sussurra al mio orecchio.

Prima che le sue labbra possano toccare le mie, sobbalzo e apro gli occhi. Mi ritrovo ovviamente da sola, nella solita camera degli ospiti.

«Che cazzo», piagnucolo, stringendo il cuscino tra le mani.

Non posso fare sogni del genere. Non credo mi sia mai successo prima. Certo, ho già sognato Hayden, ma non in quella specifica situazione.

So che vorrei averlo in ogni modo umanamente possibile e ormai me ne sto facendo una ragione, non ho bisogno di messaggi da parte dell'inconscio. Mi sto anche rassegnando al fatto che, a parte qualche bacio, forse non otterrò nient'altro.

Tutta questa storia del non complicare la situazione è angosciante. Sono pur sempre un essere umano, provo attrazione sessuale come tutti quanti, ma Hayden non mi avvantaggia.

La cosa più esilarante e nel frattempo frustrante è proprio la mia voglia di spingermi oltre, molto oltre, con lui. E se avesse evitato di baciarmi la prima volta, non mi sarei neanche abbandonata al desiderio che sento per lui. Mi sarei limitata a guardarlo, forse da lontano, senza alcun coinvolgimento.

Decido di alzarmi perché non mi piace passare del tempo a letto a far niente, mi provoca spesso un atroce mal di testa.

È presto e presumo che Hayden stia ancora dormendo. Preparo il caffè tra uno sbadiglio e l'altro e mi siedo sul tavolo, ignorando le sedie a disposizione. Non riesco a non fissare il punto esatto in cui Hayden mi ha baciata.

Una porta si apre e d'istinto tiro i lembi dei miei pantaloncini, nel tentativo di coprire almeno un po' le gambe.

Hayden fa il suo ingresso in cucina e, quando abbasso lo sguardo sul suo corpo, trattengo a stento un lamento. È appena uscito dalla doccia: ha un misero asciugamano legato in vita e, con un altro, si sta asciugando i capelli, del tutto ignaro della mia presenza. Alcune gocce d'acqua scivolano sul suo petto e si disperdono oltre il ventre.

«Ehi», mi decido a parlare per attirare la sua attenzione.

«Ehi», risponde, posando l'asciugamano che stava utilizzando per i capelli su una sedia. «Già sveglia?»

«Sì. Ho preparato il caffè.»

«Grazie.»

Accenna un sorriso e mi dà le spalle per riempire una tazza. Studio il suo corpo, cercando di imprimere a fuoco nella mia mente ogni particolare, ma si volta troppo in fretta perciò fingo di esaminarmi le unghie.

«Il turno inizia alle sette. Sono quasi le sei, hai tutto il tempo di prepararti. O se preferisci rimanere qualche altro giorno a casa...»

«No», lo interrompo, «voglio lavorare. Sto bene.»

Sono stata assunta da poco, non mi posso permettere il lusso di assentarmi ulteriormente. E sto bene davvero. Quando c'è Hayden, riesco perfino a non pensare all'aggressione. Per un motivo a me sconosciuto, la sua presenza mi tranquillizza.

«E quello cos'è?» domando, quando noto un piccolo tatuaggio sulla sua coscia sinistra. Salto giù dal tavolo e mi avvicino, ignorando la sua parziale nudità.

«Cosa?» chiede confuso, con un sopracciglio inarcato.

Indico il tatuaggio: 509. Magari è solo una coincidenza, oppure…

«Ah, quello», mormora.

Aggrotto la fronte. La mia mente non riesce a non collegare questo numero a quello che ho visto sul polso del mio aggressore.

«Cos'è?» ripeto.

«Un tatuaggio», risponde, rimarcando l'ovvio.

«Ha qualche significato?»

Sospira di nuovo e nasconde il viso dietro la tazza. Attendo pazientemente che abbia finito il suo caffè, continuando a fissarlo incuriosita. Quando non risponde subito a una domanda, significa che sta riflettendo o che si è infastidito.

«Hayden.»

«È un numero di riconoscimento», dice e appoggia le mani dietro di sé, sul piano della cucina.

«Ovvero? Spiegati.»

«Quando venivamo scelti dall'organizzazione, ognuno di noi riceveva un numero di riconoscimento. Raramente ci chiamavano per nome.»

«Te lo sei fatto tatuare?»

«No, diamine», sbotta, scuotendo la testa. «Erano loro a tatuarlo durante l'addestramento. Di solito sceglievano un posto nascosto dove tatuare il numero per evitare sospetti, ecco perché il mio è sulla coscia. Credo però che fosse un modo di comunicare con l'esterno.»

«Cioè?»

«Ti ho già detto che l'organizzazione ha talpe un po' dappertutto. Quando uno dei sicari muore mentre svolge il suo lavoro o per altri affari loschi, il numero serve alle talpe all'interno delle forze dell'ordine. Sanno che quell'uomo faceva parte dell'organizzazione e insabbiano le prove. O almeno è quello che ho sempre pensato io.

Ma forse era anche un modo subdolo per spingerci a credere che appartenessimo a loro.»

«I numeri sono casuali? Possono essere ricollegati a qualcosa?»

«Non lo so. Ricordo solo di aver sentito quei tre parlare di come la prima cifra fosse collegata a una particolare nazione. Uno per l'Italia, cinque per l'Inghilterra, e così via.»

«Quindi hanno un criterio», rifletto.

«Forse, ma non mi sono mai soffermato troppo a pensarci.»

«Perciò...» inizio, dopo aver ripercorso le sue parole. «Parte tutto dall'Italia?»

Lui scuote la testa. «Non lo so, Coop. Non ho mai conosciuto italiani coinvolti in questa cosa. So che ci sono e che, all'epoca, c'erano. Ma non so dirti altro. I Servizi Segreti ipotizzavano fosse nato tutto tra Inghilterra e Italia, questo sì.» Sospira e fa un passo verso di me. «Ma sono solo ipotesi e Daisy mi ha sempre dato poche spiegazioni. Perché me l'hai chiesto, comunque?»

Reggo il suo sguardo e ripenso al tatuaggio dell'aggressore. Se quello che dice Hayden fosse vero, il tizio non dovrebbe essere italiano; se lo fosse, me ne sarei accorta dall'accento.

Potrei dire a Hayden la verità, ma se il mio assalitore fosse lo stesso della telefonata? Non importa: ha detto di volermi dare un vantaggio e non ho intenzione di sprecarlo. Racconterò tutto a Hayden, ma non adesso. Voglio prima scoprire cosa diamine mi farà avere l'uomo e poi potrò vuotare il sacco.

«Credevo avesse un significato particolare. Le persone non si tatuano numeri a caso», mento.

«Già. Vai a vestirti, non possiamo tardare.»

«Porterai Cindy alla festa?» domanda Hayden, dopo aver parcheggiato l'auto nei pressi dell'ospedale.

Non abbiamo parlato durante il tragitto, proprio come non abbiamo praticamente detto niente di concreto a casa sua, a parte la discussione sul suo tatuaggio. Ho passato tutto il tempo a pensare, a ipotizzare; preferisco evitare, ora come ora, altri discorsi con lui. Se dovesse toccare l'argomento «bacio di ieri», non saprei cosa diamine dirgli.

«Sì», rispondo e raccolgo la borsa. «Sicuramente faremo shopping questo pomeriggio. Mi passa a prendere lei alla fine del turno. Di giorno possiamo fare quello che vogliamo, l'avete detto voi», mi affretto a spiegare.

Voglio mettere le cose in chiaro per non ricevere strane sorprese. Con Hayden non si sa mai. Potrebbe spuntare da un momento all'altro mentre faccio shopping e arrabbiarsi per non essere stato avvisato. La sua preoccupazione ha un senso, sì, ma durante il giorno, come ha detto ieri Jackson, non c'è pericolo.

E poi, ho bisogno di stare con la mia migliore amica.

«Posso darti un consiglio? Disinteressato, ovviamente.»

Annuisco. Lui si passa la lingua sul labbro inferiore, poi mi guarda da sotto le lunghe ciglia scure.

«Rosso. Il vestito prendilo rosso.» Scende dall'auto senza aggiungere nient'altro e avanza a passo sicuro.

Perché mi ha consigliato il colore del vestito? Non capisco.

Lo seguo all'interno dell'edificio.

«Perché rosso?» chiedo a bassa voce, prendendo coraggio.

«Ho la sensazione che il rosso sia il tuo colore», risponde con noncuranza.

Questa è un'affermazione che non dovrebbe scatenare niente dentro di me, dato che non significa molto. Tuttavia, avvampo e il sangue affluisce al viso. Sono arrossita di nuovo. Le mie guance sono due carboni ardenti.

È frustrante il modo in cui mi mette in imbarazzo con poche parole.

Rimango in silenzio al suo fianco e, quando raggiungiamo il quarto piano, mi infilo nello spogliatoio.

So dove voglio andare a parare con Hayden. So cosa voglio, e intuisco quali siano i suoi desideri. Forse potrei assecondarlo, ascoltare il suo consiglio e tentare l'ultima spiaggia per ottenere finalmente ciò che bramo con ogni fibra del mio corpo.

Prendo il cellulare e decido di inviare un messaggio a Cindy.

CHARLOTTE: Ho bisogno del tuo aiuto. Hayden mi ha consigliato di prendere un vestito rosso. Dovrei o non dovrei ascoltarlo?

Clicco su INVIA e mi mordo l'unghia dell'indice. La sua risposta non si fa attendere.

CINDY: Dipende. Cosa vuoi da lui?

Arriva un altro messaggio l'attimo successivo.

CINDY: Io so già cosa vuoi, in realtà. Ti piacerebbe tanto fare un giro sotto le lenzuola di dottor Banana.

Emetto un grugnito di disapprovazione. Forse chiedere aiuto a Cindy non è una buona idea.

CHARLOTTE: Sì e no.
CINDY: Fai pace con il tuo cervello.

Metto il cellulare in tasca ed esco dallo spogliatoio. Le voci di Lydia e Zoey rischiano di rompermi i timpani non appena chiudo la porta.

«Guarda chi si rivede!» esclama Zoey.

«Stai bene? Abbiamo sentito dell'aggressione. Nick ne stava parlando ieri mattina, ma non volevamo disturbarti, ecco perché non ti abbiamo contattata.» Lydia sta parlando così veloce che riesco a malapena a seguire ciò che dice. «Come è successo? Hai denunciato, vero? L'hai visto? Come ti ha aggredita?»

Zoey le tappa la bocca. «Cazzo, che ansia. Stai zitta, la stai soffocando.»

Esibisco un sorriso forzato. «Era un ladro», mento. Ovviamente a loro non posso raccontare la verità. «Mi ha aggredita perché voleva soldi. Niente di più.»

Zoey sposta le mani e Lydia sospira. «Per fortuna sei viva», mormora, portandosi una mano sul cuore.

L'altra arriccia il naso e guarda l'amica. «Rassicurante, tu, eh?» cantilena. Punta poi i suoi occhi nei miei e sfodera un sorriso sornione. «Parliamo di cose belle, piccola Charlotte. Verrai alla festa, questa sera?» cinguetta.

«Sì.»

«Con il dottor Dream?» sussurra Lydia.

«No, non mi ha invitata.» Immagino di non poter dire la verità neanche adesso.

«Scherzi, vero?» borbotta Zoey.

«Perché dovrebbe farlo?» domando, con un cipiglio sul volto.

«Perché non dovrebbe farlo?» chiede di rimando.

Lydia si solleva sulle punte e mi artiglia una spalla per arrivare al mio orecchio. «L'altro giorno, dottoressa *Stronza* stava parlando con un'altra dottoressa. A quanto pare, Hayden ha smesso di rispondere alle sue telefonate e ai suoi messaggi. Era incazzata. Un bello spettacolo.»

Mantengo un'espressione neutrale, ma se fossi libera di esprimere le mie emozioni, saltellerei per tutto il corridoio.

«Per questo credevamo che fosse con te», aggiunge Zoey. «Sai com'è...» ammicca.

Avanziamo verso i distributori automatici, mancano circa dieci minuti all'inizio del turno e ho tempo per un caffè. Daisy esce da una stanza e si ferma a guardarmi. Fingo di non averla vista e proseguo.

«Mi dispiace deludervi, ma non mi ha invitata», spiego. «Però non mi interessa.»

«Non ti interessa?» ripete Lydia.

Scuoto la testa, osservando Zoey che infila la chiave riservata al personale nel distributore e seleziona la bevanda.

«No», confermo. «Hayden non mi interessa. Non è il mio tipo. Non voglio ricevere il suo invito, siamo solo colleghi», mento.

Una vocina lontana, nella mia testa, scoppia a ridere.

«Non ti attrae neanche un po'?» chiede incredula Lydia.

«No, per niente. Hayden non mi piace.»

Potrei anche evitare di mentire su questo piccolo particolare, ma non voglio far notare la mia innocua cotta per lui. Conservo ancora un po' di orgoglio.

«Sei l'unica qui dentro», ridacchia Zoey, mentre mi porge un bicchiere.

«Grazie. In ogni caso, non è mica una legge universale. Hayden non mi attrae.»

La vocina ride ancora. Magari, a forza di ripeterlo in continuazione, me ne convincerò anche io e smetterò di desiderarlo.

Le due iniziano a parlare della festa e seguo i loro discorsi, intervenendo di tanto in tanto per dare pareri sui vestiti. Lydia andrà ovviamente con Sam; Zoey, invece, con una sua amica, proprio come me.

«Cooper!»

Hayden sbuca dal corridoio opposto e Lydia e Zoey ammutoliscono tutto d'un tratto.

«Sì, dottor King?» cinguetto.

Si accorge che lo sto prendendo in giro e affila lo sguardo. «Smetta di perdere tempo, per favore, e mi segua», ordina.

«Mi scusi, dottor King.» Sorrido a Lydia e Zoey che sono ancora in silenzio e butto il bicchiere nel cestino, poi raggiungo Hayden che fa dietrofront e inizia a camminare. Svoltiamo a destra e si lascia sfuggire una risata.

«Perché ridi?» chiedo a bassa voce.

«Perché sei straordinariamente brava a dire stronzate.»

Spero non mi abbia sentita.

«In che senso? Non ti seguo.»

Ruota su se stesso e mi blocca il passaggio. «Hayden non mi attrae», ripete le mie stesse parole, emulando addirittura la mia voce.

Mi pizzicano le guance. Ha sentito tutto. Rimango ferma in un limbo di indecisione: scoppiare a ridere o fuggire a gambe levate?

Hayden anticipa qualsiasi mia possibile mossa. Occhieggia il corridoio e con un passo si avvicina, eliminando la distanza tra di noi. Accosta il suo viso al mio e le sue iridi mi inchiodano.

Dio, è così bello. La mascella squadrata, il lieve accenno di barba chiara, il naso dritto e perfetto e gli occhi grandi e magnetici. È l'essenza della perfezione. Non ha un solo, misero difetto.

A parte il carattere, ovviamente. Potrei scrivere un libro solo su quello.

Mi impongo di stare ferma. Chiudo e apro le mani per cercare di eliminare il formicolio fastidioso che si espande per tutto il mio corpo.

«Apprezzo il tuo sforzo, Coop, ma sappiamo entrambi cosa sarebbe successo ieri sera, se le cose fossero state diverse.» Conclude il suo colpo da maestro – e da stronzo indescrivibile – con un occhiolino, poi riprende a camminare come se non fosse accaduto niente.

Io provo a darmi un contegno, a reprimere i miei desideri, ma Hayden ha ormai intuito i miei pensieri e prova una subdola soddisfazione a sbattermeli in faccia, negandomi quello che voglio.

«Fottiti, stronzo», borbotto a bassa voce.

«Ti ho sentita», risponde, sollevando una mano.

«Vaffanculo», sibilo tra i denti.

«Anche adesso!» esclama.

Il cellulare vibra e lo estraggo dalla tasca. Lo schermo segnala la presenza di un nuovo messaggio.

CINDY: Ho un dubbio. Vuoi un vestito che faccia pensare a Hayden che sei bellissima o cose del tipo: 'glielo strappo a suon di morsi'?

Un gemito di esasperazione ruzzola fuori dalla mia bocca. Lascio perdere i deliri della mia migliore amica e seguo *lo stronzo*.

«Non ci posso credere.» È la terza volta che lo ripeto mentre fisso in cagnesco Cindy che sistema le buste sul divano.

Mi è mancato il nostro appartamento; mi è mancata la consapevolezza di essere nel mio luogo preferito. Non che mi dispiaccia stare con Hayden, ma casa mia è pur sempre questa.

«Credici, invece», ribatte, sventolando una mano davanti al mio viso. «Hanno quasi finito di sistemare il danno. Mancano solo le ultime piastrelle», sentenzia, dopo aver esaminato il bagno.

«Non ti ho mai chiesto di comprare il vestito al mio posto!» esclamo contrariata. «Avrei dovuto sceglierlo io.»

«È stato un caso», si giustifica con un'alzata di spalle. «Sono passata davanti a una vetrina e loro erano lì, bellissimi e nuovissimi. Stavano chiamando il mio nome.»

La raggiungo in camera sua. Sta frugando nell'armadio alla ricerca di chissà che cosa.

«Non puoi arrogarti il diritto di decidere per me», la rimbecco.

«Bla bla bla, non ti sento», cantilena. Prende un accappatoio e richiude le ante. «Sono sicura che ti piacerà. Ehi, ma secondo te possiamo farci una doccia?»

«Non lo so», replico, socchiudendo gli occhi.

«La faccio lo stesso. E dovresti farla anche tu. Puzzi di disinfettante e di voglie sessuali represse.»

Tiro fuori la lingua e torno in salotto per esaminare il contenuto delle buste.

«Di che colore è il mio vestito?»

Scoppia a ridere e sbuffo. Sa perché gliel'ho chiesto, ma è probabile che non lo ammetterei ad alta voce neanche sotto tortura.

Estraggo un abito grigio che brilla sotto i miei occhi. È straordinariamente lungo, senza spalline e senza spacchi esagerati. Cindy ha buon gusto, non ci sono dubbi.

Dalla stessa busta, sfilo un paio di décolleté nere lucide e una pochette dello stesso colore. Non male come abbinamento.

«Hai preso anche gli accessori?» chiedo.

Cindy non risponde e io svuoto la busta sul divano. Ci sono bracciali, collane e due fermacapelli identici, con due pietre scure incastonate che sembrano due pezzi di ossidiana. Mi viene spontaneo domandarmi quanto diamine abbia speso Cindy per tutte queste cose.

«Quello è mio», afferma lei, mettendosi al mio fianco.

«Eh?»

«È mio», ripete. Sfila il vestito dalle mie mani e lo posa con cura sul divano. «Il tuo farà venire l'acquolina in bocca. E non a me, sia chiaro. La farà venire al dottor Banana.»

«Hayden non vuole complicare le cose e un vestito non risolverà niente.»

«Te l'ho già detto: è sentimentalmente disturbato e non ha le idee chiare. Altrimenti, ieri sera non ti avrebbe baciata.»

Mi pento di averle raccontato del bacio durante il tragitto, poco fa. Lei fruga nella seconda busta e mi rivolge un breve sorriso. Il suo sguardo non promette niente di buono.

«Solo perché ti voglio tanto bene, chiarirò le idee a dottor Figo una volta per tutte», annuncia solenne.

Estrae il secondo abito e sento la mascella rovinare al suolo. È lungo più o meno quanto l'altro, con una profonda scollatura davanti e una sulla schiena. Le spalline sono quasi inesistenti, hanno la stessa dimensione dello spago. La cosa più importante, però, è il colore: rosso. Rosso, di una sfumatura talmente accesa da far quasi girare la testa.

Sollevo le mani e faccio un passo indietro. «Io non lo voglio.»

«Non ti piace?»

«Sì, ma è troppo. Cindy, no», affermo, poi scuoto la testa con vigore. «Facciamo uno scambio. Tu il vestito rosso, io quello grigio.»

«Neanche per sogno. Tu indosserai questo abito, Charlotte Cooper. Tu indosserai questo dannato vestito e farai venire una bella e fastidiosa erezione al dottor Figo.»

«Cindy, per favore», piagnucolo. «È stupendo, ma è anche un messaggio fin troppo chiaro. Capirebbe dove voglio andare a parare.»

«Appunto!» esclama. «Noi vogliamo farglielo capire in modo velato, giusto?»

«No, veramente no. È già abbastanza frustrante così. Non ho bisogno di altri impicci e neanche di un altro rifiuto tra le righe.»

Mi incenerisce con lo sguardo. Non è mai stata brava ad accettare un «no» come risposta. «Tu indosserai questo vestito. È un regalo da parte mia e non vuoi deludermi e offendermi, vero?» domanda, mentre spinge fuori il labbro inferiore e batte le palpebre.

«Oh, smetti di fare quella faccia da cucciolo bastonato, arpia stronza.»

Mi butta le braccia al collo come se le avessi dato il via libera. «Grazie, sapevo che ti sarebbe piaciuto e che l'avresti indossato», squittisce entusiasta al mio orecchio. «Ora però lavati. Mi fai venire in mente quando mi hanno ricoverato per un blocco intestinale.»

Dopo circa quattro ore finalmente siamo pronte. È stata Cindy a occuparsi di tutto per entrambe e, quando fisso il mio riflesso allo specchio, stranamente apprezzo il suo lavoro. Non ha esagerato con il trucco, fatta eccezione per il rossetto rosso carminio che colora le mie labbra. I capelli, invece, scendono in onde morbide e sono sicura che li userò per coprire almeno un po' tutto ciò che la profonda scollatura lascia intravedere. Due ciocche prese dai lati del mio viso sono raccolte dietro la nuca, tenute immobili dal fermaglio con una pietra di ossidiana incastonata. Lo spacco del vestito è davvero vertiginoso, proprio come i tacchi che indosso.

Non li amo, ma riesco a sopportarli. Per quanto riguarda lo spacco, invece, ho arricciato il naso parecchie volte, ma non posso protestare perché il vestito è mozzafiato.

«Secondo il mio modestissimo parere», esordisce Cindy, «farai venire una bella erezione…»

«Basta», sibilo a denti stretti. Ripete di continuo la solita frase e inizia a essere tediosa.

Lei solleva le mani in segno di resa. È magnifica, stretta nel suo abito. «Come non detto. È arrivata la pizza.»

«La pizza?»

Annuisce. «L'ho ordinata poco fa. Ho fame e devo nutrirmi perché… sai, potrebbe anche accadere qualcosa con l'amico del tuo fidanzato e devo essere in forze, non si sa mai.» E, con una scrollata di spalle, lascia la mia stanza.

Non riesco a non ridacchiare mentre la raggiungo in cucina. È seduta sulla sedia e si sta rigirando tra le mani una fetta di pizza. Ne prendo un pezzo dal cartone e mi siedo al suo fianco.

«Mangia piano, stronza, non vorrai mica rovinare il mio capolavoro», mi ammonisce.

Roteo gli occhi e do un piccolo morso alla fetta di pizza.

Sono circa le nove e Joe sarà qui a breve. All'improvviso, la telefonata che ho ricevuto ieri si fa spazio con forza nella mia mente e il mio stomaco si chiude.

«Che ti prende?» chiede Cindy, rendendosi conto del mio cambio d'umore.

«Niente.»

Osservo lo smalto rosso che lei ha applicato con tanta pazienza sulle mie unghie ed evito il suo sguardo.

«La telefonata di ieri sarebbe il niente?» mi incalza.

Boccheggio per lo choc. «Ma cosa stai dicendo?» borbotto.

«Non sono stupida», ribatte. «Tua madre ha chiamato me, questa mattina. Ha detto che non ti sente da giorni ed era preoccupata.»

Mi mordo con forza il labbro inferiore e mi volto dall'altra parte mentre valuto le varie possibilità. Non posso incolpare mia madre e posso solo immaginare la sua preoccupazione, nonostante i miei messaggi.

«Allora? Chi era?» mi chiede di nuovo.

«Nessuno.»

«Peccato», mormora. «Dovrò dire a Joe che *nessuno* ti ha contattata, immagino. Sai, anche lui si è accorto della tua reazione, ieri sera, ma l'ho tranquillizzato perché, se fosse successo qualcosa, me ne avresti parlato. Avanti, sputa il rospo.»

«Cindy, no. Non devo e non posso farne parola. Per favore.»

«Parla. Adesso.»

«Non posso», ripeto. «Mi è stato chiesto di non dire niente a nessuno. Ti prego.»

Non potrei mai mettere in pericolo lei. È una cosa che riguarda me.

«Bene.» Si alza con uno scatto e la sedia traballa.

«Dove vai?»

«Chiamo Joe, ho bisogno del numero di Hayden. Se non vuoi dirlo a me, lui troverà il modo di farti parlare», dice e poi sparisce dalla mia visuale.

Lascio il pezzo di pizza mangiucchiato sul tavolo e mi affretto a seguirla. La trovo vicino alla scrivania che digita qualcosa sullo schermo del cellulare.

«Cindy, no. Non farlo. Non dire niente.»

Punta le mani sui fianchi. È arrabbiata. «Dimmi tutto. Adesso», sibila.

Vorrei sbattere i piedi sul parquet per la frustrazione, ma sto zitta e imito la sua posizione.

«Parla o chiamo Hayden. Lo giuro su Joe, Charlotte. Hayden verrà a saperlo entro dieci minuti. Non ti conviene», minaccia.

È estremamente seria, chiamerà davvero Hayden e non mi posso permettere un'altra discussione con lui. Le cose tra noi si sono ammorbidite, dargli la conferma delle mie menzogne servirebbe solo a farlo innervosire e non voglio avere di nuovo davanti un muro.

«Va bene», sbotto. «Ho parlato con qualcuno, al telefono, ma non so chi fosse. Ha detto di andare al *Dirty Club*, a mezzanotte, perché mi farà avere una cosa.»

«Al *Dirty* non puoi entrare. Bisogna essere soci», spiega. Solleva di nuovo il telefono e continua a digitare. «Però conosco un tizio che lavora lì. Ci aiuterà a entrare.»

«Tu non vai da nessuna parte!» esclamo contrariata. «È compito mio. È affare mio. Tu devi starne fuori.»

«Scordatelo.»

«Cindy», piagnucolo.

«Zitta. Andremo insieme, è deciso.»

Il campanello suona, interrompendo così qualsiasi mio tentativo di ribattere.

«È Joe. Prendi la borsa, è ora di andare.» Strizza l'occhio soddisfatta e lascia la stanza.

Mi concedo di respirare a fondo più volte, prima di tornare in salotto. Joe è sulla soglia.

«Non è la serata degli Oscar», commenta, osservando me e la sorella. «Come diamine vi siete conciate?»

«Zitto, testa di sedano», ribatte lei, poi allunga una mano per scompigliargli i capelli.

Sorrido e prendo la mia pochette. Cammino dietro ai due che stanno già litigando per qualcosa. Non riesco a concentrarmi perché, stranamente, il cuore ha appena iniziato a tamburellarmi nelle orecchie. Mi domando se sia davvero solo l'idea di andare al *Dirty* a caricarmi di agitazione. Tuttavia, sono costretta ad ammettere di essere nervosa anche per la festa. Ci sarà pur sempre Hayden e so che sarà strano far finta di rivolgerci a malapena la parola, quando, in realtà, la situazione è ben diversa.

Rimango in silenzio anche in auto. Cindy è riuscita a persuadere Joe e sta guidando lei. Lui ha già inveito più volte perché ha superato il limite di velocità e, ovviamente, un poliziotto non si può far sorprendere a infrangere il codice della strada.

«Parcheggia lì, cazzo», grida lui, indicando uno spazio tra due auto.

Sono seduta dietro, composta, e mi godo la scena.

«Quel posto è troppo stretto», ribatte lei.

«Ci starebbero tre macchine messe in fila», protesta Joe. Sbuffa e si passa una mano tra i capelli quando la sorella oltrepassa quel parcheggio, ignorandolo.

«Vedi? Lì è vuoto», dice lei, mentre indica un angolo lontano della strada.

«Sono parcheggi riservati, stupida. Senti, ferma la macchina dove diamine ti pare, tanto non ho più tempo e devo andare via. Muoviti.»

«Non mi dare ordini», sibila lei.

Si insultano a vicenda per tutto il tempo, finché lei non decide di arrestare temporaneamente l'auto davanti all'entrata del luogo in cui si svolge la serata. Manda a quel paese il fratello, mentre io mi sporgo in avanti e lo ringrazio.

«Di niente», dice. «Tu e Hayden dovreste tentare di stare lontani almeno in pubblico.»

Fingo indifferenza e sorrido di rimando. «Tranquillo, non è un problema.»

Quando scendo dall'auto a mia volta, il vento leggero solletica la mia pelle scoperta e fa svolazzare il vestito. L'aria estiva inizia a farsi sentire; non ho freddo, ma avrei preferito portare con me una giacca.

Cindy si avvicina e mi trascina dietro di sé per un braccio. «Non sei eccitata? Ci saranno un sacco di medici e infermieri succulenti», commenta.

«Non sono sicuramente eccitata per medici e infermieri.»

«Ah, già.» Finge di darsi una manata sulla fronte. «Sei eccitata per il dottor Banana. Giusto.»

Sbuffo. «No, neanche per quello. E smetti di chiamarlo così.»

È una bugia bella e buona, ma non voglio dare a Cindy altri pretesti per continuare a fare allusioni sessuali.

«Voglio scoprire cosa mi farà avere quella persona», ammetto.

«Già», sussurra, con la fronte aggrottata. «Cameron mi ha promesso che troverà il modo di farci entrare. Non gli ho detto il motivo, sono stata vaga. Ho parlato di curiosità e cose del genere.»

«Chi diamine è Cameron?»

«Un mio amico speciale», ammicca.

«Ah, giusto. A volte dimentico la tua lunga lista di amici speciali.»

«Anche io.»

Ci blocchiamo entrambe davanti all'imponente portone d'ingresso e lei serra la presa sul mio braccio.

«Oggi fai bingo. Fidati di me. Ne sono certa.»

La mia agitazione viene scacciata via dalla sua frase e le do una leggera spinta per obbligarla ad avanzare. Varchiamo la soglia e l'eleganza di questo posto mi lascia a bocca aperta. Chi ha organizzato questa serata di beneficenza non ha sicuramente badato a spese. La sala è grande, spaziosa, gremita di persone che parlottano e ridono tra loro, tutte vestite in modo impeccabile. In fondo, un palco si innalza di qualche metro rispetto al pavimento; ai lati, invece, ci sono due banconi gestiti da barman acrobatici professionisti, a giudicare dal modo sicuro in cui fanno volteggiare in aria le bottiglie, regalando così un piccolo e piacevole spettacolo prima di riempire i bicchieri degli ospiti. Dal soffitto, invece, pende un maestoso lampadario con rifiniture d'oro.

«Merda», mormoro estasiata, battendo le palpebre più volte.

«Medici», sussurra Cindy, «medici ovunque.»

«Smettila», la rimbecco.

Non ho il tempo materiale di realizzare, perché Cindy mi trascina in mezzo alla folla. Il brusio è coperto dal suono della musica; canzoni moderne si alternano a brani più datati.

«Andiamo a prendere un po' di coraggio liquido», quasi urla Cindy, per farsi sentire sopra il sottofondo musicale.

Quando parla di «coraggio liquido», intende bevande alcoliche. Molto alcoliche. Infatti, raggiungiamo il primo bancone che ci capita davanti e chiama il barman.

«Due capezzoli scivolosi!» grida, muovendo la mano per aria.

«Due… cosa?» le chiedo stranita.

«Capezzoli scivolosi», ripete come se mi avesse spiegato tutto. Poi si rivolge ancora al barman. «E due tette d'angelo!»

«Cindy, ma cosa diamine stai blaterando?»

Il barman posa due bicchieri sotto il mio naso. «Ecco, capezzoli scivolosi», dice Cindy, indicandoli. «Sono drink a tema della serata.»

«Iniziamo bene», mormoro e infilo una banconota dentro il barattolo delle offerte.

Cindy fa lo stesso, poi paga anche i drink al barman. «Pronta?» chiede, porgendomi un bicchiere.

«Cambierebbe qualcosa se ti dicessi di no?»

«No», ghigna. «Al mio tre. Uno, due, tre.»

Cindy manda giù tutto il suo drink e io la imito. L'alcol è così forte e pungente che tossisco, trattenendo a stento un conato. Nel frattempo, il barman ha preparato anche gli altri due drink dal nome impronunciabile.

«Buono», commenta Cindy e si passa la lingua sulle labbra.

«Sto andando a fuoco!» esclamo tra un colpo di tosse e l'altro.

Lei è così gentile da passarmi l'altro bicchiere. «Non fare capricci e bevi. Ti servirà.»

E anche il secondo drink scivola giù insieme al primo.

«Tequila?» domanda subito dopo lei.

«Assolutamente no!»

«Tequila per entrambe», ordina al barman, sotto il mio sguardo contrariato.

«Farai mai quello che ti chiedo?» sbotto.

«No.»

Anche la tequila fa la stessa fine degli altri drink. Cindy tenta di ordinare qualcos'altro, ma la blocco in tempo e la trascino via.

«Basta, abbiamo bevuto abbastanza», dico, ignorando le sue numerose proteste. La mia testa comincia a pulsare e non è un buon segno.

Ci fermiamo dietro una colonna portante e ci guardiamo intorno. Poi, i nostri occhi si incrociano e scoppiamo a ridere come due idiote, senza un motivo preciso.

«Non reggi proprio l'alcol», mi prende in giro.

«Oh, fottiti», ribatto, passando le dita sotto gli occhi per raccogliere le lacrime.

«E l'alcol ti serve. Ti dà coraggio.»

«Cindy, voglio attirare l'attenzione di Hayden, non tornare a casa gattonando.»

«Oh, oh!» esclama, mentre fissa un punto impreciso in fondo alla sala. «Dottor Banana a ore… non lo so, ma a qualche ora. Ehi, è proprio un bel figo», ammicca.

I miei sensi scattano tutti sull'attenti e raddrizzo la schiena.

«Dove?» domando. Non tento neanche di fingere indifferenza, perché con Cindy non ho bisogno di farlo.

«Dietro di te. Voltati lentamente e senza farti notare. Sta parlando con una tizia alta dieci metri.»

Mi volto con cautela, seguendo il consiglio di Cindy, e mi immobilizzo appena vedo Hayden. Indossa uno smoking nero, come quasi tutti i presenti, e la giacca lascia intravedere una camicia bianca. Ha in mano un calice e sta sorridendo, cosa che mette in mostra le adorabili fossette che possiede. Sposto lo sguardo sulla figura al suo fianco e trattengo il respiro. Stretta in un tubino bianco che fascia il suo corpo perfetto e slanciato, con i capelli raccolti in uno chignon, c'è Amy.

Mi si forma un nodo alla bocca dello stomaco e, con la gola ormai riarsa, do le spalle ai due. Ingoio il groppo con estrema fatica, la gelosia si aggrappa alla mia schiena e mi prende a calci.

«Quella donna è un problema?» chiede Cindy, picchiettando l'indice tra le mie clavicole.

«Sì, è un problema», affermo, mentre lei continua a giocherellare con la collana d'argento che porto al collo. «È la sua ex ragazza. Si chiama Amy ed è ovviamente bellissima.»

Lancia un'occhiata oltre la colonna. «Anche tu sei bellissima. Cioè, lo stai facendo diventare di marmo anche a me che non ce l'ho, capisci?»

La sua frase riesce a stemperare l'aria carica del mio nervosismo e le dedico un sorriso sincero.

«Grazie, ma non sei il mio tipo.»

«Mi fa piacere.»

Cindy ciondola la testa a ritmo di musica e, di tanto in tanto, si sporge per sbirciare Hayden e Amy.

«Ci spostiamo?» chiedo.

«Ci spostiamo a modo mio», chiarisce, sfoderando un sorrisetto furbo. «Ti senti tipo… barcollante a causa dell'alcol?»

«No. Non sono ubriaca.»

«Bene.»

Non mi dà il tempo di dire niente, mi tira per un polso e mi trascina via dal nascondiglio improvvisato. Inizia a camminare in direzione di Hayden e io tento di puntare i piedi contro il pavimento, ma lei mi tira con più vigore, stringendo la presa intorno al polso.

«Comportati da diva. Scuoti i capelli e ancheggia sensualmente», dice.

«Neanche per sogno», sussurro a denti stretti. «Lasciami stare!»

«Fai come ti dico», mi incita, poi mi spinge davanti a sé. Riesco a malapena a non perdere l'equilibrio.

Hayden sta ancora parlando con Amy e non si è accorto di me. D'un tratto, lei solleva una mano e tocca con l'indice la camicia di lui; questo basta a farmi ribollire di una rabbia intensa. Così, con Cindy alle calcagna che ridacchia di gusto, mi schiarisco la voce e cammino, con passo deciso, proprio in direzione dei due.

Jackson, che riesco a vedere solo ora perché era nascosto dalla figura dell'amico, alza lo sguardo dal suo telefono e dà una gomitata a Hayden, ponendosi tra lui e Amy. I due si girano e Hayden, finalmente, posa i suoi occhi su di me. Mi squadra dalla testa ai piedi, il suo sguardo percorre la linea della mia gamba destra, lasciata scoperta dallo spacco vertiginoso, e risale lento, provocando una fila di fuoco rovente sulla mia pelle.

So che mi vuole, lo sento dentro, proprio come io voglio lui.

Cindy mi spintona e sono costretta ad avanzare ancora, ma cambio rotta poco prima di arrivare al gruppetto.

«Mi sono eccitata», sussurra lei. «Non so se per la tua audacia o per Jackson. Per tutte e due le cose, credo.»

«Smettila», la ammonisco.

«Ehi, ma è la verità!» protesta. Occupiamo due sgabelli liberi davanti al bancone. «Dovresti ringraziarmi. Il vestito l'ha colpito dritto al...»

Roteo gli occhi. «Grazie», la interrompo prima che possa proseguire con le sue affermazioni volgari.

«Ringraziami anche per il coraggio liquido. Senza quello, non l'avresti fatto.»

«Non sono ubriaca.»

Schiocca le dita in direzione del barman e ordina un altro paio di shottini. «Tra poco sì, lo sarai», dichiara solenne.

Forse ha ragione. Forse dovrei arrendermi, ubriacarmi e zampettare felice per la sala anziché indirizzare ogni mio pensiero e ogni mia mossa verso Hayden. Vorrei voltarmi e guardarlo, ma evito perché non riuscirei a reggere il suo sguardo, perciò continuo a preservare quel briciolo di orgoglio che mi rimane.

«Non ti sta mangiando con gli occhi», dice Cindy d'un tratto, dopo aver sbirciato alle nostre spalle. «Ti sta spogliando.»

Le sue mani si muovono veloci e, con un colpo secco, spostano il tessuto per aprire lo spacco del mio vestito.

«Ma che fai?» protesto, schiaffeggiandole le braccia.

«Lo aiuto a spogliarti. Occhio non vede, cuore non duole. Ma occhio vede e là sotto fa male.»

Blocco i suoi polsi e la spingo finché il suo fondoschiena non aderisce completamente allo sgabello.

«Smettila subito», sbotto. «Non devo spogliarmi qui.»

«Certo che no. In qualche sgabuzzino. E deve farlo Hayden.»

Inspiro ed espiro, mentre tento di mettere a tacere l'istinto che mi suggerisce di prendere Cindy e rinchiuderla da qualche parte. È sempre fastidiosa, ma quando beve peggiora in modo straordinariamente inquietante.

Il barman mette davanti a noi due shottini. Gli allungo una banconota e Cindy ingolla tutto il contenuto del suo bicchiere. Come se avesse appena bevuto acqua, ne ordina altri due.

«Dobbiamo andare al *Dirty*. Non esagerare.»

«Se mi dovessero piantare una pallottola in testa, morirei felice e ubriaca», ribatte, saltellando sullo sgabello. «A proposito, ho fottuto la pistola a Joe.»

«Che cosa?» chiedo sconvolta, con gli occhi sgranati.

Sfodera la sua espressione di finta innocenza e batte le ciglia scure. «Ne ha due. Ho preso la seconda da sotto il sedile della sua auto mentre era distratto.»

«Ma ti avevo detto…»

«Ci potrebbe servire», mi interrompe.

Gemo esasperata e ingurgito il drink, trattenendo l'ennesimo conato di vomito causato dal sapore forte e pungente.

«Ho bisogno del tuo parere», dice, mentre spinge sotto il mio naso un altro drink.

Lei che chiede a me un parere è un evento più unico che raro. Di solito è il contrario, sono io quella bisognosa di pareri.

«Secondo te, perché Joe non ci ha mai fatto conoscere Jackson e Hayden? Sono amici da anni ed è venuto fuori solo ora. Non lo trovi… strano?»

La sua domanda cela un pensiero preciso che intuisco. «Credi che non sia una casualità?»

«Non può essere una casualità. Andiamo, Char, Joe ha sempre portato i suoi amici a casa di papà. Tranne Hayden e Jackson.»

«E pensi che ci sia altro sotto, giusto?»

Annuisce con forza, manda giù il drink e si sfrega un polso sulle labbra. «Esatto. Papà conosce Daisy e conosce Hayden e Jackson. Joe è un loro amico. Chiamami visionaria, ma mi sfugge qualcosa che ho intenzione di scoprire.»

Non ho riflettuto prima su questo particolare e non posso darle torto. Joe ci ha sempre fatto conoscere tutti i suoi amici, persino le sue ex ragazze, ed è strano che abbia tagliato fuori Hayden e Jackson. Perfino Theo – il padre di Cindy e Joe – conosce Daisy.

La mia migliore amica ha ragione, qualcosa di inafferrabile sta danzando sotto i nostri nasi da un pezzo.

«Sai cosa? Vado a scoprirlo proprio ora. Se Joe non vuole parlare, proverò a tirare fuori risposte da Jackson», spiega.

«Ma lo conosci appena, non ti dirà niente.»

«Dimentichi il potere dell'orgasmo, piccola e ingenua Charlotte.» Fugge via a passo svelto, mischiandosi tra la folla.

La situazione è drammatica, ma io scoppio a ridere lo stesso.

«Signorina, tutto bene?» chiede il barman.

«Sì. Mi dia un altro… capezzolo scivoloso, per favore.»

* * *

Barcollo, rischio di inciampare e mi blocco al centro della sala. I miei occhi setacciano la stanza alla ricerca di Hayden, ma vedo solo Cindy e Jackson, fermi dall'altra parte, intenti a chiacchierare.

Di Hayden neanche l'ombra.

So che lui non mi appartiene, non ho alcun diritto di arrabbiarmi, ma ammetto a me stessa di essere gelosa.

Sono gelosa, dannazione, e non credo di aver mai provato tanto timore in vita mia. Per quanto ne so, lui e Amy potrebbero essere chissà dove a fare qualsiasi cosa.

«Stai cercando qualcuno?» domanda una voce femminile alle mie spalle.

Mi volto e mi trovo faccia a faccia con Amy, che mi guarda, elegante come non mai. I tacchi le regalano almeno dieci centimetri in più.

«Non sono affari tuoi», sibilo.

Lei accenna un sorriso. «Se cerchi Hayden, credo sia in bagno. L'ho lasciato lì.» Non ha più il rossetto. Il mio cuore perde un ulteriore battito.

«Non cerco lui, ma non sono comunque cazzi tuoi», sputo fuori.

Sgrana gli occhi, fingendosi sorpresa, e solleva le mani. «Oh, mi dispiace, non intendevo ferirti», commenta per prendersi palesemente gioco di me.

L'odio è un sentimento stupido, ma quello che provo adesso gli si avvicina.

«Hayden era con me», continua, con un ghigno soddisfatto stampato sul volto.

Stringo talmente forte le mani a pugno che le unghie scavano la carne dei palmi.

«Non mi interessa», mento, con tono monocorde.

«Be', a me sì. Ho avuto la conferma che non sei un pericolo.»

«Vaffanculo», prorompo senza freni. «Fottiti. Non mi interessa niente di voi due.»

Amy scoppia a ridere di gusto. Sono costretta a respirare a fondo per evitare di tirarle addosso la mia pochette. Non ho mai odiato qualcuno, ma lei potrebbe essere la prima persona della lista.

«Charlotte», esordisce Cindy, piazzandosi al mio fianco e fissando l'intrusa.

«E tu chi sei?» chiede Amy, che guarda a sua volta la mia migliore amica.

«Il tuo peggior incubo, se non ti levi dal cazzo prima di subito», ribatte sicura Cindy.

Non dà il tempo ad Amy di rispondere, mi afferra per un polso e mi trascina via. Mi lascio trasportare lontano dalla folla di persone, felice di avere un'amica con un tempismo perfetto. Si blocca solo quando siamo nascoste dietro la colonna portante di poco prima.

«Cosa cazzo voleva?» mi chiede.

«Solo farmi sapere di aver fatto sesso con Hayden in bagno.»

«Che cosa?»

«Già. Proprio così», esalo.

«Che gran pezzo di merda. Stronzo, bastardo, testa di…»

«Ho afferrato il concetto», la interrompo e le tappo la bocca con una mano. «È stronzo. Va bene così. Mi aveva detto di non farmi illusioni. Ha solo confermato le sue parole.»

Aspetto qualche istante prima di lasciare Cindy libera di parlare. «Vorrei tanto prenderlo a calci in culo fino a fargli dimenticare persino tutti i suoi dannati nomi, ma il problema adesso è un altro.»

«Quale?» chiedo.

Alza il polso e mi mostra l'orologio. «Il taxi sarà qui tra dieci minuti. Dobbiamo andare al *Dirty*. Il problema è che Jackson e Mister Stronzo ci stanno tenendo d'occhio. Per quella questione e tutto il resto.»

«Quindi?» la incito a continuare.

«Quindi ecco il piano: dovrai attirare Hayden da qualche parte e io mi occuperò di Jackson. Quando sarò fuori, ti telefonerò. Passerai dall'uscita d'emergenza che si trova vicino ai bagni. Io sarò lì ad aspettarti», spiega a bassa voce.

«Non ho intenzione di parlare con Hayden. Non adesso», chiarisco. Non so come reagirei, se dovesse confermare di aver fatto chissà cosa con Amy. Dubito sia propenso a snocciolare certe informazioni, ma non si sa mai.

«È l'unico modo», ribatte imperterrita. «O così, o niente. Distrarli mentre sono divisi è più facile e, scusa tanto, ma sei l'unica capace di distrarre quel bastardo.»

Avrei preferito evitare Hayden per tutto il tempo, ma Cindy ha ragione. Devo andare al *Dirty* e prendere quello che mi attende.

Seguire il suo piano ci permetterà di non essere scoperte mentre scappiamo via.

«Dimmi esattamente cosa devo fare.»

«Ho un'idea precisa», sussurra. «Ma devi essere pronta al peggio, perché Hayden si incazzerà.»

26

Cindy si allontana da me dopo aver esposto il suo piano discutibile. Hayden non è stupido, forse non si lascerà neanche ingannare, ma devo fare almeno un tentativo. L'appuntamento al *Dirty* è tra meno di un'ora.

Intercetto Hayden. È da solo e presumo che Jackson si sia già spostato per seguire Cindy.

È il momento di agire.

Avanzo decisa nella sua direzione e lui, attirato dal colore abbagliante del mio vestito che svolazza, solleva gli occhi dal suo bicchiere per guardarmi.

Deglutisco e continuo a camminare, evitando il contatto visivo.

Conto mentalmente i passi che ci separano e, quando ne mancano pochi, mi fermo davanti a lui che adesso ha aggrottato la fronte. Mi scruta con circospezione ma, anziché avvicinarmi, svolto a destra e proseguo spedita, facendomi spazio tra la folla.

Mi domando se Hayden abbia recepito il mio messaggio. Il piano di Cindy sembra facile, ma con lui è tutto difficile.

So che darà di matto non appena lo capirà, ma la rabbia che provo nei suoi confronti mi sta aiutando a compiere questa follia. Ha già detto che non vuole complicare le cose, però mi seguirà. So che lo farà, perché vuole tenermi d'occhio. Peccato che sia l'unico ostacolo tra me e la cosa che mi aspetta. Devo mandarlo fuori gioco.

Mi allontano dalla sala piena di persone e imbocco il corridoio di cui Cindy ha parlato. Trovo la porta e spingo con forza, poi mi intrufolo in una seconda sala che, a differenza dell'altra, è vuota. Schivo il labirinto di colonne, acquisto velocità e il rumore dei tacchi che battono sul pavimento rimbalza sulle pareti.

La porta si apre di nuovo e sorrido, raggiungendo la rampa di scale a chiocciola in fondo alla stanza.

«Charlotte», mi chiama Hayden. «Dove cazzo stai andando?»

Sollevo il vestito per evitare di inciampare e salgo gli scalini, mentre provo a resistere al dolore provocato dai tacchi vertiginosi.

Il pensiero del *Dirty* mi dà l'energia giusta per muovermi più svelta, e Hayden chiama il mio nome altre volte. Lo ignoro e mi fermo appena mi rendo conto di essere arrivata al piano superiore, anch'esso vuoto.

Svolto a sinistra e percorro il corridoio, evitando di soffermarmi sulle pareti variopinte. Come da indicazioni di Cindy, che è già stata qui e quindi conosce questo posto, poco più avanti noto il cartello che indica la presenza del bagno. Mi infilo dentro e accendo la luce. Davanti a me ci sono tre porte aperte.

I passi di Hayden mi raggiungono e socchiudo gli occhi per un attimo, prima di voltarmi e sfoderare l'ennesimo sorriso.

Lui mi osserva con un cipiglio pieno di confusione.

«C'è un bagno anche al piano inferiore. Perché sei venuta qui?» domanda, guardandosi intorno.

Mi avvicino, armata di una sicurezza che non sapevo neanche di avere – e che non avrei se non fosse una questione urgente – e mi lancio su di lui.

«Cosa diamine stai facendo?» sbotta. «E perché non rispondi?»

Se dovessi parlare, lo manderei a quel paese. Con un sorriso malizioso, afferro il colletto della sua camicia e lo strattono. Per fortuna lui mi asseconda anziché protestare e riesco a spingerlo dentro uno dei servizi igienici, poi chiudo la porta.

I suoi occhi percorrono il mio corpo e so a cosa sta pensando.

«Charlotte.» Si passa una mano tra i capelli. È nervoso.

«Hayden», dico, dopo essermi schiarita la voce.

«Hai bevuto?»

«No», mento e faccio un passo verso di lui.

«E allora che stai facendo? Perché siamo qui?»

«Io sono venuta qui», lo correggo. «Tu mi hai seguita.»

Colpito e affondato.

Stringe i denti e io compio un altro piccolo passo.

Ora, se io fossi mentalmente più stabile e meno masochista, non farei quello che sta balenando nella mia mente. È un colpo basso da sferrare a me stessa, però non posso tirarmi indietro.

Mi avvicino a lui e lo guardo da sotto le ciglia, poi abbasso gli occhi sulle sue labbra.

«Charlotte», esala, intuendo le mie intenzioni.

Faccio scorrere le mani sul suo torace e i suoi occhi si infiammano di desiderio.

La dolce e cara vocina nella mia mente scoppia a ridere, imbarazzata e divertita.

«Non era Coop?» sussurro, evitando il suo sguardo e giocherellando con i bottoni della sua camicia. Mi accorgo che i primi sono già fuori dalle asole e la rabbia mi ribolle nello stomaco, di nuovo, mentre ripenso alle parole di Amy.

«Cooper, smettila.»

«No.»

«Hai bevuto», sentenzia. «*Smettila.*»

Sfioro la sua pelle e si irrigidisce.

«Charlotte, ne abbiamo già parlato. Smettila, adesso.»

«No.»

«Perché non fai mai quello che ti dico?» borbotta, ma sembra più una domanda rivolta a se stesso.

«Perché no.»

Sollevo la testa e tocco il suo naso con il mio. Lui socchiude gli occhi, sospira e contrae la mascella.

Si sta arrabbiando ed è proprio la reazione di cui ho bisogno.

«Smettila», ripete per l'ennesima volta, aprendo gli occhi di scatto, e mi serra i polsi nelle sue mani nel tentativo di respingermi. In realtà, mi attira a sé. «Basta. Ho un autocontrollo anche io e tu lo stai minando da quando sei arrivata», sibila a denti stretti.

È sufficiente questa frase a convincermi a eliminare qualsiasi distanza e spingere le mie labbra sulle sue.

Hayden si irrigidisce, la sua presa intorno ai miei polsi si fa più stretta, e rimane immobile quando mordo il suo labbro inferiore.

«Basta.» Parla sulla mia bocca, mantenendo gli occhi chiusi.

La sua bellezza mi travolge ogni volta. È un pugno dritto allo stomaco.

«Lo vuoi anche tu», sussurro.

Apre gli occhi e mi guarda. La mia sicurezza si sgretola lentamente.

E se non lo volesse davvero?

Il suo sguardo si incupisce, assume una vena animalesca e mi spinge contro la porta. Mi bacia con foga, le sue labbra voluttuose si muovono decise sulle mie, e il retrogusto di alcol mi invade la bocca.

Abbandona i miei polsi e incastra una mano tra i miei capelli, senza preoccuparsi di regolare la forza, e chiude il mio corpo tra il suo muro di muscoli e la porta.

I nostri respiri si fondono e mi scappa un mugolio.

Apro con mani tremanti qualche altro bottone della sua camicia, infilo le dita sotto il tessuto leggero e mi approprio della sensazione che Hayden ha cercato di negarmi fino a questo momento.

Con la poca lucidità che mi rimane, riesco a sfilare silenziosamente la chiave dalla toppa e la tengo stretta dietro la schiena. Mi costringo ad aprire gli occhi e, con la mano libera, spingo via Hayden, interrompendo il bacio.

«Vaffanculo, Hayden King.»

Nel momento stesso in cui spalanca gli occhi, apro la porta, esco e la sbatto con forza. Infilo la chiave nella toppa e, con una doppia mandata, la chiudo.

«Charlotte!» esclama lui. Dà un pugno contro il legno e io faccio qualche passo indietro. «Charlotte, che cazzo stai facendo? Apri questa maledetta porta!»

«Fottiti», ribatto. Lancio la chiave in aria e la riafferro, avvertendo a malapena il cellulare che vibra. «E divertiti, lì dentro», concludo soddisfatta.

«Charlotte, cosa credi di fare? Apri, adesso!» grida minaccioso, tirando un calcio alla porta.

Ridacchio e cammino spedita verso le scale, con il cuore che scalpita e l'adrenalina che pompa nelle vene. Raggiungo la sala principale e mi fiondo verso l'uscita d'emergenza. Spingo la porta scura e mi lascio l'edificio alle spalle.

«Muoviti!» grida Cindy.

Un taxi è in sosta davanti a me e, dal finestrino aperto, lei mi fa cenno di avvicinarmi. Attraverso la strada e salgo in auto.

«Possiamo partire», dice al tassista. «Com'è andata?» mi chiede.

«L'ho chiuso in bagno, come volevi tu.»

«Bene. Jackson è chiuso nel bagno del piano inferiore.» Dalla sua borsa sfila un cellulare che non le appartiene e aggrotto la fronte. «Gli ho fottuto anche il telefono. Hayden chiamerà di sicuro qualcuno per farsi liberare, ma impiegherà più tempo a trovare Jackson.»

Come se qualcuno le avesse letto nel pensiero, non appena termina di parlare, il cellulare di Jackson squilla. Entrambe abbassiamo lo sguardo sullo schermo. È Hayden.

«Non rispondere», le suggerisco.

Ignora il mio consiglio e accetta la chiamata, attivando il vivavoce.

«Jackson, Charlotte mi ha chiuso in bagno», esordisce Hayden. Soffoco una risata. «Vieni a liberarmi. Sono sicuro che...»

«Hayden», cinguetta Cindy. «Siediti sul cesso e rifletti sui tuoi errori. Avrai parecchio tempo per farlo.»

Non aspetta la sua risposta e interrompe la telefonata. Entrambe scoppiamo a ridere e il tassista sbircia attraverso lo specchietto retrovisore.

«Ho ricevuto un messaggio di Cameron», dice poi Cindy. «Ci farà entrare dal retro.»

Annuisco e mi rilasso sul sedile. Hayden sarà su tutte le furie e, quando riuscirà a liberarsi, proverà a cercarmi. Lo immagino proprio ora nella mia mente, mentre si passa le mani tra i capelli e sferra calci contro la porta. Mi dispiace, ma era necessario, e inizio perfino a credere che se lo sia meritato. Non amo giocare con nessuno e so di non poter rivendicare niente, ma non mi sembra corretto illudermi e poi fare sesso con l'ex sotto il mio naso. È irrispettoso perfino per lui. Avrebbe potuto aspettare la fine della festa, almeno.

Sono ridicola, ma sono anche troppo arrabbiata e gelosa per ragionare con lucidità.

Il taxi si ferma davanti al *Dirty* e, dopo aver pagato l'autista, Cindy mi trascina in un vicolo stretto. Bussa due volte all'unica porta presente che si apre qualche istante più tardi. Mi trovo davanti a un ragazzo vestito di nero.

«Venite», ordina a bassa voce.

«Grazie, Cameron», dice Cindy, poi mi spinge dentro.

«Non potete entrare vestite così», ci informa lui. «Dareste nell'occhio. Qui non bazzicano donne, a parte le spogliarelliste.»

«Che cosa significa?» domando.

Cameron si sporge per richiudere la porta. «Dovete cambiarvi. Oggi c'è una serata a tema. Vi ho preparato due vestiti, là dentro. Ci sono anche delle maschere: usatele», spiega, mentre indica una porta alla nostra destra. «Fate in fretta e non attirate troppo l'attenzione.»

Cindy si spinge verso di lui e lo bacia sulle labbra. «Grazie, sei un tesoro.»

«Mi devi un favore», ribatte lui.

Rivolgo lo sguardo altrove e attendo che i due finiscano di mangiarsi la faccia a vicenda. È imbarazzante.

Cameron poi va via e Cindy mi trascina dentro la stanza, che in realtà è uno spogliatoio. Appesi a un armadietto, ci sono due abiti neri da odalische con rifiniture dorate.

«Dobbiamo proprio indossarli?» borbotto.

Cindy si posiziona alle mie spalle e abbassa la zip del mio vestito. «Sì. Diamoci una mossa. Manca mezz'ora alla mezzanotte», sibila, al di sopra della musica attutita che proviene dal locale.

Ci cambiamo velocemente, attente ai rumori che ci circondano.

Come immaginavo, questi abiti lasciano davvero poco spazio all'immaginazione. Il tessuto è trasparente, la parte superiore si riduce a un semplice top che a malapena copre il seno, mentre quella inferiore è una gonna con due spacchi che arrivano ai fianchi.

«Siamo bellissime», commenta Cindy, ammirando i nostri riflessi allo specchio. «Dovrebbe diventare il nostro lavoro, non credi?»

La fulmino con lo sguardo, tenendo stretta tra le mani una maschera color oro, e lei infila le nostre cose dentro un armadietto.

«La pistola», le ricordo.

«Rimane qui. Qualcuno potrebbe notarla. I vestiti sono troppo trasparenti.»

Ha ragione. Non possiamo neanche infilarla nel top perché spunterebbe fuori. Riusciamo però a incastrare i nostri cellulari nelle coppe, perché potrebbero servirci.

«Andiamo», annuncia Cindy.

«Sì, andiamo.»

Il locale è gremito di persone. Una nube di fumo incombe sulle nostre teste e il pungente odore di sigari e sigarette mi fa storcere il naso. L'illuminazione è scarsa, l'oro si alterna al rosso, e non è d'aiuto. Le pareti sono fiancheggiate da divanetti neri e tavolini dello stesso colore. L'ampio soppalco, delimitato da una ringhiera, mantiene nascosto ciò che accade al suo interno grazie a una spessa tenda scura.

Sono presenti solo uomini di tutte le età. Le uniche donne sono ballerine. Alcune sono sul palco e si muovono in modo sensuale a ritmo di musica.

«E ora che facciamo?» mi chiede Cindy all'orecchio.

«Aspettiamo.»

Un uomo largo quanto il mio armadio e vestito completamente di nero si piazza davanti a noi.

«Tu», dice, indicando la mia amica. Lei ha già indossato la maschera; io, invece, la tengo stretta tra le mani. «Vai al tavolo diciannove.»

Cindy boccheggia, mi rivolge un'occhiata e segue l'uomo. Vorrei trattenerla, ma qualcosa mi suggerisce che non sarebbe la mossa giusta.

Mi avvio verso il bancone e mi sistemo in un angolo buio. Devo solo attendere il segnale, recuperare quello che mi appartiene, acciuffare la mia migliore amica e scappare da questo posto.

Mi accorgo di un ragazzo dai capelli scuri, in fondo alla sala, che mi fissa. È fermo con le mani infilate nelle tasche dei pantaloni eleganti. Si rende conto che lo sto guardando di rimando e piega le labbra in un sorriso. No, non è un sorriso. È un ghigno inquietante.

Distolgo subito lo sguardo e mi concentro sull'uomo seduto a qualche centimetro di distanza da me. Un cappello a cilindro copre il suo viso e, a testa bassa, sorseggia il suo drink.

Occupo lo sgabello accanto al suo e sospiro. È quasi mezzanotte.

Cerco Cindy con lo sguardo e all'inizio non la trovo, perché tutte le donne presenti indossano maschere identiche. Dopo qualche minuto, la intercetto e mi sento subito sollevata. Sta parlando con un ragazzo, sembra tranquilla.

«Perché sei seduta?» domanda l'uomo al mio fianco, senza alzare la testa.

Non rispondo e lui si gira. Due grandi occhi scuri, incastonati in un viso magro e delicato, fanno capolino da sotto il cappello. È una donna.

«Non sei una ballerina», prosegue.

«Sì, lo sono», mento, raddrizzando la schiena. «Lei…»

«Sono una donna, già», mi anticipa. Si sfila il cappello e una cascata di capelli scuri le ricade sulle spalle e sulla schiena. Si alza e spinge via il bicchiere.

«Indossa la maschera, *Charlotte Cooper*», dice.

Conosce il mio nome. Una sconosciuta ha appena pronunciato il mio nome.

Mi immobilizzo e la fisso. Lei, dopo avermi fatto l'occhiolino, si allontana.

Mi alzo in piedi e decido di seguirla. Si mescola ai presenti e mi faccio spazio tra la folla con i gomiti, finché una persona non cattura la mia attenzione e mi fermo.

Un uomo, poco distante da me, mi sta guardando. Ha i capelli biondi pettinati all'indietro e un paio di grandi occhi chiari che mi scrutano con fin troppo interesse. Per chissà quale motivo, il cuore mi schizza in gola. Ho la sensazione di aver già visto quello sguardo.

Sorprendentemente, lui solleva il calice verso di me e sorride.

Prima che possa anche solo prendere in considerazione l'idea di scappare, la musica si interrompe di colpo e diventa tutto buio. Un'onda di voci invade la sala. Qualche avventore urla, qualcun altro ride, altri protestano.

«È saltata la corrente. State calmi», grida qualcuno.

Capisco che questo è il segnale.

Sfilo il mio cellulare dal top e tento di illuminare il pavimento per non inciampare mentre cammino. Le persone non si accorgono di me, ed è meglio così perché non voglio attirare l'attenzione.

Il cuore mi martella nelle orecchie, i miei occhi fanno fatica ad abituarsi al buio, ma continuo ad avanzare decisa fino a un cartello affisso alla parete che segnala l'entrata dei bagni, dopodiché ripongo di nuovo il cellulare nel suo nascondiglio.

Le mie mani tremano come foglie quando le poso entrambe sulla maniglia della porta della toilette. Trattengo il respiro, la abbasso e mi infilo dentro. Faccio qualche passo avanti, ma i miei sensi percepiscono la presenza di qualcun altro. All'improvviso un sospiro. Sento solo un sospiro che non proviene da me e mi blocco. C'è davvero qualcuno.

Chiudo gli occhi e trattengo un lamento. Questa potrebbe essere una trappola e io potrei morire da un momento all'altro.

L'agitazione mi assale, le mani non smettono di tremare e rispedisco indietro le lacrime.

È stata una pessima idea. Venire qui è stato uno sbaglio.

La persona è dietro di me, i suoi passi leggeri e misurati scandiscono il tempo. Conto, penso ad altro, tento di concentrarmi sulla maschera chiusa ancora nella mia mano destra. Uno spostamento d'aria, poi qualcosa colpisce il pavimento.

Qualcuno sogghigna; è un suono lieve, impercettibile, ma mi fa accapponare la pelle.

Altri passi, questa volta che si allontanano. La porta si apre e si richiude l'attimo successivo.

Passano alcuni secondi e la stanza viene invasa dalla luce. Mi guardo intorno, giro su me stessa, ma non trovo nessuno, a parte una busta color ocra sul pavimento. Mi piego sulle ginocchia instabili e la afferro, rigirandola tra le mani. Non pesa, sembra addirittura vuota.

Mi sollevo proprio nel momento in cui il mio cellulare prende a vibrare e lo tiro fuori dal suo nascondiglio. È Cindy.

Mi affretto a uscire dal bagno. La musica copre i rumori e la sala è tornata alla normalità: le ballerine danzano e gli uomini chiacchierano tra loro. Intercetto Cindy e la raggiungo.

L'uomo con i capelli biondi è sparito. Non riesco a trovare neanche la donna, ma non mi voglio soffermare troppo.

«Andiamo via», sibilo all'orecchio di Cindy.

Camminiamo vicine e ci facciamo spazio tra la gente. Qualcuno commenta, altri tentano di allungare le mani ma arriviamo allo spogliatoio.

«Porca puttana», mormora Cindy, respirando affannosamente.

Mi sfilo il top e la gonna e li butto a terra. «Muoviti. Qualcuno mi stava osservando», dico, poi lancio la maschera in un angolo. Prendo il mio vestito rosso e lo indosso, mentre tengo stretta la busta con una mano.

Cindy fa lo stesso: si spoglia degli abiti da ballerina e si infila il suo vestito.

«Cos'hai in mano?» domanda.

«Una busta. L'ho trovata in bagno», spiego, prendendo le nostre pochette.

«Il black-out era il segnale, vero?»

«Sì.»

Apro la porta e le faccio cenno di stare zitta. Ci guardiamo intorno, ma di Cameron neanche l'ombra. Non abbiamo più tempo da perdere, perciò la trascino fuori.

L'aria fresca mi solletica la pelle e mi concedo di respirare a dovere, incamerando quanta più aria possibile.

«Chi ti stava osservando?» chiede Cindy.

«Non lo so.» Riprendo a camminare per il vicolo. Ora dobbiamo solo tornare alla festa e far finta di niente. «C'era un uomo… e una donna. Un ragazzo, anche. Non lo so, forse sono paranoica, ma la donna conosceva il mio nome», farfuglio, ma le parole si intrecciano. L'adrenalina scende in picchiata e spero di non svenire da un momento all'altro.

«Una donna?» continua Cindy, aumentando il passo per starmi dietro. «Erano tutti uomini!»

Ci fermiamo solo quando arriviamo alla strada principale. Qui siamo al sicuro. Almeno credo.

«C'era una donna, Cindy. L'ho vista e mi ha chiamata per nome.»

Ripercorro mentalmente l'accaduto e mille domande si affollano nella mia mente. Chi è quella donna? Come fa a conoscere il mio nome? E quell'uomo? Lui sa chi sono?

Mi passo una mano tra i capelli, strappo il fermaglio e batto il piede sul marciapiede.

«Cazzo!» esclamo frustrata.

«Ehi, calmati», dice Cindy. Posa le mani sulle mie guance e sorride. «Avrei sparato a chiunque, se avessi captato qualche pericolo.»

Lei non ha percepito il pericolo, ma io sì. «C'era qualcuno in bagno con me», sussurro. «E…»

Fissa un punto alle mie spalle e risucchia un fiotto d'aria. «Oh, cazzo», mi interrompe.

Seguo il suo sguardo e mi volto, pronta a scappare.

Gli occhi verdi del dottor Dream mi inchiodano e ho la netta sensazione che non sia esattamente contento di vedermi.

27

Hayden è furibondo. Mi fissa come se volesse strozzarmi con le sue stesse mani.

Jackson e Joe, invece, sembrano più che altro indispettiti. Il primo, in realtà, sta giocherellando con l'orlo della sua giacca e non ci sta neanche prestando attenzione.

Stringo la busta tra le dita tremanti e faccio un passo indietro.

«Me ne occupo io», sussurra Cindy.

Mi supera e si piazza davanti ai tre, dandomi il tempo di nascondere la busta dentro la pochette. Non credo che l'abbiano già notata, ma meglio essere previdenti.

«Ragazzi, che sorpresa!» esclama lei, allargando le braccia. «Bella serata, eh?»

Non capisco dove voglia andare a parare, ma farei qualsiasi cosa pur di evitare uno scontro con Hayden.

Cindy si blocca. Si porta le mani sulla bocca e guarda oltre i tre.

«Oddio…» mormora.

Joe aggrotta la fronte.

«E quello cos'è?» continua lei con voce incerta, mentre indica il vuoto alle spalle dei ragazzi.

Hayden rimane immobile, senza smettere un solo secondo di scrutarmi. Joe e Jackson, invece, si voltano, confusi.

«Cosa?» domanda l'ultimo.

Cindy mi afferra per un polso e inizia a correre, trascinandomi dietro di sé.

«Un cazzo», urla e solleva il dito medio per aria. «Vaffanculo, idioti!»

Vorrei battermi una mano sulla fronte, ma continuo a correre. I tacchi non sono d'aiuto e le caviglie tremano più volte in modo innaturale, mentre prego mentalmente di non cadere e non rompermi qualche osso.

Questo è imbarazzante, ridicolo e chissà che altro, ma non ho voglia di affrontare Hayden.

Non appena sento i passi dietro di noi farsi più vicini, tento di correre più veloce, però riesco a fare a malapena pochi metri e due mani forti mi artigliano i fianchi, tirandomi nella direzione opposta. Per fortuna, non si tratta di Hayden.

«Basta così», sibila Joe.

Jackson sfreccia accanto a noi, seguendo Cindy che, nel frattempo, ha preso velocità. Non so come ci sia riuscita ma, ora che ci faccio caso, le sue scarpe sono abbandonate sul marciapiede e lei è scalza. Urla qualcosa e non accenna a fermarsi.

Suo fratello, alle mie spalle, sospira. «Chissà dove cazzo crede di andare…» mormora.

«Vai, Cindy!» grido divertita e strattono le mani di Joe per liberarmi dalla sua presa.

Lei si volta verso di me per sollevare i pugni in aria, ma non si accorge di Jackson alle sue spalle che, con un balzo finale, riesce ad acchiapparla. Lei scivola sul marciapiede, sbatte il sedere, e lui la tiene ferma per le spalle.

«Ehi, lasciami!» ordina lei, mentre si dimena.

Hayden sorpassa me e Joe e si piega per raccogliere le scarpe di Cindy. Jackson, nel frattempo, se la carica sulle spalle come se fosse un sacco di patate.

«Senti, possiamo parlarne», protesta Cindy, battendo i pugni sulla sua schiena. «Mi dispiace. Non volevo lasciarti in bagno con i pantaloni abbassati. Giuro che non volevo», tenta di giustificarsi.

Joe mi spinge delicatamente verso la macchina, attento a non mollare i miei fianchi.

«Non voglio scappare», chiarisco.

«Sì, certo», borbotta.

Jackson ci supera. Cindy continua a sferrargli pugni sulla schiena e calci sullo stomaco, ma lui non si ferma.

Mi viene da ridere, ma basta una sola occhiata di Hayden a interrompere la mia risata.

Jackson sistema Cindy nei sedili posteriori e Joe fa lo stesso con me, poi occupa lo spazio vuoto tra me e la sorella. Hayden si siede al posto di guida e Jackson al suo fianco.

Cala il silenzio e io non oso aprire bocca.

«Posso sapere cosa diamine credevate di fare?» esordisce Joe d'un tratto, facendo sobbalzare Cindy. «Ora conoscete il pericolo che correte qui fuori e fate comunque tutto quello che vi passa per la testa? Vi abbiamo chiesto esplicitamente di non girare per la città da sole e voi cosa fate? Andate al *Dirty*!» La vena sul collo gli pulsa sottopelle e io la osservo.

«Al *Dirty*, cazzo! Un nightclub!» grida.

«Ma la vera domanda è: come cazzo avete fatto a trovarci?» interviene Cindy.

«Infatti», le do manforte. «Come avete fatto?»

Boston è grande e il *Dirty* è lontano dal luogo in cui si tiene la serata di beneficenza. È davvero improbabile che, stavolta, sia stata una botta di fortuna.

«Non è importante», risponde Jackson. «E lo sapete anche voi.»

«È importante, invece», ribatte Cindy, sporgendosi verso i sedili anteriori. «Cosa ci avete installato, eh? I microchip, tipo quelli per i cani?»

Joe ride nervosamente e io lo guardo, con gli occhi ridotti a fessure. «Joe», cantileno, con le braccia incrociate al petto.

Non è mai stato bravo a mentire, a differenza della sorella.

«Intercettazione», ammette infine.

«Grazie al mio telefono», aggiunge Jackson. Si volta per fulminare Cindy con lo sguardo che, dopo aver sospirato, estrae dalla pochette il cellulare e glielo restituisce.

«Fatemi capire bene», sibilo. «Avete seguito i nostri spostamenti?»

Joe annuisce. «Più o meno.»

Hayden ferma la macchina a un semaforo rosso. Non ha detto una sola parola, ma è furioso.

«Smettete di dare informazioni», dice. Il suo tono di voce è pacato, ma sta solo tentando di dissimulare la rabbia. «Sul serio. Finitela.»

Joe e Jackson annuiscono, dando ragione all'amico. Cindy non sembra dello stesso parere. «La prossima volta, butteremo i telefoni. Non preoccupatevi», borbotta a mo' di sfida.

«Non ci sarà una prossima volta, te lo posso assicurare», controbatte il fratello. «Posso sapere cosa diamine stavate facendo al *Dirty*?»

Non riesco a pensare ad alcuna giustificazione valida da rifilargli e guardo Cindy in cerca del suo aiuto.

«Un tizio mi doveva dei soldi», risponde lei. «E volevamo bere qualcosa. Semplice.»

«Semplice?» sbotta Jackson. «Avete chiuso me e Hayden in bagno per questa stronzata?»

Anche lui sembra arrabbiato. Immagino che sia poco carino ritrovarsi chiuso dentro un bagno. Chissà che gli ha fatto Cindy per farlo incazzare così.

«Sapevo che ci stavate tenendo d'occhio», spiega lei, con una scrollata di spalle. «E io dovevo davvero andare a recuperare dei soldi. L'idea dei bagni è stata mia, se vi interessa. Geniale, eh?»

«Perché qualcuno avrebbe dovuto darti dei soldi?» domanda Joe, mentre si massaggia il collo.

«Questi sono affari miei», ribatte Cindy.

L'auto arresta la sua corsa nelle vicinanze del palazzo della serata di beneficenza. Allungo la mano per aprire la portiera, ma Joe mi ferma per un polso e scuote la testa.

«No, basta così», chiarisce. «Ora torneremo tutti a casa.»

Trattengo a stento un lamento quando vedo Cindy scendere dall'auto.

«Joe, mi accompagni a casa?» chiede Jackson.

«Sì, vieni», risponde.

I due escono dall'abitacolo e, quando chiudono le portiere, vengo assalita dal panico.

«Anche io…»

«Tu stai ferma», mi interrompe Hayden.

Deglutisco e mi abbandono contro il sedile. Vorrei solo scomparire. La sfuriata che mi attende aleggia nell'aria.

Hayden fa ripartire l'auto ed evito in tutti i modi di guardarlo. Di tanto in tanto, però, quando non riesco a farne a meno, mi concentro sulla linea dritta della sua mascella.

Sono stata una stupida a credere di poterlo fregare così facilmente.

La busta che ho nascosto dentro la pochette pesa quanto un macigno. Ho voglia di aprirla e vedere cosa contiene, ma immagino sia meglio farlo senza Hayden nelle vicinanze.

Mi tornano in mente la donna, l'uomo e il ragazzo del club e sposto lo sguardo sul finestrino, tentando di trovare un collegamento. La donna mi conosce, ha pronunciato il mio nome; sull'uomo e sul ragazzo, invece, ho qualche dubbio. Mi stavano guardando in modo strano, come se sapessero qualcosa, ma potrebbero anche essere due semplici ospiti del nightclub. Mi domando se la busta sia da parte della donna, anche se al telefono l'altra sera ho sentito una voce maschile.

Mi passo una mano tra i capelli, nervosa. Quante persone sono coinvolte? Non posso avere uno schema preciso del nemico se non so neanche quanti diamine sono a darmi la caccia.

Sono talmente assorta nei miei pensieri che mi accorgo a malapena che ci siamo fermati nei parcheggi sotterranei del palazzo in cui vive Hayden.

Lui scende dall'auto senza dire niente e io lo seguo, in silenzio. Non mi guarda, non mi parla e mi dà le spalle perfino dentro l'ascensore.

Mi aspetto una bella ramanzina e so di meritarla. Non per la mia fuga, perché ho ancora il diritto di andare dove voglio senza dare spiegazioni, ma per lo scherzetto del bagno. Quello di sicuro non gli è piaciuto. Per niente.

Varchiamo la soglia dell'appartamento e Hayden armeggia con i bottoni della giacca. Io, invece, mi tolgo le scarpe, finalmente libera di camminare senza i tacchi a minare il mio equilibrio.

I minuti scorrono, scanditi dall'orologio appeso alla parete che ticchetta in modo fastidioso.

Hayden lancia la giacca sul divano e mi fronteggia. «Cosa cazzo stavi facendo al *Dirty*?»

Mi soffermo sulla camicia per metà sbottonata e sui vari tatuaggi che gli adornano il petto. Gli occhi cupi velati di rabbia lo caricano di un fascino che mi colpisce dritto tra le gambe.

«Niente. Volevo solo andare via dalla festa e Cindy doveva fare una cosa.»

«Stronzate. Tutte stronzate. Nessuno entrerebbe al *Dirty* per un po' di soldi.»

«Cindy conosce gente stramba, non è colpa mia», mento, dandogli le spalle per posare la pochette sul divano, vicino alla sua giacca.

«Stronzate!» ripete a voce più alta. «Dimmi la verità.»

Mi sposto in cucina e riempio un bicchiere. Lui mi segue, ma evito abilmente di guardarlo in faccia.

«Charlotte!»

«Non sono affari tuoi», rispondo pacata, dopo aver mandato giù un sorso d'acqua. Lo supero e torno in salotto, liberando i miei capelli da altri fermagli.

«Non sono affari miei? Non sono affari miei?» tuona.

«No.»

Chiude la mano sulla mia spalla e mi attira a sé, facendomi voltare tra le sue braccia.

«Non posso proteggerti se continui a raccontarmi stronzate», sibila.

«Non devi proteggermi», controbatto.

È vero, sono capace di badare a me stessa senza il suo aiuto. Ma ho paura, ho dannatamente paura per lui.

«Sì, devo.»

Sbuffa, frustrato. È così che, a volte, mi sento anche io. Frustrata. Frustrata perché vorrei capire e sapere tante cose, vorrei scavare nella sua mente e trovare le risposte che cerco.

«No», ripeto.

«Smetti di contraddirmi!» grida. «E smetti di dire stronzate, Charlotte. Per qualsiasi motivo, d'ora in poi, non dovrai più allontanarti senza prima avvisarmi. Sono stato chiaro?»

Scoppio a ridere e butto la testa all'indietro. «Va' a farti fottere. Io vado dove mi pare, quando mi pare, senza avvisare nessuno. Ho venticinque anni, faccio quello che voglio.»

Un gemito basso gli vibra in gola e non ribatte. Si limita a camminare avanti e indietro e si passa la mano più volte tra i capelli, il suo gesto abituale per esternare il nervosismo.

Ma io sono ancora arrabbiata con lui.

«Spero ti sia divertito», dico d'un tratto.

Si blocca e la sua figura sovrasta la mia, nettamente più piccola.

Pochi centimetri separano i nostri corpi e sono costretta ad alzare il mento per guardarlo.

«Divertito?» ripete confuso.

«Divertito, sì.»

«Non ti seguo.»

Esibisco un sorriso tirato. «Con Amy. Mi ha detto di... voi due.»

Mi viene voglia di vomitare quando l'immagine di loro due, avvinghiati in chissà quale modo, si presenta nella mia mente. E so che non mi è concesso, che non dovrei neanche darci peso, ma non riesco a scacciare via quei pensieri. Non riesco a liberarmi della gelosia che mi stritola lo stomaco.

«Non ti seguo», ripete ancora, piegando la testa. Mi studia per una manciata di secondi e il suo sguardo muta. «Ho capito», aggiunge infine.

Certo! Le cose si fanno in due, dopotutto.

«Be', tranquillo. Non mi importa un cazzo di voi due», mento. Aggiro il suo corpo statuario e lo supero. Voglio togliermi questo vestito e buttarmi sotto le coperte. Non mi concedo spesso di lasciarmi andare a scenate, ma, se perdessi la bussola, stavolta non saprei controllarmi, ne sono certa. La rabbia mi pulsa nelle vene, nella testa e nello stomaco.

«Charlotte», cantilena.

«Potete scopare quanto volete, anche nei cessi.»

Ogni parola che fuoriesce dalla mia bocca aumenta la mia ira. Devo fare una doccia fredda e calmarmi, perché non ho alcun diritto di comportarmi così con Hayden.

«Charlotte.»

«Senti, vaffanculo», borbotto.

Non faccio in tempo ad aprire la porta della camera degli ospiti, perché afferra la mia mano e mi fa voltare, spingendomi contro la parete.

«Allora», inizia. Appoggia una mano vicino alla mia testa e si piega in avanti per far arrivare i suoi occhi all'altezza dei miei. Incrocio le braccia al petto, indispettita. «Credo di sapere cosa ti abbia detto Amy. La conosco fin troppo bene.»

«Appunto.»

«E non è ovviamente successo niente, ma non sono affari tuoi», continua, con il suo solito sorrisetto sghembo.

Inarco un sopracciglio. «Ah, no?»

Non so neanche a quale delle sue affermazioni mi stia riferendo. A entrambe, forse.

«No», ripete. «Niente di niente.»

I suoi occhi sembrano sinceri, ma non ho intenzione di farmi abbindolare da lui. È bravo a mentire, a nascondere le sue vere emozioni dietro la maschera che si è cucito addosso.

«Ha detto di aver capito che io non sono un pericolo», ammetto.

«Perché dovresti esserlo?»

«Non lo so. L'ha detto lei. Immagino si riferisse alla vostra relazione», spiego, sciogliendo le braccia e lasciandole ricadere sui fianchi.

Non posso avere la certezza che lui stia mentendo e non posso neanche essere sicura delle parole di Amy. Come si dice? Innocente fino a prova contraria.

«Smetti di farti condizionare da quello che ti racconta Amy. È ferita, non sa quello che dice.»

«Non mi sembrava così ferita mentre ti spalmava le mani addosso, durante la festa.»

Il sorriso di Hayden si allarga. «Sei gelosa?» mi pungola.

Boccheggio, incapace di ribattere per le rime.

Sì, dannazione, sono gelosa. Sono gelosa perché ad Amy è concesso averlo. Sono gelosa perché lui non vuole complicare le cose e io voglio che mi faccia sua.

«Io non sono gelosa!» esclamo piccata. «Che assurdità.»

Solleva le sopracciglia. «*Ovviamente*.»

«Puoi fare quello che vuoi», balbetto imbarazzata.

Poso le mani sul suo petto, lo spingo via e scappo in cucina. Sento i suoi passi dietro di me e, dato che non so come cambiare discorso, tento almeno di comportarmi in modo normale.

«Charlotte.»

«Fottiti, Hayden.»

«Charlotte.»

«Cosa vuoi?» sbotto.

Lui appoggia una spalla al frigorifero e mi guarda senza parlare. Mantiene saldo il ghigno sul viso e i suoi occhi lascivi percorrono il mio corpo, seguono ogni singola curva e mi accarezzano la pelle.

Deve smettere di comportarsi così. Non può rifiutarmi e continuare a guardarmi in questo modo.

«A cosa stai pensando?» chiedo a bassa voce.

I suoi occhi chiari si fermano nei miei. Ci fissiamo per istanti interminabili.

Una scintilla si accende in un luogo proibito e stringo le gambe, a disagio.

«È da tutta la sera che vorrei toglierti quel vestito», ammette d'un tratto, con naturalezza.

L'affermazione è così forte che mi tremano le ginocchia e mi aggrappo al marmo dietro di me per non rovinare al suolo.

Non dovrei farlo, non dovrei dire quello che sto pensando. Dovrei scoppiare a ridere, fare finta di niente, magari tirare fuori dal mio repertorio qualche battuta infelice, ma non posso frantumare l'ultima possibilità che mi è rimasta di ottenere quello che voglio.

Perché voglio lui. Voglio il suo corpo. Voglio tutto.

«Fallo», sussurro.

Il suo sorriso si allarga. «Non posso.»

«Sì, invece. Puoi.»

Dovrei sentirmi stupida. Dovrei sentirmi in imbarazzo. Dovrei vergognarmi per il modo in cui lo sto praticamente pregando di togliermi questo dannato vestito.

Tuttavia, non arriva niente. Il desiderio di farmi possedere è troppo forte, troppo invasivo, si è incastrato tra le costole. Voglio solo mettere fine a questa agonia.

So di avergli tirato un colpo basso, questa sera, ma faceva tutto parte del piano di Cindy. Se le condizioni fossero state diverse – Amy compresa – non avrei esitato un attimo a oltrepassare il limite.

So quello che desidero ed è proprio davanti a me, in questo preciso istante.

«No, Charlotte. Non si può», ripete Hayden, serio.

Avanza lentamente verso di me, come un predatore che sonda la reazione della sua preda. Deglutisco a fatica quando si ferma. Afferra una ciocca dei miei capelli e la osserva.

«Anche se vorrei. Vorrei davvero tanto», aggiunge a bassa voce e non sono sicura che stia parlando con me.

«Perché non si può?»

«Perché voglio che tu vada via», afferma con sicurezza. «Devi andare via, prima che sia troppo tardi.»

Adesso capisco. Hayden è convinto che non andrei via da Boston, se dovesse spingersi oltre.

«Non andrò da nessuna parte. È una partita persa dal principio», ribatto.

«Coop.»

«Non me ne andrò. Arrenditi. La mia vita è qui; la mia famiglia è qui. Non andrò da nessuna parte.»

«Non puoi stare qui. Vogliono ucciderti. Non capisci.»

«Certo che capisco, ma rimarrò qui. Non me ne andrò, e il tuo non voler complicare la situazione non avrà avuto ugualmente senso. La situazione è già complicata.»

Il suo sguardo intenso fa impazzire il mio cuore. Vorrei ribaltare le sue convinzioni, ma lui è risoluto, fermo sulla sua stupida posizione, e scuote la testa. Lascia ricadere la mia ciocca e si allontana.

Mi ha di nuovo rifiutata. Il mio orgoglio ruggisce, ferito nel profondo, e chiudo gli occhi.

I suoi passi si arrestano. Sbircio attraverso le palpebre socchiuse e noto che si è fermato.

Il tempo si dilata e scandisce il ritmo della mia agonia.

«Vaffanculo», sibila tra i denti, prima di voltarsi verso di me, raggiungermi con due lunghe falcate e far scontrare le nostre labbra.

Non c'è calma, non c'è delicatezza, c'è solo un desiderio seppellito che finalmente trova il modo di riemergere. Non ci prendiamo neanche il tempo per abituarci l'una all'altro, l'urgenza spazza via qualsiasi dubbio.

La sua lingua accarezza il mio labbro inferiore, poi mi scivola in bocca mentre le sue mani artigliano con forza i miei fianchi, come a voler imprimere le sue dita nella mia pelle. Tento invano di sollevare le braccia per poterlo toccare, ma non me lo concede perché mi blocca i polsi dietro la schiena. Gli mordo il labbro superiore per fargli intuire la mia disapprovazione. Con la mano libera mi accarezza la schiena, disegna una linea rovente, poi risale fino alla nuca, chiude i capelli nel pugno e tira. La sua bocca si avventa sul mio collo, lascia una scia umida che fa scoppiettare qualcosa tra le mie gambe e mi sfugge un gemito quando si concentra sul punto sensibile dietro l'orecchio.

Il suo respiro caldo si sposta di nuovo sul collo e lui mi bacia, bacia ogni singolo lembo di pelle fino alla spalla. Non riesco a soffocare i gemiti, strattono un polso e lo sfilo dalla sua presa.

Hayden si getta di nuovo sulle mie labbra con foga, spingendomi con veemenza contro il marmo dietro di me, e mi serra in una morsa ancora più ferrea.

Allaccio le mani dietro la sua nuca, faccio scorrere le dita tra i suoi capelli, beandomi della loro morbidezza. Il bacio è scoordinato, le lingue si sfiorano e si scontrano.

Tento di sbottonare la sua camicia, ma sto tremando; è un'impresa ardua perciò, alla fine, quasi in preda alla disperazione, stringo due pezzi della stoffa tra le mani e li strattono con forza, troppa forza. I bottoni saltano via e la camicia si strappa.

Perdo il contatto con le sue labbra e apro gli occhi, mentre lui mi fa voltare come se fossi una bambola di pezza e sento le sue mani armeggiare con la zip.

Il suo viso è nascosto nell'incavo del mio collo; fa scorrere le labbra, provocandomi piacevoli scariche di brividi, e abbassa lentamente il mio vestito, sfiorandomi la spina dorsale con i polpastrelli.

Stringo il labbro inferiore tra i denti fino a farmi male per tentare di non gemere un'altra volta quando Hayden mi morde la spalla.

Le mie mani formicolano, sento il bisogno viscerale di toccarlo, di muovermi, ma resto immobile per dargli la possibilità di farmi ciò che vuole.

Hayden lascia andare il mio vestito che cade sul parquet e adesso sono consapevole di essere quasi nuda davanti ai suoi occhi, esposta e vulnerabile.

Mi fa voltare di nuovo; questa volta, riesco a incrociare il suo sguardo per qualche istante, e posa la sua fronte sulla mia. Il ritmo del mio cuore segue quello del suo.

Mi prendo del tempo per ripassare con le dita i suoi tatuaggi. Traccio linee con i polpastrelli e la sua pelle è bollente sotto il mio tocco, poi alzo il mento, fissando i miei occhi nei suoi. Sfilo lentamente la sua camicia che raggiunge il mio vestito e l'eccitazione sfreccia libera lungo il mio corpo, colpendo dritta tra le cosce.

Le sue mani agganciano le mie natiche e mi sollevano con facilità; di riflesso, allaccio le gambe intorno alla sua vita. Mi bacia con trasporto, la tensione cresce e il mio corpo freme come mai prima d'ora. S'incammina verso il corridoio, poi sferra un calcio contro la porta della sua camera con una forza tale da far tremare i cardini.

La stanza è immersa nel buio.

Passo la lingua sul suo labbro inferiore e Hayden emette un piccolo gemito che rischia di farmi impazzire.

Mi adagia sul letto, ma mi sollevo di scatto e faccio scorrere le mani sul suo torace, finché non trovo la cintura dei suoi pantaloni che slaccio senza tante cerimonie. Lui se ne libera e mi spinge sul materasso, sovrastando il mio corpo con il suo.

Il suo respiro caldo mi solletica il volto, ma non mi bacia; mi sfiora delicatamente gli zigomi, scende fino alle clavicole, poi più giù fino al ventre.

Sussulto quando una sua mano si posa sui miei slip e, con un movimento secco, li abbassa e li sfila. Mi fa aprire le gambe e io inarco la schiena d'istinto, mentre inizia a massaggiare il mio centro con il pollice, facendomi perdere anche l'ultimo barlume di lucidità.

Gli unici suoni che spezzano il silenzio sono provocati da me, dai miei gemiti continui.

Le sue labbra tornano allora sulle mie, ma la sua mano non lascia la mia intimità, stimolandola con il suo tocco. Mi aggrappo alle sue spalle, le sue dita si fanno spazio dentro di me e mi spingo contro la sua mano.

Hayden si avventa sul mio collo mentre sento la piacevole sensazione al basso ventre crescere, finché non esplode grazie ai suoi movimenti abili.

Ricomincio a respirare in modo regolare solo dopo un po', ma tengo gli occhi chiusi.

Hayden si puntella sui gomiti; scaccio via l'imbarazzo e lo osservo, abituandomi lentamente al buio. Lui si alza e si allontana.

Il riverbero di luce notturna mi permette di individuare la sua figura vicino al letto. Apre un cassetto del comodino, prende qualcosa e lo richiude.

Mi sollevo a sedere e gli afferro il polso, attirandolo sul materasso che affonda sotto il suo peso. Lo spingo per le spalle e mi metto a cavalcioni su di lui.

Afferro l'elastico dei suoi boxer e lo strattono, facendo poi scivolare l'indumento fino alle sue caviglie. Mi sistemo su di lui che prova ad alzarsi, ma lo fermo e lo spingo di nuovo giù.

Emette una debole risata, forse divertito dalla mia improvvisa presa di posizione, ma, quando inizio a tracciare con i polpastrelli le linee dei suoi muscoli, ammutolisce. Le mie dita vagano sul suo corpo e la sensazione della sua pelle sotto di me riesce ad appagarmi.

Ho passato giorni a immaginarlo così, proprio come sta accadendo adesso.

Abbozzo un sorriso e osservo l'espressione di Hayden che muta non appena sfioro la sua erezione con le dita.

«Charlotte», mi richiama serio e io inizio a muovere la mano su e giù.

Il mio momento di gloria finisce qualche istante dopo, perché inchioda le mie mani dietro la schiena e mi bacia con urgenza.

Apro gli occhi quando perdo il contatto con le sue labbra morbide e noto che sta tastando le coperte intorno a noi alla ricerca di qualcosa. Non appena la trova, riconosco la bustina di un preservativo. Strappa l'involucro con i denti e torna sulle mie labbra. Indossa il preservativo e mi penetra con una sola stoccata.

Il dolore è lacerante e allora conficco le unghie nella carne delle sue spalle. I suoi muscoli si irrigidiscono per impedirmi di fargli davvero male.

«Cosa c'è?» chiede nel mio orecchio, all'improvviso preoccupato dalla mia rigidità.

Non rispondo, dato che non mi sembra il momento esatto per aprire un dibattito sulla mia scarsa vita sessuale degli ultimi mesi. Avrei preferito che non si accorgesse di nulla, ma non posso anticipare le reazioni del mio corpo, e a Hayden sfuggono pochissime cose.

Trovo le sue labbra e lo bacio, mentre mi muovo con cautela su di lui, finché il fastidioso bruciore non si allevia. Stringe i miei fianchi con le mani, poi sposta la bocca e mi morde una spalla, lasciando il segno dei suoi denti, e si avventa sul mio collo.

A un tratto, mi fa sollevare, esce da me e ribalta la nostra posizione, spingendomi con poca grazia sul materasso. Non mi dà il tempo di protestare: si mette tra le mie gambe e riprende ciò che aveva interrotto, stavolta con più impeto.

Infilo le dita tra i suoi capelli, tiro qualche ciocca e lo costringo a ritornare sulle mie labbra. Le spinte si fanno più decise e allaccio le gambe intorno alla sua vita per avvicinarmi ancora di più.

In un frangente di lucidità, non posso fare a meno di notare la sensazione di strana familiarità che mi invade, come se i nostri corpi non fossero estranei l'uno all'altro.

Tuttavia, non ho il tempo di rifletterci su perché la scintilla al basso ventre si trasforma in un incendio che sbriciola ogni pensiero.

Il respiro di Hayden si mischia al mio, mentre lui mi bacia con più trasporto, senza regolare la forza, mozzandomi il fiato.

Incastra una mano tra il mio fondoschiena e il materasso per attirarmi a sé, aumentando così il contatto tra di noi. Mi spingo contro di lui e mi dimeno quando arrivo al limite. Lo sento gemere più forte di prima, le spinte diventano disordinate, ruota i fianchi e questo basta a far esplodere il mio piacere, mentre pronuncio il suo nome. Le ultime stoccate sono scandite dai gemiti di Hayden e la sua voce si strozza non appena raggiunge l'orgasmo.

Respira con difficoltà nel mio orecchio, tentando di riprendere fiato, proprio come sto facendo io. Poi, si accascia sul mio corpo e la sua presa si allenta.

Lentamente, torna a regnare il silenzio.

28

Marzo

L'UOMO, fermo di fronte alla finestra all'interno del suo studio personale, manteneva gli occhi puntati sugli alberi rigogliosi che si stagliavano contro il cielo e sull'erba sottostante, beandosi di quei pochi momenti di solitudine che gli erano concessi. L'aria, quel pomeriggio, era più calda rispetto ai giorni precedenti e la primavera, finalmente, cominciava a farsi sentire.

Qualcuno bussò tuttavia alla porta, facendo riemergere l'uomo dal mare dei suoi stessi pensieri.

«Avanti», disse e si voltò in direzione dell'ospite che varcava la soglia.

«Signore, mi perdoni», asserì l'altro, abbassando appena il capo.

«Parla, Luca. Non ho tutto il giorno», lo ammonì l'uomo, mentre si sedeva sulla poltrona.

«Sua figlia ha mandato un pacco.»

«Un pacco», ripeté dubbioso.

«L'ho aperto», ammise Luca.

L'uomo non si scompose e annuì. D'altronde, Luca era il suo braccio destro da svariati anni, si fidava ciecamente di lui.

«E cosa conteneva?» domandò.

«Solo alcune foto che, secondo i suoi figli, potrebbero interessarle.»

«Sono riusciti ad avere le informazioni che ho chiesto?»

Luca scosse la testa. Di nuovo, l'uomo non si sorprese. I suoi figli erano bravi in quello che facevano, scaltri come pochi altri, ma non veloci come lui avrebbe voluto.

«Cleo sostiene di aver trovato qualcosa. Ha lasciato anche un biglietto. Dia un'occhiata», continuò Luca, sedendosi di fronte al suo capo e allungando una busta di carta.

L'uomo, ormai annoiato e poco fiducioso, fece comunque come l'altro aveva chiesto e svuotò il contenuto sulla scrivania. Posizionò le fotografie in fila e le osservò per qualche istante, in silenzio.

«Cosa dovrebbero suggerirmi, di preciso?» chiese.

Non era più solo annoiato, no; iniziava anche a sentirsi vagamente irritato. Non aveva molta pazienza e non amava perdere tempo.

«Sua figlia sostiene di aver trovato qualcosa che le potrebbe interessare», ripeté ancora Luca.

«Cleo viaggia troppo con la fantasia», ribatté l'uomo, dopo aver abbassato gli occhi chiari sulle foto. «Immagino che questo sia lui, giusto? Ha una maschera», proseguì e picchiettò l'indice sul ragazzo.

«Sì, è lui.»

«Uhm», mormorò. «E quindi?» Posò i gomiti sulla scrivania e guardò Luca.

«Secondo sua figlia, dovrebbe concentrarsi sulla ragazza», spiegò, con il dito puntato sulle altre foto.

«Luca», sibilò a denti stretti l'uomo. «La ragazza indossa una maschera. Potrei almeno sapere di chi diamine stiamo parlando?»

Luca indietreggiò sulla sedia, quasi intimorito dal tono minaccioso del suo capo che, con le palpebre ridotte a due fessure, lo stava fissando.

«Non lo sappiamo. Sua figlia non ha dato queste informazioni», rispose.

L'uomo roteò gli occhi per l'ennesima volta e si massaggiò le tempie.

«Però...» continuò l'altro, prendendo la busta. «Guardi.»

L'uomo arricciò annoiato le labbra e osservò il suo braccio destro che estraeva l'ultima foto dalla busta. La posò davanti a lui che, non appena notò la ragazza, aggrottò la fronte. Si prese del tempo e Luca non emise un solo suono, limitandosi ad aspettare.

L'uomo esaminò ogni dettaglio: i capelli lunghi, il naso grazioso, le gambe slanciate coperte da un vestito rosso e lo sguardo divertito. In quella foto, il volto della sconosciuta non era più nascosto dalla maschera. Si concentrò sugli occhi: scuri, quasi neri, grandi e che riuscirono a smuovere qualcosa dentro di lui.

Strinse la mascella. «Chi è?» sibilò.

«Non lo so, ma legga il biglietto.»

L'uomo sfilò dalla busta il biglietto bianco piegato con cura e lesse le poche parole scritte: *Figlia di Ginevra Venturini*.

Gli parve perfino di sentire gli ingranaggi del suo cervello muoversi, mentre una sensazione piacevole gli serpeggiava lungo la schiena.

Aveva già sospetti sulla donna, ma quella frase poteva rappresentare una conferma alle domande che lo perseguitavano da settimane.

«Mettiti in contatto con Cleo, Marcus e Claudio», ordinò e sollevò gli occhi verso Luca.

«Non posso e lo sa.»

«Allora manda qualcun altro a Boston. Voglio sapere tutto di questa ragazza», continuò, parlando più velocemente di quanto avesse mai fatto. Si alzò e iniziò a camminare per la stanza, avanti e indietro. Anche Luca si mise in piedi.

«Tutto», ripeté l'uomo.

Luca, che conosceva il suo capo quasi meglio di se stesso, inarcò un sopracciglio.

«Sta pensando a lei?» mormorò.

«Sì. Sto pensando proprio a lei», affermò l'uomo, bloccandosi davanti alla scrivania.

«Signore, Boston è grande. Non è possibile che abbia incontrato Daniel per pura casualità.»

«Non conosci le coincidenze?»

«Sì, ma…»

Bastò uno sguardo dell'uomo per zittire Luca, che strinse la mascella.

«Niente ma», rispose. Afferrò una fotografia, quella dei due ragazzi, e la osservò attentamente, sfiorando le loro sagome con i polpastrelli.

«Sarebbe una coincidenza quasi fantascientifica», disse Luca a bassa voce, udibile solo alle orecchie attente dell'uomo.

«Forse», ammise. «Ma non mi sorprenderebbe.»

Si soffermò sul ragazzo della foto. «E poi, gli uomini della nostra famiglia hanno un debole per gli occhi scuri, dovresti saperlo. I geni non mentono, mio caro amico», aggiunse, prima di abbandonare il suo studio.

29

Rannicchiata sotto le coperte, sento il respiro di Hayden direttamente dietro di me e sono quasi sicura che non stia dormendo.

Non so quanto tempo sia passato, ma va bene così. Non ho la necessità di riempire il silenzio.

«Coop», mi chiama lui d'un tratto.

«Sì?» chiedo, continuando a dargli le spalle.

«Mi hai distrutto la schiena.»

Impiego qualche istante per capire e, quando riesco a ricordare un particolare frangente del nostro attimo di passione, le mie guance avvampano.

Mi volto verso di lui, che sta fissando il soffitto con le mani incrociate dietro la testa.

«Scusa, non volevo, mi dispiace, io…»

Il mio tentativo di trovare una giustificazione valida viene bloccato dalla sua risata.

«Sto scherzando», afferma, con un sorriso. «Anche se sono sicuro di avere qualche graffio, in effetti.»

Lascio andare un lamento appena udibile e tiro le coperte fino alla fronte. Ora vorrei solo seppellirmi. Non pensavo di averlo graffiato sul serio, ma ammetto di non aver avuto chissà quanto autocontrollo, poco fa.

«Dovresti tagliare le unghie. Sul serio, potresti diventare pericolosa.»

Lo stronzo si sta divertendo.

«Smettila», piagnucolo imbarazzata. Ride di nuovo e io sbuffo. «Parla di altro, se proprio non riesci a tenere la bocca chiusa.»

Hayden strattona le coperte, scoprendo il mio viso. Per fortuna, la poca illuminazione aiuta a camuffare il colorito che ho assunto. Lui mi guarda negli occhi e sorride.

I suoi capelli sono un groviglio disordinato, segno del passaggio delle mie mani, e le sue labbra carnose sono ancora arrossate e leggermente gonfie. Credo di non avere mai visto niente di più bello in vita mia. Riesce sempre a togliermi il fiato.

«Di cosa vorresti parlare?» chiede, puntellandosi su un gomito.

«Non lo so.» Abbasso lo sguardo sulla sua bocca e deglutisco, cercando di tenere a bada l'impulso di avvicinarmi. «Dov'è tua sorella?» chiedo di getto. È la prima cosa che mi è venuta in mente. Pur di cambiare argomento, parlerei anche del colore delle pareti.

«A Chicago.»

«Siete in contatto?»

«Ovviamente sì. Mi telefona quasi tutti i giorni.»

«Che lavoro fa?»

Inarca un sopracciglio. «Perché queste domande?»

«Non so molto di te», ammetto, con una scrollata di spalle.

«Uhm.» Solleva una mano e sposta una ciocca dei miei capelli, sistemandola dietro l'orecchio. Ho di nuovo l'impulso di avvicinarmi e di toccarlo. «Sai molto di me, invece», sussurra.

«So quello che ti è successo anni fa», puntualizzo. «Nient'altro.»

«E ti sembra poco?»

Scuoto la testa. «No, no. È solo che vorrei sapere di più.»

«Che novità…»

«Sono curiosa.»

«Sei *troppo* curiosa», commenta, poi accosta il suo viso al mio.

Spedisco indietro la voglia di diminuire le distanze, ma lascio vagare il mio sguardo. Le coperte gli coprono a malapena i fianchi e il suo petto è un dolce richiamo per le mie mani.

Spingo la guancia contro il cuscino ed evito di guardarlo negli occhi, concentrandomi sull'iniziale del nome della madre tatuata sopra la clavicola.

«Preferisci il nome Hayden o Daniel?» chiedo.

«Hayden», risponde. «Ormai sono abituato a sentirmi chiamare così.»

«A me piace anche Daniel.»

«Non puoi chiamarmi Daniel in pubblico, Coop», mi ricorda. Sposta un'altra ciocca dei miei capelli. Ignoro i brividi che percorrono la mia spina dorsale e tento di arretrare per sfuggire al suo tocco. «In privato, invece, puoi chiamarmi come ti pare.»

«Sono abituata a chiamarti Hayden. È così che ti ho conosciuto e non riuscirei a chiamarti diversamente. Daniel è un nome bellissimo, ma sei Hayden, per me.»

Appoggia il mento sul palmo della mano e annuisce. «Sai, vero, che questo dovrà rimanere tra me e te?»

«Cosa?» domando.

«Questo», ripete, indicando lo spazio che ci divide con un cenno della testa. Così capisco.

«Non ho intenzione di rendere pubblica la mia vita sessuale, puoi stare tranquillo», mormoro a bassa voce. Anche senza il suo avvertimento, avrei evitato di parlarne a qualcuno. Cindy è un'eccezione, ma Hayden non deve saperlo.

«Non mi dispiacerebbe, se fosse diverso», aggiunge. «Ma sarebbe un disastro.»

«Cioè?»

Scuote la testa. «Niente.»

Sono sicura che non mi stia dicendo tutta la verità, di nuovo. È ormai una sensazione che ho spesso, quando si tratta di Hayden King.

«Non è un niente. Cosa intendi dire?» continuo.

«Niente», ripete.

Affilo lo sguardo, seria. «Hayden.»

Lui scosta le coperte e, con uno sbuffo, abbandona il letto. I miei occhi indugiano sul suo fondoschiena scolpito ora coperto dai boxer.

«Smetti di fare domande», ribatte. «Non si fanno domande dopo aver fatto sesso.»

Si incammina verso la porta e scatto a sedere.

«Hai iniziato tu a parlare!» protesto ad alta voce.

Fa un cenno vago con la mano e sparisce nel corridoio, liquidandomi.

Continua a nascondermi qualcosa e non sopporto le cose poco chiare. Inizio a odiare tutti questi segreti.

Mi ributto sul materasso con uno sbuffo sonoro, ma i passi di Hayden si fanno più vicini e sbircio da sotto le coperte. Lui entra in camera con un ghigno divertito stampato in faccia e mi lancia addosso la sua camicia.

«L'hai distrutta», constata soddisfatto.

Gemo per la frustrazione e sotterro il viso nel cuscino, mentre lui ride di gusto un'altra volta. Dio, lo odio quando si comporta così.

Scendo dal letto solo quando Hayden si chiude in bagno e cerco qualcosa con cui coprirmi. Non trovo il mio vestito e mi accontento della sua camicia. I bottoni sono quasi tutti spariti e mi copre a malapena il sedere.

Esco dalla stanza, tentando di non produrre alcun rumore, e passo accanto al bagno. Non mi sono dimenticata della busta che ho recuperato al *Dirty* e ho la necessità di esaminare il contenuto.

Devo solo aprirla e scoprire cosa contiene prima che Hayden se ne accorga. Semplice.

La porta del bagno si spalanca e Hayden si sporge. Mi blocco e, a disagio, tiro la camicia per cercare di coprirmi di più. Tuttavia, lui mi squadra dalla testa ai piedi senza pudore ed esibisce un ghigno.

«Mi faresti un favore?» chiede. Mi limito ad annuire. «Nella camera degli ospiti, dentro l'armadio, dovrebbero esserci gli accappatoi puliti. Potresti portarmene uno?»

Annuisco di nuovo e sfilo davanti a Hayden per raggiungere la stanza. Neanche questa volta mi risparmia dall'imbarazzo e ridacchia.

Recupero un accappatoio e torno in corridoio. Trovo la porta socchiusa e, titubante, busso.

«Entra, non ti mangio», commenta dall'interno, superando il rumore dell'acqua che scorre con la sua voce.

Tento in tutti i modi di reggere l'accappatoio e in contemporanea di tenere chiusa la camicia perché sotto sono nuda. Non è stata una buona idea indossarla. Mi fermo e metto a fuoco la sagoma di Hayden attraverso i ghirigori del vetro spesso della doccia.

L'anta principale si apre all'improvviso, lui allunga una mano, mi acchiappa per un polso e mi trascina all'interno del box doccia.

Il getto dell'acqua mi colpisce la testa e chiudo gli occhi. «Hayden!» urlo, facendo cadere l'accappatoio.

Lui ridacchia. «Scusa.»

«I miei capelli erano puliti, ma grazie lo stesso.»

Mi prende per i fianchi e mi attira a sé, così soffoco l'imbarazzo e riapro gli occhi per guardarlo. I suoi capelli sono zuppi e osservo le gocce d'acqua scivolare libere sul suo torace.

«Avresti potuto chiedermi di fare una doccia con te», sussurro, poi sposto lo sguardo sulle sue labbra. Senza indugiare, gli appoggio le mani sul petto.

«Troppo poco teatrale», sogghigna.

In una frazione di secondo la sua bocca è sulla mia e zittisco qualsiasi dubbio stupido e inutile.

L'acqua scorre sulle nostre teste, il mio respiro si affanna non appena Hayden intensifica il bacio, incastrando una mano tra i miei capelli per tenermi ferma.

La camicia ormai grondante d'acqua mi si appiccica addosso come una seconda pelle, ma Hayden non perde tempo e me la sfila. Mi spinge con un movimento secco e la mia schiena picchia contro le piastrelle, provocandomi un dolore leggero che non mi dispiace.

Lo lascio fare ancora una volta, gli permetto di toccarmi dappertutto, le sue mani vagano per il mio corpo e raggiungono ogni punto sensibile.

Il sapore della sua bocca mi inebria i sensi e vorrei averne sempre di più. Vorrei non smettere mai di baciarlo.

Quando stringe i miei fianchi, mi rendo conto di cosa vuole fare e poggio le mani sul suo torace per mandargli un segnale. Interrompo il contatto delle nostre labbra, ma parlo sulla sua bocca. «Hayden, il...»

«Giusto», mi anticipa. La voce affannata mi provoca una scossa al basso ventre. «Aspetta qui», sussurra.

Osservo il suo corpo perfetto, mentre provo a riprendere le mie facoltà mentali. Ora che ci faccio caso, ha davvero alcuni graffi leggeri che partono dalle spalle fino al centro della schiena. Diceva la verità prima.

Seguo i suoi movimenti e lascio andare un sospiro appena esce dal bagno, ma torna il minuto successivo e non mi dà neanche il tempo di ammirarlo, perché si fionda su di me per baciarmi.

Questa volta, non appena mi accorgo della sua erezione sul mio ventre, sono io a sorridere sulla sua bocca. Se fossi più lucida, tenterei di fare qualche battuta infelice per stuzzicarlo, proprio come ha fatto lui poco fa con la storia dei graffi, ma non ho il coraggio di parlare perché desidero essere sua.

Voglio solo che mi scopi, qui e adesso.

Le sue mani grandi esplorano il mio corpo, seguono ogni curva e si piantano dietro le cosce per sollevarmi. Mi aggrappo a lui e allaccio le gambe intorno alla sua vita, ma si stacca dalle mie labbra. Io apro gli occhi e lo guardo.

Hayden è magnifico. Bagnato ed eccitato, con lo sguardo velato di desiderio e lussuria, è uno spettacolo selvaggio.

Strappa l'involucro del preservativo con i denti e lo indossa con una mano. Entra in me con una spinta secca e decisa, e riprende a baciarmi.

Stavolta non si mette alcun tipo di freno e mi possiede con un'irruenza che qualche ora fa ha trattenuto. Sbatto contro le piastrelle a ogni spinta, lui entra ed esce con forza e prepotenza, e le leggere fitte di dolore si mescolano alle scintille d'eccitazione che mi fanno tremare le gambe.

«Hayden», sussurro tra un gemito e l'altro.

Continua a spingere, ruota i fianchi e mi porta al limite. La mia schiena scivola e sbatte ancora, mi avvinghio al suo corpo, mi stringo intorno a lui e i suoi gemiti si disperdono nella mia bocca. Ruota di nuovo i fianchi e uso l'ultimo briciolo di autocontrollo per evitare di urlare quando raggiungo l'orgasmo. Lui nasconde il viso nell'incavo del mio collo, geme, succhia con foga un lembo di pelle, poi morde, e si lascia trasportare dall'orgasmo.

Il suo respiro affannato mi solletica la spalla e, d'istinto, sorrido. Dopodiché, mi fa scivolare con delicatezza finché i miei piedi non toccano terra, appoggia il mento sulla mia testa e io intreccio le mani sulla sua schiena.

Quando esco dalla doccia, Hayden mi porge un asciugamano pulito.

«Grazie», dico e sollevo lo sguardo verso di lui.

È davanti allo specchio, con un solo asciugamano legato in vita. Mi sorride prima di prenderne un altro e abbassare la testa per frizionare i capelli.

«Che ore sono?» chiedo.

«Le quattro, forse.»

Annuisco e mi stringo nelle spalle, rabbrividendo per il freddo.

«Abbiamo il turno di pomeriggio», afferma.
«Lo so», rispondo, abbozzando un sorriso. Almeno avrò il tempo di dormire un po' dopo questa notte movimentata.
Lui fa per dire qualcos'altro, ma il suono di un cellulare lo distrae.
«Credo sia il tuo», suggerisco.
«Chissà chi cazzo è», borbotta, poi esce dal bagno e mi lascia sola.
Mi avvolgo nell'asciugamano e lo seguo in salotto, ma non mi vede perché mi sta dando le spalle e ha il cellulare appoggiato all'orecchio.
«Rilassati, okay? Non è niente», sta dicendo a qualcuno.
Appena noto la mia pochette sul divano, mi avvicino velocemente e la prendo.
«So gestirlo», continua Hayden rivolto a chissà chi.
Mi volto e cammino fino alla camera degli ospiti. Chiudo la porta, mi avvicino al letto ed estraggo la busta. Sembra vuota, ma riesco a sentire i bordi di qualcosa sotto le dita. La apro.
Contiene quattro fotografie e le esamino con attenzione. La donna raffigurata sono io, la sera della festa di qualche mese fa. Riconosco il vestito rosso e la maschera dorata che indossavo quella notte. Un'altra persona è con me: un ragazzo. Nella prima foto, siamo entrambi poggiati al bancone del locale. La persona, *lui*, di cui ricordo poco e niente, mi sta sorridendo. Ha addosso una specie di armatura argentea, abbinata a una maschera dello stesso colore.
Nella seconda foto, siamo di fronte a una porta. Ricordo questo momento: dopo aver bevuto, avevamo lasciato la sala principale per andare al quarto o quinto piano, ovvero quello in cui si trovavano le stanze. La festa si teneva in un hotel; perciò, chi voleva, poteva affittare una camera. Proprio quello che avevamo fatto noi.
Ho ricordi frammentati di quella sera, perché avevo alzato decisamente troppo il gomito.
La terza foto ritrae sempre me e quel tizio davanti alla stanza. Ci stiamo baciando. Avevo rimosso questo particolare, ero convinta di averlo baciato dopo.
L'immagine si ripresenta nella mia testa, anche se continuo a non ricordare come diamine fosse nato tutto. Qualche battuta a sfondo sessuale come conseguenza ai bicchieri di troppo, forse.
Non capisco il perché di queste foto, ma la cosa più inquietante rimane un'altra: qualcuno mi stava osservando già a febbraio.

Tuttavia, quando butto l'occhio sull'ultima foto, il mio cuore perde un battito e smetto di respirare.

Non può essere lui.

Invece, quello raffigurato è davvero lui. Ignaro di essere fotografato, con una mano incastrata tra i capelli – più lunghi rispetto a ora – attraversa la strada, senza maschera.

Mi ha mentito.

La porta della stanza si apre e stringo la foto.

«Coop, cosa stai facendo?» domanda Hayden.

La rabbia mi esplode dentro e lo fronteggio.

«Quando cazzo ci siamo conosciuti in realtà?» sibilo.

Epilogo

Undici anni prima

«DATE una nuova identità a entrambi. La ragazza… mandatela a Chicago. Per lui, invece, ordinate il trasferimento immediato a Boston», disse l'uomo, facendo saettare gli occhi verdi sulle figure presenti nella stanza ovale.

L'ambiente circostante era bianco, immacolato e perfetto, e regalava, in qualche modo, una piacevole calma. Una sensazione che non si addiceva alla base dei Servizi Segreti, ma era solo una sistemazione temporanea perché la cellula operativa non si fermava mai nello stesso luogo per troppo tempo.

Una donna, alta e muscolosa, scosse la testa. «Alan, non è sicuro», asserì, dopo un momento di riflessione.

«È più sicuro, invece», ribatté lui. «Abbiamo già atteso troppo. Avevamo il sospetto che ci fosse qualcosa e non abbiamo fatto niente. Siamo rimasti fermi ad aspettare l'inevitabile che, alla fine, è accaduto. Si tratta della loro sicurezza.»

«Separati. Li hai sempre voluti separati», lo rimbeccò lei, poggiando i gomiti sul tavolo.

«Dalia andrà a Chicago, infatti. Ma Daniel deve stare a Boston.»

Un altro uomo, seduto alla sua destra, si spinse gli occhiali sul naso adunco e puntò i suoi occhi azzurri sul collega. «Charlotte vive a Boston. Come la mettiamo? Potrebbero incontrarsi.»

«Boston è grande, Theo. Non si incroceranno.»

«Allora perché vuoi spedire lì Daniel?» domandò la donna.

«Per tenerne d'occhio più di uno in una sola città, Daisy. È semplice. Ti ho affidato Daniel, è vero, ma decido io i suoi spostamenti.»

Theo Parker si schiarì la voce. Il ragionamento di Alan aveva senso, ma era comunque dubbioso. «Va contro i tuoi precedenti ordini», ricordò all'amico. «Li volevi in posti diversi.»

«Non si incontreranno, Theo. Non accadrà. Vivranno le loro vite separatamente. Il segreto di Ginevra non troverà la luce, né ora né mai.»

«È pericoloso», disse l'altro. «E lo sai.»

«Sì», sospirò Alan, «ma è necessario.»

«No, non è necessario. Non mandare Daniel a Boston, ti prego», sussurrò Daisy d'un tratto, attirando l'attenzione dei due uomini. «Correresti un rischio, si potrebbero incontrare. Mandalo, che ne so, a New York. Mi prenderò cura di lui. Mandaci a New York o da qualche altra parte, ma non a Boston.»

Alan rimase fermo sulla sua decisione e ignorò le parole della donna. Si alzò e avanzò fino al televisore, che stava trasmettendo le immagini di un incendio avvenuto qualche settimana prima.

Sospirò. «No, Daniel andrà a Boston», obiettò alla fine, mentre dava le spalle ai colleghi. Poi abbassò gli occhi sui documenti che teneva in mano. «Sarà più facile tenerli sotto controllo. Daniel… *Hayden* e Charlotte non si incontreranno mai. Ve lo assicuro.»

Ehi! Non finisce qui!
Leggi in esclusiva un capitolo
dal punto di vista di Hayden!

30
Hayden

«No, Sam, ti dico che non funziona, ho già provato a riavviare tutto.»

«Prova a darle un pugno.»

Mi blocco, con il cellulare incastrato tra l'orecchio e la spalla. «Cosa?»

«Io lo faccio sempre con il telecomando, a volte funziona.»

«Non posso prendere a pugni una stampante.»

«Forse, ma…»

Lo interrompo con uno sbuffo. Questa conversazione sta andando decisamente troppo oltre. «Chiedo aiuto a Jackson. A tra poco.» Chiudo la telefonata e lascio il cellulare sulla scrivania, poi decido di fare un ultimo tentativo e schiaccio il tasto di stampa, ma anche stavolta la stampante non risponde al comando.

Passano alcuni secondi e, infine, seguo il consiglio di Sam: mollo un pugno all'aggeggio, il cui rumore rimbomba per tutta la stanza. Come avevo immaginato, il colpo non sortisce alcun effetto, e spero davvero di non aver rotto in via definitiva la stampante, altrimenti mi toccherà ripagarla.

La porta del mio studio viene spalancata con forza e sollevo lo sguardo giusto in tempo per godermi Jackson che quasi inciampa sui suoi stessi piedi.

«Qual buon vento…» lo schernisco. «Stamattina hai dimenticato di abbassare la tavoletta del cesso. Sai che odio quando lo fai, soprattutto a casa mia. Perché diamine non ti entra in testa? È una cosa così semplice.»

«Sta' zitto, Hayden», sussurra. Chiude la porta e si avvicina alla mia scrivania con movimenti furtivi. È sempre stato un po' strano, perciò non mi pongo domande. «Hai sentito? Hanno assunto… una persona», comincia a bassa voce.

«No, veramente no. Non ne sapevo niente, e non mi interessa», taglio corto e mi alzo in piedi. Faccio il giro della scrivania e punto alla porta, ma Jackson mi si para davanti. È più basso di me di svariati centimetri, perciò sono costretto ad abbassare la testa per guardarlo.

Fa saettare i suoi occhi blu da una parte all'altra, poi si massaggia il collo. «Ho una notizia per te. Buona o cattiva non lo so, dovrai deciderlo tu.»

«Quale notizia?» chiedo, inarcando un sopracciglio. Spero non abbia intenzione di dirmi che è stata assunta una delle sue ultime conquiste.

Dice qualcosa, ma copre la sua stessa voce con un finto colpo di tosse e non riesco a capire.

«Cosa?» domando ancora.

Si fa più vicino e appoggia le mani sulle mie spalle. «Fratello, sei in un mare di merda. Davvero, davvero in un mare di merda.»

«E perché mai?» sbotto. Non ho tempo da perdere, e Jackson me ne sta facendo perdere di prezioso.

«Charlotte.»

In un primo momento, non capisco. «Chi?»

«Charlotte.»

Riesco a connettere solo grazie al tono cupo che ha assunto la sua voce, ma spero di aver sentito male.

«Non Charlotte… Charlotte», dico.

Lui, invece, annuisce lentamente. «Charlotte Cooper. Nel nostro stesso reparto. L'ho vista proprio qualche minuto fa.»

Cazzo.

In un battito di ciglia, mi trovo a percorrere il corridoio che conduce all'ascensore con Jackson alle calcagna. «Cosa diamine hai intenzione di fare?» sibila, faticando a mantenere il mio passo. «Non vorrai piombare lì!»

Sì, ho intenzione di piombare lì per assicurarmi io stesso che Jackson non abbia detto una stronzata. Non può essere stata assunta proprio lei, è fuori discussione.

Neanche quando occupiamo l'ascensore Jackson si preoccupa

di stare zitto, e prosegue con il suo sproloquio privo di senso. «È un casino. Alan ci ucciderà e seppellirà i nostri cadaveri da qualche parte.»

Mi domando se Alan lo sappia, ma ne dubito. Non vedo quella testa pelata da mesi, non credo sia neanche a Boston.

«Ovviamente devi stare lontano da lei», continua Jackson, poi si passa le mani sulla faccia e sbuffa. «Ma che cazzo dico? Ci sei andato a letto! Adesso ti vedrà, ti riconoscerà e...»

Viene interrotto dalle porte dell'ascensore che si riaprono, rivelando il piano di Medicina Interna. Punto alla sala riservata al personale e saluto Amy con un cenno della testa poco prima di varcare la soglia. Nel momento stesso in cui faccio un passo avanti, vengo attirato da una voce familiare e mi blocco. Mi volto come se non potessi fare altrimenti, e la vedo. Seduta intorno a un tavolo, vicino a Lydia e Zoey, c'è Charlotte. I lunghi capelli castani le accarezzano le spalle e scendono fino al seno, il naso grazioso e all'insù si arriccia appena senza un motivo preciso. Tuttavia, nell'istante in cui sposto l'attenzione sui suoi occhi – talmente scuri da sembrare quasi neri – la mia mente viene riportata indietro nel tempo, a qualche mese fa. La circostanza era diversa, l'ambiente anche.

Riesco a leggere nelle sue pupille qualcosa di impreciso. Confusione, forse.

Lei si sofferma fin troppo su di me, e le sue guance cambiano tonalità, arrossendo appena.

Ci vuole tutta la mia buona volontà per riuscire a staccarle gli occhi di dosso, seguire Jackson e sedermi tra lui e Amy, in un tavolo distante.

«Lui chi è?» La sua voce bassa ed esitante arriva alle mie orecchie come una melodia e sorrido.

No, non ha idea di chi io sia.

Playlist

Just Like Fire – P!nk
Poker Face – Lady Gaga
Lean On – Major Lazer & DJ Snake
Elastic Heart – Sia
'Till I Collapse – Eminem
Iris – Goo Goo Dolls
Cheap Thrills – Sia feat. Sean Paul
Time Is Running Out – Muse
If I Could Fly – One Direction
Monster – Eminem feat. Rihanna
Morning After Dark – Timbaland feat. Nelly Furtado
Powerful – Major Lazer & Ellie Goulding
Time – Hans Zimmer

Ringraziamenti

Doctor Dream è una storia nata nella mia testa nel lontano 2015, ma ho cominciato a scriverla solo due anni dopo su Wattpad, e francamente non mi sarei mai aspettata tutto questo, perciò il più grande ringraziamento va ai miei lettori. Sono arrivata fino a qui anche grazie a voi e questo libro è in parte anche vostro. Vi ringrazio dal profondo cuore.

Grazie ad Anna, Giulia e Sofia, che mi hanno accompagnata durante questo lungo viaggio. Siete state le prime a leggere il libro e ad apprezzarlo. Vi voglio bene.

Ringrazio la mia famiglia per avermi sempre supportata e per aver creduto in me e in questo piccolo sogno. E grazie soprattutto a mia madre, che mi ha riempita di frasi di incoraggiamento per spronarmi ad andare sempre avanti, e alla mia Mati, per tutto l'entusiasmo che mi trasmette ogni giorno. Vi amo più di qualsiasi altra cosa.

Grazie a Sperling & Kupfer e a Wattpad per avermi dato un'enorme possibilità. Non smetterò mai di essere grata a tutti voi.

E infine, un ringraziamento speciale a Elena Paganelli, la mia editor, che mi ha preso per mano e ha camminato al mio fianco durante tutto il processo, infondendomi quel coraggio di cui avevo bisogno.

Siamo ufficialmente arrivati alla fine del primo libro, ma questo è solo l'inizio perché le avventure di Charlotte e Hayden non sono ancora terminate.

Vi mando un abbraccio (so che avreste preferito quello di Hayden, ma vi dovete accontentare del mio).

CLAUDIA

E PROSEGUE CON IL TERZO,
IMPERDIBILE VOLUME DELLA SAGA

DOCTOR DREAM

TRA LUCE E OMBRA

Certificato PEFC
Questo prodotto è realizzato con materia prima da foreste gestite in maniera sostenibile e da fonti controllate
PEFC
PEFC/18-31-226
www.pefc.it

Sperling & Kupfer usa carta certificata PEFC
che garantisce la gestione sostenibile delle risorse forestali

GRAFICA VENETA
GV CARBON NEUTRAL

Questo libro è fabbricato da Grafica Veneta S.p.A.
con un processo di stampa e rilegatura certificato 100% carbon neutral
in accordo con PAS 2060 BSI

Finito di stampare presso Grafica Veneta
Via Malcanton, 2 – Trebaseleghe (PD)

Prova d'acquisto
978-88-5544-219